BOOKSPOT

Marianne Efinger

Gottes leere Hand

Roman

BOOKSPOT VERLAG

Satz/Layout: Peter Hänssler
Covergestaltung: Nele Schütz Design, München,
unter Verwendung eines Motivs von Shutterstock
Lektorat: Eva Weigl
Redaktion: Mirjam Hecht
Druck: CPI – Clausen & Bosse, Leck
Made in Germany
ISBN 978-3-937357-40-9
www.bookspot.de

Montag

Sein Herz hämmert, dass es im Hals und im Unterkiefer zu spüren ist. Der Rhythmus ist so schnell, dass die einzelnen Schläge ununterscheidbar werden, sich zusammenballen zu einem Kloß, der in der Kehle sitzt und auf den der Magen prompt mit Übelkeit reagiert. Das Giemen, das er hört, kommt von verzweifelten Versuchen, Luft in die Lungen zu ziehen, doch der Brustkorb hebt sich nicht, senkt sich nicht, er fühlt nur einen enormen Druck darauf lasten. Sein Gesicht ist schweißfeucht und der Schweiß ist kalt und klebrig.

Bis auf einen diffus schimmernden Lichtfleck, den die Ziffern seines Weckers streuen, ist es stockdunkel im Zimmer. Als Manuels Blick auf die Anzeige fällt, springt die letzte der Zahlen gerade um. Es ist fünf Uhr siebenundvierzig.

Er bekommt keine Luft. Die Panik, die ihn aus dem Schlaf gerissen hat, wächst, schwillt unaufhaltsam an, wird Todesangst. Er sieht die Ohnmacht kommen, wartet förmlich darauf, dass der Schalter in seinem Kopf umgelegt wird und auch der schimmernde Lichtfleck verschwindet.

Doch stattdessen löst alle Angst sich auf, zurück bleibt nur ein ungläubiges Staunen: Ich werde sterben.

Er hat noch fünfundvierzig Sekunden.

Fünfundvierzig Sekunden. Der Gedanke löst die erste einer Reihe von Handlungen aus, die ihm längst in Fleisch und Blut übergegangen sind. Er knipst die Nachttischlampe an, kurzfristig blendet ihn das grell aufflammende Licht. Aus dem gleißenden Wirbel fügt sich vor allem anderen das Muster der Bettdecke wieder zusammen. Dann ist auch das Zimmer wieder da und mit dem Zimmer all seine Gegenstände. Während er das fahrbare Sauerstoffgerät zu sich heranzieht und die Plastikhaube entfernt, bleibt sein Blick an dem Lesebändchen des

Buches hängen, das auf seinem Nachttisch liegt. Das Lesebändchen ist zerfranst, ein Stück weit aufgespleißt, sodass die einzelnen Fasern auseinanderklaffen.

Manuel stülpt sich die Atemmaske über Mund und Nase, reguliert die Sauerstoffkonzentration und öffnet den Hahn. Beinahe im selben Augenblick registriert er, wie die Lungenflügel sich unter dem einströmenden Gas dehnen. Da ist sie wieder, die wilde Euphorie, die ihn jedes Mal ergreift, wenn er Sauerstoff aus der Flasche atmet. Doch er kann nach wie vor nicht durchatmen. Die Todesfurcht will wiederkehren, er kämpft sie nieder, denn er atmet – oder besser gesagt, das Gerät atmet für ihn. Er wird zu dem Maschinenwesen, das er fürchtet.

Gern hätte er jemanden an seiner Seite gehabt. Einen vertrauten Menschen, der ihm die Hand hält, den Schweiß abwischt oder einfach nur da ist. Aber das Haus ist leer. Die immense Einsamkeit würgt ihn mehr als sein Herz, das in Panik gerät und in seinen Hals springt, wenn die Lungen wieder einmal streiken. Seit Langem schon machen sie Probleme. Es liegt an seinen Glasknochen, an den Rippen, die nach innen gedrückt sind statt sich nach außen zu wölben und die brechen, wenn er kräftig hustet. In den Bronchialverästelungen sammelt sich der Schleim, jede banale Erkältung kann deshalb lebensgefährlich für ihn werden.

Manuel zählt nicht mehr, wie oft er auf Intensivstationen gelegen hat, an Beatmungsgeräte angeschlossen, über Infusionen ernährt, durch Psychopharmaka ruhiggestellt, mit Antibiotika und Sulfonamiden vollgepumpt. Er weiß nur eines, nämlich, dass er nie wieder eine Intensivstation von innen sehen will. All diese Kämpfe um sein Leben sind zu einer einzigen, verstörenden Erinnerung zusammengeschmolzen, aus der seine Albträume sich nähren.

Dieses Mal ist es keine Erkältung. Seine Bronchien kleben,

als wären sie mit flüssigem Kunststoff ausgegossen worden. Er erinnert sich nicht, jemals etwas Vergleichbares erlebt zu haben. Plötzlich verschiebt sich etwas, die Muskeln gehorchen wieder, strecken und verkürzen sich, in dieser Bewegung hebt und senkt sich der Brustkorb. Dankbar atmet Manuel ein und langsam wieder aus. Der Kloß in seinem Hals und der Druck auf seiner Brust verschwinden, der Atem beruhigt sich, wird wieder regelmäßig. Er hebt die Maske an und bemerkt im selben Augenblick die Anzeige, die ihn warnt, dass der Sauerstoffgehalt in seinem Blut rapide sinkt. Eben noch bei vierundneunzig Prozent, sackt der Wert schon in der nächsten Sekunde auf neunundachtzig ab. Dann geht das Alarmsignal los, so grell, dass es in den Ohren wehtut.

Manuel starrt fassungslos auf die Anzeige, da drängt sich ihm auf einmal die rote Taste des Babyfons auf, das neben seinem Buch mit dem Lesebändchen steht. So rot ist diese Taste noch nie gewesen. Sie springt auf ihn zu und brennt sich in sein Gehirn ein, während das Gesichtsfeld von beiden Seiten her kleiner wird. Es verengt sich zum Tunnel und die Dunkelheit breitet sich aus.

Mit einem Mal ist er in diesem Tunnel. Es ist eiskalt und ein entsetzlicher Abgrund tut sich auf. Es ist die Finsternis, das Nichts, das Ende von Zeit und Raum. Auf diesen Abgrund schlittert er zu, und da ist niemand, der ihm Halt gibt, und nichts, an dem er sich festhalten kann.

Manuel hört den Schrei, seinen eigenen Schrei, der von den Tunnelwänden zurückgeworfen wird und verhallt.

Die Tür des Wohnheims fällt hinter Dagmar ins Schloss. Das tröstliche Licht, das eben noch den Vorplatz erhellt hat, ist mit einem Schlag verschwunden. Regentropfen streifen ihre Wangen und der Regen ist mit Graupeln vermischt. Bei diesem Wetter fällt es ihr besonders schwer, in aller Herrgottsfrühe aus dem Haus zu gehen.

Dagmar fröstelt, schlingt beide Arme um den Körper und marschiert los. Ihr Kopf ist leer und an ihren Beinen hängen Bleigewichte. Halsweh hat sie außerdem. Sie läuft an einem mit Werbetexten bepflasterten Bauzaun entlang, vorbei an einem Plakat des Deutschen Sportbundes, auf dem im Wasser schwimmende Köpfe in einer schief gesetzten Sprechblase *Oh, du fröhliche …* singen, vorbei an der Information, dass die Aktion Sorgenkind sich in Aktion Mensch umbenannt hat, und vorbei an einem roten Herz, das mit einem blauen Kondom für Safer Sex Reklame macht.

Im Licht der Halogenscheinwerfer sehen die großen, gelben Kräne wie Dinosaurier aus. Der gesamte Westflügel des Krankenhauses ist abgerissen worden und soll durch einen Neubau ersetzt werden. Von einem erstklassigen Strahlenzentrum, Intensiveinheiten für die Stammzelltherapie und komfortablen Patientenzimmern mit eigenen Duschkabinen ist die Rede. Noch sind von dem neuen Klinikanbau nur die Fundamente und eine Menge Stahlträger zu sehen. Im übernächsten Jahr soll der Betrieb aufgenommen werden. Dagmar sieht all diesen Veränderungen mit gemischten Gefühlen entgegen. In einem hypermodernen Glasbau und von noch mehr Hightech umgeben, kann sie sich nur schwer vorstellen.

Der Pförtner am Eingang hat keinen Gruß für sie, sondern blättert demonstrativ eine Seite der Zeitung von gestern um. Der penetrante Geruch aus Krankheit, Schmerz und Desinfektionsmitteln steigt ihr trotz ihres Schnupfens in die Nase, die in der Wärme zu triefen beginnt. Während sie nach ihrem Taschentuch angelt, hört sie das Signal eines Martinshorns, das gedämpft über den Flur heranrollt. Es kommt von der hinteren Einfahrt, wo die Rettungswagen bis an die Rampe heranfahren.

Einmal in der Woche liefern die Rettungswagen sämtliche Notfälle der Stadt im Marienhospital ab. Das ist letzte Nacht wieder der Fall gewesen. Es ist Notaufnahme, heißt es dann. Vor allem im Winter, wenn Inversionswetterlagen auf Herz und Atmung drücken, Grippewellen ihre Opfer fordern oder Glatteis die Zahl der Unfälle sprunghaft ansteigen lässt, werden die einzelnen Stationen mit verletzten, hoch fiebernden, aber auch mit betrunkenen und obdachlosen Menschen überschwemmt. Die Nachtwache ist überfordert, wenn zur normalen Arbeit noch diese schwer einzuschätzenden Notfälle hinzukommen. Nachts ist eine Pflegekraft allein auf Station. Und es gibt im ganzen Krankenhaus keine Nachtschwester, die nicht irgendwann einmal heulend zusammengebrochen ist.

Dagmar kommt vor der Glastür ihrer Station an, sieht dort einen im Flur aufgestellten orangeroten Wandschirm und bleibt wie gelähmt stehen. Hinter dem Wandschirm verbirgt sich ein Bett mit einem Patienten darin, das heißt, dass die Station überfüllt ist. Der Schreck schlägt ihr auf den Magen, der rebelliert und sie daran erinnert, dass sie noch nicht gefrühstückt hat.

An überquellenden Wäschesäcken vorbei eilt sie in Richtung Umkleideraum. Aus einem dieser Säcke hängt ein blutverschmiertes Laken bis auf den Boden herunter. Eine vor eine Tür gestellte Blumenvase ist umgefallen, gelbe Rosen liegen zerstreut herum, jemand ist in die Lache getreten und hat überall auf dem Boden feuchte Fußspuren gesetzt. Mitten im Flur stehen verlassen der Wagen mit den Patientenakten und ein fahrbares Ultraschallgerät, während an drei Patientenzimmern, begleitet von durchdringendem Quäken, die roten Ruflampen blinken. Aus einem dieser Zimmer schiebt der Krankenpflegeschüler umständlich ein Bett heraus. Darin liegt eine Frau, die Dagmar nicht kennt.

»Wo ist die Nachtwache?«, will Dagmar wissen.

Freddy weist mit dem Finger auf eine Tür. »Ulrike und der diensthabende Arzt sind bei einem Notfall. Ein akuter Bauch. Du hättest hören sollen, wie der Mann gebrüllt hat. Der war sogar noch im Treppenhaus zu hören. Ich muss Frau Reich zum EKG bringen. Sie ist auch heute Nacht gekommen.«

»Ist Marion schon da?«, fragt Dagmar weiter, wartet die Antwort aber gar nicht mehr ab, sondern verschwindet im Umkleideraum, wo sie hastig in einen frischen, weißen Hosenanzug schlüpft. Dann atmet sie einmal tief durch und tritt ins nächste Zimmer. Sie entfernt eine Nierenschale mit Erbrochenem und tauscht ein nasses Bettlaken aus, bevor sie zeitgleich mit den beiden Schülerinnen im Stationszimmer eintrifft, wo ihre Kollegin Marion schon dabei ist, sich einen ersten Überblick zu verschaffen. Auch hier fällt Dagmar sofort die überall herrschende Unordnung ins Auge. Auf dem Schreibtisch häufen sich stapelweise Papiere, während leere Plastikverpackungen, benutzte Nierenschalen und zerknüllte Kompressen ein grandioses Durcheinander auf den Ablageflächen bilden. Marion wirft Dagmar einen Blick zu und sagt anstelle einer Begrüßung: »Bist du krank? Du siehst aus, als ob du eigentlich ins Bett gehörst.«

In diesem Augenblick kommt Ulrike ins Stationszimmer und der diensthabende Arzt folgt ihr auf dem Fuß. Ulrikes Hosenanzug ist mit Flecken übersät, ob es sich dabei um Eiter, Blut oder Quittengelee handelt, ist schwer zu sagen. Ihr ansonsten schon schmales Gesicht wirkt durch die Blässe noch spitzer, das ist immer so, wenn sie erschöpft ist. Dr. Fenning sieht fast noch schlimmer aus. Auf seinen Wangen und an seinem Kinn zeichnen sich dunkle Schatten ab, die ihn wie einen Verbrecher aussehen lassen. Auch er ist leichenblass und die Haare kringeln sich, als hätte er sich seit Tagen nicht gekämmt.

»Der Mann muss wahrscheinlich operiert werden«, erklärt Dr. Fenning. »Mit einem akuten Bauch ist nicht zu spaßen. Wo ist die Patientenkurve?«

»Ich hatte noch keine Zeit, die Kurve anzulegen«, entgegnet Ulrike entnervt und erntet dafür einen fragenden Blick.

»Was soll das heißen? Keine Zeit?«, blafft Fenning. »War Ihnen Ihre Kaffeepause wieder einmal wichtiger? Und wo soll ich meine Anordnungen hinschreiben?«

»Mir doch egal, wo Sie Ihre Anordnungen hinschreiben«, schnappt Ulrike patzig zurück. Der Arzt schnaubt verächtlich durch die Nase, nimmt das Spritzentablett und verlässt türknallend das Stationszimmer.

»Was bin ich froh, dass diese Nacht vorüber ist!« Mit einem Seufzer sinkt Ulrike auf den nächstbesten Stuhl. Die beiden Schülerinnen sehen sie ehrfürchtig an. Sonja ist das Stationsküken und hat mit ihrer Ausbildung gerade erst angefangen. Cornelia ist im zweiten Jahr und wird demnächst ihre Zwischenprüfung ablegen. Beide wissen, dass die Nächte in der Inneren Medizin der pure Horror sind.

Marion jedoch ignoriert Ulrikes Jammern. Sie sieht immer noch Dagmar an. »Du hast bestimmt Fieber. Warum bleibst du nicht zu Hause und meldest dich krank?«

»Und wer soll die ganze Arbeit machen?«, verteidigt sich Dagmar. »Seit Katrins Ausscheiden ist Kranksein einfach nicht mehr drin.«

»Du bist nicht für den Stellenplan zuständig«, gibt Marion kühl zurück. »Das ist Sache der heiligen Anneliese. Wenn du krank bist, bist du krank. Niemand kann von dir verlangen, dass du deine Gesundheit für andere ruinierst.«

»Wenn ich zu Hause bleibe, muss ein anderer einspringen. Und wer? Astrid vielleicht, die nach dreizehn Tagen Dienst gerade mal drei Tage frei hat? Astrid wird sich bei dir bedanken.«

»Ich spreche doch nicht von Astrid. Ich spreche davon, dass wir einen anderen Stellenschlüssel brauchen. Unsere Station ist vom Personal her für acht Pflegefälle ausgelegt, wir haben derzeit aber zwölf zu versorgen. Dazu noch die Notaufnahme. Wir müssen der Pflegedienstleitung endlich Druck machen. Warum kämpfen wir nicht ebenso wie die Ärzte für bessere Bedingungen?«

»Wenn du dich so aufregst, machst du uns allen nur das Leben schwer«, erwidert Dagmar.

»Daher verbreitest du lieber deine Grippeviren und Schnupfenbazillen unter Leute, die ohnehin geschwächt sind«, meint Marion giftig. »Ich finde das verantwortungslos.«

»Was für eine Nacht!« Ulrike beginnt, die auf dem Schreibtisch aufgehäuften Befunde, Laborausdrucke, Notarztberichte und Aufkleber zu sortieren. Marion bequemt sich, ihr dabei zu helfen, indem sie die Nierenschalen zusammenstellt, gebrauchte Kanülen entsorgt, abgerissene Etiketten und überflüssige Durchschläge einsammelt und in den Korb für den Schredder legt.

»Sonja, machst du uns einen Kaffee?«, wendet sich Dagmar der dunkelhaarigen Schülerin zu, während sie schon den Infusionsplan studiert und nach den entsprechenden Flaschen im Schrank greift.

»Und Fenning, dieser Arsch, verdächtigt mich, dass ich nur auf der faulen Haut gelegen habe!« Ulrike will sich nicht beruhigen. »Kaffeepause! Ich dachte, ich höre nicht richtig. Pah!«

»Seit er etwas mit Gössners Tochter hat, ist er lange nicht mehr so nett wie vorher«, stimmt Dagmar zu.

»Um dem Chef zu gefallen, muss er seinen Facharzt nun aber in Onkologie machen und die Station wechseln«, kichert Marion. »An seiner Stelle kommt der schicke Junge aus der Onko zu uns herunter. Christian Fischer. Wir werden bei der nächsten Medikamentenbestellung einen Sonderposten Beruhigungsmittel aufschreiben. Für die weiblichen Patienten, die auf unserer Station liegen. Wir werden die Pillen schachtelweise verteilen müssen.«

»Glaubst du wirklich, dass die alten Omis noch Interesse an Männern haben?«, fragt Cornelia erstaunt, während sie die Hocker unter dem Waschbecken hervorzieht und für die Übergabe in einer Reihe nebeneinander aufstellt, denn im Stationszimmer gibt es nur zwei Stühle und alle wollen sitzen, wenn sie mitschreiben, was in der vorangegangenen Schicht passiert ist.

»War doch bloß ein Witz!«, beruhigt Marion.

Eine Weile noch reden sie über den Neuen. Die beiden Schülerinnen haben glänzende Augen, als wären sie gerne bereit, sich in einen gut aussehenden jungen Arzt zu verlieben. Ulrike bedauert, dass sie nicht dabei sein wird, wenn er sich ihnen vorstellt, und Marion ist der Meinung, dass er vielleicht eine Sünde wert sein könnte. Dagmar hingegen denkt nicht an Christian Fischer, sondern an einen Mann, der sie nur mit freundlicher Geringschätzung behandelt, weil er glücklich verheiratet ist und zwei Kinder hat.

Freddy kommt mit seiner Patientin vom EKG zurück. Ulrike beginnt mit der Übergabe. Sie stellt die fünf Neuzugänge der vergangenen Nacht vor und wie die anderen kritzelt Dagmar automatisch mit. Namen und Erkrankungen prasseln auf sie nieder, aber sie kann sie sich nicht merken, weil sie die Personen nicht kennt und deshalb nichts mit all den Einzelheiten verbindet. Erst neulich hat sie im Fernsehen etwas über kosmische Teilchen gehört, die durch die Erde und durch jeden

Menschen hindurchgehen, ohne die geringste Spur zu hinterlassen: genauso kommt ihr Ulrikes Bericht vor. Ihre Gedanken schweifen ab zu dem Mann, in den sie heimlich verliebt ist, dadurch verpasst sie einen Teil der Übergabe, hört nur noch etwas von »verwahrlost« und »stinkt gotteslästerlich«. Dagmar lässt eine Lücke, um den Namen und die Erkrankung des Verwahrlosten später nachzutragen. Sie gähnt, trinkt einen Schluck Kaffee und reißt sich energisch zusammen.

Der Mann in der roten Jacke richtet sich auf, streicht mit dem Handrücken eine fettige Haarsträhne aus der Stirn und mustert Manuel mit kritischem Blick. Er stößt einen erleichterten Seufzer aus und beginnt, die auf Bett und Boden verstreuten Instrumente einzusammeln und in einen Metallkoffer zu werfen. Manuel fällt auf, dass der Mann dünne Plastikhandschuhe trägt, das findet er seltsam. Ein blaues Licht flackert durchs Fenster herein und lässt sein Schlafzimmer fremd erscheinen.

»Glück gehabt! Zehn Minuten später wäre nichts mehr zu machen gewesen«, meint die Rotjacke.

»Um Himmels willen! Wie können Sie nur so etwas sagen!« Es ist eine Stimme, die Manuel kennt, und erst jetzt sieht er hinter der Rotjacke seinen besten Freund stehen. Dieser ist aschfahl im Gesicht und zudem noch unrasiert. Manuel stellt fest, dass man Lothar seine fünfzig Jahre heute deutlich ansieht. Dann entdeckt er, dass Lothar nur Pantoffeln an den nackten Füßen trägt. Während er sich darüber wundert, wird ihm plötzlich klar, dass sein Freund in Schlafanzug und Morgenmantel bei ihm erschienen ist. Was tut Lothar in diesem Aufzug hier in seinem Haus? Und warum stehen alle Türen sperrangelweit offen?

Da ist der Tunnel, der im Nichts geendet hat. Die Anzeige mit den schnell abfallenden Sauerstoffwerten. Die rote Taste. In scharf gezeichneten Bildern kehrt die Erinnerung zurück. Mit einem Mal versteht Manuel: Das Blaulicht da draußen gilt ihm, und der Fremde in der roten Jacke ist der Notarzt.

»Es ist ja noch einmal gut gegangen«, sagt er heiser. Sein Nacken schmerzt und sein Hals fühlt sich wie wundgescheuert an.

»Willkommen unter den Lebenden«, sagt der Notarzt und grinst ihm zu. »Wie fühlen Sie sich?«

»Wie eine gekochte Kartoffel! Was ist denn eigentlich passiert?«

Der Notarzt deutet auf Lothar. »Ihr Nachbar hat uns gerufen. Wir kamen, sahen Sie kurz vorm Exitus und siegten.« Während er spricht, bückt er sich, fischt eine abgebrochene, leere Glasampulle unter dem Bett hervor und hält sie Manuel unter die Nase. »Das Zeug hier hat Ihnen das Leben gerettet. Suprarenin! Es hat Ihren Kreislauf gerade noch rechtzeitig wieder in Schwung gebracht.«

»Die Lungen haben gestreikt. Ich erinnere mich«, sagt Manuel matt. »Plötzlich ging gar nichts mehr.«

Der Notarzt zuckt mit den Achseln und wirft die Ampulle ebenfalls in den Metallkoffer. »Wahrscheinlich haben Sie sich zu viel Sauerstoff gegeben. Ihr Gerät lief noch, als wir kamen. Wenn das Blut mit Sauerstoff übersättigt ist, kann es passieren, dass das Atemzentrum im Gehirn blockiert.«

»Das kann nicht sein. Ich weiß, wie viel Sauerstoff ich mir geben darf, und die Anzeige mit den Blutgaswerten ging steil nach unten. Der letzte Wert, an den ich mich erinnere, war fünfundachtzig.«

»Das ist typisch!«, bestätigt der Arzt zustimmend. »Das geht ganz schnell. Da hatte Ihr Nervensystem schon reagiert.«

»Ich habe mir den Sauerstoff doch nur gegeben, eben weil die Lungen blockiert haben«, widerspricht Manuel, aber der Notarzt hört ihm nicht mehr zu, sondern dreht sich zu einer Frau um, die eben im Türrahmen aufgetaucht ist. Sie hat einen braunen Schal um den Kopf und ein Umhängetuch um die Schultern geschlungen.

»Hallo, Frau Müller!«, ruft Manuel und hebt grüßend die Hand. Er sieht Frau Müller jeden Tag, denn sie ist es, die ihm den Haushalt führt und die Wäsche bügelt.

»Ich wollte nur fragen, ob ich etwas helfen kann«, sagt Frau Müller atemlos, lässt ihren Blick durchs Zimmer schweifen und richtet ihn schließlich auf den Notarzt. »Die Sirene des Rettungswagens hat uns aus dem Schlaf gerissen, dann haben wir das Blaulicht hier in unserer Straße gesehen. Mein Mann und ich wohnen nebenan … Was ist denn mit Herrn Jäger? Ist er krank?«

»Es ist nur halb so schlimm, wie's aussieht«, gibt dieser zurück und setzt sich in seinem Bett auf. »Ich bin noch am Leben.«

»Gute Frau, Sie helfen uns am meisten, wenn Sie uns unsere Arbeit machen lassen«, meint der Arzt und schiebt Frau Müller zur Tür hinaus. »Gehen Sie wieder nach Hause und legen Sie sich in Ihr Bett. Hier versperren Sie meinen Leuten nur den Weg.«

Lothar quetscht sich am Arzt vorbei und geht vor Manuels Bett in die Hocke. »Mann, du hast mir vielleicht einen Schrecken eingejagt«, sagt Lothar und klebt das lose Pflaster, das die Kanüle in der Vene hält, sorgfältig an Manuels Arm fest. »Einen Augenblick lang habe ich geglaubt … ich habe tatsächlich geglaubt, du bist … du warst blau im Gesicht … richtig blau … Dem Himmel sei Dank, dass ich vor Kurzem auf die Idee gekommen bin, diesen Notruf bei dir zu installieren. Wozu ein altes Babyfon doch gut sein kann!«

»Damit haben Sie Ihrem Nachbarn zweifellos das Leben gerettet«, sagt der Notarzt und greift in seinem Koffer nach einer durchsichtigen Halbliterflasche aus Plastik. »Ich schließe jetzt noch eine Infusion an die Nadel in Ihrem Arm an«, wendet er sich wieder an Manuel, »dann brauche ich Ihre Personalien, Krankenkasse, Versichertennummer und so weiter. Die Kollegen vom Roten Kreuz bringen Sie ins Krankenhaus, dort wird man Sie gründlich untersuchen.«

Manuel sinkt in sein Kissen zurück, sieht den Arzt an, sieht Lothar an und schüttelt langsam den Kopf. Wie viele Untersuchungen und Behandlungen hat er im Laufe seines Lebens über sich ergehen lassen? Einmal muss es doch genug sein.

»Mir geht es wieder gut«, versichert er deshalb dem Notarzt. »Ich brauche keine Infusion und ich will auch nicht ins Krankenhaus.«

»Wenn Sie glauben, dass nun alles in Ordnung ist, irren Sie sich aber gewaltig«, widerspricht der Arzt.

»Ich will nicht schon wieder ins Krankenhaus.«

»Sie haben vielleicht Nerven!«, gibt der Notarzt gereizt zurück. »Sie waren kurz vorm Aus. Glauben Sie wirklich, da lasse ich Sie einfach in Ihrem Bett liegen und gehe?«

»Hören Sie, das Krankenhaus ist ein gefährlicher Ort für mich«, sagt Manuel und hebt beschwörend beide Hände. »Ich muss jede Infektion vermeiden und im Krankenhaus wimmelt es von Keimen. Die Krise ist vorbei. Mir geht's wieder gut. Außerdem ist bald Weihnachten. Ich will Weihnachten zu Hause verbringen.«

Der Notarzt achtet nicht auf Manuel, sondern zieht sein Funkgerät aus der Tasche, das sich mit einem aufdringlichen Piepsen bemerkbar gemacht hat. »Ich bin hier gleich fertig«, sagt er ins Gerät und gibt einen kurzen Bericht ab. »In fünf Minuten fahre ich los, okay?«

»Sei nicht kindisch, Manuel«, mischt sich nun Lothar ein. »Irgendetwas stimmt nicht mit dir. Im Krankenhaus werden sie herausfinden, was los ist. Die Atmung setzt doch nicht grundlos aus. Du musst dich untersuchen lassen.«

»Bis Weihnachten sind Sie sicher längst wieder zu Hause«, meint der Notarzt, dreht an einer Klemme und lässt ein paar Tropfen der klaren Flüssigkeit aufs Bett fallen. Zwei Sanitäter stapfen ins Zimmer und bringen einen Schwall eiskalter Luft mit herein. Zwischen sich haben sie eine Rolltrage, die sie mit geübten Griffen auseinanderklappen. Der Notarzt gibt einige Anweisungen, Manuel greift nach Lothars Arm.

»Ich will nicht mehr ins Krankenhaus. Ich will da einfach nicht mehr hin.«

»Bis Weihnachten bist du bestimmt wieder zu Hause.« Lothar wendet seinen Blick ab und hebt ein heruntergefallenes Taschentuch vom Boden auf. »Den Heiligabend verbringst du wie immer bei uns. Die Kinder kommen auch. Linda macht Ente mit Semmelknödeln und ich setze unsere traditionelle Feiertags-Bowle an.«

»Oho! Und was ist, wenn sie mir im Krankenhaus die Geschmacksnerven paralysieren?«, trumpft Manuel mit einem schiefen Lächeln auf. »Jammerschade, wenn ich den köstlichen Geschmack von Lindas Ente bloß von deinem Gesicht ablesen könnte. Wie du weißt, ist das alles schon einmal da gewesen.«

»Tu es mir zuliebe. Glaubst du, ich könnte noch eine einzige Nacht in Ruhe durchschlafen, wenn ich dauernd Angst haben müsste, dass demnächst wieder so etwas passiert?«

Manuel zögert, senkt den Kopf, ringt mit sich. Schließlich gibt er sich einen Ruck und nickt ergeben. »Vielleicht hast du recht. Für deine schlaflosen Nächte will ich nicht verantwortlich sein.«

»Du wirst sehen, die bringen deine Lungenflügel dahin, dass du sogar auf den Mount Everest klettern kannst«, ruft Lothar erleichtert aus.

»Na, dann bin ich aber froh, dass ich kein Einreisevisum für Nepal habe«, gibt Manuel trocken zurück.

Die Sanitäter haben die Decke auf der Trage bereits zurückgeschlagen. »Herr Jäger?«, wendet sich der Jüngere nun fragend an Manuel. »Wenn Sie mir sagen, wo ich die Sachen finde, dann packe ich Ihnen schnell eine Tasche mit dem Notwendigsten zusammen. Zahnbürste, Unterwäsche, Pantoffeln und so weiter.«

Obwohl der Junge freundlich gesprochen hat, sind seine Worte ein Stich in Manuels Herz. Sie meinen es also ernst. Er muss seinen Himmel wieder einmal verlassen. Die Straße, in der er wohnt, heißt tatsächlich so: *Im Himmel.* Sein Häuschen ist das letzte in der Reihe und hat die Nummer 108. Dahinter ist nur noch Wald. Davor fällt das Gelände steil ab und eröffnet ihm einen malerischen Ausblick auf Dächer und Baumkronen unten im Tal.

Manuels Haus ist klein. Es hat insgesamt vier Zimmer, alle auf ebener Erde gelegen, weil er beinahe zu allem den Rollstuhl braucht. Früher einmal hat das Häuschen seinem Großonkel und zu einer Schrebergartenkolonie gehört. Das ist lange her, die Schrebergärten sind verschwunden. Alle anderen Häuser in der Straße sind neu und vor allem groß. Darin wohnen Leute, die es zu etwas gebracht haben. Lothar ist einer von ihnen.

»Zieh dir nur etwas Warmes über«, sagt dieser gerade fürsorglich und reicht Manuel Hemd und Hose. »Ich komme dich heute Nachmittag besuchen und bringe dir mit, was du brauchst. Wohin geht's denn eigentlich?«, will er von den Sanitätern wissen.

»Ins Marienhospital auf der Schillerhöhe«, erwidert der Ältere. »Die sind heute mit der Notaufnahme dran. Kennen Sie das Krankenhaus?«

»Ich war zwei- oder dreimal dort«, gibt Manuel zu. »Gehört es nicht irgendeiner katholischen Organisation? Den Barmherzigen Brüdern oder so ähnlich?«

»Der Barmherzigen Gemeinschaft«, berichtigt der Rettungsassistent. »Früher einmal war es ein Mönchsorden, aber heute ist es eine fromme Laiengemeinschaft, der auch Schwestern angehören. Es gibt nur noch eine Handvoll Mönche und alle uralt. Das Haus hat einen guten Ruf. Superfähige Ärzte und die Pflege soll ganz ausgezeichnet sein.«

»Ja«, stimmt Manuel zu, während er in die Jacke schlüpft. »Das habe ich auch schon gehört.«

»Wird auf der Schillerhöhe nicht gebaut?«, will Lothar wissen. »Mir ist, als hätte ich von einem neuen Klinikum gelesen, das dort entstehen soll.«

»Der ganze Park ist aufgerissen«, berichtet der Jüngere, während er noch einmal Manuels Blutdruck misst. »Ein gigantomanisches Projekt, ehrlich. Wir alle wundern uns, wie die Barmherzigen das finanzieren wollen, zumal ansonsten überall geknapst und gespart wird.«

Während er noch spricht, machen die beiden Sanitäter sich daran, Manuel aus dem Bett zu heben, aber dieser wehrt ab. »Lassen Sie das Lothar machen. Er weiß am besten, wie das geht.«

Lothar kniet vor dem Bett nieder und legt beide Arme um Manuels schmächtigen Körper. Dann steht er mit einem Ausfallschritt auf, einen Moment lang liegt Manuel wie ein Kind an seiner Brust.

»Ich danke dir, Lo«, sagt Manuel, als die Decke über ihn gebreitet und festgezurrt wird.

Lothar steht mit hängenden Armen im Licht des Hausflurs, als Manuel in den Rettungswagen geschoben wird. Im Garten haben sich zahlreiche Nachbarn versammelt, die zu ihm herüberblicken. Ihre Gespräche verstummen. Frau Müller hebt zaghaft die Hand, als wolle sie ihm zum Abschied noch einmal zuwinken.

Manuel sieht auf sein Häuschen und mit einem Mal wird ihm ganz weh ums Herz. Die Tür des Rettungswagens schließt sich mit einem blechernen Knall, während der Fahrer schon den Motor startet und die Sirene einschaltet.

Nach der Übergabe weist Dagmar den Schülern ihre Aufgaben zu und schickt sie in die entsprechenden Zimmer. Danach sucht sie sich selber Waschschüssel und Handtücher zusammen und geht zu Anna Rosenbach.

Wie immer starrt Anna Rosenbach mit leerem Blick die Wand an. Ihr Gesicht ist weich, die Wangen und das Kinn sind gerundet, nichts darin ist schlaff oder gar eingefallen. Sie sieht im Gegenteil ganz rosig und gesund aus. Frau Rosenbach hat etwas von den Großmüttern, von denen in den Märchen manchmal die Rede ist. Aber Frau Rosenbach spricht nicht und ist eigentlich gar nicht da. Nach einem Herzanfall ist sie wiederbelebt worden, seitdem liegt sie im Wachkoma und niemand weiß, ob und was sie von der Welt noch mitbekommt. Über einen Schlauch, der durch die Bauchhaut in den Magen führt, wird sie künstlich ernährt, und sie hat einen Katheter, durch den der Urin aus ihr heraus und in einen Beutel läuft. Der Beutel wird zweimal täglich geleert, wie viel es jeweils ist, schreiben die Pflegenden in eine Tabelle, die im Wirtschaftsraum an der Wand hängt. Der Sozialarbeiter ist dabei, einen

Heimplatz für Frau Rosenbach zu suchen, aber so kurz vor Weihnachten sind alle Pflegeheime überfüllt, deshalb liegt sie immer noch auf der gastroenterologischen Station von Dr. Regina Funke. Das dürfte eigentlich nicht sein.

Bevor Dagmar mit ihrer Arbeit beginnt, legt sie ihre Hand auf Frau Rosenbachs Arm und spricht mit ihr. Anfänglich hat sie sich jedes Mal mit ihrem Namen vorgestellt und der Bewusstlosen erklärt, was sie nun tun wird. Inzwischen spricht sie von anderen Dingen, weil sie glaubt, dass Frau Rosenbach nicht immer dasselbe hören will. Sie erzählt zum Beispiel, wie das Wetter derzeit ist, was sie im Fernsehen gesehen hat oder was es in diesem Jahr auf dem Weihnachtsmarkt zu kaufen gibt. Manchmal erzählt sie Frau Rosenbach, dass sie am allerliebsten auf dem Land leben würde, wo sie im Sommer den würzigen Duft des Heus und im Herbst die frisch gepflügte Erde riechen kann. In Frau Rosenbachs Gegenwart fallen Dagmar die schönen Dinge des Lebens ein. Von unangenehmen mag sie nicht berichten, denn zum einen will sie Frau Rosenbach nicht traurig stimmen und zum anderen wird diese die Welt auch nicht mehr verändern, wenn sie immerzu nur an die Wand starrt.

Heute erzählt Dagmar Frau Rosenbach, dass ein neuer Arzt auf Station kommen wird, einer, in den sich alle verlieben werden, weil er noch besser als Brad Pitt aussieht. Dabei fällt ihr auf, dass Frau Rosenbach in der Nacht wieder stark geschwitzt hat, und auch jetzt ist die Haut mit einem dünnen Schweißfilm bedeckt. Die Körpertemperatur ist normal. Vielleicht steckt ein ernstes Problem dahinter, Hormonschwankungen könnten es sein oder der Blutzucker.

Frau Rosenbach ist gewaschen, abgetrocknet und eingecremt. Dagmar will ihr ein frisches Flügelhemd überstreifen, doch als sie in den Schrank greift, ist dieser leer. Wo ein Stapel gefalteter Hemden hätte liegen sollen, findet sich nur die aufgerissene Banderole einer Packung Einmalhöschen. Dagmar wirft die Banderole in den Papierkorb, deckt Frau Rosenbach sorgfältig zu und geht aus dem Raum. Sie hasst es, wenn in der Schicht am Nachmittag wieder einmal keine Zeit gewesen ist, die Schränke ordnungsgemäß aufzufüllen. Sie stellt sich vor, dass sie an Frau Rosenbachs Stelle von einer Pflegekraft gewaschen wird, dann möchte sie selber baldmöglichst wieder ein Hemd anhaben.

Aber Frau Rosenbach wird vorerst ohne Hemd bleiben, denn über der gegenüberliegenden Zimmertür blinkt die rote Lampe. Es ist das Zimmer, das Frau Liebich und Frau Kubatzki derzeit gemeinsam bewohnen. Obwohl Dagmar ahnt, dass es nichts Wichtiges ist, muss sie dem Ruf doch Folge leisten.

»Was kann ich für Sie tun?«

»Ich möchte duschen!«, erklärt Frau Kubatzki. In der Übergabe hat Ulrike sich beschwert, dass die Kubatzki in der Nacht wieder endlos geklingelt hat, jede Viertelstunde einmal, sodass sie schließlich für ein paar Stunden den Stecker aus der Dose gezogen hat. Ute Kubatzki leidet seit Jahren an Multipler Sklerose und ist durch einen akuten Schub derzeit ans Bett gefesselt. Wenn kein Schub ist, kann Frau Kubatzki sich zu Hause mithilfe einer Freundin selbst versorgen. Alle auf Station rätseln, wo um alles in der Welt diese Frau eine Freundin hernimmt.

»Wenn Sie mich also bitte ins Bad hinüberfahren wollen, Schwester Dagmar«, so fährt Frau Kubatzki fort, »dann können wir vor dem Frühstück mit allem fertig sein.«

»Heute können Sie leider nicht duschen, Frau Kubatzki«, bedauert Dagmar und will das Zimmer wieder verlassen, aber die Patientin lässt sie nicht so einfach gehen.

»Das hat man mir gestern und vorgestern auch schon gesagt«, kontert Frau Kubatzki und fügt hinzu, dass sie unbedingt duschen muss, weil die Haut juckt, was immer dann geschieht, wenn sie drei Tage lang nicht geduscht oder gebadet hat.

Dagmar versucht zu erklären, dass in der letzten Nacht Notaufnahme gewesen ist, dass nicht nur das Bad, sondern sogar die Besucherecke im Flur mit Notfällen belegt sind, aber damit kommt sie nicht weit.

»Was Sie nicht sagen!«, unterbricht Frau Kubatzki sie und zieht dabei spöttisch die Augenbrauen hoch. »Um Ausreden sind Sie aber nicht verlegen, Schwester Dagmar. Dabei liest man in der Zeitung doch jeden Tag, dass die Krankenhäuser um die Gunst der Patienten buhlen. Ich allerdings habe davon noch überhaupt nichts gemerkt.«

»Es geht aber wirklich nicht«, beteuert Dagmar und verwünscht sich, weil sie dumm genug war, in dieses Zimmer zu kommen. Aber es hilft nichts, sie muss Frau Kubatzki aus dem Bett ans Waschbecken helfen, ihr den Rücken waschen und anschließend auch noch mit Franzbranntwein abklatschen. Dann darf sie endlich gehen und findet draußen im Flur Cornelia in heller Aufregung vor. Diese hat versehentlich einen Infusomaten ausgeschaltet und weiß nicht, wie sie ihn wieder zum Laufen bringen soll. Ein Infusomat ist ein Gerät, das die Tropfgeschwindigkeit einer Infusion penibel regelt und deshalb bei hochwirksamen Medikamenten eingesetzt wird. Cornelia denkt, dass sie einen schrecklichen Fehler gemacht hat. Dagmar muss die Schülerin zuerst beruhigen und danach den Infusomaten wieder einschalten, was nicht so einfach ist, weil er jedes Mal zu piepsen anfängt, sobald sie die grüne Starttaste drückt.

Wieder einmal denkt Dagmar, dass die technischen Geräte im Krankenhaus immer komplizierter werden. Ingenieurin hat sie nie werden wollen. Schließlich kommt sie darauf, dass sich im Infusionsschlauch winzige Luftbläschen bilden, das akzeptiert dieses Gerät nicht. Es ist eines aus der neuen Serie und so empfindlich, dass man es eigentlich gar nicht mehr benutzen kann. Dagmar muss quer durchs ganze Haus in die Gerätekammer laufen und ein anderes holen, bevor sie mit einem Stapel frischer Hemden zu Frau Rosenbach ins Zimmer zurückkehren kann.

Frau Rosenbach liegt ganz zufrieden in ihrem Bett und ahnt nicht, dass man aus ihren Haaren Kerzendochte machen könnte. Dagmar aber sieht die fettglänzenden Strähnen. Und sie ist nicht froh darüber. In den drei Wochen, in denen Frau Rosenbach bei ihnen liegt, sind die Haare kein einziges Mal gewaschen worden. Dagmar zieht ihrer Patientin das Hemd über und verabschiedet sich, indem sie noch einmal die Bettdecke zurechtzupft. Sie träumt davon, Frau Rosenbach in eine Wanne mit viel heißem Wasser und duftendem Schaum zu setzen. Sie möchte Frau Rosenbach von oben bis unten einseifen, ihr die Haare waschen und die Nägel schneiden. Sie möchte das schmuddelige Bett frisch beziehen, eine Duftkerze anzünden und Frau Rosenbach zum Abschluss der Prozedur eine Adventsgeschichte vorlesen. Dafür würde sie zwei bis drei Stunden brauchen, doch diese Zeit hat sie nicht. Aber auch die Ärzte verbieten Dagmar ihren Traum, denn ein Vollbad würde Herz und Kreislauf zu sehr belasten, und die Ärzte haben Frau Rosenbach nicht gerettet, damit sie nun trotzdem stirbt. So bleibt, als Dagmar aus dem Zimmer geht, nur eine leise Trauer und das Gefühl, dass etwas nicht so ist, wie es sein sollte.

Manuel ist im Marienhospital angekommen und wird von den Sanitätern durch Flure geschoben, die in ihrer Gleichförmigkeit endlos erscheinen. Er verliert bald jede Orientierung und hofft, dass wenigstens die Rettungsleute sich in diesem Labyrinth zurechtfinden werden. Sie erreichen einen Gang, in dem weitere Sanitäter mit Rolltragen wartend herumstehen. Manuel erkennt, dass es hinter der Notfallambulanz zu einer Intensivstation hinübergeht.

Eine ältere Ärztin schreit etwas von einer lebensgefährlichen Vergiftung und dass der Magen ausgepumpt werden muss. Mit einem Mal ist Manuel inmitten eines Knäuels von Menschen, die kopflos herumrennen, schreien und wild gestikulieren. Die Stimmen klingen gereizt und unfreundlich. Seine beiden Helfer ziehen die Trage zurück, denn Manuel ist mit dem auszupumpenden Magen nicht gemeint. Irgendwo piepsen Geräte, ein Telefon schrillt, noch mehr weiß und blau gekleidete Gestalten laufen über den Flur und verschwinden hinter den Türen. Dort sind plötzlich grässliche Würgegeräusche zu hören, davon wird Manuel selbst ganz mulmig.

Irgendwann wird er von der Trage auf einen Rollstuhl verfrachtet, in ein Zimmer geschoben und die beiden Sanitäter verabschieden sich. Auf rätselhafte Weise erscheinen Leute und verschwinden wieder. Irgendwann wird sein Name aufgerufen, daraufhin schiebt ihn jemand in ein Untersuchungszimmer, wo ihm eine Ärztin ungeduldig entgegensieht. Es ist dieselbe grauhaarige Frau, die meint, dass Mägen von Zeit zu Zeit ausgepumpt werden müssen. Sie mustert Manuel mit durchdringendem Blick, blättert kurz in den Papieren und zieht ihm dann mit einem Ruck das Hemd aus der Hose, während sie schon ihr kaltes Stethoskop auf seine Brust setzt.

»Probleme mit der Atmung, aha!«, sagt sie. »Da werden wir zunächst eine Röntgenaufnahme der Lunge machen.«

Kurz darauf sitzt Manuel vor der Röntgenabteilung und sieht sich dort die geschlossenen Türen an. Sie sind dunkelrot und aus Metall, vielleicht sind sie aus Blei, weil Blei vor Röntgenstrahlen schützt. Er hält ein grünes Formular in den Händen, das ihn an die gelochten Bestellformulare aus jenen Tagen erinnert, als der Computer seinen Siegeszug durch die Welt noch nicht angetreten hatte. Es ist die Anweisung der Ärztin, dass seine Lunge auf drei Ebenen durchleuchtet werden soll.

Vier andere Patienten sind bereits vor ihm da gewesen und in der Stunde, in der er die Türen betrachtet, wird die Schlange länger und länger. Sie hat jetzt bereits das Ende des Flurs erreicht, ob sie auf der anderen Seite noch weitergeht, kann Manuel nicht abschätzen. Die Türen zu den Röntgenräumen bleiben weiterhin geschlossen, nichts weist darauf hin, dass sich daran bald etwas ändern wird.

Manuel sitzt in einem dieser zusammenfaltbaren Rollstühle mit einer Sitzfläche aus Leder und rührt sich nicht. Jedes Mal, wenn er auch nur ein wenig das Gewicht verlagert, bewegt sich das Gefährt und die Räder beginnen, sich von selbst zu drehen. Schließlich findet er heraus, was mit dem Stuhl los ist. Wer immer ihn hierhergebracht hat, hat vergessen, die Bremse festzustellen …

… in welcher Klinik der Unfall damals passiert ist, hat er vergessen. Er weiß auch nicht mehr, wie alt er gewesen ist. Nur an eines erinnert er sich, nämlich daran, dass er am selben Tag hätte entlassen werden sollen. Nun sieht er sich wieder in einem ganz ähnlichen Rollstuhl an einer ganz ähnlichen Stelle sitzen … wie damals, als …

… die Räder plötzlich in Bewegung geraten. Unaufhaltsam wird der Rollstuhl schneller. Manuel hat nicht den Mut, in die Räder zu fassen und den Stuhl anzuhalten, weil er sich dabei die Finger brechen könnte. Er ist seiner eigenen Hilflosigkeit ausgeliefert, sieht mit Schrecken, dass ein silberner Kastenwagen auf ihn zukommt, weiß, was geschehen wird, und kann doch nichts dagegen tun. Bei dem Unfall damals hat er sich das Schlüsselbein und ein paar Handwurzelknochen gebrochen …

Damit dasselbe nicht wieder passiert, sitzt Manuel so bewegungslos wie Buddha in seinem Rollstuhl und ihm kommt der Gedanke, dass er vielleicht selber der Buddha ist. Dieser Gedanke gefällt ihm, deshalb stellt er sich vor, dass eines Tages, in zweieinhalbtausend Jahren vielleicht, in den Büchern der Weisheit von einem Buddha des Stillen Sitzens die Rede sein wird. Es ist ein wunderbarer Buddha und dieser Buddha ist er. Die Menschen, die davon lesen, werden es ihm gleich tun, bewegungslos in Rollstühlen sitzen und dies für einen Zeitraum von weiteren zweieinhalb Jahrtausenden. Mindestens.

Aber dann sieht er die Gesichter der Menschen, die gemeinsam mit ihm warten, und es ist so wenig Freude darin. Manuel sieht ein, dass der wunderbare Buddha sich noch nicht manifestiert haben kann, denn Buddha macht die Menschen glücklich, das ist hier aber nicht der Fall. Ihm fällt der Tunnel wieder ein sowie der entsetzliche Abgrund, in welchem der Tunnel endet. Ihm wird klar, dass er weder an Buddha noch an Gott noch an eine Seele oder sonst etwas in der Art glaubt. Er glaubt, dass es sich bei all diesen frommen Geschichten um tröstliche Bilder handelt, die den Menschen darüber hinwegtäuschen, dass von ihm nichts übrig bleibt, wenn er denn einmal tot ist. Der Tod ist ein Schwarzes Loch, in dem alles Leben verschwindet, ohne nennenswerte Spuren zu hinterlassen.

Vielleicht ist er deshalb Wissenschaftsjournalist geworden. In den Wissenschaften hat er Erklärungen gefunden, die ihm einleuchten. Es sind auf jeden Fall bessere Erklärungen als in den frommen Geschichten. Manuel liebt Tatsachen, denn damit kann er etwas anfangen. Die Welt besteht aus Tatsachen, und der menschliche Geist ist so beschaffen, dass er Tatsachen erkennen und einordnen kann. Daraus konstituiert sich das Wissen. Was ein Leben wertvoll macht, ist der Versuch, eine der vielen Lücken, die es in diesem Wissen immer noch gibt, mit Erkenntnissen zu füllen.

Sein Zahnarzt hat es ihm einmal klar und deutlich gesagt: »Junge, von dir zählt nur der Kopf. Den Rest kann man vergessen.«

Von spekulativen Betrachtungen hält Manuel nichts. Das ist schon so, seit ihm vor vielen Jahren ein Priester erklärt hat, dass Gott in seiner Güte ihm mit den Glasknochen eben eine besondere Prüfung auferlegt habe. Noch weniger hält er von den Lamas und Geshes, die behaupten, dass sich nach dem Gesetz von Ursache und Wirkung Untaten aus früheren Leben in ihm manifestiert hätten. Was für einen Sinn soll das denn haben, wenn er sich an keine einzige seiner angeblichen Untaten erinnern kann? Gottes besondere Prüfungen ergeben aber auch nicht mehr Sinn, deshalb hält sich Manuel strikt an Tatsachen.

Gott ist nicht mehr als ein Begriff, der sich auflöst, sobald man versucht, seine Bedeutung zu erfassen. Daher ist Gott nicht mehr als ein leeres Wort. Die Karmalehre hingegen ist das Ergebnis der Denkweise, wie sie in den Ländern des Ostens verbreitet ist, und hat mit der Wirklichkeit etwa so viel zu tun wie ein Glühwürmchen mit der Fotosynthese.

Diesem Glauben ist Manuel nicht immer treu geblieben. Es hat in seinem Leben eine Zeit gegeben, da hat er nicht an die Wissenschaften, sondern an Gott geglaubt – wenn auch nicht an einen persönlichen Schöpfergott, wie ihn die Kirche predigt, so doch an eine alles durchströmende Kraft, die das Leben eines jeden Menschen zum Guten hin lenkt. Damals hat er geliebt und ist geliebt worden. Diese Liebe hat ihn aus seiner Mitte und aus seinem streng disziplinierten Tagesablauf herausgerissen. Wie reich und unglaublich schön ist sein Dasein gewesen. Für den Verrat hat er teuer bezahlt. Die Liebe überdauert den Tod nicht. Sie ist nur eine Illusion, ein Gaukelspiel. Sie ist das, was die Lamas und Geshes in ihren Lehren als Maya bezeichnen.

Manuel weiß um den Abgrund. Viele, viele Male schon ist er durch den Tunnel gegangen und hat die Finsternis erfahren, das Nichts, das Ende von Zeit und Raum. Er weiß, dass die Menschen sich die Geschichten von Gott oder einer Liebe, die den Tod überwindet, nur deshalb erzählen, weil sie wie er diese schreckliche Angst vor dem Sterben haben. Er macht das Spiel aber nicht mehr mit, seit dieselben Geschichten ihm einreden wollen, dass seine Existenz ein Unglück sei, das er mit Würde zu tragen habe.

In der Zeit, in der Manuel über Gott und Buddha nachdenkt, herrscht im Flur ein reges Kommen und Gehen. Schließlich fällt es ihm auf und er fragt sich, ob Krankenschwestern denn nichts anderes zu tun haben, als den lieben langen Tag irgendwelche Leute durch die Gänge zu schieben. Besonders interessant findet er die Kurve am Ende des Flurs, denn ein Bett muss richtig gesteuert werden, damit es bei der Drehung nicht gegen die Wand schrammt. Eine Weile zählt er mit, wie viele Betten anstoßen und wie viele nicht, dann wird es ihm wieder langweilig.

In einem Pulk weißgekleideter Gestalten kommt die grauhaarige Ärztin vorbei, die ihn vorhin untersucht hat. Sie redet auf einen jungen Mann ein und Manuel ist versucht, die Hand zu heben und zu winken. Aber die Ärztin hat keinen Blick für die Patienten, die hier sitzen, und seine Hand sinkt wieder herab. Dann ist die Gruppe auch schon in einem zweiten Flur verschwunden.

Manuel sinnt über seine Rolle als Patient nach. Ein Krankenhaus ist so organisiert, dass es am besten funktioniert, wenn keine Patienten darin liegen. Ärzte und Pflegekräfte sind so mit sich selbst beschäftigt, dass jeder Patient sie überfordert, also sollten diese besser zu Hause bleiben. Das wird er seinem Freund Lothar erzählen, wenn dieser ihn das nächste Mal ins Krankenhaus verfrachten will.

Acht Uhr vorbei. Zu dieser Stunde hat er normalerweise das Frühstück und seine Gymnastik hinter sich. Entweder würde er gerade mit Frau Müller ein Schwätzchen halten oder am Computer sitzen und seine E-Mails lesen. Manuel hat im Internet einen Spitznamen. Dort ist er »der Kopf«.

Vielleicht würde er um diese Zeit aber auch bereits über ein physikalisches Phänomen nachdenken, zum Beispiel über die rätselhafte Geschwindigkeitsabweichung der 1972 und 1973 gestarteten Pioneer-Raumsonden, die in etwa dem Produkt aus der Hubble-Konstanten und der Lichtgeschwindigkeit entspricht. Vielleicht kann er beweisen, dass die kosmische Expansion mit dieser Abweichung zusammenhängt. Dann wird er Lothar davon erzählen.

Lothar arbeitet bei der Luft- und Raumfahrtbehörde und hat eine Schwäche für ausgefallene Ideen. Lothar würde die Lösung für das Problem zunächst einmal bei den Sonden selbst suchen, eine Schubanomalie oder schlicht einen Rechenfehler vermuten. Sie würden sich die Köpfe heißreden, und am Ende würde Lothar ihn wieder einmal für verrückt erklären. Als Manuel sich diese Szene vorstellt, wie er sie schon Hunderte von Malen erlebt hat, kann er ein Schmunzeln nicht unterdrücken und seine Stimmung hebt sich.

Auf einmal geschieht, was niemand mehr für möglich gehalten hat. Eine Röntgenassistentin erscheint und ruft mit monotoner Stimme »Der Nächste, bitte!« in den Flur hinein. Sie macht eine erwartungsvolle Pause, aber von den Wartenden kann keiner ohne Hilfe aufstehen. Endlich kommt die Röntgenfrau heraus, greift nach dem ersten Rollstuhl und verschwindet mitsamt dem Patienten hinter der dunkelroten Tür.

Nun vertreibt sich Manuel die Zeit damit, dass er sich fragt, ob die Aufforderung »Der Nächste, bitte!« gerechtfertigt ist oder ob es nicht »Der Erste, bitte!« heißen müsste. Er kommt zu dem Ergebnis, dass der Ausruf durchaus richtig ist, wenn die vorausgegangenen Tage und Wochen mit in Betracht gezogen werden. Schließlich ist die Reihe an ihm und er wird wie die anderen vor ihm in den Raum geschoben.

»Wenn Sie bitte Ihre Kleider ablegen und sich dorthin stellen, Herr …«, sagt die Röntgenassistentin, die geschäftig hin und her läuft. Sie studiert das grüne Formular; da es aber handschriftlich ausgefüllt ist, kann sie Manuels Namen nicht lesen und sieht ihn schließlich direkt an. In ihren Augen flackert es, doch weil sie routiniert ist, weiß sie es geschickt zu überspielen, produziert ein Lächeln und legt das Hemd, das Manuel ausgezogen hat, ordentlich auf die Ablage.

»Kann ich Ihnen helfen?«, fragt sie und will wissen, inwieweit er alleine gehen und stehen kann. Wenn Manuel sich irgendwo festhält, kann er ein paar Schritte auf seinen eigenen Füßen machen. Das führt er der Röntgenfrau nun vor.

»Nicht jedes Krankenhaus ist auf das Röntgen von Kleinwüchsigen eingerichtet«, meint er. »Ich bin deswegen sogar schon in die Kinderklinik gebracht worden.«

»Das geht schon. Das kriegen wir hin«, erwidert die Röntgenassistentin und hantiert, wieder ohne ihn anzusehen, mit dem Gerät, schraubt daran herum, senkt die Röhre, hebt sie erneut an und senkt sie noch weiter. Dann schiebt sie die Platte ein. »So – bitte, Herr …«

»Jäger. Manuel Jäger.«

»Bitte, Herr Jäger. Geht es? Gut so! Alles paletti!«

Manuel steht vor dem Röntgenauge und grinst es an. So also muss sich ein Außerirdischer fühlen, wenn er durchs Hubble-Teleskop beobachtet wird. Die Röntgenfrau legt ihm den Bleigürtel um die Hüfte, dabei geht er in die Knie und fällt beinahe um. Der Rollstuhl wird näher herangeschoben, er darf sich daran festhalten. An den Seitenblicken, mit denen die Frau ihn streift, kann Manuel ablesen, dass sie ihn bedauert.

»Das machen Sie ganz prima!«, sagt sie in einem munteren Ton, der entsetzlich künstlich klingt. »Und jetzt – bitte die Luft anhalten!«, ruft sie ihm zu, während sie in den Schutzraum nebenan verschwindet.

Dann sitzt er wieder im Rollstuhl und wird in den Flur zurückgeschoben. Statt des grünen Formulars hält er nun eine braune Tüte mit Röntgenbildern in seinen Händen und verfolgt, wie der nächste Rollstuhl hinter der Tür verschwindet. Es ist neun Uhr vorbei. Vor seinem inneren Auge erscheinen knusprige Brötchen und dampfend heißer Kaffee mit einem Klecks Sahne darauf. Manuel wünscht sich, der Inhalt der Tüte möge sich entsprechend verwandeln, aber nichts geschieht. Mit knurrendem Magen bleibt er sitzen, wo er ist, denn niemand kommt und holt ihn ab.

Was das Frühstück und eine ausgewogene Ernährung betrifft, unterscheiden sich Pflegepersonal und Ärzte wenig voneinander. Beide machen stets Empfehlungen, an die sie sich selbst nicht halten. In der Cafeteria des Krankenhauses sitzen vier Ärzte gemeinsam an einem Tisch, drei davon haben einen großen, mit bitterem Kaffee gefüllten Plastikbecher vor sich stehen. In zwei Bechern ist der Kaffee schwarz, nur einer wird mit Milch und Zucker getrunken. Bei Christian Fischer ist es an diesem Montagmorgen der erste Kaffee, bei Regina Funke der dritte, wie viele Sebastian Fenning getrunken hat, weiß er selber nicht, denn er hat in dieser Nacht Dienst gehabt und sich dafür mit Kaffee gedopt. Ingrid Lauenfels-Bopp trinkt Tee. Das Rauchen haben sich die Ärzte abgewöhnt. Sie haben dafür die wirksame Methode entwickelt, so lange auf die gesundheitlichen Risiken hinzuweisen, bis es ihnen von Staats wegen endlich verboten worden ist. Gefrühstückt hat an diesem Tag noch keiner von ihnen und sie tun es auch jetzt nicht. Sie gönnen sich nur eine kleine Pause.

Regina Funke hat ihren Dienst um sechs Uhr früh angetreten und die letzten Notfälle aufgenommen. Punkt acht Uhr hat sich das Marienhospital für dieses Mal von der Notaufnahme verabschiedet, und Regina Funke hat sich ihren sonst üblichen Aufgaben zugewandt. Sie hat an der Fallbesprechung im Konferenzraum teilgenommen und zwei Darmspiegelungen durchgeführt. Nun trinkt sie Kaffee, um Christian Fischer kennenzulernen, mit dem sie künftig zusammenarbeiten wird.

Als Akademisches Lehrkrankenhaus ist das Marienhospital der Universität angegliedert und bildet angehende Ärzte aus. Christian Fischer ist ein solcher und hat Ende Oktober sein Praktisches Jahr begonnen, von dem er sechzehn Wochen in der Inneren Medizin verbringen wird. Im entsprechenden Auswahlverfahren ist er der onkologischen Station von Dr. Ingrid Lauenfels-Bopp zugeteilt worden. Er interessiert sich für Tumorerkrankungen und liebäugelt damit, später seinen Facharzt in diesem Bereich zu machen. Am vergangenen Donnerstag ist ihm jedoch über das Sekretariat von Professor Gössner überraschend mitgeteilt worden, dass er künftig in der Gastroenterologie bei Dr. Regina Funke weitere Erfahrungen sammeln soll. Diese Versetzung trifft ihn hart, zumal er sich den Grund dafür nicht erklären kann. Er hat das Wochenende damit verbracht, darüber nachzugrübeln, ob er vielleicht versagt hat.

Seit einiger Zeit plagen Christian diffuse Ängste. Zweifel an sich und seiner Berufswahl hat er schon einmal gehabt und zwar in seiner Famulatur, als er zum ersten Mal konkret mit der Krankenhauswelt in Berührung gekommen ist. Dabei hat er bei allen Prüfungen stets hervorragend abgeschnitten, beim Abitur, beim TOEFL-Test für ein Auslandssemester und bei der Ersten Ärztlichen Prüfung am Ende des Vorklinikums. Er kann sich auf seine rasche Auffassungsgabe und sein Gedächtnis verlassen. Mit Beginn des Praktischen Jahres sind die Ängste plötzlich wiedergekommen, aber er überspielt sie und lässt sich nichts anmerken.

»Ich gebe Sie gar nicht gern her, Christian«, sagt Ingrid Lauenfels-Bopp, und ihrem Gesicht sieht er an, dass sie es ehrlich meint. »Sie wissen außerordentlich viel über Tumorerkrankungen und kennen sich auf meiner Station inzwischen wirklich gut aus. Sie sind gewissenhaft und fleißig. Ich hätte Sie gern über den gesamten Zeitraum bis Februar bei mir behalten.«

»Ich bin sehr gern bei Ihnen«, entgegnet Christian und legt beide Hände um seinen Kaffeebecher. »Ich finde es schade, dass ich wechseln muss. Die Onkologie ist ein interessantes Gebiet.« Bei diesen Worten fällt ihm ein, dass seine neue Vorgesetzte zuhört, deshalb fügt er hastig hinzu: »Wobei der Wechsel natürlich auch seine positiven Seiten hat. Ich kann in einem weiteren Bereich der Inneren Medizin meine Erfahrungen sammeln. Sicher werde ich auch bei Ihnen, Dr. Funke, viel lernen.«

Regina Funke nickt wohlwollend, wendet sich aber an Sebastian Fenning. »Wann wird denn nun geheiratet?«, will sie wissen.

Dr. Fenning blickt trübselig in seinen Becher. »Sobald ich den Facharzt in Onkologie habe«, antwortet er düster.

Regina Funke schüttelt sachte den Kopf. »Sie haben die Sache aber auch schleifen lassen, Sebastian. Wie lange arbeiten Sie denn nun schon als Assistent? Zwei Jahre? Fünf? In dieser Zeit hätten Sie sich schon längst an Ihren Facharzt machen müssen.«

»Ich weiß. Aber ich konnte mich nicht aufraffen. Man lebt doch nicht nur, um zu arbeiten. Nach sechzig, siebzig Stunden Dienst pro Woche habe ich einfach genug. Ich brauche Bewegung, muss mich mit Sport austoben, sonst werde ich verrückt. Ich gebe gerne zu, dass ich nicht sehr ehrgeizig bin. Mein Fehler.«

»Keine Sorge. Den Facharzt haben schon andere geschafft, den bringen Sie ebenfalls fertig«, sagt Ingrid Lauenfels-Bopp beruhigend. »Meine Unterstützung haben Sie. Das bin ich meinem Chef und alten Lehrmeister Siegfried Gössner schuldig.«

»Der Professor hat sowohl auf dem Gebiet der Stammzellforschung wie auch der Tumormarker Herausragendes geleistet«, wirft Christian ein. »Haben Sie seine Arbeiten über das Carcino-Embryonale-Antigen gelesen? Ich war davon sehr beeindruckt.« Drei Augenpaare richten sich fragend auf ihn. Mit einem Mal hat Christian das Gefühl, etwas Falsches gesagt zu haben, und verstummt verlegen. Doch bevor das Schweigen peinlich wird, spricht Dr. Lauenfels-Bopp schon weiter.

»Bleibt es dabei, dass Sie erst im Januar bei mir anfangen?«, wendet sie sich an Sebastian Fenning. »Gibt es nicht doch eine Möglichkeit, dass Sie Ihren Dienst früher antreten?«

Der Arzt schüttelt den Kopf. »Ausgeschlossen. Die Tour in die Anden ist fest gebucht. Die lasse ich mir nicht nehmen. Ich brauche noch einmal ein Abenteuer, bevor ich mich an den

Facharzt mache und das Ehejoch endgültig auf mich nehme. Danach wird es doch nichts mehr.«

»Dann fehlt mir ein Arzt auf Station«, sagt Dr. Lauenfels-Bopp seufzend. »Mein zweiter Mann ist am kommenden Wochenende für den Nachtdienst eingeteilt und hat danach frei. Was soll ich tun? Ich muss nächsten Montag zur Kuratoriumssitzung nach Baden-Baden und kann meine Patienten doch nicht sich selbst überlassen.«

»Diese Probleme kenne ich nur zu gut«, stimmt Regina Funke zu. »Ich musste Fenning an Sie abtreten und Olaf Röhm zu dieser Fortbildung schicken, weil ihm sonst die CME-Punkte fehlen. Und ich habe vierzehn Betten mehr als Sie. Ich brauche diesen jungen Mann hier. Und zwar ganz dringend.«

Christian Fischer lächelt seiner neuen Chefin zu. »Ich werde mich anstrengen«, sagt er und zwinkert lustig dabei. »Wie soll ich mich denn auf Ihrer Station einführen?«, will er wissen. »Muss ich vor den Stationsschwestern eine kleine Rede halten oder wie wird das bei Ihnen gehandhabt?«

»Bloß nicht«, lacht Regina Funke und droht ihm schelmisch mit dem Zeigefinger. »Ich lasse nicht zu, dass Sie meinen Mädchen den Kopf verdrehen. Nein, das werden wir ganz ohne Brimborium machen«, sie unterbricht sich und blickt auf ihre Armbanduhr. »Kommen Sie doch einfach in etwa einer Stunde auf meine Station runter, dann machen wir gemeinsam die erste Visite.«

»Ich werde noch einmal mit Gössner reden«, meint Ingrid Lauenfels-Bopp und knüllt den leeren Becher zusammen. »So geht es nicht. Für den Nachtdienst muss ein anderer eingeteilt werden. Wenn Sie mit mir kommen, Christian, mache ich gleich Ihre Beurteilung fertig.«

Christian Fischer erhebt sich ebenfalls. Im selben Augenblick schlägt die Angst wieder zu und sie ist so stark, dass ihm der Schweiß ausbricht. Er sieht sich plötzlich an einem Abgrund stehen und weiß, dass irgendetwas schrecklich schiefgehen wird. Am liebsten hätte er laut »halt, nein!« geschrien, aber er lächelt und verdrängt wie immer seine Gefühle.

Dagmar hat in der Zwischenzeit zwei weitere Pflegefälle versorgt und bringt die gebrauchten Waschschüsseln in den Wirtschaftsraum. Dabei läuft ihr Wendelin Weihrauch über den Weg, der heute einen himbeerroten Schlafanzug trägt. Er erwidert ihren Blick und es liegt dieselbe leise Trauer darin, die sie vorhin im Zimmer bei Frau Rosenbach verspürt hat.

Wendelin Weihrauch ist ein verrückter, alter Mann, der in einer Welt lebt, die es gar nicht gibt. Ein typischer Fall von Altersdemenz, wären da nur nicht seine merkwürdigen Ansprachen, die einen bis ins Herz treffen und deshalb stets ein wenig unheimlich sind. Vergangene Woche ist er eingeliefert worden, unterernährt und völlig ausgetrocknet. Er hat eine Menge bunter Schlafanzüge mitgebracht und alle tippen darauf, dass sie aus einem Sonderangebot von C&A stammen. Ulrike hat berichtet, dass er nachts in verschiedenen Zimmern herumgeirrt sei und dabei einige Patientinnen schier zu Tode erschreckt habe. »Er hat einen Zwerg gesucht«, hört Dagmar wieder Ulrikes Stimme, »und zwar einen Zwerg mit blauen Augäpfeln. Ist das nicht völlig abgedreht?«

Der alte Mann tut Dagmar leid, denn er kann nichts dafür, dass er verrückt ist, und er hat etwas an sich, das sie rührt. Manchmal versucht sie, ihn den anderen gegenüber zu verteidigen, aber gegen das allgemeine Gespött kommt sie nicht an. Dann macht auch sie sich lustig über ihn und hofft, dass er ihr verzeiht. Insgeheim glaubt sie, dass er weise ist, aber das behält sie lieber für sich.

Marion holt die Tabletts mit den Arzneimitteln aus dem Schrank und sie beginnen mit dem Verteilen des Frühstücks. Sonja sprudelt vor Vergnügen, denn sie hat beobachtet, dass der Krankenpflegeschüler einem Patienten das falsche Gebiss eingesetzt hat, nämlich das von seinem Bettnachbarn.

»Das ist so, als hätte Berthold Hauser einen Kuss von Mado Kerbul bekommen«, erklärt sie und kann kaum an sich halten vor lauter Lachen.

»Woher soll ich denn wissen, wem welche Zähne gehören?«, wehrt sich Freddy. »Die Dosen mit den Prothesen standen nebeneinander auf dem Waschbecken, da kann man sich schon einmal vertun. Irren ist menschlich.«

Dagmar hört nur mit halbem Ohr zu, denn sie überlegt, womit sie nach dem Frühstück weitermachen soll. Der Tagesplan sieht vor, dass alle Patienten bis zum Frühstück gewaschen sind, aber sie haben es wieder einmal nicht geschafft. Wenn Notaufnahme ist, werden nachts keine Patienten gewaschen – was sie sonst tun, obwohl es verboten ist. In der vorgeschriebenen Zeit kommen sie mit der Arbeit aber nicht durch. Es herrscht Einigkeit darüber, dass es immer noch besser ist, nachts einen Menschen aus dem Schlaf zu reißen als ihn den ganzen Tag ungewaschen im Bett liegen zu lassen. Noch dringender sind allerdings die Verbandwechsel, zumal am Wochenende keine gemacht wurden und einige so durchgeschlagen sind, dass Eiter und Wundsekrete nun die Betten verschmieren.

Plötzlich stößt Cornelia einen Schrei aus. Dieser gilt einer dicken Patientin, die, in einen geblümten Morgenmantel gewickelt, auf sie zukommt. Der Schrei weckt Wendelin Weihrauch aus seiner Verlorenheit, denn mit einem Mal sieht er sich überrascht um und macht sich auf den Weg in sein Zimmer.

»Frau Liebich!«, ruft Marion empört. »Was machen Sie denn wieder? Sie wissen doch, dass Sie nicht aufstehen dürfen! Und jetzt laufen Sie schon wieder herum! Wenn Sie so weitermachen, muss Ihr Fuß doch noch amputiert werden.«

»Schimpfen Sie nicht mit mir«, bittet Frau Liebich erschrocken. »Ich wollte euch doch nur sagen, dass die Ute immer noch am Waschbecken sitzt. Frau Kubatzki ist immer so nett zu mir, da wollte ich ihr auch einen Gefallen tun.«

Dagmar sieht Marion an und ihr Blick sagt alles. Sie hat die Kubatzki total vergessen. Ute Kubatzki sitzt seit über einer Stunde am Waschbecken und kommt allein weder in ihre Kleider noch in ihr Bett zurück.

Marion versteht. »Das wissen wir«, ruft sie munter zurück. »Wir kommen in zwei Minuten doch sowieso mit dem Frühstück in Ihr Zimmer. Da wird sich die Dame ja wohl noch ein bisschen gedulden können.«

Was Marion außerdem sagt, hört Dagmar nicht mehr, denn sie ist mit dem nächsten Tablett selber wieder unterwegs. Auf dem Tablett stehen ein Kännchen Kaffee, Tütchenzucker, eine Tasse, abgepackte Kaffeesahne, drei Medikamentenbecher sowie ein mit Zellophanfolie abgedeckter Teller, auf dem sich ein altbacken aussehendes Brötchen, eine Scheibe Vollkornbrot, Wurst, Dreieckskäse und Marmelade befinden.

Dagmar tritt ins Zimmer und kann die Lücke in ihrem Notizbuch schließen, denn sie hat den gotteslästerlich stinkenden Verwahrlosten gefunden. Wie der Patient das in der kurzen Zeit gemacht hat, weiß sie nicht, aber die vormals weiße Bettwäsche ist so grau, als würde darunter laufend Schmieröl ausgeschwitzt, und das Bett ist voller Krümel, weil der Mann Butterkekse von Leibniz isst. Über dem krankenhauseigenen Flügelhemd trägt er seine Strickjacke, ein löchriges Ding von undefinierbarer Farbe, in das nicht nur Erdklümpchen, sondern auch Sägespäne eingebacken sind. Zum ersten Mal an diesem Tag ist Dagmar froh, dass sie Schnupfen hat und daher kaum etwas riechen kann. Ein Blick auf den Rollbügel am Bettende sagt ihr, dass der Mann Anton Henschler heißt.

Sie grüßt freundlich und stellt das Tablett mit dem Frühstück auf seinem Nachttisch ab. Anton Henschler hat einen Bart und rotblonde Haare, die nach allen Seiten hin abstehen. Er blickt auf, nickt zustimmend und in seinen Augen sitzt eine verstohlene, kleine Freude, die Dagmar dort nicht erwartet hat. Das Gesicht ist braungebrannt und so zerknittert, als hätte ein Kürschner es in Arbeit gehabt.

Die beiden Herren in den Betten daneben blicken pikiert, ihr Morgengruß fällt gedämpft aus. Dagmar sieht ihnen an, was sie über den Neuzugang denken. Kurt Emmrich am Fensterplatz leidet besonders demonstrativ, denn er liebt Ordnung und Disziplin und weiß, wie das Leben geht. Wenn andere es nicht wissen, beklagt er sich. Im Stationszimmer nennen sie Herrn Emmrich den Oberlehrer. Dagmar bringt auch diesen Herren das Frühstück, dann sind alle Tabletts ausgeteilt und Marion schickt die Schüler zu den Patienten, denen bei der Nahrungsaufnahme geholfen werden muss.

»Es wäre prima, wenn du dich um Martha Reich kümmern könntest«, sagt sie zu Dagmar. »Ich muss nämlich unbedingt bei Müller Zwo den Katheter wechseln. Der hat sich eine Blaseninfektion geholt.«

Dagmar überlegt, wer um alles in der Welt Martha Reich ist, und blättert verstohlen in ihrem Notizbuch nach. Da steht es gleich als Erstes unter dem Datum: Schlaganfall mit Halbseitenlähmung links. Keine Reak. auf Ansp. Eing. Ref. Sie runzelt beim Lesen die Stirn. Was soll das denn heißen? Eingegangene

Referenzen? Seit wann braucht eine Patientin Referenzen? Dann fällt ihr ein, dass wahrscheinlich von eingeschränkten Reflexen die Rede ist, und sie verbessert ihren Aufschrieb hastig in eingeschr. Reflex.

Noch während sie schreibt, taucht Dr. Regina Funke auf. Diese hat wieder einmal den Weg über die Hintertreppe benutzt, was sie gerne tut, weil sie von dort auch zur Endoskopie hinüberkommt. Die Stationsärztin ist Spezialistin für Magen-Darm-Erkrankungen. Es ist ihr Job, Därme zu spiegeln und Mägen auszupumpen. Für diese Arbeit zieht sie sich Gummistiefel und Lederschürze an, häufig rennt sie in diesem Aufzug auch über Station. Das erschreckt die Patienten und Regina Funke tut es wohl gerade deswegen. Dagmar ist jedes Mal erleichtert, wenn die Ärztin im weißen Kittel auftaucht wie auch jetzt.

»Fünf Zugänge allein in der vergangenen Nacht!«, trompetet Dr. Funke ihnen entgegen. »Nicht schlecht! Wo habt ihr diesen Glasknochenmenschen denn nun untergebracht? Und wo ist seine Kurve?«

»Wen?«, fragt Dagmar verständnislos.

»Manuel Jäger«, erklärt Dr. Funke und blickt durch ihre Brille, als ob das außer Dagmar jeder wüsste. Die Brille ist im Stil der Fünfzigerjahre mit auf die Schläfe spitz zulaufenden Ecken und wenn Dr. Funke sie nicht auf der Nase hat, trägt sie sie an einer silbernen Kette um den Hals.

»Ich habe Ihnen am Telefon doch gesagt, dass wir kein Bett mehr freihaben«, platzt Marion ungehalten heraus. »Wo sollen wir ihn denn hintun? In den Schrank vom Wirtschaftsraum vielleicht?«

Dr. Funke richtet einen Zeigefinger auf Marion. »Einer eurer Zugänge wurde auf Chirurgie verlegt. Mindestens dieser Platz ist also noch frei. Macht mir nichts vor. Damit kommt ihr bei mir nicht durch.«

»Wir hatten diesem Patienten nur vorübergehend das Bett von Bruder Anselm gegeben, der für heute einbestellt ist. Bruder Anselm kommt gegen elf Uhr auf Station. Wir haben das aber mit Ihnen besprochen. Mehrfach sogar!«

»Daran habe ich gar nicht mehr gedacht.« Regina Funke verschenkt ein freundliches Strahlen. »Wir müssen uns etwas einfallen lassen. Was machen wir denn da?«

»Die Station ist bereits überbelegt«, sagt Marion und ihre Stimme klingt schärfer. »Wir können niemanden mehr aufnehmen. Wir schaffen schon jetzt die Arbeit nicht. Es sind noch nicht einmal alle Patienten gewaschen.«

»Ja und? Soll ich den Mann wieder auf die Straße setzen? Was soll ich ihm sagen? Vielleicht: Guter Mann, Sie wurden zwar als Notfall bei uns eingeliefert, aber nun gehen Sie am besten wieder nach Hause, denn es passt Schwester Marion gerade nicht in den Kram, dass Sie zu uns kommen. Ich gebe Ihnen Bescheid, sobald Schwester Marion wieder bessere Laune hat. Soll ich ihm das sagen? Schwester Marion, wir diskutieren hier nicht darüber, *ob* der Patient auf Station kommt. Wir diskutieren, *wohin* mit ihm.«

Marion läuft hochrot an und sieht einen Augenblick so aus, als würde sie gleich in Tränen ausbrechen. Sie tut es aber nicht. Stattdessen schiebt sie ihr Kinn vor und funkelt die Ärztin an. »Dann haben Sie die Verantwortung, wenn wir aufgrund von Überlastung Fehler machen. Ich werde Ihre Entscheidung, über die zulässige Zahl hinaus Patienten aufzunehmen, dokumentieren.«

Wenn Blicke töten könnten, dann wären in diesem Moment alle beide tot umgefallen. Dagmar überlegt, ob sie Marion im Stich lassen und lieber Flaschennahrungen anhängen soll, bleibt aber trotzdem stehen. Sie hat genausoviel Verantwortung wie Marion und hält die Situation aus. Es steht im Leitbild vom Marienhospital, dass, wer Verantwortung trägt, kritische Situationen aushalten muss.

Dr. Funke hat genug. »Mit Ihrer Einstellung werden Sie in einem Akutkrankenhaus wie diesem nicht weit kommen«, sagt sie kalt. »Es geht hier nicht um Zulässigkeit, es geht um Menschen. Schluss jetzt mit der Debatte! Wo bringen wir diesen Jäger denn nun unter? Wenn Sie einen konstruktiven Vorschlag haben, Schwester Marion, höre ich Ihnen gerne wieder zu.«

Der konstruktive Vorschlag kommt jedoch gleich darauf von ihr selber. »Ich könnte Werner Kantz entlassen, was meint ihr? Der ist doch fast genesen, die Medikamente kann er auch zu Hause einnehmen. Ja, das kann ich machen. Wo liegt Kantz denn noch mal?«, fragt sie und dreht sich mit zusammengekniffenen Augen zur Patiententafel an der Wand um, auf der alle Zimmerbelegungen notiert sind.

»Im Zimmer von Albert Schuster und Rudolf Schröder«, gibt Dagmar Auskunft.

Regina Funke zieht eine Grimasse und streicht nachdenklich über ihre kurz geschnittenen Haare. »Hm, das scheint mir für einen OI-ler aber nicht die richtige Umgebung zu sein. Schröder ist … wie soll ich sagen? … ein eher grobschlächtiger Charakter. Und Albert Schuster ist nicht viel besser. Ich kann Jäger doch nicht zu diesen beiden Trampeltieren ins Zimmer legen. Habt ihr einen besseren Vorschlag?«

»Wieso? Was ist mit diesem Jäger los?«

»Wenn noch ein Pflegefall kommt, kündige ich«, murrt Marion.

»Manuel Jäger würde gut zu Clemens Bittlinger passen. Dort hätte Jäger seine Ruhe. In einem Zweibettzimmer ist der Mann auf jeden Fall besser untergebracht.«

»Was ist mit Bruder Anselm? Wer zur Barmherzigen Gemeinschaft gehört, hat Anspruch auf ein Zweibettzimmer. Sie wissen doch selbst, wie wichtig den Brüdern und Schwestern diese Bevorzugung ist. Bruder Anselm wird sich garantiert beschweren, wenn er ins Dreibettzimmer kommt, und dann ist der Ärger mit dem Vorstand und mit Prior Martin vorprogrammiert.«

»Ich weiß, was wir tun«, meint Dr. Funke. »Bittlinger ist bereits jenseits von Gut und Böse. Da ist es egal, wo er liegt, und für einen Sterbenden ist das Bad nicht der schlechteste Ort. Wenn wir die Heizung aufdrehen, hat er es zudem schön warm. Wir legen Jäger auf Bittlingers Platz zu Bruder Anselm ins Zimmer. Der wird sich freuen, wenn er jemanden zum Reden hat. Jäger macht einen recht gebildeten Eindruck. Das ist die perfekte Lösung. So werden wir es machen.«

»Im Bad liegt ein Neuzugang mit Aids. Melanie Rosch.« Marion ist besänftigt, nur ihre Stimme klingt ein wenig spöttisch.

»Ihr macht es mir heute aber wirklich schwer, Kinder«, seufzt Regina Funke. »Mir reicht's. Dann muss es eben so gehen. Werner Kantz wird entlassen und Manuel Jäger kommt zu Schröder und Schuster ins Dreibettzimmer. Ende der Diskussion. Schluss, Punkt, Amen, Aus.«

Marion lässt sich die Gelegenheit nicht entgehen. »Was machen wir mit der Patientin in der Nische?«, fragt sie genüsslich. »Die können wir doch nicht tagelang im Flur stehen lassen.«

»Wenn ihr sie vorübergehend ins Bad … ach so … das geht nicht, hm, hm, … da haben wir also noch ein Problem …«

»Sitta Haskanaye ist Türkin«, erklärt Dagmar und weist auf die Tafel. »Die können wir sowieso nicht ins Bad legen, selbst wenn es frei wäre.«

Die Stationsärztin gibt Dagmar recht. »Stimmt, man würde uns wieder Ausländerdiskriminierung vorwerfen. Erinnert ihr euch noch an den Artikel, den dieser unsägliche Journalist für die KATZ fabriziert hat? Schleicht sich als Patient hier ein, um dann frech zu behaupten, wir würden Moslems in die Badezimmer abschieben. Widerlicher Schmierfink. Aber was tun wir nun mit der? Ah, wartet! Ich habe eine Superidee. Die junge Frau mit dem Asthma … wie heißt sie noch? Die mit dem Bronchoparatperfusor, ihr wisst schon …«

»Stefanie Petzold?«

»Genau! Die wollte ich nach Weihnachten sowieso in der Lungenfachklinik gründlich durchchecken lassen. Das leiere ich einfach jetzt schon an. Wie geht es der Petzold eigentlich? Schreibt sie immer noch an ihrer Lebensgeschichte, wie der Psychologe ihr angeraten hat?«

»Sogar nachts unter der Bettdecke«, grinst Marion. »Mithilfe einer Taschenlampe. Sie glaubt, dass es ein Bestseller wird.«

»Dann hat sie in der Wilhelmsruhe doch gleich Stoff für ein neues Kapitel. Stellt euch vor, die haben dort seit Neuestem einen Pneumotachographen für Ganzbodyplethysmographien. Was sagt ihr dazu?«

»Ich bin beeindruckt«, gibt Marion zurück. »Wenn ich jetzt noch wüsste, was eine Ganzbody … Ganzbodyplethi … Ganzbodydingsbums ist, dann …«

Die Stationsärztin lacht. »Ach, das meine ich doch nicht. Ich will wissen, was ihr von meiner Idee haltet. Wir verlegen die Petzold zu den Lungenspezialisten und geben der Türkin diesen Platz. Ich werde gleich mit der Wilhelmsruhe telefonieren und die Sache eilig machen. Diese Entscheidung muss nur irgendwie an den Fallpauschalen vorbeigemogelt werden, sonst steigen mir die Verwaltungsheinis wieder aufs Dach.«

»Ja, so könnte es gehen«, stimmt Dagmar seufzend zu, weil Marion nur mit vorgeschobener Unterlippe dasteht. »Damit sind alle zur Zufriedenheit aller untergebracht. Sogar dieser Neue.«

»Jäger. Er heißt Manuel Jäger.«

»In Ordnung. Und wo ist er?«

Regina Funke stutzt und denkt nach. Sie sieht sich nach allen Seiten um. »Du liebe Zeit!«, sagt sie endlich. »Ich habe ihn vor drei oder vier Stunden in der Ambulanz unten als Notfall aufgenommen und dann ins Röntgen geschickt. Ich weiß nicht, wo er ist. Wir müssen ihn suchen.«

Die Hände in den Jackentaschen vergraben, kämpft sich Lothar durch den Schneeregen. Das Gelände, an dem er vorbeistapft, ist früher einmal ein Versuchsflugplatz gewesen, und die hässlichen Betonschachteln, auf die er zumarschiert, sind Zweckbauten, in denen verschiedene Abteilungen des Zentrums für Luft- und Raumfahrttechnik untergebracht sind. Die Gebäude tragen imposante Namen wie Institut für Hochfrequenztechnik und Radarsysteme (HOFRAD), Zentrum für Erstarrung unterkühlter Schmelzen (ZEUS) oder Simulations- und Softwaretechnik für laboreigene Innovationsmethoden (SIMSALABIM). Daneben nimmt sich der Name des Instituts, in dem Lothar arbeitet, bescheiden aus. Es ist das Institut für Planetenforschung und Planetengeologie (PLA-PLA).

Lothar ist von Haus aus Geoinformatiker. Als Kind hat er gern mit Eisenbahnen gespielt und die Schienen durch selbst gebastelte Landschaften gelegt, mit Tunnels, Bahnhöfen, ganzen Dörfern aus Fallerhäuschen, Kunstgraswiesen und schwarz-weiß gefleckten Plastikkühen. Er glaubt, dass er schon damals gewusst hat, dass er eines Tages die Landschaften verschiedener Planeten nachbauen würde.

Lothar ist tief in Gedanken versunken, aber es sind nicht die Eisenbahnen seiner Kindheit, über die er nachdenkt.

Die Menschheit ist imstande, Galaxienhaufen bis in eine Entfernung von mehr als sieben Milliarden Lichtjahren zu erkunden, die Entstehung des Universums von der allerersten Sekunde an zu verfolgen, die Atome zu spalten und deren Energie für eigene Zwecke zu nutzen. Wenn all dies machbar ist, denkt Lothar, sollte es doch möglich sein, Menschen wie Manuel einen gesunden Körper zu verschaffen. Doch davon ist man bis zum heutigen Tag immer noch weit entfernt.

Dabei hat sich die Medizin eben diesem Auftrag verschrieben. Genau dafür werden jährlich überall auf der Welt Milliardenbeträge bereitgestellt. Doch die Medizin hat das gegebene Versprechen nicht eingelöst. Statt Krankheiten endgültig auszumerzen, tauchen immer neue auf. Warum gibt es keine Behandlung, die Manuels Gesundheit so verbessert, dass er unbeschwert leben kann? Warum ist er gezwungen, die Hälfte seines Lebens in wechselnden Kliniken zu verbringen? Lothar kann verstehen, dass Manuel genug davon hat. Jedes Projekt hat einen Anfang und ein Ende. Nur das Projekt Gesundheit nicht.

Lothar möchte seinen besten Freund endlich gesund sehen. Er kann es nicht ertragen, wenn Manuel Schmerzen hat. Er glaubt, dass das Genmaterial eines Menschen durchaus so modifiziert werden kann, dass Erbkrankheiten bald der Vergangenheit angehören. So schwer kann das doch nicht sein. Im Institut haben sie es schließlich auch geschafft, die Rohdaten der einzelnen Bildsequenzen zu optimieren, und das war, weiß Gott, nicht einfach. Warum können die Ärzte Manuel nicht so behandeln, dass er Rollstuhl und Sauerstoffgerät auf den Müllplatz werfen kann? Aber außer großartigen Versprechungen hat die Gentherapie bislang herzlich wenig gebracht. Ein paar Insuline, na gut. Sonst hört man nur, dass die Koryphäen im Wesentlichen damit beschäftigt sind, ihre Forschungsergebnisse zu manipulieren. Wenn Lothar etwas nicht ausstehen kann, ist es die Fälschung von Daten.

Das Knattern des rot-weiß gestreiften Windsacks reißt ihn aus seinen Gedanken. Der Wind bläst den eisigen Regen beinahe waagrecht heran und die Sicht ist so schlecht, dass er die Blinklichter oben an den Masten nicht mehr erkennen kann. Er muss sich beeilen, sonst wird er völlig durchnässt im Institut eintreffen.

Lothar will, dass dieser lebendige, fantasievolle Geist, der aus Manuel spricht, einen Körper hat, in dem er sich angemessen ausdrücken kann, nicht diesen erbärmlichen, der ihm dauernd Scherereien macht. Manuel hat die Begabung, aus trockenen Daten wunderbare und rätselhafte Welten erstehen zu lassen. Dafür liebt und bewundert Lothar seinen Freund. Manuel gibt die Richtung an, weil er Zusammenhänge sieht, wo andere keine sehen, weil er mit Daten wie ein Zauberkünstler jonglieren kann. In Sachen Fantasie ist Manuel der Lokomotivführer, der andere mitzieht. Damit verglichen ist Lothar nur der Kohlenschaufler, der Menschen wie Manuel die Daten zuschiebt. Was für Einfälle dieser Mann doch hat! In früheren Jahren hat Lothar auch oft über Manuels trockenen Humor gelacht. Aber seit Lenora nicht mehr da ist, macht Manuel nur noch selten Witze. Ihr Tod hat ihn sehr verändert.

Das Leben ist so ungerecht, dass es wehtut.

Lothar betritt das Institut, wirft achtlos die Jacke in die Garderobe, wo sich schon ein Haufen regenfeucht müffelnder Kleidungsstücke türmt, und geht in den Kontrollraum hinunter, wo Mitarbeiter und studentische Hilfskräfte damit beschäftigt sind, die in langen Bildschirmreihen eingehenden Daten zu ordnen und zu analysieren.

»Sieh mal, was wir hier haben«, ruft ihm sein Chef anstelle einer Begrüßung zu und zeigt auf einen Monitor.

»Was ist das?«

»Das Mustererkennungsprogramm tippt auf Wasser. Na, was sagst du nun? Wasser auf dem Mars! Das heißt, dass es auf dem Mars doch Leben geben oder zumindest einmal gegeben haben könnte.«

Die Begeisterung seines Chefs versetzt Lothar einen Stich. Er sieht, wie es hinter der hohen Stirn arbeitet. Wahrscheinlich sind dort im Augenblick grüne Marsmännchen zugange, die quietschfidel im Marswasser planschen. Sein eigener Kopf produziert niemals solche Fantasien und manchmal wünscht sich Lothar, er hätte welche. Es muss aufregend sein.

»Was ist los mit dir? Du siehst bekümmert aus.«

Lothar nickt und erzählt seinem Chef in wenigen Worten, was geschehen ist.

»Ach, du liebe Zeit!« Dr. Hartmut Schüssel kennt Manuels Geschichte und er kennt auch Manuel. Sie haben beruflich ab und zu miteinander zu tun. »Wenn dir nicht danach zumute ist, können wir die Daten auch später miteinander durchgehen«, meint er besorgt.

»Danke! Dann gehe ich lieber in mein Büro hinauf.«

Eigentlich müsste sich Lothar daran machen, die neue Software zu installieren. Stattdessen surft er auf den Websites der Europäischen Gesellschaft für Osteogenesis imperfecta, der Brittle Bone Society und des Kennedy-Krieger-Institutes, um das Neueste über Manuels Erkrankung in Erfahrung zu bringen.

Glasknochen. Osteogenesis imperfecta, kurz OI, ist eine seltene, meist autosomal dominant vererbte Krankheit des Bindegewebes, deren Hauptmerkmal die unvollständige Knochenbildung ist. Abnorme Knochenbrüchigkeit und Skelettdeformitäten sind die Folge einer Veränderung in der chemischen Zusammensetzung beziehungsweise Produktion von

Kollagen, dem Hauptprotein der Knochen. Häufig haben Kinder bereits bei der Geburt zahlreiche Spontanfrakturen …

Über hundert Brüche hat Manuel durchgemacht. Laufen hat er erst mit sechzehn Jahren und nach mehreren Operationen gelernt. Nach der Pubertät hat die Zahl der Brüche nachgelassen, dafür sind andere Probleme in den Vordergrund getreten: ein Herzfehler, Zahnausfall, Einschränkungen bei der Atmung. Eigentlich ist immer etwas gewesen. Sein Körper lässt ihm keine Ruhe. Wie auch jetzt wieder.

Die Glasknochenkrankheit wird in vier, bisweilen sieben verschiedene Typen unterteilt, von denen Typ I die mildeste Form mit naturgemäß der höchsten Lebenserwartung ist. Mit einer hohen Frakturanfälligkeit, starken Deformierungen und einer unterentwickelten Lungenfunktion ist Typ II die schwerste Form und galt lange Zeit als tödlich. Typ III gehört ebenfalls zu den Extremformen, wenn die Fälle auch nicht ganz so dramatisch sind wie bei Typ II. Kennzeichnend für diesen Typ sind Zwergenwuchs, brüchige Zähne und blaue Skleren. Über die Lebenserwartung der von Glasknochen Betroffenen streiten sich die Forscher. Einige behaupten, dass sie etwa zehn Prozent unter der normalen liegt, andere gehen von durchschnittlich fünfunddreißig Lebensjahren aus …

Abrupt steht Lothar von seinem Stuhl auf, nimmt die Gießkanne zur Hand und fängt an, die Grünpflanzen zu wässern, von denen er etliche im Zimmer stehen hat. Im Winter brauchen sie weniger Wasser als im Sommer, aber die trockene Heizungsluft macht ihnen zu schaffen. Lothar zupft ein paar gelbe Blätter ab und befeuchtet die restlichen mithilfe der Sprühflasche, die er in Lindas Bügelschrank gefunden hat. Er ist der grüne Daumen des Instituts. Er päppelt auch die Pflanzen wieder auf, die seine Kollegen rüde haben vertrocknen lassen.

An der Korktafel über den beiden mit Papieren und Büchern vollbepackten Besucherstühlen hängen immer noch die Zeichnungen seiner Kinder. Die in Wachsmalkreide ausgeführte Rakete ist von Elisabeth und der missglückte Elefant von Robert. Beide Kinder sind längst aus dem Haus und leben ihr eigenes Leben. Lothar betrachtet die vergilbten Bilder und ihm wird bewusst, wie schnell die Jahre doch vergangen sind.

Wieder glaubt er, den Schrei zu hören, der ihn aus dem Schlaf gerissen hat. Manuels grauenvollen Schrei.

Lothar nimmt das Paket mit der zu installierenden Software zur Hand, dreht es hin und her und legt es unschlüssig beiseite. Nach einer Weile greift er zum Telefonhörer, um seine Frau anzurufen. Sie verspricht ihm, Manuels Sachen zusammenzupacken. Sie hat das schon häufiger getan.

»Fahr doch gleich ins Krankenhaus«, tönt Lindas Stimme aus dem Hörer. »In der Arbeit bringst du heute doch nichts zuwege. Und nimm dir die Geschichte nicht so zu Herzen. Manuels Leben ist nun einmal so. Du wirst sehen, spätestens an Weihnachten haben wir ihn wieder. Mach dir keine Sorgen.«

Manuel sitzt immer noch vor dem Röntgenraum. Ärzte, Patienten und die Röntgenassistentin sind verschwunden, als hätte es sie nie gegeben, der Flur ist leer. Manuel ruft »Hallo!« und dann noch ein paar Mal »Hilfe!«, aber niemand antwortet. Ihm fällt die Geschichte vom eingeschlossenen Flaschengeist ein, der nach hundert Jahren vergeblichen Wartens eine große Belohnung verspricht, nach zweihundert Jahren eine unermessliche und nach dreihundert Jahren seinen Finder nur noch verflucht. Mit einem Mal versteht er, wie diese Geschichte entstanden ist, und wundert sich, dass es damals schon Krankenhäuser gegeben hat.

Plötzlich taucht am Ende des Flurs ein Mädchen im weißen Kittel auf. Manuel ruft wieder hoffnungsvoll »Hallo! Hallo!«, und tatsächlich kommt sie näher heran. Sie ist sehr jung, vielleicht sechzehn oder siebzehn Jahre alt, und dunkel wie ein Teufelchen. Sie sieht ihn irritiert an und fragt: »Was kann ich für Sie tun?«

Manuel erklärt das Wichtigste und bittet das Mädchen, ihn irgendwohin zu bringen, wo er unter Menschen ist.

»Ich bin auf der Suche nach einem Patienten«, antwortet sie. »Nach einem gewissen Manuel Jäger, der auf unsere Station kommen soll. Sie sind es aber nicht zufällig, oder?«

»Doch, ich bin es«, ruft Manuel erleichtert aus.

»Ich heiße Sonja und bin Schülerin im ersten Jahr«, stellt sich das Mädchen vor, dann stockt sie und eine verlegene Pause tritt ein. Eine Barriere liegt zwischen ihnen, unsichtbar wie Glas. Diese Barriere ist sein Anblick. Sonja möchte gern sagen, was ihr durch den Kopf geht, aber sie wagt es nicht. Manuel kommt ihr keinen Zentimeter entgegen. Er hat in ihren Augen Neugier entdeckt.

Er teilt die Menschen in zwei Gruppen ein, die Mitleidigen und die Neugierigen. Die Mitleidigen hat er schon vor langer Zeit abgeschrieben. Er kann sie nämlich nicht ausstehen. Er mag es nicht, wenn Leute glauben, sie wissen schon alles über ihn, bevor sie auch nur ein Wort mit ihm gesprochen haben. Manuel hält sich selbst nicht für bemitleidenswert. Im Grunde glaubt er nicht einmal, dass er krank ist. Er ist, wie er ist, und dafür haben die Mitleidigen kein Verständnis. Mit den Neugierigen hat er mehr Glück. Darüber hinaus gibt es noch ein paar Sondergruppen und das sind seine Freunde.

Die Schülerin gehört zu den Neugierigen und Manuel setzt sich abwartend in seinem Rollstuhl zurecht. Noch ist Sonja verlegen, macht ein paar steife Bemerkungen und fährt mit dem Rollstuhl in Richtung Aufzug. Dort hat sie Schwierigkeiten mit der Tür und dann muss sie sich auf die Zehenspitzen stellen, um den obersten Knopf auf der Schaltleiste zu erreichen. Manuel sieht förmlich den Geistesblitz, der durch sie hindurchgeht, als sie sich mit dem Knopf abmüht. Sie dreht sich zu ihm um und sagt herausfordernd: »Man kommt nicht überall hin, wenn man klein ist.«

»Stimmt«, erwidert Manuel. »Und wenn man im Rollstuhl sitzt, kann man nicht alles machen.«

»Im Turnunterricht mussten wir uns oft in einer Reihe aufstellen, der Größe nach sortiert. Was habe ich mich nicht geärgert, dass ich immer so weit hinten stehen musste«, sagt Sonja.

»Diese Erfahrung habe ich nicht gemacht, denn ich bin nie in einer regulären Schule gewesen«, antwortet Manuel.

Nun können sie normal miteinander reden und das tun sie auch.

»So, da sind wir, Herr Jäger!«, sagt Sonja eifrig, schiebt den Rollstuhl aus dem Aufzug hinaus, quer über den Flur und an einer sich automatisch öffnenden Glastür vorbei. Zu Manuels Überraschung ist es eine gastroenterologische Station und sicherheitshalber fragt er noch einmal nach. Sonja erklärt ihm, dass die Fachbezeichnung nichts zu bedeuten hat, weil in der Notaufnahme die Patienten kreuz und quer im Haus verteilt werden, wo noch Platz ist.

»Wenn Sie mir die Tüte geben, bringe ich die Röntgenbilder ins Stationszimmer zu Ihren Akten«, meint die Schülerin. »Dann gebe ich der examinierten Schwester Bescheid, die sich weiter um Sie kümmern wird.«

»Danke, Sonja. Oder soll ich Schwester Sonja sagen?«

»Bloß nicht! Ich komme mir so alt dabei vor«, grinst die Schülerin und geht davon.

Die Station macht auf Manuel einen ebenso verlassenen Eindruck wie vorhin der leere Flur. Eine große Einsamkeit senkt sich auf ihn herab. Er weiß, dass sie aus ihm selber kommt und das macht ihn traurig. Im tiefsten Grund seines Wesens hat er nichts als Einsamkeit gefunden, und diese Einsamkeit hat solch ein Gewicht, dass sie ihn erdrückt.

Auch hier sind die Türen rot gestrichen, unterhalb der Türgriffe ist fast überall die Farbe abgeplatzt. Manuel zählt die Türen, es sind zwölf an der Zahl. Mit einem Mal wird die Zahl zwölf eine magische: Aus der letzten Tür tritt eine Frau heraus, die Manuel kennt, die er so gut kennt wie sonst keinen Menschen auf der Welt. Lenora! Es ist Lenora! Sie ist zurückgekommen, alles wird wie früher sein. Oder träumt er? Manuel blickt die Frau an, die Kehle wird ihm eng. Lenora … Lenora … oh, Lenora!

»Das kann nicht sein«, sagt er zu sich selbst und damit zerbricht der Traum. Die Frau aus der zwölften Tür ist nicht Lenora. Es ist eine Frau, die er noch nie in seinem Leben gesehen hat, eine Krankenschwester im weißen Hosenanzug. Es ist nichts als ein Wunsch gewesen, der einen Augenblick lang übermächtig in ihm geworden ist.

Lenora wird nicht mehr zurückkommen.

Die Schwester sieht ihr ähnlich, ist aber nicht so zartgliedrig und wirkt robuster, erdverbundener.

Lenora ist tot.

»Herr Jäger?«, fragt die Schwester und kommt näher heran. Manuel spürt es augenblicklich: Es ist keine Barriere zwischen ihnen! Lenora war genauso. Sie war der einzige Mensch in seinem Leben, der ihn so genommen hat, wie er ist. Sie war der einzige Mensch, der ihm je das Gefühl gegeben hat, normal zu sein.

Die Schwester niest und schüttet eine Million Schnupfenbazillen über ihn aus. Erst jetzt fällt Manuel die gerötete Nase auf, die fieberglänzenden Augen und die aufgesprungenen Lippen. Er bringt kein Wort heraus. Aus dem Hinterhalt packt ihn eine plötzliche Schwäche, hilflos sinkt er in seinem Rollstuhl zusammen.

»Ich heiße Dagmar«, fährt die Schwester arglos fort und erklärt ihm Dinge, die er nicht versteht. »Wir müssen noch ein frisches Bett für Sie holen. Wenn Sie bitte so lange hier in der Nische warten wollen … möchten Sie gerne in einer Zeitschrift lesen?«

»Nein, nein … danke!«

»Kann ich sonst noch etwas für Sie tun?«

Manuel schüttelt stumm den Kopf. Warum muss diese Dagmar ihn ausgerechnet an Lenora erinnern? Ist es nicht genug, dass er wieder im Krankenhaus ist? Muss auch das noch sein? Mit einem Mal ist Manuel müde, so müde, dass er keinen klaren Gedanken mehr fassen kann.

»Ich bin im Augenblick mit den Schülern allein auf Station, da meine Kollegin ein Gespräch mit der Pflegedienstleitung hat. Daher habe ich nicht so viel Zeit. Macht es Ihnen etwas aus, wenn ich Sie einfach so stehen lasse?«

»Nein, nein … das ist schon in Ordnung.«

»Dann … bis gleich, Herr Jäger«, sagt Schwester Dagmar und verschwindet wieder in einem der Zimmer.

Da ist ein Mann mit rotem Haar, der sich wie ein Dieb aus dem Zimmer schleicht. Ein Landstreicher … Was tut ein Landstreicher im Krankenhaus? Die Schuhe sind gut, der Landstreicher trägt sie an den nackten Füßen, gerade so wie Lothar seine Pantoffeln. Fuchs, du hast die Gans gestohlen … gib sie wieder her … warum nur geht ihm dieses Lied im Kopf herum? … gib sie wieder her, sonst wird dich der Jäger holen …

Da ist die alte Frau … die uralte Frau … die urururalte Frau, die ständig an ihm vorübergeht, auf und ab, von der Glastür zur gegenüberliegenden Fensterfront und zurück. Uralt und unermüdlich ist diese Frau. Seit Tausenden von Jahren ist sie millionenmal denselben Weg gegangen, immer hin und her … und sie ist die Zeit selbst … immer hin und her … und die Zeit läuft ab …

Da ist wieder die Ärztin, die ihn am Morgen aufgenommen hat. Manuel erkennt sie, aber dieses Mal wird er die Hand nicht mehr heben. Sie redet immer noch auf denselben jungen Mann ein, wie sie es vorhin schon getan hat.

Hundert Jahre sind seitdem vergangen.

Vielleicht hat aber auch das Zeit-Raum-Gefüge einen Spalt, durch den wieder und wieder dieselben Situationen ins Sein treten und zu einem immerwährenden Déjà-vu werden.

So viele Menschen, so viele Menschen, und Manuel ist einsam und so allein auf dieser Welt. Sein Kopf sinkt tiefer, und er schläft ein.

Christian Fischer wirft einen Blick auf die Uhr und sieht die Minuten verstreichen. Etwa zehn hat er noch. In diesen zehn Minuten muss er einen frischen, weißen Mantel überstreifen, in den Mittelbau hinüberhetzen, sich bei der Sekretärin des Professors anmelden und bei alledem möglichst gelassen aussehen. Doch vor allem muss er Regina Funke zunächst einmal mitteilen, dass er noch einen Termin bei Professor Gössner hat. Seit er vor einer Stunde auf ihre Station gekommen ist, hat sie ihn von Zimmer zu Zimmer geschleift und pausenlos auf ihn eingeredet. Bei zwei Schwestern hat er sich vorgestellt, eine davon ist eine Schülerin gewesen, die nur verlegen gekichert hat. Nun stehen sie in einem Dreibettzimmer, in dem es nach fauligen Orangen riecht. Von den Patienten schläft einer, ein zweiter liest Zeitung und nur der dritte blickt ihnen entgegen. Christian nimmt seinen Mut zusammen und fällt der Stationsärztin ins Wort.

»Entschuldigen Sie, Dr. Funke, wenn ich Sie unterbreche. Ich habe um elf Uhr einen Termin bei Professor Gössner, und es ist jetzt zehn vor ...«

Die Ärztin sieht ebenfalls auf ihre Uhr. »Das ist doch noch lange hin«, gibt sie erstaunt zurück und tritt an das Bett mit dem aufmerksamen Patienten. »Wir haben noch gute acht Minuten ... hier haben wir also Berthold Hauser, einen unserer Langzeitpatienten, nicht wahr, Herr Hauser? Wie lange sind Sie denn schon bei uns? Ich habe mir sagen lassen, dass Sie wieder eine schlechte Nacht hatten, stimmt das?«

»Ich habe kein Auge zugemacht, Frau Doktor. Und im Winter sind die Nächte immer so lang.«

»Was machen Sie denn für Sachen, Herr Hauser? Sie wissen doch: Wer viel schläft, der sündigt nicht, haha.«

»Schlafen kann ich nur in meinem eigenen Bett, Frau Doktor.«

Was soll er dem Professor nur sagen, wenn er zu spät kommt? Christian fällt es schwer, sich auf den Patienten zu konzentrieren. Der Mann ist erschreckend dünn, hat eine blassgraue Hautfarbe und es gibt ungefähr vierunddreißig Möglichkeiten, woran er leiden könnte. Regina Funke reicht Christian die Akte und da steht es: Berthold Hauser hat ein ausgeprägtes Altersherz, das zu schwach ist, den Körper noch ausreichend mit Sauerstoff zu versorgen. Sobald Christian das richtige Stichwort hat, weiß er, was los ist. Dann steht ihm sein Wissen abrufbereit zur Verfügung. Aber er hat Schwierigkeiten, dieses Stichwort zu finden. Er ist darauf angewiesen, dass andere es ihm geben und das beunruhigt ihn: »Ich sehe, er hat einen Dauerkatheter, vermutlich weil durch die Medikamente die Nieren bereits geschädigt sind, oder? Hat der Patient Ödeme am Körperstamm?«, tut er interessiert, obwohl er jetzt nur noch sechs Minuten hat. Am liebsten wäre er einfach davongelaufen. Aber er will seiner neuen Chefin zeigen, dass er Bescheid weiß. Regina Funke sieht ihn erfreut an.

»Er hat aufgrund der Wasseransammlungen zwei große, offene Druckgeschwüre am Rücken«, erklärt sie. »Die machen mir nicht wenig Sorgen, denn beide sind schmierig belegt. Den Verbandwechsel müssen Sie sich von einer der Schwestern zeigen lassen. Was haben Sie heute Morgen denn gefrühstückt, Herr Hauser?«

Berthold Hauser denkt einen Augenblick nach. »Ich glaube, es war ein Brötchen«, sagt er langsam. »Vielleicht auch nur ein halbes. So genau weiß ich das nicht. Ich brauche nicht viel. Wann werde ich denn nun entlassen, Frau Doktor? Ich möchte gern nach Hause. Meine Frau und ich warten darauf.«

»Ein ganz klassischer Fall«, erklärt Regina Funke Christian. »Sehen Sie, kardiale Kachexie aufgrund von abdominellem Völlegefühl. Der Mann isst kaum noch etwas, deshalb ist er so abgemagert. Was halten Sie übrigens von den Medikamenten? Sollen wir das so beibehalten? Oder bringen Sie von der Universität neue Erkenntnisse mit?«

Christian wirft sich kaum merklich in die Brust, während er die Akte studiert. »Hm, ein ACE-Hemmer in Kombination mit einem Kaliumsparer … ein Digitalisglykosid zur Steigerung der Kontraktionskraft des Herzens … das ist perfekt. Nein, selbst unsere Professoren an der Uni hätten das nicht besser machen können.«

»Ich denke, wir werden gut zusammenarbeiten«, meint Regina Funke, die von ihrem neuen Kollegen sichtlich angetan ist. »Wissen Sie, ich lerne gern etwas Neues hinzu. Sagen Sie mir also ruhig offen Ihre Meinung … auf Wiedersehen, Herr Hauser … und hier im zweiten Bett haben wir Mado Kerbul, Jahrgang 1948, er kommt aus Polen, lebt aber schon seit über zwanzig Jahren in Deutschland. Was fällt Ihnen an diesem Patienten auf, Dr. Fischer? Ach was, ich sage einfach Christian, wenn es Ihnen recht ist.«

»Wann darf ich denn nun nach Hause?«, ruft Berthold Hauser ihnen nach.

Die Ärztin dreht sich zu dem alten Mann um und strahlt ihn gut gelaunt an. »Demnächst, Herr Hauser, wir arbeiten daran. Sobald Sie zum Frühstück Ihre Brötchen essen, ziehe ich Ihre Entlassung ernsthaft in Erwägung.« Noch während sie spricht, wendet sie sich wieder dem anderen Bett zu. »Also, was fällt Ihnen an Mado Kerbul auf?«

»Nun, ehrlich gesagt, nichts Besonderes«, gesteht Christian. »Ich muss mehr wissen, um eine Diagnose zu stellen.«

»Er hält seine Zeitung verkehrt herum«, triumphiert Regina Funke. »Sie steht auf dem Kopf. Haben Sie das denn nicht bemerkt? Das sind die kleinen Dinge, auf die Sie achten müssen, Christian … oh, ich glaube, es ist Zeit für Sie … gehen Sie schnell … der Professor wartet nicht gern …«

»Danke, Dr. Funke. Bis später.«

Es ist fünf Minuten nach elf. Christian rennt durch die Gänge, wartet den Aufzug erst gar nicht ab, sondern hetzt über die Treppen. Wo, zum Teufel, ist denn noch einmal der Flur, der in den Mittelbau hinüberführt? Was wird der Chef von ihm denken, wenn er zu spät kommt?

Der Professor denkt gar nichts von ihm, denn er ist ebenfalls noch nicht da. Die Sekretärin bittet Christian, im Vorzimmer Platz zu nehmen, und er setzt sich auf einen blauen Plastikstuhl. Neben ihm steht ein winziges Tischchen mit vergilbten Prospekten darauf. Christian überfliegt sie kurz. Eines der Heftchen informiert über die Gefahren des Rauchens, ein anderes über konventionelle Insulintherapie und ein drittes über Organtransplantationen.

Hätte er in der verkehrt herum gehaltenen Zeitung ein Symptom erkennen müssen? Christian grübelt darüber nach, kommt aber zu keinem Ergebnis. Wer denkt denn bei so etwas an eine Krankheit? Es ist immer dasselbe. Sobald er eine Diagnose zu stellen versucht, zerfällt für ihn die Wirklichkeit in zahllose Einzelheiten. Nie kann er sich entscheiden, welche dieser Einzelheiten in einem Fall relevant sind und welche nicht. Christian seufzt unglücklich auf. Mit solchen Schwierigkeiten hat er nicht gerechnet. In den Büchern ist alles viel einfacher.

Eine halbe Stunde später ist der Direktor des Marienhospitals immer noch nicht aufgetaucht. In seinen jungen Jahren hatte Siegfried Gössner sich dem Kampf gegen den Krebs verschrieben. Christian weiß das von den Artikeln, die er gelesen hat. Heute kämpft Professor Gössner nicht mehr gegen entartete Zellen.

Wenn ein Arzt die Leitung eines Krankenhauses übernommen hat, ist er für Forschung und Lehre verloren. Fortan muss er gegen andere Feinde kämpfen, gegen die Reformen des Gesundheitsministers zum Beispiel, gegen Geldmangel und gegen die erbarmungslose Konkurrenz. Er schlägt sich mit Planzahlen, Bettenauslastung und den Dachorganisationen der Krankenkassen herum. Ihn quält das Selbstkostendeckungsprinzip und das Konkursrisiko. Seine Bibeln sind nicht mehr der Pschyrembel und der Elsevier, sondern das Krankenhausfinanzierungsgesetz und die Bundespflegesatzverordnung.

»Er kommt!«, ruft die Sekretärin durch die Glasscheibe. Tatsächlich stürmt Professor Gössner ins Vorzimmer herein, saust mit einem jovialen Schlag auf Christians Schulter an diesem vorbei und stößt die Tür zu seinem Arbeitszimmer auf. »Kommen Sie! Kommen Sie!«

Der Professor ist klein und rund, aber stets voller Tatendrang. Das Arbeitszimmer ist groß und mit Mahagoni-Möbeln und schwarzen Ledersesseln ausgestattet.

»Setzen Sie sich doch! Na, mein Junge … Wie geht es Ihnen? Ich bin zu spät, ich weiß. Aber ich bin aufgehalten worden. Haben Sie sich auf Ihrer neuen Station schon eingelebt?«

»Heute ist mein erster Tag. Da kann …«

»Da können Sie noch nicht viel sagen. Richtig. Haben Sie schon gehört, dass wir unser Haus noch einmal vergrößern werden? Wir steigen in die Plastische Chirurgie mit ein, Handchirurgie vor allem. Ein anderer Schwerpunkt wird die intensitätsmodulierte Strahlentherapie sein. In diesen Tagen hilft nur die Flucht nach vorne. Die Zukunft gehört den ganz Großen. Das können wir von den Industriekonzernen lernen. Ich sage Ihnen, die kleineren Krankenhäuser werden sang- und klanglos untergehen. Wenn wir zu den Großen gehören wollen, müssen wir jetzt investieren.«

»Das kann ich mir gut vorstellen. Wenn ich nur an die medizintechnische Ausstattung eines modernen Krankenhauses denke …«

»Ganz genau! Wie ich immer sage! Ohne Robotertechnologie, computergestützte Diagnostik und Genlabor wird es künftig nicht mehr gehen. Was das nicht alles kostet! Das geht locker in dreistellige Millionenbeträge hinein. Möchten Sie einen Kaffee? Mein Vögelchen hat sicher einen auf der Warmhalteplatte …«, der Professor unterbricht sich und schmunzelt. »Frau Vogel ist meine Sekretärin«, fügt er erklärend hinzu.

Siegfried Gössner hat es sich hinter seinem riesigen Schreibtisch bequem gemacht, dreht seinen Sessel und betrachtet

Christian mit einem behaglichen Blick. »Nun sind Sie aber dran. Erzählen Sie!«

»Ich weiß nicht recht, womit ich beginnen soll.«

»Wie kommen Sie mit Dr. Funke zurecht?«

»Gut. Ich denke, ich werde sehr viel bei ihr lernen.«

»Wie wahr! Wie wahr!«, stimmt der Professor Christian leutselig zu. »Sie müssen wissen, dass ich Sie aus eben diesem Grund in die Gastroenterologie geschickt habe, junger Mann. Sie sind mir von Anfang an aufgefallen und Dr. Lauenfels-Bopp war ja ganz begeistert von Ihnen. Gerade Sie will ich deshalb speziell fördern.«

»Danke, Professor Gössner. Ich werde mich sehr anstrengen.«

»Tun Sie das! Möchten Sie nicht in einer unserer Arbeitsgruppen mitmachen, solange Sie hier im Haus sind? Für tüchtige Leute haben wir immer einen Platz.«

Christian ist überrascht und glücklich zugleich. »Ja, sehr gern ... das heißt, wenn ich neben der Stationsarbeit und den ausbildungsbedingten Forschungsseminaren überhaupt die not wendige Zeit aufbringen kann ...«

»Das werden Sie, mein Junge. Wo ein Wille ist, da ist ein Weg. Wo könnte ich Sie mir denn vorstellen? Vielleicht in unserer KTQ-Gruppe? Wäre das nichts für Sie? Was sagt Ihnen KTQ?«

»Wenn ich ehrlich bin, gar nichts.«

»Das können Sie auch nicht wissen«, Professor Gössner öffnet eine Schublade, wühlt eine Weile darin herum, zieht noch ein paar andere Schubladen auf und reicht Christian schließlich ein Manual über den Schreibtisch. »KTQ steht für Kooperation für Transparenz und Qualität im Gesundheitswesen. Es ist ein Verfahren zur Bewertung des Qualitätsmanagements im Krankenhaus. Bundesärztekammer, der Verband der

Krankenkassen, die Deutsche Krankenhausgesellschaft, der Deutsche Pflegerat und noch viele andere stehen hinter KTQ. Wer sich zertifizieren lässt, erhält ein Gütesiegel. Nebenbei gesagt, verlangt der Gesetzgeber nun auch die Zertifizierung. Wir kommen also gar nicht darum herum. Und wir hoffen natürlich darauf, dass ein Gütesiegel werbewirksam ist und uns Patienten ins Haus bringt.«

Christian sieht auf das Manual in seiner Hand. Das Wort Qualität gefällt ihm. Es strahlt Sicherheit und Solidität aus. Es erweckt Vertrauen. Er selbst achtet darauf, nur Qualitätsprodukte zu kaufen. Und Professor Gössner scheint ihm einiges zuzutrauen. Das gefällt Christian auch.

»Wir haben verschiedene Arbeitsgruppen im Haus«, fährt der Professor unterdessen fort. »So wird die Qualität der Patientenversorgung kontinuierlich verbessert. Haben Sie zum Beispiel den Ständer mit den Prospekten am Eingang gesehen? Das hat unsere Info-Gruppe in nur einem Jahr zuwege gebracht. Und in diesem Jahr haben wir Fragebögen an die Patienten verteilt. Mehr als zwanzigtausend Stück haben wir drucken lassen. In einer der nächsten Sitzungen werden die Ergebnisse dieser Umfrage ausgewertet. Na, was sagen Sie dazu?«

»Ich bin sehr beeindruckt«, gibt Christian zu.

»Lesen Sie sich das Manual in aller Ruhe durch. Warten Sie ...«, Siegfried Gössner sieht auf die Terminübersicht, die rechts an der Wand hängt, »die Leitbild-Gruppe tagt am Mittwoch und die Vermit am Donnerstagnachmittag. Vermit steht für »Der verantwortungsvolle Mitarbeiter«. Es geht um Mitarbeitermotivation, Förderung des Qualitätsbewusstseins, Corporate Identity und solche Sachen. Am Freitag trifft sich, wie gesagt, die Info-Gruppe, und zwar gleich nach dem Mittagessen.«

»Und wo soll ich mitmachen?«

»Das dürfen Sie sich aussuchen. Sie können gern bei allen drei Gruppen hineinschnuppern und sich erst später entscheiden.« Professor Gössner sieht auf seine Uhr. »Meine Güte!«, ruft er aus. »Schon zwölf Uhr vorbei. Ich bin doch zum Mittagessen verabredet. Es hat mich sehr gefreut, mit Ihnen zu reden, mein lieber Junge. Sie sind unser Mann. Doch nun will ich Sie nicht länger aufhalten. Versäumen Sie nicht Ihre wohlverdiente Mittagspause. Arbeiten Sie in einer Gruppe mit. Und lassen Sie sich von Regina Funke nicht die Butter vom Brot nehmen. Auf Wiedersehen! Ich werde Sie im Auge behalten.«

Mit diesen freundlichen Worten ist Christian entlassen und findet sich auf dem Flur wieder.

Lothar stellt den Wagen in einer Seitenstraße ab, nimmt Manuels Rollkoffer, seine Briefe und den elektronischen Organizer. Er fragt sich durch und findet schließlich die Station, auf der sein Freund liegt, darf aber nicht zu Manuel ins Zimmer, weil dort gerade Pflegemaßnahmen durchgeführt werden. Also nimmt er auf einem Stuhl in der Besucherecke Platz. Dort sitzt bereits jemand, ein alter Mönch, der ihm zunickt und seinen Stuhl etwas zurückschiebt, damit Lothar seine langen Beine ausstrecken kann. Der Mönch trägt eine braune Kutte mit Kapuze und geflochtenem Gürtel, an dem ein Rosenkranz mit dunklen Holzperlen hängt. Neben ihm steht ein abgeschabter Koffer aus kariertem Stoff mit lederverstärkten Ecken. Der Mann in der Kutte und der Koffer wirken wie Relikte aus dem letzten Jahrhundert.

»Guten Tag, mein Herr«, grüßt der Mönch freundlich. »Hat man Sie auch für heute einbestellt? Wissen Sie schon Ihre Zimmernummer? Jaja, wenn man älter wird, kommen nach und nach die Zipperlein, nicht wahr? Ich bin Bruder Anselm.«

»Haller ist mein Name. Lothar Haller.«

»Kennen Sie die Barmherzige Gemeinschaft? Sie hat dieses Krankenhaus anno 1924 gegründet. Ich gehöre seit dreiundvierzig Jahren dem Orden an.«

»So lange schon!«, meint Lothar höflich. »Das ist ja beinahe ein halbes Jahrhundert.«

»Wie wahr! Ich will nicht neugierig sein, aber darf ich fragen, was Ihnen fehlt? Haben Sie es mit dem Magen? Sie haben da diese tiefe Falte an der Nasenwurzel, die …«

»Nein, nein!«, erwidert Lothar hastig. »Es ist nichts dergleichen.«

»Ach, ja! Unser Orden«, fährt Bruder Anselm fort. »Ursprünglich waren wir eine reine Bruderschaft, nur Mönche, mein Herr, nur Mönche. Aber nun sind wir eine gemischte Gemeinschaft. Über achtzig Prozent sind heute Frauen. Nicht, dass ich das bedauere, aber gleich achtzig Prozent? Da sind wir Männer doch in der Minderzahl, nicht wahr? Aber wir müssen mit der Zeit gehen und können uns der E..man.. zi..pation – so sagt man doch? –, der Emanzipation nicht länger verschließen. Wir verlangen nicht einmal mehr, dass alle in unseren Einrichtungen Beschäftigten katholischen Glaubens sind. Sind Sie auch katholisch?«

»Nein, nein! Ich besuche nur einen Freund, der hier liegt.«

»Ach so! Da haben Sie aber Glück. Ich bin wegen meines Blutdrucks hier. Eigentlich sollte ich auf eine kardiologische Station kommen, aber die haben dort so lange Wartezeiten. Wegen all der Herzkatheteruntersuchungen und Bypass-Operationen, die heutzutage gemacht werden, wissen Sie. Heute Morgen hatte ich schon wieder einen Druck von einhundertzweiundfünfzig zu siebenundachtzig, aber ich habe auch schon einmal einhundertsiebzig gehabt, und was hört man nicht alles über Schlaganfälle und Herzinfarkte. Unser Prior hat gemeint, ich müsste das unbedingt noch vor Weihnachten in Ordnung bringen lassen. Er hat dafür gesorgt, dass ich gründlich untersucht werde und die richtigen Tabletten bekomme. Die heutige Medizin ist doch ein wahrer Segen, finden Sie nicht auch?«

»Das Marienhospital hat einen guten Ruf. Im Vergleich zu dem, was man sonst so hört«, gibt Lothar zurück. Da er das Gefühl hat, noch etwas Persönliches sagen zu müssen, fügt er hinzu: »Mein Freund ist heute Morgen als Notfall hier eingeliefert worden.«

»Ach, herrje! Der arme Mann. Aber wie wunderbar, wenn ein Mensch gute Freunde hat, nicht wahr? Der Geist der Gemeinschaft geht in der heutigen Zeit immer mehr verloren. Unsere Gesellschaft ist eine egoistische geworden. Niemand will mehr dem anderen dienen. Jeder denkt zuerst an sich selbst. Bei uns damals war das noch anders. Wir haben noch an etwas geglaubt. Aber die heutige Zeit ist so ganz ohne Glauben, das tut nicht gut.«

Ein alter Mann in einem himbeerfarbenen Schlafanzug kommt den Gang herunter und lenkt Lothar von Bruder Anselm ab.

Er wandelt. Er wandelt tatsächlich, denkt Lothar, während er dem Alten erstaunt zusieht. Es würde mich kaum überraschen, wenn er auf dem Wasser gehen könnte.

Der Alte im roten Schlafanzug bleibt stehen. Er wirkt in sich gekehrt und so verloren, dass Lothar mit einem Mal ganz gerührt ist. Nach einer Weile setzt der Mann zögernd seinen Weg fort, als würde er jemanden suchen. Es ist, als würde er nach einer Melodie tanzen, die nur er alleine hören kann. Plötzlich fällt Lothar auf, dass Bruder Anselms Redefluss schlagartig verstummt ist, und er wirft einen Seitenblick auf den Mönch.

Alles Blut ist aus dessen Gesicht gewichen. Bruder Anselm sitzt wie erstarrt auf seinem Stuhl.

»Ist Ihnen nicht gut? Soll ich jemanden holen?«, fragt Lothar besorgt.

Der alte Mann ist nun ganz nahe herangekommen und bleibt nachdenklich vor Lothar stehen. Dann beugt er sich zu Lothar herunter und drückt ihm die Hand. Es liegt Kraft, aber auch viel Zärtlichkeit in diesem Händedruck. Der Alte sagt kein Wort und auch Lothar schweigt verblüfft. So vergehen einige Minuten. Dann wendet der Alte sich um und geht den Flur wieder zurück. Lothar starrt ihm nach, bis er in einem der Zimmer verschwunden ist.

»Danke! Es geht schon wieder!« Bruder Anselm hat seine Sprache wiedergefunden. »Es ist nur eine vorübergehende Schwäche gewesen. Das habe ich in letzter Zeit häufiger. Das hat mit meiner Blutdruckkrise zu tun, wissen Sie.«

»Ich kann Ihnen gern jemand aus dem Stationszimmer holen.«

»Nein! Nein! Das ist wirklich nicht nötig.«

Eine Krankenschwester mit honigfarbenen Locken taucht auf. Sie ist etwa Ende zwanzig und sieht nett aus, scheint aber eine fürchterliche Erkältung zu haben.

»So, Bruder Anselm. Nun ist alles für Sie bereit«, sagt die Schwester. »Wenn Sie mir Ihren Koffer geben, dann bringe ich Sie jetzt auf Ihr Zimmer. Kommen Sie doch bitte mit mir.«

»Danke, Schwester Dagmar. Sie sind ein barmherziger Engel.«

»Und was kann ich für Sie tun?«, will Schwester Dagmar von Lothar wissen.

»Ich bin ein Freund von Manuel Jäger. Man hat mir gesagt, er liegt hier auf dieser Station.«

Schwester Dagmar zögert einen Moment lang. »Je, nun!«, sagt sie nach einer Pause. »Das ist richtig. Sie dürfen gern zu ihm hineingehen, wenn Sie wollen. Dort hinten, Zimmer 210. Ich … hm, ich muss Sie warnen. Es ist ein kleines Malheur passiert. Es sieht jedoch schlimmer aus als es ist. Sie müssen sich keine Sorgen machen.«

Das tut Lothar aber. Er nimmt den Rollkoffer, nickt Bruder Anselm zum Abschied noch einmal zu und eilt den Flur entlang. Zimmer 208, 209 … hier ist es! Entschlossen tritt er ein. Das Zimmer liegt in Richtung der Baustelle. Von unten dröhnt der Lärm der Bagger herauf. Aus zwei der drei Betten starren ihm unbekannte Männer desinteressiert entgegen. Auf den ersten Blick erkennt Lothar, dass der Mann am Fenster Alkoholiker ist.

Auch das noch!, denkt er. Das hätte nun wirklich nicht sein müssen.

Das dritte Bett direkt neben der Nasszelle ist leer. Lothar sieht Manuels Jacke auf einem Bügel hängen.

»Manuel?«, ruft Lothar und dann noch einmal »Manuel?«

Durch das Geräusch von laufendem Wasser hindurch klingt Manuels Stimme. »Ich komme schon!«

Die Tür der Nasszelle öffnet sich. Lothar schnappt nach Luft. Manuels Gesicht ist geschwollen, fleckig und auf der einen Seite feuerrot verfärbt. Die Verfärbung zieht sich bis über den Hals hinunter. Das rechte Auge ist zugeschwollen und tränt. Das Ohr sieht aus, als würde es im nächsten Moment auseinanderplatzen. Übergroß und rot steht es waagrecht vom Kopf ab.

»Um Himmels willen!«, ruft Lothar entsetzt aus. »Was haben sie denn mit dir gemacht?«

»Das Schlimmste ist schon vorüber.« Manuel hat sich zum Bett gehangelt, zieht die Schuhe aus und drückt aufatmend das nasse Handtuch auf sein Gesicht. »Das Zeug brennt wie Feuer«, sagt er. »Jetzt weiß ich, wie es ist, in der Hölle zu schmoren.«

»Was ist denn passiert?«

Manuel zuckt mit den Achseln. »Ein Missgeschick. Die Schülerin hatte Anweisung, mir das Ohr mit Finalgonsalbe einzureiben. Sie wusste nicht, dass damit nur die unterste Spitze des Ohrläppchens gemeint war, sondern hat die halbe Tube auf meinem Hals und meinem Gesicht verteilt. Ich habe die Salbe ins Auge bekommen.«

»Warum schmiert sie dir das Ohr mit dieser Salbe voll?«

»Damit es gut durchblutet ist. Das macht man so, wenn die Blutgase aus der Arterie bestimmt werden.«

»Ich denke, die Pflegekräfte durchlaufen eine dreijährige Ausbildung. Das ist Körperverletzung! Diese Schülerin muss doch wissen, was die Salbe anrichtet.«

Manuel lässt sich in sein Kissen sinken. »Das hier …«, deutet er auf sein Ohr, »… ist die Ausbildung. Nun weiß sie ja über Finalgon Bescheid. Derselbe Fehler wird ihr nicht noch einmal passieren.«

»Da musst du eine Klage wegen Fahrlässigkeit einreichen. Wenn du willst, rede ich mit den Brinkmanns. Du weißt schon, den beiden Rechtsanwälten, die das Haus vorne in unserer Straße gekauft haben.«

»Lothar, lass gut sein. Das Mädchen ist noch keine siebzehn Jahre alt, ein nettes Ding und gerade mal zwei Wochen auf Station. Sie war selber ganz entsetzt, als sie gesehen hat, was sie angerichtet hat.«

Lothar reicht Manuel die Briefe und den Organizer. Es ärgert ihn, wenn Fehler die segensreichen Entdeckungen der Wissenschaft in Verruf bringen und die Menschen deswegen das Vertrauen in den Fortschritt verlieren. »Die Schuldigen müssen bestraft werden«, sagt er empört, während er einen Stuhl ans Bett heranzieht. »Es versteht sich doch von selbst, dass man ahnungslose Halbwüchsige nicht auf kranke Menschen loslässt. Die Leute brauchen eine fundierte Ausbildung. Wenn die Krankenhausverwaltungen das nicht leisten, müssen sie dafür zur Verantwortung gezogen werden.«

»Ihr setzt an eurem Institut ja auch keine studentischen Hilfskräfte ein«, gibt Manuel ironisch zurück. »Hab' noch nie einen dort gesehen.«

»Das ist etwas anderes«, erwidert Lothar. »Bei uns geht es schließlich nicht um Leben und Tod. Deine Mails sind auf dem Organizer und hier ist Kuchen von Frau Müller. Sie lässt dich herzlich grüßen und wünscht dir gute Besserung.«

»Ah, Kuchen! Wunderbar! Gib her! Ich habe nämlich den ganzen Tag noch nichts gegessen«, sagt Manuel und greift nach der Schachtel. »Weißt du, was?«, sagt er und beißt in ein Stück Rührkuchen. »Ich habe kein gutes Gefühl bei der Sache. Mir ist, als könnte ich ohne die Hilfe der Medizin nicht leben, aber mithilfe der Medizin auch nicht mehr.«

»Blödsinn!«, sagt Lothar. »Du bist schlecht drauf, weil du wieder im Krankenhaus bist, das ist alles. Wieso hast du nichts zum Essen bekommen? Hast du etwas mit dem Magen? Liegst du deshalb auf der Gastroenterologie?«

»Nö, mir fehlt nichts. Das Frühstück habe ich wegen Röntgengeschichten verpasst und das Mittagessen wegen dieser Sache mit der Salbe. Holst du mir etwas aus der Cafeteria hoch?«

»Mache ich sofort! Was ist denn nun mit deiner Lunge?«

Manuel winkt kauend ab. »Auf den Röntgenbildern ist nichts zu sehen. Sie haben sich darauf versteift, dass ich mir zu viel Sauerstoff gegeben habe. Als ob ich ein Depp wäre, der mit einem Sauerstoffgerät nicht umgehen kann. Jetzt wollen sie noch ein paar Lungenfunktionstests mit mir machen und mich dann wieder nach Hause schicken. Nun aber im Ernst: Ich glaube, die haben da unten in der Cafeteria eine ganz gute Gulaschsuppe. Würstchen wären allerdings auch nicht schlecht.«

»Ich bin schon unterwegs«, grinst Lothar und macht sich auf den Weg. Als er mit einer Tüte voller Fressalien und einigen in Styropor gehüllten Behältern wieder zurückkehrt, liest Manuel in seinen Mails.

»Ist etwas Wichtiges dabei?«, will Lothar wissen.

»Drei oder vier dringende Sachen, die ich gleich hier bearbeite. Es wäre super, wenn du die Antwortmails heute noch für mich absenden könntest. Zu dumm, dass man im Krankenhaus den Laptop nicht benutzen darf.«

»Mache ich gern. Morgen bin ich geschäftlich im Bayrischen, aber Mittwoch komme ich wieder und bringe dir die nächste Post.«

»Danke! Das ist lieb von dir! Was ist denn das? Oh, Peter hat geschrieben. Sieh mal an, er adoptiert noch ein weiteres Kind.«

»Noch eines? Wieder ein schwerbehindertes?«

Manuel starrt Lothar an. »Ein Kind, das auf seine Weise ebenso normal ist wie du und ich«, sagt er mit Nachdruck. »Anna heißt das Mädchen. Es ist mit einem Downsyndrom zur Welt gekommen.«

Lothar hebt abwehrend die Hände. »Sorry! Ich weiß, dass du in diesem Punkt deine eigene Meinung hast. Wir haben schon hundertmal darüber gesprochen. Aber im alltäglichen Sprachgebrauch sagt man eben behindert. Das ist nun einmal so, es ist nicht abwertend gemeint.«

»Doch, das ist es!«, widerspricht Manuel. »Schau mich an. Ich bin behindert, entstellt, gehandicapt, verunstaltet, beeinträchtigt, ein Krüppel, missgebildet, gar eine Missgeburt. Das ist es, was den Leuten zuerst einfällt, wenn sie mich sehen. Warum wählen sie keine positiven Begriffe? Was glaubst du, warum heute vom Downsyndrom und nicht mehr von Mongolismus geredet wird? Weil die Mongolen beleidigt waren, stell dir vor! Und in dem Wort Downsyndrom ist doch wieder eine Abwertung enthalten. Warum down und nicht up? Warum nicht wenigstens der volle Name des Neurologen, der das Syndrom zum ersten Mal beschrieben hat: Langdon-Down? Wahrscheinlich werden sich demnächst die Australier beschweren. Down Under und so.«

»Darum geht es doch gar nicht. Es geht nur darum, dass ein behinderter Mensch weniger Möglichkeiten in seinem Leben hat als ein nichtbehinderter. Du kannst nicht alles machen, was ich kann, sonst hättest du dir deine Suppe schon längst selber aus der Cafeteria geholt. Ein Mädchen mit Downsyndrom kann nicht alles machen, was wir beide können, weil es eben geistig zurückgeblieben ist.«

»Und du kannst nicht alles, was ich kann«, trumpft Manuel auf und zeigt mit dem Löffel auf Lothar. »Oder kannst du mir erklären, warum die Pioneer-Raumsonden eine Geschwindigkeitsabweichung aufweisen, die genau dem Produkt der Hubble-Konstanten und der Lichtgeschwindigkeit entspricht? Ha, siehst du! Das kannst du nicht. Doch kein Mensch nennt dich behindert, obwohl du keinen Funken Fantasie hast. Wir ordnen uns und unsere Mitmenschen in Kategorien ein. Darum geht es.«

»Was würdest du denn tun, wenn du zwischen einem gesunden Körper und dem, den du hast, wählen könntest?«

Manuel sieht Lothar nachdenklich an. »Wahrscheinlich glaubst du mir nicht, wenn ich dir sage, dass ich meinen Körper gegen keinen anderen eintauschen wollte, oder?«

»Nein, das glaube ich dir tatsächlich nicht. Ich wette meinen Kopf, dass du einen gesunden Körper wählen würdest. Einen, der dir keine Beschwerden macht. Das ist doch völlig normal. Jeder Mensch will gesund sein.«

»Es erstaunt mich immer wieder, was du so alles als gegeben annimmst«, erwidert Manuel ruhig. »Was heißt normal? Was heißt gesund? Wie kommst du zu der Aussage, dass ein behinderter Mensch weniger Möglichkeiten hat? Vielleicht weiß ich viel besser als du jemals wissen kannst, was atmen oder gehen tatsächlich bedeutet. Vielleicht weiß ein Mädchen wie Anna viel besser als wir, was sich freuen oder lieben bedeutet. Menschen mit Downsyndrom sind nämlich nicht nur ungeheuer liebenswert, sie verschenken ihre Liebe auch viel ungezwungener als es den meisten normalen Menschen möglich ist. Weißt du, dass ich mir immer Kinder gewünscht habe? Ich hätte gern einem Kind die Möglichkeit gegeben, in meinem Umfeld aufzuwachsen. Was auch heißt, dass ich ihm unter Umständen meine Glasknochen vererbt hätte. Nicht die Glasknochen sind das Problem, sondern wie wir damit umgehen.«

»Wie viele Kinder hat Peter denn nun?«

»Sieben.« Mit einem Mal klingt Manuels Stimme tieftraurig. Er stellt seinen Teller weg und blickt zum Fenster hinaus.

»Sieben«, wiederholt Lothar und auch sein Blick geht zum Fenster. Er bleibt an dem Mann hängen, der dort im Bett sitzt und dumpf vor sich hin brütet. Lothar senkt die Stimme. »Hältst du es in diesem Zimmer überhaupt aus?«, fragt er mit gesenkter Stimme. »Mit dem Kerl dort drüben? Das ist doch …«

»Du hast recht«, nickt Manuel. »Er hat eine Bauchspeicheldrüsenentzündung aufgrund von Alkoholmissbrauch.«

Lothar verstummt betroffen.

… Der Unfall ist nun fast vier Jahre her. Gemeinsam mit zwei Freundinnen hat Manuels Verlobte Lenora den berühmten Nürnberger Weihnachtsmarkt besucht. Auf der Rückfahrt ist es passiert. Ein Betrunkener ist im Gewirr der Autobahnauffahrt auf die falsche Spur geraten. Da das Radio im Auto der Frauen defekt war, haben sie die Warnungen vor dem Geisterfahrer nicht gehört. Mit einer Geschwindigkeit von über einhundertdreißig Stundenkilometern sind die beiden Wagen frontal aufeinandergeprallt. Alle vier an dem Unfall Beteiligten konnten nur noch tot aus den Trümmern geborgen werden.

Der Mann hatte über 2,5 Promille im Blut.

Das Luise-Ebeling-Heim, in dem Dagmar ein Appartement bewohnt, gehört der Barmherzigen Gemeinschaft. Es ist ein lang gezogenes Gebäude und mit Eternitplatten verkleidet, die einmal grün gewesen sein könnten. Die Farbe ist verblasst, sodass die Mauern wie vom Schimmelpilz befallen wirken. Scherzhaft wird das Schwesternwohnheim deshalb auch Egerling-Heim genannt, was nicht ganz richtig ist, denn der Egerling ist näher dem Champignon als dem Schimmelpilz verwandt.

Auf dem Weg nach Hause denkt Dagmar über den vergangenen Arbeitstag nach, wie immer, wenn sie Feierabend hat. Die Schicht am Nachmittag haben Jutta und Rita übernommen. Jutta hat sich in Christian Fischers Gegenwart dermaßen albern aufgeführt, dass sich alle nur mit Mühe das Lachen haben verbeißen können. Auch die anderen Mädels haben geflirtet, aber Dagmars Herz hat nicht einen Takt schneller geschlagen. Ja, es stimmt, dass Christian Fischer verdammt gut aussieht, aber er wirkt so beherrscht, beinahe unterkühlt, wie ein Dressman eben, und darauf fährt Dagmar nicht ab.

Sie stößt einen Seufzer aus und öffnet ihr Brieffach. Dort findet sie einen Brief der Barmherzigen Gemeinschaft, einen von ihrer besten Freundin und zwei Weihnachtskarten vor.

Der Brief der Barmherzigen ist die Einladung zur diesjährigen Weihnachtsfeier, die am Freitag stattfinden wird. Dagmar hat am Freitag Frühdienst, bevor sie am Samstag in die Nachtwache geht, und freut sich auf das Fest. Man sieht alte Freundinnen, die auf anderen Stationen arbeiten. Man kann aus vollem Herzen über die Arbeit und die Ärzte lästern. Man kann sich von der Musik und den Ansprachen berieseln lassen. Und das Buffet ist einfach eine Wucht.

In ihrer Wohnung sieht es aus, als würde ein Vandale darin hausen. Auf dem Sofa stapelt sich die Bügelwäsche und in der Spüle das schmutzige Geschirr. Der Herd ist von Angebranntem verkrustet, der Fußboden schmierig und auf dem Teppich im Wohnzimmer finden sich jede Menge Krümel. Aber wenn sie vom Dienst nach Hause kommt, kann Dagmar sich zu nichts mehr aufraffen. Auch jetzt hat sie keine Lust, aufzuräumen oder Staub zu saugen. Sie will ins Bett und sich die Decke über die Ohren ziehen. Sie ist total erledigt. In ihrem Hinterkopf pocht ein stechender Schmerz.

Dagmar tritt auf ihren winzigen Balkon hinaus, streut Futter für die Vögel und hängt neue Meisenknödel auf. Lustlos beobachtet sie die gelben Baufahrzeuge, die von hier oben beinahe wie Spielzeugautos aussehen. Sie fragt sich, wie sie es in ihrer Wohnung aushalten soll, wenn sie künftig nicht mehr auf Bäume, sondern auf einen klotzigen Glasbunker hinuntersieht.

Sie möchte so gern auf dem Land leben, wo sie den Geruch von Heu und Erde atmen kann. Sie möchte gern die Weite des Himmels spüren und in grünen Wäldern spazieren gehen. Sie kennt eine Familie, die einen Biobauernhof bewirtschaftet, und träumt davon, ebenso zu wohnen. An ihren freien Wochenenden fährt sie häufig hinaus, hilft im Stall und auf den Feldern und darf dafür eine Stunde lang kostenlos reiten. So glücklich ist sie dabei, dass sie grundlos lacht und singt. Aber sie weiß nicht, wie sie es anpacken soll. Sie sieht keine Möglichkeit, womit sie ihren Lebensunterhalt verdienen könnte.

Eine Weile hängt Dagmar ihren trüben Gedanken nach. Dann nimmt sie eine heiße Dusche, kocht sich eine Kanne Pfefferminztee, schluckt zwei Ben-u-ron-Tabletten und schiebt gleich noch eine Megacillin-Kapsel hinterher. Die Apothekerin würde die glatte Wand hochgehen, wenn sie sehen könnte, dass Dagmar sich ohne Rezept an angebrochenen Antibiotika-Schachteln vergreift, aber Anita Tremlücke sieht es nicht, deshalb hat Dagmar auch kein schlechtes Gewissen. Alle im Team haben einen lockeren Umgang mit Tabletten, die meisten bedienen sich ganz selbstverständlich aus dem Medikamentenschrank, den sie auf ihrer Station haben.

Dagmar legt eine CD ein und fällt ins ungemachte Bett. Sie hätte zu gern gewusst, was die Pflegedienstleiterin von Marion gewollt hat. Nach dem Gespräch ist Marions Laune auf einem absoluten Tiefpunkt gewesen. Bestimmt hat es wieder Ärger gegeben. Marion sagt, was sie denkt, und ist deshalb nicht sehr beliebt. Zoff hat Dagmar heute selbst auch genug gehabt. Zuerst mit der Funke, dann auch noch mit der Patientin, die sie so überraschend schnell in die Lungenfachklinik verlegt haben …

Abrupt fährt Dagmar aus den Kissen hoch. Sie hat vergessen, den Wundabstrich für Frau Steinmann vorzubereiten. Sie kriecht unter der Decke hervor und ruft noch einmal auf Station an.

»Tut mir leid, wenn ich euch störe«, sagt sie zu Rita, die am Apparat ist. »Wärst du so lieb und würdest die Röhrchen für einen Wundabstrich bei Frau Steinmann beschriften? Ich hab's vergessen und die Funke dreht sonst wieder durch.«

»Ja, kann ich machen«, gibt Rita zur Antwort. »Aber im Moment geht es nicht. Wir haben gerade die Polizei auf Station.«

»Die Polizei? Um Himmels willen! Warum die Polizei?«

»Bis morgen also …«

»Halt! Leg doch nicht auf! Was ist denn passiert?«

»Anton Henschler ist abgehauen. Stell dir vor, er hat Emmrich und Weber beklaut. Er hat die Schränke ausgeräumt und die beiden haben das nicht einmal bemerkt.«

»Anton Henschler?«

»Du kannst dir sicher vorstellen, was gerade auf Station los ist. Ich muss wieder … also, bis dann … und gute Besserung!«

Anton Henschler. Das war der Obdachlose mit den roten Haaren und den lustigen Augen. Dagmar macht sich eine Wärmflasche zurecht und schlüpft zurück in ihr Bett. In ihrem Kopf fahren die Gedanken weiterhin Karussell. Hätte sie auf Henschler besser achtgeben müssen? Warum hat sie sein Verschwinden nicht bemerkt? Hätte sie Stefanie Petzold sagen müssen, aus welchem Grund sie in die Lungenfachklinik verlegt worden ist? Ist das Missgeschick mit dem Glasknochenmann ihre Schuld gewesen? Hätte sie Sonja die Aufgabe genauer erklären müssen? Die Wärme macht Dagmar schläfrig. Bruchstücke des Tages tauchen in ihrem Bewusstsein auf und versinken wieder. Im Halbschlaf hört sie Ulrike bei der Übergabe sagen:

»Wendelin Weihrauch … hat jemanden gesucht … in fremden Zimmern … einen Zwerg mit blauen Augäpfeln. Völlig plemplem, der Alte, sag ich euch.«

Ein Zwerg mit blauen Augäpfeln.

So jemand ist tatsächlich zu ihnen auf Station gekommen.

Manuel Jäger.

Der Glasknochenmann.

Dienstag

Das Schnarchen im Bett nebenan ist so laut gewesen, dass Manuel kein Auge zugetan hat. Schließlich hat die Nachtschwester ihm sogar Oropax gebracht. Viel genutzt haben die Ohrenstöpsel allerdings nicht. Nach endlos scheinenden Stunden fühlt Manuel sich wie gerädert und ist dankbar, dass die Nacht ihrem Ende entgegengeht.

Ihm kommt der Gedanke, dass es der Lärm sein könnte, der den Menschen erst eigentlich zum Menschen macht. Vielleicht wird jedem Menschen ein gewisses Kontingent an Lärm mit in die Wiege gelegt und Selbstverwirklichung heißt nichts anderes, als eben dieses Lärmpotenzial auszuschöpfen. Dann ist es weder die Sprache noch die Musik noch der Gebrauch von Werkzeugen, was den Menschen als solchen kennzeichnet, sondern der Lärmpegel, der mit all diesen Aktivitäten verbunden ist. So betrachtet, ist die Menschheit auf dem Weg der Evolution tatsächlich so weit vorangeschritten, wie sie glaubt. Diese Theorie würde auch erklären, warum es in der Welt immer lauter und noch lauter wird.

Im Zimmer stinkt es, was unvermeidlich ist, wenn drei Männer auf einer Fläche von achtzehn Quadratmetern zusammengepfercht liegen und das Fenster keinen Spalt breit geöffnet werden darf. Rudolf Schröder kann nämlich nur bei geschlossenem Fenster schlafen, vor allem deshalb, weil Manuel darum gebeten hat, dass es die Nacht über wenigstens auf Kippe gestellt wird. Die Abneigung beruht auf Gegenseitigkeit. Manuel ist höflich und behandelt den Mann am Fenster mit kalter Nichtachtung. Rudolf Schröder ist weniger höflich, aber noch geht es ihm schlecht und er ist mit sich selbst beschäftigt.

In der Nacht hat Manuel geschwitzt. Seine Körpertemperatur liegt mehr als ein halbes Grad über dem normalen Wert von knapp siebenunddreißig Grad. Das hat mit seinen Glasknochen und seinem Stoffwechsel zu tun. Er friert selten, selbst an kalten Tagen genügen ihm Sweatshirt und Jacke. Andererseits muss er aufpassen, dass er sich nicht erkältet, wenn er schwitzt. Letzteres tut er häufig, wenn er im Rollstuhl sitzt. Vielleicht hat er gestern zu lange in zugigen Fluren gesessen, denn hinter seinen Rippen fühlt es sich an, als hätten seine Lungenbläschen sich in Eiskristalle verwandelt. Was immer die Röntgenbilder von seiner Lunge sagen, etwas ist nicht, wie es sein sollte.

Plötzlich tut es einen Schlag – rums! –, die Tür fliegt auf und kracht gegen die Holzleiste – rums! –, und im selben Augenblick flammt grell das Licht auf. Es ist Schwester Rita, die mit ihrem Handwagen die Tür aufgestoßen und zeitgleich die Neonröhre an der Decke eingeschaltet hat.

Albert Schuster und Rudolf Schröder fahren aus ihren Kissen hoch. Das Schnarchen bricht abrupt ab.

»Guten Morgen, meine Herren!«, trompetet Schwester Rita. »Haben Sie gut geschlafen? Nun wird Fieber gemessen und wenn ich damit fertig bin, geht es – hopp, hopp! – ans Waschbecken.«

Schwester Rita hat schon gestern Nachmittag Dienst gehabt, daher ist Manuel von diesem Auftritt nicht allzu sehr überrascht. Sie ist um die fünfundzwanzig Jahre alt, forsch in ihrem Wesen und eher handlungsorientiert denn kontemplativ veranlagt. Die dunklen Haare trägt sie als Pagenschnitt mit Stirnfransen und besonders fällt die dicke Hornbrille auf, durch die ihre Augen vergrößert wirken. Es macht ihr offensichtlich Spaß, mit dem Handwagen gegen Türen zu poltern und Leute aus dem Schlaf zu reißen.

Sie spielt die Rolle der rabiaten Krankenschwester aus purer Lust an der Sache, denkt Manuel und in derselben Sekunde, als ihm der Gedanke durch den Kopf geht, kreuzen sich zufällig ihre Blicke. Jeder sieht durch den anderen hindurch und weiß, dass der andere weiß, was er weiß, und weiß, dass er …

Ein verzauberter Augenblick, denn es entsteht eines jener Phänomene, in denen plötzlich ein Funke überspringt. Ganz kurz nur glitzern hinter der Hornbrille listig Ritas Augen, ganz kurz nur spielt ein winziges Lächeln um Manuels Mundwinkel. Dann ist der Augenblick vorüber, doch nun finden Rita und Manuel einander sympathisch. Das wird so bleiben, denn die beiden haben ein Spiel entdeckt, das sie miteinander spielen werden.

Wenn Manuel Schwester Rita sieht, wird er von nun an immer *Achtung! Auftritt von Schwester Rita* oder *Die rabiate Rita in einer neuen Folge* oder dergleichen denken. Und wenn Rita Manuel begegnet, wird sie von nun an immer ein kleines bisschen übertreiben, gerade so viel, dass nur er es merkt. Dieses Spiel spielen sie heimlich und vollständig verborgen hinter den Kulissen der alltäglichen Begebenheiten. Niemand anderem fällt auch nur das Geringste auf. Wenn Rita das Zimmer verlässt, spendet Manuel unhörbaren Applaus und Rita verneigt sich unmerklich. Keiner von beiden wird je auch nur ein einziges Wort darüber verlieren.

Stattdessen nimmt Schwester Rita das Fieberthermometer vom Handwagen und reicht Manuel den mit einer Plastikkappe abgedeckten Messfühler, den er sich gehorsam unter die Zunge schiebt.

»Was macht Ihr Ohr?«, will sie wissen, während sie einerseits auf die Anzeige des Geräts blickt und andererseits mit geübtem Griff nach Manuels Handgelenk greift und den Puls fühlt.

»Esch isch allesch wieder in Ordnung!«, antwortet Manuel.

»Unglaublich, diese Schüler heutzutage. Was denen alles einfällt! Ich könnte Geschichten erzählen, bei denen sich Ihnen die Haare senkrecht stellen würden. Lassen Sie mich mal nach Ihrem Ohr sehen«, sagt Schwester Rita und dreht Manuels Kopf zur Seite. »Sie haben Glück! Die Schwellungen sind zurückgegangen. Ich sehe, Sie haben eine erhöhte Temperatur von siebenunddreißigkommasieben Grad. Fühlen Sie sich ansonsten gut?«

Manuel nickt. Antworten kann er nicht, weil sich die Plastikkappe vom Messfühler gelöst hat und zwischen seinen Zähnen hängt. Vielleicht rutscht sie ihm in den Hals, wenn er redet, und das will er lieber nicht riskieren. Vorsichtig versucht er, das Röhrchen zu fassen.

»Wie machen wir das heute?«, will Rita über den Kopf von Albert Schuster hinweg von allen Anwesenden wissen. Sie ist bereits ans nächste Bett getreten und schiebt dem Patienten dieses Mal den Fühler eigenhändig in den Mund. »Möchten Sie als Erster ans Waschbecken, Herr Jäger?«

»Ja, gern! Ich brauche jedoch immer eine Weile«, erwidert Manuel, der das Plastikröhrchen erwischt und im Abfallbeutel entsorgt hat. »Bei mir geht alles langsamer als gewöhnlich.«

»Kein Problem! Sie haben alle Zeit der Welt. Am besten wasche ich Ihnen gleich den Rücken, dann haben wir das schon einmal geschafft.« Rita hat Albert Schusters Temperatur in ihren Block eingetragen und wendet sich dem letzten Patienten zu. Kopfschüttelnd betrachtet sie das Gewirr von Plastikschläuchen, in dem Rudolf Schröder liegt.

»Was haben Sie denn wieder angestellt, Herr Schröder?«, will sie wissen. Sie zieht ihm das Hemd von der Schulter und mustert den darunter befindlichen Dreiwegehahn. »Das Hemd und das Pflaster sind ja ganz nass. Wie haben Sie das denn gemacht? Haben Sie Cowboy gespielt und den Infusionsschlauch als Lasso verwendet?«

Rudolf Schröder ist kleinlaut und versichert, dass er von nichts weiß und nichts getan hat.

Nach seiner Einlieferung am vergangenen Wochenende hat er einen zentralen Venenkatheter bekommen, der durch die Haut in die unter dem Schlüsselbein verlaufende Vene und von dort in die rechte Herzhälfte geschoben wurde. Er hat diesen Katheter bekommen, weil er wegen seiner Bauchspeicheldrüsenentzündung längere Zeit weder essen noch trinken darf und deshalb übers Blut ernährt werden muss. Gestern hat er trotzdem ein Wurstbrötchen gegessen. Dr. Funke hat ihm daraufhin erklärt, dass er stirbt, wenn er das noch einmal macht, und da erst hat Rudolf Schröder begriffen, wie krank er wirklich ist. Rudolf Schröder ist mit Dr. Funke einig, dass es so nicht mehr weitergehen kann. Er stimmt ihr zu, wenn sie sagt, dass er sein Leben grundlegend ändern muss. Er gibt ihr hundertprozentig recht, wenn sie feststellt, dass der Alkohol seine Gesundheit ruiniert. Und er wird viel zu erzählen haben, wenn er aus dem Krankenhaus entlassen ist und mit seinen Kumpels wieder am Stammtisch sitzt.

Schwester Rita ist fertig mit dem Fiebermessen. Sie geht ans Fenster und reißt beide Flügel weit auf. »Wir werden lüften müssen, meine Herren«, meint sie. »Ein Wunder, dass Sie heute Nacht nicht an Gasvergiftung eingegangen sind. Ist denn keiner von Ihnen auf die Idee gekommen, das Fenster zu öffnen?«

Sie kehrt zu Manuel zurück, reicht ihm den Arm und bringt ihn ans Waschbecken hinüber. Wenn Manuel seine orthopädischen Schuhe anhat, kann er allein auf die Toilette gehen, aber bis zum Waschbecken auf der anderen Seite des Raums schafft er es nicht ohne Hilfe. Schwester Rita wäscht seinen Rücken, das tut ihm gut, denn sie ist bei Weitem nicht so grob, wie ihr Auftreten hat vermuten lassen. Als sie fertig ist, legt sie ihm den Rasierapparat zurecht und zieht den Vorhang hinter ihm zu. Den Rest muss er selber machen, was aber kein Problem ist.

»Wenn Sie fertig sind, helfe ich Ihnen ins Bett zurück«, sagt Schwester Rita. Dann wendet sie sich den beiden anderen Patienten zu. »Und Sie, meine Herren, bleiben im Bett, solange Herr Jäger sich wäscht und rasiert«, sagt sie streng. »Ich will nicht, dass einer gegen ihn fällt und ihm einen Knochen bricht. Ist das soweit klar?«

Sie packt ihren Handwagen und mit einem Knall schließt sie die Tür hinter sich.

Schwester Rita ab. Klappe und Schnitt.

Auf der Autobahn A3 nähert sich Lothar dem Frankfurter Kreuz. Es knackt im Lautsprecher und sein Satelliten-Navigationssystem erklärt ihm, dass er in Richtung Würzburg weiterfahren muss. Die Strecke ins Bayrische ist Lothar schon oft gefahren. Er weiß genau, wo er abbiegen muss, aber dennoch hat er eine kindliche Freude daran, dass es ihm über Lautsprecher noch einmal erklärt wird.

Anstelle von Gott wachen über ihn die Satelliten, die in einer Höhe von 23.600 Kilometern um die Erde kurven. Sie hüllen sich nicht in vornehmes Schweigen, wie Gott es tut, sondern zeigen sich kooperativ, wenn es darum geht, den jeweiligen Standort zu bestimmen. Mittels einer freundlich-synthetischen Frauenstimme, die nur dann und wann etwas blechern klingt, wird ihm gesagt, wo er sich befindet und was als Nächstes zu tun ist. Er ist der Mühsal enthoben, den Weg selbst zu suchen, und muss sich diesbezüglich keine Gedanken mehr machen. Es ist leicht, es ist bequem, und Lothar summt zufrieden vor sich hin.

Er hat sich für ein integriertes System entschieden, das alle

Straßen, Fußgängerzonen, Parkplätze und Tankstellen kennt. Es erklärt ihm den Weg zur nächsten Apotheke, wie es ihn auch ermahnt, wenn er die zulässige Höchstgeschwindigkeit überschreitet. Es zeichnet die zurückgelegten Strecken minutiös auf und lenkt ihn sicher an Staus vorbei. Es hat sogar einen Radarwarner, der ihm anzeigen könnte, dass er sich einer Polizeifalle nähert, nur darf er diesen aus rechtlichen Gründen nicht benutzen. Natürlich tut er es trotzdem – manchmal. Weil es ihm Spaß macht.

Es sind sechsunddreißig Satelliten, die vom Montevideo-Kontrollzentrum gesteuert werden und für eine globale Navigationsabdeckung sorgen. Mindestens zwölf davon haben ständig Zugriff auf seinen Empfänger. Sein Gerät hat einen SiRF-Chip der fünften Generation, was einen Satellitenkontakt im Nanosekunden-Bereich möglich macht. Schneller als Lothar kann sich niemand orientieren.

Er ist bei dem Festakt dabei gewesen, als das Montevideo-Kontrollzentrum vor zwei Jahren eingeweiht wurde. Wie alle anderen hat auch er applaudiert, als der bayrische Ministerpräsident mit einem wuchtigen Hammerschlag den Grundstein verschlossen hat.

Wenn Gott schweigt, reden die Maschinen.

Sein System wertet nicht nur Kartenmaterial akribisch aus, es verarbeitet ebenso die aktuellen Verkehrsfunkdaten und die Informationen, die es von Sensoren in der Fahrbahn und von Modulen an zahllosen Autobahnbrücken erhält. Je mehr Daten ausgewertet werden, desto genauer arbeitet Montevideo, desto weniger kann also passieren. Die technischen Errungenschaften machen das Leben kalkulierbarer, sicherer, angenehmer – eben einfach besser.

Das Montevideo-Navigationssystem ist ein Beweis dafür, dass die Welt objektiv erfahrbar und messbar ist. Das ist es, was Lothar jeden Tag in seinem Institut tut: Welten vermessen und kartieren. Aus diesem Grund fährt er heute ins Bayrische. Er wird am Bildschirm sitzen und beobachten, wenn die Kometensonde Maria Magna im Tiefflug über die Venus gleitet und mit ihrem Kamerasystem die Oberfläche abscannt.

Das ist wie Weihnachten.

Als er noch ein Kind gewesen ist, hat er zu Weihnachten meist ein Bauteil für seine elektrische Eisenbahn bekommen. Von seinen Eltern eine neue Lokomotive, von den Tanten Bausätze für die Fallerhäuschen. Als sein Sohn klein gewesen ist, hat Lothar diese Familientradition weitergeführt, aber Robert hat nach und nach jedes Interesse an der Eisenbahn verloren. Vielleicht wird es wieder anders werden, wenn einmal die Enkel kommen.

Manuel hätte also auch gern Kinder gehabt. Das hat Lothar nicht gewusst. In einem verborgenen Winkel seines Herzens ärgert er sich darüber, wenn sein Freund seinen Körper verteidigt und sich mit seinem Leben einverstanden erklärt. Wann immer Manuel dies behauptet, fühlt Lothar sich infrage gestellt, wenn er auch nicht erklären kann, wieso.

Objektiv gesehen ist Manuel ein schwerkranker Mann und behindert obendrein, ganz unabhängig davon, was er selber dazu meint. Lothar kann nicht glauben, dass Manuel seinen armseligen Körper behalten würde, wenn er denn tatsächlich wählen dürfte. Was hätte dieser Mann nicht alles aus seinem Leben machen können, wenn sein Körper ihn nicht andauernd daran gehindert hätte? So aber ist Manuel gezwungen, ein zurückgezogenes und streng geregeltes Leben zu führen. Aus freien Stücken würde er das doch niemals tun!

Im Grunde genommen ist Lenora schuld. Sie hat Manuel beigebracht, seinen Körper zu lieben. Und nachdem er erst einmal damit angefangen hatte, ist die Frage von objektiv und subjektiv für ihn plötzlich zum Problem geworden. In letzter Zeit hat er sich allzu viel mit diesem Quantenzeug beschäftigt, das den Leuten einreden will, ein Beobachter und der beobachtete Gegenstand wären nicht voneinander zu trennen. Vor Kurzem hat Manuel sogar einmal behauptet, dass es zwischen der Außen- und der Innenwelt eines Menschen gar keinen Unterschied gäbe. So als ob er, Lothar, die Ampel wäre, die ihn in diesem Augenblick zum Anhalten zwingt. So als ob der Körper, den einer hat, das Spiegelbild seines Bewusstseins wäre. Das ist ausgemachter Blödsinn.

Was ist ein Körper anderes als eine Maschine, die Bewusstsein überhaupt erst ermöglicht? Das Gehirn ist ein kompliziertes System von Schaltkreisen, das die Wissenschaft eines Tages mit besseren Mitteln nachbauen wird. Das, was einen Menschen ausmacht, das Denken, wird man nicht dauerhaft einem hinfälligen Körper überlassen, der tausend Krankheiten unterworfen ist und schließlich stirbt. Entweder kann dieser Körper so verbessert werden, dass er nicht mehr krank wird, oder man wird eine andere Lösung finden.

Alles andere ist Aberglauben.

Lothar stößt ein unwilliges Brummen aus und lässt sich von der Navigation die nächste Raststätte ansagen. Natürlich ist das, was er beruflich tut, nur ein kleiner Schritt in ein besseres und glücklicheres Leben, aber auf diese kleinen Schritte in ihrer Summe kommt es eben an. Lothar baut mit an einem Haus, das Zukunft heißt. Diesen Glauben will er sich von niemandem nehmen lassen, auch von Manuel nicht.

Der Regen, der ihn bisher auf der Fahrt begleitet hat, geht allmählich in Schnee über.

Christian Fischer trifft eine Stunde vor Dienstbeginn auf Station ein. Er will sich möglichst schnell in sein neues Fachgebiet einarbeiten, sich angemessen auf den Tag vorbereiten und deshalb noch einmal die Patientenakten studieren. Als er durch die Glastür tritt, ist Schwester Rita gerade dabei, die Patienten zu wecken und fährt mit einem Handwagen von Zimmer zu Zimmer. Im Vorbeigehen lässt sie ihn wissen, dass bei Rudolf Schröder der zentrale Venenkatheter an der Schulter nässt. Schwester Rita wirkt durch und durch kompetent und Christian ist davon beeindruckt.

»Danke, Schwester Rita«, sagt er. »Ich sehe mir das nachher gleich einmal an.«

Im Stationszimmer ist eine weitere Schwester mit den Infusionen beschäftigt. Gerade hat sie ein steril verschweißtes Infusionsbesteck ausgepackt, den Schlauch entrollt und stößt mit dem spitzen Dorn durch den Gummipfropfen einer Flasche. Was Christian an dieser Schwester auffällt, sind die weißen Söckchen mit dem rosa Rand, die sie zu ausgelatschten Birkenstock-Sandalen trägt und die sie irgendwie putzig aussehen lassen. Es braucht einen Augenblick, bis er sich daran erinnert, dass sie Jutta heißt und die Stationsleitung ist. Gestern ist sie ihm so nahe auf die Pelle gerückt, dass ihre Distanzlosigkeit nicht nur ihm, sondern auch seiner Chefin aufgefallen ist. Regina Funke hat sich ein paar spöttische Bemerkungen nicht verkneifen können.

Von den Krankenschwestern, die er bisher kennengelernt hat, sieht Marion am besten aus. Mit ihren langen Beinen und der schlanken Figur hat sie etwas von einem Model. Doch Dagmar mit den honigfarbenen Locken und der Schnupfennase ist ihm sympathischer und Christian wüsste gern mehr von ihr. Sie strahlt Wärme aus und hat etwas Grundsolides an sich, das gefällt ihm. Er stellt sich vor, dass sie in einer hübsch eingerichteten Zweizimmerwohnung lebt, in der jedes Ding seinen angestammten Platz hat.

Christian liebt Ordnung. Wenn er gefragt wird, warum er sich für den Arztberuf entschieden hat, antwortet er, dass er als moderner Don Quichotte gegen die Entropie, dieses Maß aller Unordnung, kämpft. Das ist nur zur Hälfte ein Scherz. Christian glaubt tatsächlich, dass Krankheit eine Form von Unordnung ist. Bei Wucherungen, Tumoren und sonstigen Gewächsen kommt die Unordnung aus dem Inneren des Systems, bei Infektionen kommt sie von außen auf das System zu, bei degenerativen Prozessen zerfällt das System selbst. Das System ist in diesem Falle der Mensch. Christian ist stolz auf seine Definition, mit der er das Wesen aller Krankheit kurz und knapp zusammenfasst.

»Guten Morgen, Dr. Fischer! Sie sind aber früh dran«, flötet Jutta, stellt die Flasche beiseite und wirft ihm einen Blick zu, den er dümmlich findet. Sie tut schrecklich geziert und verfällt beim Reden in eine unsägliche Mischung aus Hochdeutsch und Dialekt. Christian sieht Jutta an und wundert sich nicht, dass Pflegeberufe in der Ärzteschaft kaum Ansehen genießen.

»Schon fleißig an der Arbeit, Schwester Jutta?«, lächelt er dennoch freundlich, drückt sich rasch an ihr vorbei und macht sich am Wagen mit den Patientenakten zu schaffen.

»Ihr Dienst beginnt doch erst in einer Stunde«, wundert sich Jutta, um nach einer verlegenen Pause kurzatmig fortzufahren: »Sie müssen mich nicht Schwester Jutta nennen. Sagen Sie doch einfach Jutta zu mir.« Mit diesen Worten lehnt sie sich gegen den Schreibtisch, sodass ihr Bein das seine berührt.

»Wie Sie meinen!«, gibt Christian in unpersönlichem Ton zurück und bringt sein Bein mit einer halben Stuhldrehung in

Sicherheit. »Schwester Rita hat mir mitgeteilt, dass mit Schröders Venenkatheter etwas nicht stimmt. Ich kümmere mich darum.«

Jutta deutet auf die Plastikflasche auf der Ablage. »Ich richte gerade die nächste Infusion für ihn her. Er bekommt mehr als vier Liter Flüssigkeit pro Tag.«

»Das ist gut so«, antwortet Christian abwesend. Er liest schon in Rudolf Schröders Patientenakte.

»Auf unserer Station legen wir großen Wert auf die gute Zusammenarbeit von Pflege und Ärzteschaft«, fährt Jutta mit Betonung fort. »Das ist hier im Haus nicht überall gleichermaßen Standard.«

Christian sieht die verräterische Röte an ihrem Hals und verlässt fluchtartig den Raum.

Bei ihrem morgendlichen Rundgang trifft Rita auf Wendelin Weihrauch, der einmal mehr wie ein Schlafwandler durch den Flur irrt. Sie erwischt ihn am Ärmel und kann ihn gerade noch rechtzeitig davon abhalten, das Zimmer von Sigrid Bauer und Ruth Leutkirch zu betreten.

»Was machen Sie denn wieder, Herr Weihrauch?«, meint sie gut gelaunt. »Was werden die Damen von Ihnen denken, wenn Sie eintreten, während eine von ihnen am Waschbecken sitzt? Ich sage es Ihnen. Die beiden werden denken, dass Sie ein Filou sind. Kommen Sie! Ich bringe Sie zurück auf Ihr Zimmer und dann bleiben Sie dort.«

Plötzlich rümpft Rita die Nase. »Sie riechen heute aber gar nicht festlich, Herr Weihrauch«, sagt sie tadelnd. »Dagegen müssen wir umgehend etwas tun. Wir werden Ihnen einen frischen Schlafanzug anziehen, aber erst, nachdem Sie sich gewaschen haben. Was steht denn zur Auswahl? Ein moosgrüner vielleicht? Oder ein senfgelber?«

Wendelin Weihrauch sieht Rita mit ernstem Blick an. »Wenn Sie mich riechen können, Fräulein, haben Sie etwas an Ihrer Nase«, sagt er und lässt sich dabei willig von Rita an der Hand nehmen.

»Sagen Sie doch nicht immer Fräulein zu mir«, Rita öffnet die Tür zum Zimmer und gibt Wendelin Weihrauch einen kleinen Schubs. »Ich heiße Rita. Das könnten Sie sich inzwischen doch wirklich gemerkt haben. Rita. Ich bin Schwester Rita.«

»Jawohl, Fräulein«, stimmt Wendelin Weihrauch zu und bleibt hilflos im Zimmer stehen. Rita geht an den Schrank und zieht einen frischen Schlafanzug heraus. Dieses Mal ist es ein himmelblauer.

»Nehmen wir doch solange den«, sagt sie und schüttelt ihn aus. »Wo haben Sie denn nur all diese Schlafanzüge her, Herr Weihrauch? Sie haben ja mindestens ein ganzes Dutzend davon mitgebracht. Und jetzt ab ans Waschbecken. Ein bisschen dalli, wenn ich bitten darf.«

»Jawohl, Fräulein«, nickt Wendelin Weihrauch und hebt gehorsam die Arme, sodass Rita ihm das himbeerrote Oberteil vom Körper streifen kann. Sie drückt dem alten Mann Seife und Waschlappen in die Hände, stellt den Wasserhahn an und sieht kritisch zu, wie er sich wäscht.

»Schwester Rita«, wiederholt sie dabei. »Ich bin Schwester Rita. Die Achselhöhlen nicht vergessen, bitte. Sagen Sie doch einmal meinen Namen, nur ein einziges Mal. Sagen Sie: Schwester Rita.«

»Jawohl, Fräulein.«

»Nein! Rita. Schwester Rita. Wie heiße ich?«

»Das weiß ich doch nicht.«

»Ich sage es Ihnen schon die ganze Zeit. Ich heiße Rita. RITA. Haben Sie das jetzt verstanden?«

»Jawohl, Fräulein.«

Für dieses Mal gibt Rita auf, aber sie wird es bald wieder versuchen. Bis auf Cornelia versucht jeder im Team, Wendelin Weihrauch den eigenen Namen beizubringen. Sogar Regina Funke macht mit. Es ist ein Wettbewerb unter ihnen, aber bisher ist es noch keinem gelungen. Wendelin Weihrauch redet niemanden mit Namen an.

Im Zimmer ist es affenkalt. Rudolf Schröder und Albert Schuster frieren unter ihren Decken. Am Waschbecken sitzt mit nacktem Oberkörper der Glasknochenmann und hält sich am Vorhang fest. Christian betrachtet interessiert den eingefallenen Brustkorb und ärgert sich, dass er nichts über Osteogenesis imperfecta nachgelesen hat. Stattdessen hat er gestern Abend das KTQ-Manual studiert, das Professor Gössner ihm überreicht hat.

Christian ist enttäuscht von dem, was er gelesen hat. Es erscheint ihm zu wenig, wenn Qualität nur als das Maß begriffen wird, in dem etwas den gestellten Anforderungen entspricht. Damit orientiert sich KTQ an technischen Definitionen, wie sie in ISO 9000 oder IEC vorgegeben sind, doch liegt in diesen Definitionen verborgen, dass eine Steigerung der Qualität auch durch verminderte Anforderungen erreicht werden kann. Was diesen Definitionen fehlt, ist ein fester Bezugspunkt.

Die Welt ist ein riesiges System, in dem alles auf komplexe Weise miteinander verwoben ist. Christian glaubt, dass Qualität auf jene Ordnung verweist, die diesem System und damit allen Dingen zugrunde liegt. Wo immer diese Ordnung in den Dingen sichtbar wird, und sei es nur für einen Augenblick, entsteht auf rätselhafte Weise Sinnhaftigkeit. Er glaubt, dass es diese Ordnung ist, der die Menschen in einer Zeit, als sie es noch nicht besser wussten, den Namen Gott gegeben haben. Qualität ist somit der Finger, der auf Gott zeigt. Qualität unterliegt weder dem Wandel der Zeiten noch der Willkür der Menschen noch irgendwelchen Anforderungen.

»Würden Sie mir bitte zum Bett hinüberhelfen?«, fragt der Glasknochenmann. »Ich bin am Waschbecken fertig.«

»Ich gebe den Schwestern gleich Bescheid«, verspricht Christian, wie er meint zuvorkommenderweise. »Warum, um alles in der Welt, macht denn niemand das Fenster zu?«, platzt er dann heraus. »Hier drinnen friert man sich doch zu Tode.«

»Schwester Rita hat es uns verboten«, erklärt der Mann im mittleren Bett. »Schwester Rita hat gesagt, dass wir im Bett bleiben müssen.«

Christian untersucht den Schlauch und die Einstichstelle an Rudolf Schröders Oberkörper. Die Wunde sieht nicht entzündet aus, ist aber an den Rändern nass. »Wir werden eine Röntgenkontrollaufnahme machen«, beschließt der junge Arzt. »Es könnte sein, dass der Schlauch an der Venenwand anliegt.«

»Ist das gefährlich?«, will Rudolf Schröder ängstlich wissen.

»Nein, das ist nicht weiter dramatisch. Der Katheter darf nur nicht verstopfen, weil sich sonst Gerinnsel bilden. Die Flasche ist leer, ich werde gleich eine neue holen.«

Christian geht ins Stationszimmer und nimmt die Flasche, die Jutta für ihn vorbereitet hat. Er prüft noch einmal im Plan nach, ob es die richtige ist, und kehrt damit ins Patientenzimmer zurück. Er schließt den Schlauch an, öffnet den Dreiwegehahn und die Rollklemme. Es sieht gut aus, nur der kleine, graue Querstrich, der im Schlauch abwärts gleitet, ist ein wenig seltsam, aber vermutlich ist es eine winzige Luftblase, die sich dort verfangen hat.

»Na, also!«, meint er zufrieden. »Das geht doch!«

Mit einem Mal wird die Tür aufgerissen und Jutta stürzt ins Zimmer herein. Sie sieht die Infusion am Ständer hängen und stößt einen Schrei aus. Wie eine Furie rast sie auf das Bett los und dreht mit zitternden Fingern an der Rollklemme. Der graue Strich, der inzwischen mehr als die Hälfte des Schlauchs durchwandert hat, kommt abrupt zum Stillstand.

»Was machen Sie denn da?«, ruft Christian ärgerlich.

Jutta schneidet seltsame Grimassen und macht absonderliche Zeichen. Einen Augenblick lang glaubt er, dass sie verrückt geworden ist. Er sieht auf ihr Gesicht, sieht auf den Schlauch … und begreift plötzlich. Die Knie werden ihm weich.

»Sie meinen … Sie meinen? …«

Jutta nickt und beginnt verschwörerisch zu flüstern: »Ich habe vergessen, den Schlauch zu füllen und bin aus dem Zimmer gegangen. Als ich sie nun schnell fertig machen wollte, war die Infusion nicht mehr da.«

Christian ist, als hätte er einen Schlag auf den Solarplexus erhalten. Im Schlauch war nur Luft und diese Luft hat er in die Venen und in das Herz des Patienten gepumpt. Der kleine Querstrich ist keine Luftblase, sondern zeigt die Flüssigkeit an, die im Schlauch erst langsam nach unten sinkt.

Oh, Gott! Das ist ein Todesurteil.

Vor seinem inneren Auge sieht er Rudolf Schröders Herz, sieht die rechte Herzkammer, sieht, wie sich dort eine Luftblase bildet, die größer und größer wird, sich aus der Kammer löst und von der Lungenarterie aufgesogen wird. Er sieht, wie die Luftblase durch die Ader fließt, bis sie, leider von der falschen Seite, auf das feine Lungengewebe trifft und dann: Embolie! Exitus! Und er ist schuld daran. Er hätte nachprüfen müssen, ob der Schlauch gefüllt war. Hundertmal ist ihnen das im Studium eingetrichtert worden. Jeder Arzt fürchtet sich davor, und nicht wenigen passiert es. Der Patient stirbt durch menschliches Versagen. Oh, mein Gott! Das darf doch nicht wahr sein.

Rudolf Schröder sitzt ganz still. Es ist, als horche er tief in sich hinein. Seine Lider flattern, dann stößt er einen unanständig lauten Rülpser aus.

»Tschuldigung. Der musste raus«, sagt er.

»Geht es Ihnen gut?«, will Christian wissen. Jutta sagt nichts. Sie hält sich mit beiden Händen am Fußteil von Schröders Bett fest, und ihre Knöchel werden langsam weiß.

»Es war schon besser«, Rudolf Schröder gibt einen Laut von sich, der wie Lachen klingt. Christian zittern die Knie. Er ist nahe daran, die Beherrschung zu verlieren und loszuschreien.

Er wartet darauf, dass Schröders Augen sich weiten, dass er sich angstvoll an die Brust greift, zur Seite kippt und bewusstlos wird. Aber nichts geschieht. Zwei Minuten vorbei und der Mann lebt immer noch. Christian erkundigt sich erneut nach seinem Befinden.

Rudolf Schröder hat nicht die geringste Ahnung, dass er soeben das Opfer eines tödlichen Kunstfehlers geworden ist. Drei Minuten. Vier. Fünf. Sechs. Es müsste längst passiert sein. Jutta hält sich weiterhin am Bett fest. Christian sortiert hilflos Schläuche und redet pausenlos medizinischen Unsinn. Rudolf Schröder ist enorm geschmeichelt über so viel Aufmerksamkeit.

Rita kommt ins Zimmer herein. »Was ist denn hier los?«, fragt sie neugierig und blickt sich um. »Warum hängt ihr zu zweit eine Infusion an? Ist das neuerdings so schwierig geworden?«

Sie bemerkt Manuel Jäger, der immer noch am Waschbecken sitzt. »Oh, Herr Jäger, das hat lange gedauert, was? Warten Sie, ich helfe Ihnen in Ihr Bett zurück. Halten Sie sich ruhig an mir fest. Geht es?«

Jutta schlurft mit müden Schritten hinaus. Christian entfernt die restliche Luft aus dem Schlauch und schließt diesen dann erneut an den Dreiwegehahn an. Er murmelt ein paar falsch klingende Worte und verlässt ebenfalls den Raum.

Rita hat gesehen, was Christian getan hat, sagt aber nichts dazu, sondern plaudert unbekümmert weiter mit Manuel Jäger.

Jeden Tag um acht Uhr findet im Konferenzraum eine Besprechung statt, bei der die Ärzte der Inneren Medizin Erfahrungen austauschen. Regina Funke teilt mit, dass sie eine seltene Erbkrankheit auf Station liegen hat, einen Patienten mit Osteogenesis imperfecta. Das Interesse ist so groß, dass Professor Gössner eine Chefarztvisite vorschlägt, die Studenten wie Christian sich als Lehrveranstaltung anrechnen lassen dürfen. An diesem gehen die Informationen jedoch vorbei, denn er denkt immer noch über den Zwischenfall mit der luftgefüllten Infusionsleitung nach. Er weiß nicht, ob er seiner Chefin davon erzählen soll, entscheidet sich nach kurzem Zögern aber dagegen. Regina Funke macht nicht den Eindruck, dass sie ihn verständnisvoll anhören wird.

Sie ist in Eile, denn sie will heute an den Mittagsgesprächen der Gastroenterologen teilnehmen.

»Wir treffen uns alle vier Wochen zum fachlichen Austausch«, lässt sie Christian wissen, während sie durch die Gänge eilen. »In Luigis Pizzeria, in der Nähe vom Dom. Pro Mittagessen darf sich jeder der Teilnehmer einen CME-Punkt bei der Landesärztekammer gutschreiben lassen. Das sind immerhin zwölf Punkte im Jahr. Wie sollen wir denn sonst auf die verlangten Punktzahlen kommen? Wir haben doch gar nicht die Zeit, an den vorgeschriebenen Fortbildungen teilzunehmen …« Sie bleibt stehen und sieht Christian an. »Übrigens, was halten Sie davon, ein paar der Zimmer selbstständig zu visitieren? Irgendwann müssen Sie damit anfangen, eigene Entscheidungen zu treffen. Warum also nicht gleich? Wenn Sie einverstanden sind, überlasse ich Ihnen für den Anfang die Routinefälle. Ich habe wahnsinnig viel zu tun, so könnten Sie mich am besten entlasten.«

»Gern«, antwortet Christian wider besseres Wissen. Er hätte protestieren und darauf hinweisen können, dass er doch erst den zweiten Tag auf der Station ist. Aber unter Medizinstudenten ist es nicht üblich, solche Angebote auszuschlagen. Man muss zeigen, was man kann. Man will beweisen, dass man zurechtkommt.

»Natürlich können Sie mich jederzeit fragen, wenn Sie unsicher sind«, erklärt Regina Funke großzügig. Christian weiß, dass er dies nicht tun wird. Er wird sich keine Blöße geben.

Im Laufe der Visite erfährt Christian, dass Mado Kerbul, der Mann, der Zeitungen verkehrt herum liest, am sogenannten Korsakow-Syndrom leidet. Dabei handelt es sich um eine durch Alkoholismus verursachte Veränderung im Gehirn. Die Patienten haben Orientierungsstörungen und erzählen wilde Geschichten, die manchmal durchaus logisch klingen. Sie leben in einer Welt, die sie sich zurecht fabulieren und im nächsten Moment schon wieder vergessen haben.

»Ich bin überrascht, dass wir so viele Menschen mit Suchterkrankungen auf Station haben«, meint Christian. »Heroin, Alkohol, Schlafmittel, Nikotin, Magersucht – es ist praktisch alles vertreten.«

Wie soll aus Individuen, deren Leben dermaßen in Unordnung geraten ist, jemals eine geordnete Gesellschaft entstehen? Wo ist hier noch die Qualität zu spüren, die auf jene höhere Ordnung verweist, in der Christian einen tieferen Sinn entdeckt zu haben glaubt? Was treibt die Menschen dazu, sich dem Chaos der Sucht anheimzugeben? Sind sie so labil? Sind sie unglücklich?

Mit Berthold Hauser hat Regina Funke ein ernstes Wort zu reden. »Wie kommen Sie eigentlich darauf, dass Sie heute entlassen werden?«, will sie wissen. »Schwester Jutta hat mir mitgeteilt, dass Sie nach einem Taxi gefragt haben. Das müssen Sie mir erklären, Herr Hauser.«

Berthold Hauser drückt sich in sein Kissen hinein. »Aber Sie haben es doch gesagt, Frau Doktor«, antwortet er und sein glückliches Lächeln erlischt. »Bei der gestrigen Visite.«

»Das ist doch gar nicht wahr, Herr Hauser.«

»Doch, doch!«, erwidert der alte Mann eigensinnig. »Sie haben das gesagt. Ich habe es genau gehört.«

»Ich weiß, was ich gesagt habe«, widerspricht Regina Funke. »Dass Sie heute nach Hause dürfen, habe ich ganz sicher nicht gesagt.«

Berthold Hauser sieht plötzlich verstört aus. Er sucht nach Worten, die ihm nicht über die Lippen kommen wollen. Die Stationsärztin weist mit dem Finger auf Christian. »Fragen Sie Dr. Fischer, wenn Sie mir nicht glauben. Habe ich je etwas von Entlassung gesagt, Dr. Fischer?«

»Nicht direkt«, erwidert Christian.

»Sehen Sie!«, trumpft die Ärztin auf. »Dr. Fischer weiß ebenfalls von nichts. Doch wenn wir schon dabei sind, muss ich Ihnen einmal ernsthaft ins Gewissen reden, Herr Hauser. Es ist so, dass wir Sie in Ihrem Zustand nicht nach Hause lassen können, und wenn Sie ehrlich mit sich sind, werden Sie mir recht geben. An Ihrem Zustand wird sich in absehbarer Zeit so viel auch gar nicht mehr ändern. Ihr Herz ist nun einmal sehr, sehr schwach und im Grunde genommen wissen Sie das auch selbst. Wir beide sollten deshalb allmählich über eine angemessene Lösung nachdenken. Haben Sie denn schon einmal in Erwägung gezogen, in ein Pflegeheim …«

»Nein!« Die Hände des alten Mannes beginnen zu zittern. Er versucht, die Bettdecke zu greifen, um das Zittern zu verbergen, aber es will ihm nicht gelingen. »Nur das nicht! Ich gehe nicht in ein Heim. Ich will nach Hause.«

»Herr Hauser, nun denken Sie doch einmal vernünftig nach«, mahnt Regina Funke in nachsichtigem Ton. Sie setzt sich zu Berthold Hauser auf die Matratze und greift nach der faltigen Hand, die voller Altersflecken ist. »Was können Sie denn noch selber tun? So gut wie gar nichts. Ist es nicht so? Alles bleibt an Ihrer Frau hängen, aber Ihre Frau ist ebenfalls über achtzig und nicht mehr die Kräftigste. Wollen Sie das Ihrer Frau wirklich zumuten? Wollen Sie, dass sie sich mit der Pflege überanstrengt?«

»Gerlinde sorgt gern für mich«, murmelt der alte Mann mit gesenktem Kopf.

»Wir meinen es doch nur gut mit Ihnen. Wir wollen, dass Ihre Bedürfnisse erfüllt werden und Sie keine Schmerzen leiden. Können Sie das denn gar nicht verstehen?«

»Über sechzig Jahre sind wir miteinander verheiratet, Frau Doktor, über sechzig Jahre.«

Christian will die Diskussion nicht länger allein Regina Funke überlassen. Natürlich möchte Berthold Hauser heim zu seiner Frau, also sollten die vorhandenen Möglichkeiten zumindest gründlich abgeklopft werden. Der alte Mann tut ihm leid.

»Wenn Sie zu Hause versorgt sein wollen, Herr Hauser, brauchen Sie Hilfe«, sagt er. »Ist denn sonst noch jemand da, der Ihrer Frau zur Hand gehen kann? Der den Katheter leert und Ihnen aus dem Bett hilft?«

»Das macht die Gemeindeschwester. Die kommt jeden Tag. Wenn es sein muss, kommt sie auch zwei Mal. Das kann man mit der Sozialstation ausmachen.«

»Aber was ist, wenn Sie zwischendurch Hilfe brauchen?«, wirft die Stationsärztin ein. »Was ist, wenn Sie aus dem Bett fallen? Wer hilft Ihnen dann wieder auf die Beine? Ihre Frau kann das nicht. Und die Gemeindeschwester können Sie nicht jederzeit rufen wie eine unserer Schwestern.«

»Die Nachbarin, Frau Lerren. Die kann das machen. Die kommt oft zu uns herüber.«

»Besucht diese Nachbarin Sie denn regelmäßig?«, will Christian wissen.

»Frau Lerren ist immer da, wenn wir sie brauchen«, versichert Berthold Hauser und wendet sich hoffnungsvoll Christian zu.

»Das ist zwar alles schön und gut«, Regina Funke tätschelt die Hand, die sie immer noch in der ihren hält, »aber auf Nachbarn ist kein Verlass, das wissen Sie doch selbst, Herr Hauser. Die fahren in Urlaub, die gehen ins Theater oder ins Konzert und vor allem: Die müssen … arbeiten! Nachbarn stehen nun einmal nicht den ganzen Tag zur Verfügung. Das sehen Sie doch ein, nicht wahr, Herr Hauser?«

»Über eine organisierte Nachbarschaftshilfe könnten wir zumindest einmal nachdenken«, gibt Christian zu bedenken. »Wie heißt es doch? Einen alten Baum soll man nicht verpflanzen.«

Mit einem Mal hat Christian eine Art Vision. Er sieht ein klobiges Doppelbett aus dunklem Holz, vergilbte Tapeten, gestickte Deckchen auf dem Nachttisch, Häkeldecken auf dem Bett, schwere Vorhänge mit Kordeln. In dieses Zimmer, in dieses Bett gehört Berthold Hauser. Christian ist sich dessen so gewiss, dass er selber ganz erstaunt darüber ist. Er sieht eine alte

Frau ins Zimmer kommen, diese Frau streicht mit einem gichtigen Finger über Hausers Wangen. Etwas wie ein Leuchten ist um die beiden. Sie gehören zusammen. Sie sind da, wo sie sein sollen. Qualität, denkt Christian. Das ist Qualität. Aber wieso?

»Nachbarschaftshilfe! Bleiben Sie mir damit vom Leib!«, wehrt Regina Funke ab. »Wenn ich das schon höre! Das funktioniert nicht. Das kann ich aus langer Erfahrung sagen.«

Christian antwortet nicht. Er weiß intuitiv, dass er an einem Wendepunkt seines Lebens steht. Wenn er dieses Bild festhalten kann, wenn er aus diesem Bild heraus den Begriff Qualität erfassen kann, dann hat er es geschafft. Dann wird es ihm gelingen, die Brücke von seinem angelesenen Wissen zur Wirklichkeit hinüber zu schlagen. Dann wird er lernen, wie er den Leuten wirklich helfen kann und ein guter Arzt werden.

»Schauen Sie sich den Patienten doch an«, fährt Regina Funke unbarmherzig fort. »Haben Sie die Druckgeschwüre an seinem Rücken nicht gesehen? Der Mann muss regelmäßig alle zwei bis drei Stunden umgelagert werden. Wie wollen Sie das allein mithilfe einer Nachbarin organisieren?«

Christian sieht seine Chefin an, als wäre sie ein Gespenst. Hinterrücks schlägt die Angst wieder zu. Diese Angst macht es ihm unmöglich, klar zu denken.

»Was ist in der Nacht?«, verlangt die Stationsärztin zu wissen. »Berthold Hauser muss auch nachts mehrfach gedreht werden, wenn die Wunden sich jemals wieder schließen sollen. Wie soll er da zu Hause gepflegt werden? Das mag eine Woche gut gehen, vielleicht auch zwei oder drei, aber nicht Wochen, Monate, Jahre. Wir denken hier über eine langfristige Lösung nach. Die Nachbarn haben ihr eigenes Leben. Niemand kann verlangen, dass sie sich jahrelang aufopfern. Dieser Patient hier braucht aber Pflege rund um die Uhr.«

»Das stimmt«, sagt Christian langsam. »Das sehe ich ein.«

»Wollen Sie die Verantwortung übernehmen? Werden Sie dafür gerade stehen, wenn der Zustand des Patienten sich zu Hause verschlechtert? Was werden Sie tun, wenn weitere Druckgeschwüre dazu kommen?«

»Das möchte ich nicht riskieren. Auf gar keinen Fall.«

»Aber so wird es kommen. Für jedes neue Problem werden die Verwandten Ihnen die Schuld geben, und Sie können von Glück reden, wenn es zu keiner Klage kommt.«

»Dann bin ich die Approbation los, bevor ich sie überhaupt habe«, stellt Christian gedrückt fest. Während er noch redet, verschwindet das Bild aus seinem Kopf und der Begriff Qualität zerbricht.

»Ich gehe aber nicht in ein Heim«, sagt Berthold Hauser. »Lieber sterbe ich.«

»Wir müssen das nicht von heute auf morgen entscheiden«, erwidert Regina Funke einlenkend und erhebt sich vom Bett. »Ich möchte doch nur, dass Sie einmal ernsthaft nachdenken. Ich möchte, dass Sie sich klarmachen, was Sie von Ihrer Frau eigentlich verlangen. Denken Sie einfach einmal in Ruhe über alles nach, Herr Hauser. Wir reden morgen weiter. Auf Wiedersehen!«

Christian drückt dem alten Mann die Hand. »Wir finden eine Lösung, Herr Hauser. Verlieren Sie den Mut nicht. Wir wollen doch nur das Beste für Sie.« Christian hat ein schales Gefühl. Er weiß, dass seine Stimme flach klingt. Er weiß auch, dass Berthold Hauser ihm jetzt nicht mehr glaubt.

Im Flur stößt Regina Funke einen tiefen Seufzer aus. »Alte Leute sind manchmal so schwierig«, sagt sie. »So uneinsichtig. Jeder sieht doch, dass der Mann ins Pflegeheim gehört. Die Frau ist schon jetzt völlig überfordert.«

Christian nickt nachdenklich. »Gibt es eigentlich keine Heimplätze für Ehepaare?«, will er wissen. »Der alte Mann hängt an seiner Frau, das merkt man. Könnten wir die Hausers nicht gemeinsam in einem Heim unterbringen?«

»Das ist eine ausgezeichnete Idee!«, ruft Regina Funke anerkennend aus. »Erkundigen Sie sich gleich einmal danach. Ich überlasse das Ihnen. Suchen Sie einen Platz für die beiden.«

Während sie redet, macht sie sich über den Wagen mit den Patientenakten her. »Hm, Werscheid, Ingrid. Stegmaier, Karin. Leutkirch, Ruth. Das eilt alles nicht. Und wen haben wir hier? Oh, Bauer, Sigrid. Das ist die Patientin mit dem künstlichen Darmausgang, erinnern Sie sich? Heute Morgen ist der Befund der Histologie gekommen. Absolut hoffnungslos, die Geschichte. Lesen Sie sich das Gutachten ruhig einmal durch, Christian. Die Chirurgen konnten den Tumor nicht entfernen. Er spricht nicht auf eine Chemotherapie an. In der Onkologie konnten sie nichts mehr tun. Metastasen im ganzen Peritonalraum, in der Leber und in den Knochen. Wir sind mit unserem Latein am Ende.« Die Ärztin sieht Christian mit ernstem Blick an.

»Weiß die Patientin denn schon Bescheid?«

»Das ist eine der schwierigsten Seiten unseres Berufs«, räumt Regina Funke ein. »Wie sagen Sie einem Menschen, dass es für ihn keine Hoffnung mehr gibt? Dass wir nicht helfen können? Dass er sterben wird? Natürlich müsste ich dringend mit der Bauer reden …«, sie wirft einen Blick auf ihre Armbanduhr, »… aber dafür brauche ich eine ruhige Stunde. Das muss ich morgen machen.«

»Müssen Sie zu dem Gastrologengespräch denn jetzt schon weg?«, fragt Christian erstaunt.

»Nein, aber ich muss noch zu dem Glasknochenmenschen ins Zimmer. Ich will mich kundig machen, bevor sich der Chef den Mann übermorgen höchstpersönlich vornimmt. Ich will mich ja nicht blamieren.«

Nach dem Frühstück ist Manuel von einer technischen Assistentin abgeholt und ins Funktionsprüflabor gebracht worden. Er ist an verschiedene Geräte angeschlossen worden, hat in Röhrchen geblasen, Aerosole inhaliert, Spritzen bekommen, Helium geatmet und ist zum Abschluss in einen Computertomographen gelegt worden. Die Untersuchungen sind anstrengend gewesen, nun liegt er erschöpft im Bett, möchte gern schlafen und findet doch keine Ruhe. Die Einsamkeit hat eine Schwester, die Traurigkeit heißt, und an manchen Tagen kommen sie ihn gemeinsam besuchen. Heute ist ein solcher Tag.

Rudolf Schröder hingegen ist auf dem Weg der Besserung. »Heda, Zwerg!«, ruft er quer über den Kopf von Albert Schuster hinweg. »Wenn sie dir ein Kinderbett geben, haben wir mehr Platz im Zimmer. Oder genügt dir vielleicht sogar die Schublade vom Nachttisch? Hahaha!« Er lacht und Albert Schuster lacht mit. Dann geht die Tür auf, die Ärzte treten ins Zimmer herein. Es ist Visite.

Manuel sieht eine Neugier in Dr. Funkes Augen, die über das rein berufliche Interesse hinausgeht, aber heute kann er solche Blicke nicht ertragen, heute sind sie wie Nadelstiche in sein Herz. Die Nadeln haben tausend Widerhaken, sie krallen sich fest und reißen, bis es wehtut.

»Einen Fall wie Sie hat man nicht alle Tage«, freut sich die Ärztin. Sie zieht die Röntgenbilder aus der Tüte, hält sie gegen das Licht und weist Christian darauf hin, dass Glasknochen im Röntgenbild aufgrund der verminderten Mineralisierung dünn und glasartig aussehen.

»Daher der Name Glasknochenkrankheit«, erklärt sie ihrem Kollegen. »Sehen Sie sich das an, Christian! Sehen Sie, wie schwach die Knochenstruktur der Rippenbögen ist? Sagen Sie,

Herr Jäger, sind Ihre Knochen überall so dünn? Schade, dass ich keine Aufnahme vom ganzen Skelett habe. Können Sie mit diesen Knochen tatsächlich auf eigenen Beinen stehen?«

Es gibt Tage, an denen machen ihm solche Fragen nichts aus. Bisweilen antwortet er sogar gern darauf. An anderen Tagen ärgern sie ihn und er macht bissige Bemerkungen. An Tagen wie heute quälen sie ihn und das umso mehr, je persönlicher sie werden. An Tagen wie heute fühlt Manuel sich abgesondert von der Welt und antwortet deshalb ganz brav, obwohl er eigentlich lieber schreien möchte.

Regina Funke merkt nicht, dass sie Manuel mit ihrer Neugier verletzt, und Christian Fischer wirkt, als wäre er weit weg. Der Einzige im Zimmer, der etwas merkt, ist Rudolf Schröder, denn wie viele Alkoholiker hat er ein feines Gespür für Stimmungen. Rudolf Schröder hört zu und findet es ergötzlich, dass sein Widersacher sich wie ein zur Schau gestellter Affe fühlt.

»Ich habe Marknägel bekommen«, erklärt Manuel. »Beide Oberschenkelknochen sind damit verstärkt worden. Erst danach habe ich laufen gelernt. Mit sechzehn Jahren.«

»Aber den Rollstuhl brauchen Sie trotzdem, nicht wahr?«

»Erst wieder, seitdem ich mir vor zwei Jahren den Schenkelhals und einige Wirbel gebrochen habe.«

»Was Sie nicht sagen!«, Regina Funke setzt ihre Brille auf und hält noch einmal das Röntgenbild gegen das Licht. »Wie viele Knochenbrüche haben Sie eigentlich gehabt, Herr Jäger?«

Dieselbe Frage hat die Ärztin ihm schon bei der Aufnahme in der Notfallambulanz gestellt. Manuel verzieht das Gesicht. »Nach dem hundertsten Bruch habe ich aufgehört zu zählen.«

»Es sind ja nicht allein die Brüche«, meint Regina Funke in einem Ton, der sicher Mitgefühl ausdrücken soll. Sie mustert nun statt der Röntgenbilder den Patienten. »Diese ganzen Deformationen … eingedrückter Brustkorb … Skoliose … Das steckt ein Mensch doch nicht einfach so weg. Dieses Missverhältnis der Proportionen wirkt sich wiederum auf die ganzen inneren Organe aus … auf die Lunge … und deshalb sind Sie nun hier bei uns«, fügt sie strahlend hinzu.

»So wird es wohl sein«, erwidert Manuel und wünscht, die Ärztin würde ihn in Ruhe lassen und sich endlich mit Albert Schuster oder Rudolf Schröder befassen.

»Die Lungenfunktionsuntersuchungen haben leider auch nicht viel ergeben«, stellt diese fest und blättert in der Akte verschiedene bunte Blätter durch. »Die Ergebnisse lassen sich mit den Normwerten eines Gesunden sowieso nicht vergleichen.«

»Ja, das weiß ich«, stimmt Manuel zu. »Alle Ärzte wundern sich über meinen Körper.«

»Eine akute Gefährdung besteht allerdings nicht mehr, das wenigstens kann ich Ihnen versichern«, fährt Dr. Funke fort und strahlt dabei Kompetenz aus. »Den Atemstillstand mit anschließender Bewusstlosigkeit haben Sie sich wohl selbst zuzuschreiben. Sie haben sich zu viel Sauerstoff verabreicht und daraufhin hat Ihre Atmung ausgesetzt.«

»Ich weiß, wie viel Sauerstoff ich mir geben darf. Ich kenne sowohl mich als auch das Gerät sehr gut.«

»Selbstbehandlungen sind eben nie ohne Risiko«, setzt Dr. Funke entgegen. »Da passiert immer wieder etwas. Es ist meine ständige Rede, dass Laien ihre Finger von medizinischen Problemen lassen sollten. Sie sollten sich an uns wenden, denn dafür sind wir schließlich da.«

»Ich habe seit zehn Jahren ein Sauerstoffgerät in meinem Schlafzimmer stehen«, entgegnet Manuel. »Ich habe mir kurzfristig zweieinhalb Liter gegeben, das ist wirklich nicht zu viel.«

»Zu viel Sauerstoff wirkt toxisch. Das Gehirn vergisst, dass es der Lunge den Befehl zum Atmen geben muss. Ich nehme an, das ist eben in Ihrem Fall passiert«, erklärt Regina Funke und sieht Manuel durch ihre Brille mit einem forschenden Blick an.

»Hören Sie«, sagt Manuel und lehnt sich in seinem Kissen zurück. »Ich sage Ihnen, wie das ist: Das Atemzentrum in der Medulla oblongata im Hirnstamm reagiert auf drei Faktoren, nämlich den Kohlendioxidpartialdruck, den Sauerstoffpartialdruck und den pH-Wert des Blutes. Man unterscheidet zwischen hyperkapnischer Atemstimulation, bei der die Chemorezeptoren in der Medulla auf die pH-Änderungen des Liquors reagieren, der wiederum durch die Diffusion von Kohlendioxid über die Blut-Hirn-Schranke beeinflusst wird, und hypoxischer Atemstimulation, die über den erniedrigten Sauerstoffgehalt im Blut reagiert. Die Stimulation des Atemantriebs über den CO_2-Anstieg ist sehr viel stärker als über den Sauerstoffpartialdruck. Ein Atemstillstand aufgrund einer Sauerstoffgabe erfolgt in der Regel nur dann, wenn die Rezeptoren nicht mehr auf CO_2 reagieren, was zum Beispiel bei einer chronisch-obstruktiven Bronchitis der Fall sein kann. Ich habe aber keine chronisch obstruktive Bronchitis.«

Es herrscht einen Augenblick Stille. Manuel sieht, wie seine Worte in die Ärztin einsinken und ihr zu denken geben.

»Wie dem auch sei«, entgegnet Regina Funke nach einer Weile. »Ich werde mir auf jeden Fall Ihre alten Akten ansehen, um einen Vergleich mit den jetzigen Ergebnissen zu haben. In welchem Krankenhaus ist Ihre Lunge denn zuletzt untersucht worden?«

»In der Wilhelmsruhe. Das ist noch gar nicht so lange her.«

»Na also! Wunderbar! Was wollen wir mehr!«

»Die haben dort sogar einen Pneumotachographen für Ganzbodyplethysmographien«, meint Manuel. »Da wird man in eine Kammer gesetzt und ist nur über ein Mundstück mit der Außenwelt verbunden. Anhand der Druckschwankungen in der Kammer werden Atemstrom und Lungenvolumen gemessen.«

»Nein, wirklich? Dann sind sie in der Wilhelmsruhe also auf dem neuesten Stand der Technik. Ich werde noch heute mit denen telefonieren und mir die Dokumente kommen lassen. Bis Ende der Woche wissen wir mehr und dann schicken wir Sie wieder nach Hause. Sie müssen sich wirklich keine Sorgen machen, Herr Jäger. Ich bin sicher, der Atemstillstand kam von einer Überdosis Sauerstoff, genau wie ich gesagt habe. Das passiert sehr leicht, auch wenn man sich angeblich auskennt.« Regina Funke lässt sich von Christian Fischer die nächste Akte geben und wendet sich dem Bett von Albert Schuster zu.

Nadelstiche mit Widerhaken.

Im Stationszimmer sitzt Jutta auf ihrem Schreibtischstuhl und wühlt alle Schubladen durch. »Du hast in letzter Zeit doch häufig mit Marion zusammengearbeitet«, fängt sie ein Gespräch mit Rita an, die in diesem Moment zur Tür hereinkommt.

»Was machst du denn da?«, will Rita wissen.

»Ich suche diese blöden Fragebögen.«

»Welche Fragebögen?«

»Vor einigen Wochen hat Schwester Anneliese doch einen ganzen Stapel Fragebögen für diese KTQ-Umfrage verteilt und ich weiß nicht mehr, wo ich die Dinger hingelegt habe. Ich suche schon überall danach. Schwester Anneliese hat angerufen und daran erinnert, dass wir die ausgefüllten Bögen bis spätestens übermorgen abgeben müssen. Es eilt. Die brauchen das für die Zertifizierung. Professor Gössner höchstpersönlich ist an der Auswertung interessiert«, Jutta unterbricht sich und sieht Rita an. »Was ich dich aber eigentlich fragen wollte ist, ob dir in der Arbeit mit Marion nichts aufgefallen ist? Hast du nichts bemerkt, was ich wissen müsste?«, fährt sie fort, schließt die Schublade und zieht die nächste mit dem Hängeregister auf.

»So spontan nicht«, erwidert Rita, öffnet ebenfalls eine Schublade und füllt die Tasche ihrer Kittelschürze mit Universalstöpseln, Klebepflastern und einigen sterilen Tupfern. »Aber wenn ich nachdenke, wird mir bestimmt etwas einfallen. Was soll mir denn einfallen?«

»Vielleicht ein paar Nachlässigkeiten. Oder Unregelmäßigkeiten. Zu den Patienten ist Marion doch auch nicht immer freundlich, oder? … Wieder nichts! Wo könnten diese Fragebögen denn nur sein, zum Kuckuck?«

Rita pfeift leise durch die Zähne. »Wieso fragst du mich das? … Hast du die Fragebögen vielleicht in das Fach mit den Formularen getan?«

Jutta richtet sich auf. »Das ist eine Idee!«, sagt sie und geht zu dem Schrank, der einen Vorrat an gedruckten Formularen enthält. »Tatsächlich! Hier sind sie! Rita, du bist ein Genie. Nun ja, Marion war doch als stellvertretende Stationsleitung im Gespräch, aber wir sind nicht mehr sicher, ob sie für diesen Posten reif genug ist.«

»Wer ist sich da nicht sicher?« Rita greift sich einen der Fragebögen vom Stapel und studiert ihn mit gerunzelter Stirn.

»Nun, Schwester Anneliese und ich. Vielleicht müssen wir uns eine andere Alternative überlegen«, antwortet Jutta und nickt Rita vielsagend zu.

»Ach so!«, gibt Rita zurück und nickt ebenfalls. »So ist das. Ja, vielleicht fällt mir etwas ein … Du, sag mal, hätten wir diese Zettel nicht schon längst verteilen müssen? Da steht, dass jeder

Patient bei Aufnahme auf Station einen solchen Bogen erhält und ihn bei Entlassung ausgefüllt wieder abgeben soll.«

Jutta wirft ebenfalls einen Blick auf den Bogen. »Ja, doch. Tatsächlich. Ich habe das irgendwie falsch verstanden. Mir war nicht klar, dass wir die Dinger fortlaufend an unsere Patienten verteilen sollen. Ich dachte, es handelt sich um eine einmalige Aktion und wir bekommen extra Bescheid, wenn's losgeht.«

»Und bis übermorgen sollen wir die wieder abgeben?«

»Nur die ausgefüllten.«

»Ist das nicht ein bisschen knapp?«

»Ja, ich hab's verschwitzt. Ich geb's ja zu. Was machen wir denn nun?« Jutta lässt sich auf einen Stuhl fallen und sieht Rita fragend an.

»Wie viele solcher Bögen brauchen wir denn?«, will diese wissen.

»Zweihundert? Dreihundert?«, fragt Jutta zurück. »Ich habe keine Ahnung. Oh, das ist mir aber peinlich. Was soll ich Schwester Anneliese denn nur sagen? Und was wird Professor Gössner von uns halten?«

Rita runzelt die Stirn und denkt einen Augenblick lang nach. »Überlass das ruhig mir«, sagt sie dann. »Ich habe eine Idee.«

Dagmar schlüpft kurz vor Mittag aus den Federn. In der Nacht hat sie noch weitere Pillen geschluckt und die Wärmflasche erneuert. Ansonsten hat sie wie eine Tote geschlafen und fühlt sich heute besser als am Vortag.

Dreckiges Geschirr und Wollmäuse fallen ihr unangenehm ins Auge, deshalb flüchtet sie in die Kantine des Krankenhauses und nimmt dort statt eines Frühstücks Wurst mit Kartoffelpüree zu sich. Den Salat lässt sie stehen, weil der Essig an den Lippen brennt. Danach trinkt sie noch einen Becher Kaffee und als sie diesen geleert hat, ist es schon Zeit für sie, zum Spätdienst auf Station zu gehen. Der Nachmittag fängt gut an, nämlich mit der Nachricht, dass die Funke außer Haus ist. Dagmar zieht sich rasch um und reiht sich unter die Schüler ein, die damit beschäftigt sind, das Mittagessen auszuteilen.

In der Besucherecke redet Wendelin Weihrauch mit den leeren Stühlen und hat das tägliche Rätselraten, was die Farbe seines Schlafanzugs angeht, heute überflüssig gemacht, denn jeder sieht, dass er einen himmelblauen anhat. Dagmar beobachtet ihn, während sie auf das nächste Tablett wartet. Es kommt ihr komisch vor, dass er nach einem Mann gesucht hat, der erst zwölf Stunden später auf Station eingetroffen ist. Sie fragt sich, ob es Zufall war. Mit einem Mal hat sie das merkwürdige Gefühl, dass Wendelin Weihrauch ihre Gedanken hören kann, und als sie wieder zu ihm hinüberblickt, mustert er tatsächlich sie statt der Stühle und sieht dabei ganz nachdenklich aus.

Dagmar hat ihre eigene Theorie, was alte Leute betrifft. Sie teilt diese in durchscheinende und dunkle ein. Die Durchscheinenden schrumpeln im Laufe der Jahre immer mehr ein, und, indem sie fortwährend kleiner und dünner werden, beginnen sie allmählich, von innen heraus zu leuchten, etwas wie ein Glanz umgibt sie. Dagmar will gerne glauben, dass der Tod in ein strahlendes Licht hinüberführt. Wenn sie einen dieser durchscheinenden alten Menschen vor sich hat, stellt sie sich vor, dass diese dabei sind, schon zu Lebzeiten in dieses Licht hinüberzugehen. Vielleicht ist es auch so, dass der Körper sich in Licht verwandelt und der Tod nur eintritt, bevor diese Verwandlung vollendet ist. So werden die durchscheinenden alten Leute für Dagmar zu Boten, die von einer wundervollen Verheißung künden.

Die anderen sind die Dunklen. Sie leuchten nicht, sondern haben ihr Leben wie Jahresringe um sich liegen. Bei vielen sind diese Jahresringe verhärtet und zu einem Panzer geworden, mit dem sie sich vor einer feindlichen Umwelt schützen.

Eine Weile hat Dagmar die Theorie verfolgt, dass den Durchscheinenden das Leben geglückt ist und sie deshalb leichter sterben als die Dunklen, aber die Erfahrung hat sie eines Besseren belehrt. Es gibt Dunkle, die mit einem Lächeln auf den Lippen von dieser Welt gehen, und Durchscheinende, die sich über lange Wochen quälen, genau wie umgekehrt. Dagmars Theorie über alte Leute sagt also eigentlich nichts aus, deshalb behält sie sie lieber für sich.

Wendelin Weihrauch ist ein Sonderfall. Er ist durchscheinend und dunkel zugleich, als wäre die Nacht in ihm transparent geworden. Wenn Dagmar ihn ansieht, muss sie an einen sternenübersäten Nachthimmel denken, und weil sie sternenübersäte Nachthimmel mag, mag sie auch Wendelin Weihrauch.

Sie nickt ihm zu und er sieht sie immer noch nachdenklich an, während sie das nächste Tablett aus dem Kastenwagen in Empfang nimmt. Auf diesem Tablett stapeln sich nicht nur das Mittagessen, sondern darüber hinaus jede Menge Schüsselchen und Schälchen mit Obstsalat, Pudding, Joghurt, Bananen und abgepacktem Kuchen. Dagmar muss vorsichtig balancieren, damit nichts auf den Boden fällt. Was sie ins Zimmer trägt, ist die Mahlzeit, die der Psychologe gemeinsam mit der magersüchtigen Rebekka Windisch zusammengestellt hat. Es ist das, was Rebekka Windisch heute Mittag unbedingt essen will, aber den größten Teil der Speisen, wenn nicht sogar alles, wird Dagmar im Laufe des Nachmittags hinter dem Vorhang, im Nachttisch, auf dem Sims vor dem Fenster oder, unter Tempotaschentüchern versteckt, im Papierkorb wiederfinden. Im selben Zimmer wie Rebekka Windisch liegt auch die Türkin aus dem Flur, Sitta Haskanaye, und sieht so gesund aus, dass Dagmar sich daneben doch wieder ziemlich krank vorkommt. Als alle Tabletts ausgeteilt sind, geht Dagmar zu Berthold Hauser, um für ihn das Fleisch in mundgerechte Stücke zu schneiden, doch der alte Mann stößt ihre Hand weg. Er will nichts essen und überhaupt ist er des Lebens überdrüssig. Mit ihren tröstenden Worten hat Dagmar keinen Erfolg, also sucht sie danach mit Walter Seibold wieder einmal nach dessen Gebiss. Sie findet es in einem Socken unter der Matratze. Anschließend hilft sie zwei weiteren Patienten, die beide mit gutem Appetit essen.

Nach der Mahlzeit halten die Patienten ihr Mittagsschläfchen und im Stationszimmer findet die Übergabe statt. Es gibt nur ein Thema: Anton Henschler, der am vergangenen Tag Kurt Emmrich die Schuhe und die Unterhosen gestohlen hat.

»… wie der Oberlehrer da stand, wo ihr jetzt sitzt«, erzählt Rita, »habe ich mir überlegt, ob ich den Blutdruck bei ihm messen sollte, denn sein Kopf war so rot wie eine reife Kirsche, was sage ich, so dunkel wie eine getrocknete Backpflaume …«

»Nein!«, sagen alle und beugen sich tiefer über ihre Notizbücher, ohne ein Wort mitzuschreiben.

»… die Schuhe haben ihn über fünfhundertfünfzig Euro gekostet, denn es waren maßgefertigte, stellt euch das nur einmal vor …«

»Nein!«, sagen wieder alle.

»… und er hat vehement darauf bestanden, dass wir die Polizei holen.«

»All die schönen, weißen Schiesser-Feinstrick-Hemden, einfach futsch«, sagt Dagmar und denkt daran, wie es war, als

Kurt Emmrich ihr beibringen wollte, dieselben ordentlich zu falten und im Schrank Kante auf Kante zu legen. »So ein Pech!«

»Der Oberlehrer sagt, wir sind schuld«, fährt Rita fort. »Er sagt, wir hätten auf seine Sachen aufpassen müssen. Er hat sich bei der Pflegedienstleitung über uns beschwert.«

»Das ist aber nicht nett von Herrn Emmrich«, sagt Marion und sieht aus, als könne sie ein Grinsen, das breiter und breiter werden will, nur noch mühsam verbergen. »Was sagst du, haben die Schuhe gekostet?«

»Fünfhundertfünfzig Euro!«, erwidert Rita.

»Fünfhundertfünfzig Euro!«, wiederholen die anderen. Dann können sie sich nicht mehr beherrschen und prusten los.

Nach der Mittagsruhe bringt Dagmar Manuel ein Kännchen mit Kaffee, Milch und Zucker, dazu legt sie einen trockenen Keks aus der großen Vorratsdose. Sie stellt die Sachen vorsichtig auf seinem Nachttisch ab und lächelt ihm zu. Sie wechseln ein paar Worte miteinander, aber es geht um nichts Wichtiges, nur darum, dass Dagmar heute Nachmittag und morgen früh wieder Dienst hat und Manuel eine Telefonkarte braucht, damit er Anrufe nicht nur empfangen, sondern selber welche machen kann.

Manuel nimmt den Kaffeelöffel in die Hand und lächelt zurück. Er freut sich, dass er Dagmar eine Weile im Gespräch an seinem Bett festhalten kann, denn er spürt gern ihre Gegenwart. Was ihn betrifft, so hätte sie den Nachmittag ruhig in diesem Zimmer verbringen können, Schränke auswaschen, Fenster putzen, Binden aufwickeln oder was Krankenschwestern sonst so tun. Er nimmt Dagmars Lächeln, das dem Lächeln Lenoras so ähnlich ist, begierig in sich auf. Seit hundert Jahren hat ihn niemand mehr so angelächelt.

Aber dann geht Dagmar wieder hinaus und Manuel ist mit seinen Erinnerungen allein. Er denkt an Lenora, die tot ist, die es nicht mehr gibt, die es einfach nicht mehr gibt, die seit vier Jahren tot ist.

Warum hat Gott das zugelassen?

Manuel hat geglaubt, dass er über Lenoras Tod hinweg ist, und nun sitzt er im Bett und begreift, dass er es nicht ist und dass er niemals darüber hinwegkommen wird.

Lenora war der einzige Mensch, der sich darüber gefreut hat, dass es ihn gibt. Für Lenora war er nie der Behinderte, den man bemitleiden muss, nie das ewige Kind, das man hätscheln muss, nie der Krüppel, den es nicht geben darf, nie das Schreckgespenst, das sich verstecken muss, nie die Sensation, an der die Schaulust sich befriedigt. Für Lenora war er einfach nur da und sie hat sich gefreut, dass es ihn gibt.

Mit Lenora ist das Leben so normal gewesen.

Manuel rührt in seinem Kaffee, bis er kalt ist, und all die verdrängten Erinnerungen brechen auf einmal hervor.

Chatten im Forum

Lenora: Was treibt ihr denn da? Selbsthypnose, Autosuggestion oder was? Wie könnt ihr von Freundschaft reden, wenn ihr euch persönlich noch nie gesehen habt?

Allerweltsfreund K.: Liebe Freundin, ich drücke damit mein Wohlwollen gegenüber der ganzen Welt aus.

Lilian: Freundschaften verbreiten sich wie geheime Verschwörungen. Ich habe schon neunundsiebzig Freunde und täglich werden es mehr.

Fritz: Du nervst mal wieder.

Der Home-Cercle aus Biberdingen: Willst nicht auch du zu unserem Freundeskreis gehören? Wir chatten jeden Dienstag über Jesus, der für uns am Kreuz gestorben ist. Jesus ist unser bester Freund.
Manuel: Was verstehst du denn unter Freundschaft, wenn ich fragen darf?

Es gab eine Zeit, da hat Manuel aus Langeweile in allen möglichen Foren mitgechattet. Auf diese Weise hat er viele Leute kennengelernt, mit einigen tauscht er sich bis heute aus. Wer wie er nur einen kleinen Bewegungsradius hat, für den ist das Internet ein Segen, weil es ihm neue Fenster auf die Welt eröffnet.

Die Antwort
Sie ist kurz und liest sich spröde:

Eine Freundschaft ist eine wechselseitige, persönliche Beziehung, die sich über einen langen Zeitraum und in den Extremsituationen Glück und Not bewährt.

Manuel findet diese Definition nicht hinreichend, er schreibt zurück und damit beginnt es. Lange Zeit bleibt der Austausch mit ihr abstrakt und philosophisch. Sie unterhalten sich über Gott und die Welt. Keiner verrät etwas von sich selbst. Keiner schickt dem anderen sein Foto.

Lenora lebt in einer Gedankenwelt, die sich grundlegend von seiner eigenen und jeder anderen, die Manuel kennt, unterscheidet. Sie ist nicht wie andere Menschen. Sie ist irgendwie – seltsam. Der Briefwechsel übers Netz wird immer spannender.

Zeit

Lenora: Ich halte durchaus nichts von Evolution und Relativität. Diese Wissenschaften öden mich an.
Manuel: Gehörst du etwa einer dieser neuen religiösen Strömun-

gen an, Intelligent Design, Neokreationismus, so what? Du enttäuschst mich.

Lenora: Religionen spielen sich auf einer Bewusstseinsebene ab, die ich hinter mir gelassen habe. Eine Religion taugt, wenn überhaupt, höchstens als Verweis auf etwas, das dahinter liegt. Nein, das Problem ist ein anderes. Es hängt mit unserer Vorstellung von Zeit zusammen. Zeit ist ein künstliches Konstrukt. Mit herzlichen Grüßen. Die heilige Lenora.

Manuel: Wie meinst du das?

Lenora: Evolution und Relativität funktionieren als Theorien doch nur unter einer Prämisse, nämlich der Vorstellung von einer linearen Zeit. Zeit ist aber etwas Vorläufiges, das aus unserem Bewusstsein wieder verschwinden wird. Zeit ist nur ein Baugerüst, mit dessen Hilfe das Haus gebaut wird. Es ist aber nicht das Haus selbst.

Manuel: Willst du damit sagen, dass die Wissenschaften sich nur mit dem Gerüst und nicht mit dem Haus selbst befassen?

Manuels Neugier wächst. Er will Lenora kennenlernen und ringt sich zu einer Einladung durch. Daraufhin kommt monatelang kein Mail von ihr. Auf die seinen antwortet sie nicht mehr. Irgendwann gibt er enttäuscht auf. Einen Tag, nachdem er den Briefwechsel unter *Erledigt* archiviert hat, meldet sie sich plötzlich wieder. Wann sie kommen soll, verlangt sie in ihrem Mail zu wissen.

Begegnung

Diese Riesenangst vor dem ersten Treffen. Im Netz hat Manuel einen Namen. Er ist »der Kopf«, der Mann, der alles weiß und den man immer fragen kann, wenn andere Hilfsquellen versagen. Wie wird sie reagieren? Er quält sich damit, ob er sie vorwarnen soll, aber er bringt es nicht fertig. Diese Angst, diese durchgeschwitzten Hemden.

Vielleicht hat sie ebenfalls Glasknochen. Vielleicht ist sie potthässlich. Vielleicht schielt sie. Er will sie sehen, er will sie doch nicht sehen, er will sie sehen.

Lenora kommt. Er öffnet die Tür.

Sie ist hübsch.

Sie stehen einander gegenüber. Sie wissen beide nichts zu sagen. Sie lächelt ihn an. Aus ihrem Wesen quillt plötzlich Freude hervor, eine stille Freude, unaufhaltsam quillt diese Freude aus ihr heraus. Es ist eine neue, völlig ungewohnte Erfahrung für ihn. Er ist verblüfft. Die Freude springt auf ihn über. Von diesem Augenblick an liebt er sie.

»Komm herein«, sagt er.

Lenora ist ein scheuer Mensch. Wachsam und empfindlich. Dieses Mal ist Manuel derjenige, der unabsichtlich verletzt, nicht derjenige, der verletzt wird. Es dauert lange, bis sie Vertrauen zu ihm fasst. Es dauert lange, bis sie regelmäßig zu Besuch kommt. Und noch länger dauert es, bis sie das erste Mal über Nacht bleibt.

Sex

Lenora, ich möchte mit dir schlafen. Ich sehne mich danach. Lass es uns doch einfach probieren.

Nein!

Warum nicht? Es gehört dazu, wenn Mann und Frau zusammen sind.

Du bist unterernährt. Darum geht es nicht.

Wie bitte? Ich bin doch nicht unterernährt. Und was hat mein Körpergewicht mit Sex zu tun?

Dein Denken und Fühlen kreist allein um Sex. Sex, Sex und nochmals Sex. Dich hungert nach Sex.

In dieser Hinsicht bin ich ein ganz normaler Mann.

Eben, sag ich doch, total unterernährt. Wer hungrig ist, der isst nicht, der frisst.

Danke, das wollte ich jetzt hören!

Wetten, dass du Pornohefte unter deiner Matratze liegen hast?

Wette verloren. Ich habe sie im Nachttisch.

Lenora schläft nicht mit ihm. Sie lässt sich nicht überreden. Irgendwann hört er auf, sie zu fragen. Aber so ganz allmählich begreift er, dass er nicht nur »der Kopf« ist. Er entdeckt seinen Körper. Er entdeckt ihren Körper. Irgendwann verschwinden die Pornohefte aus dem Nachttisch. Ihre beiden Körper entwickeln eine ganz eigene Sprache, die nur ihnen gehört. Irgendwann verschwinden auch die Vorstellungen aus seinem Kopf. Da geschieht es.

Lenora ist scheu, aber sie kennt kein Mitleid. Sie sagt, was sie denkt, und darin ist sie von einer Brutalität, die wehtut. Sie weiß es und leidet darunter, aber sie kann es nicht ändern.

Fantasielos

»Lothar, du bist der fantasieloseste Mensch, den ich kenne. Du musst dich nicht dauernd anstrengen, um mich vom Gegenteil zu überzeugen.«

Lothar wirft die Serviette auf den Tisch. »Das muss ich mir von niemandem gefallen lassen«, schreit er wütend und geht.

Lenora heult die ganze Nacht.

Linda und Manuel räumen das Essen weg.

Lothar weiß schon lange, dass er keine Ideen hat. Er hört auf, die anderen damit zu langweilen, dass er dauernd so tut als hätte er welche.

Das Leben ist schön. Es könnte ewig so weitergehen. Manuel fühlt sich heil. Er fühlt sich reich. Er ist so glücklich, dass er nicht weiß, womit er dieses Glück verdient hat.

Alt werden

Sie sitzen auf dem Sofa und schauen in die Abenddämmerung hinaus. Rotgolden hängt die Sonne über den Dächern. Sie haben einen langen Weg zurückgelegt. Sie sind ein Paar.

»Willst du mich heiraten?«, fragt Manuel.

»Ja, ich will«, sagt Lenora.

»Ich will alt und grau mit dir werden«, sagt Manuel.

»Bis dass der Tod uns scheidet.«

Weihnachten

Sie feiern Weihnachten zum ersten Mal gemeinsam, denn bald wollen sie heiraten. Sie kaufen einen Weihnachtsbaum. Sie backen Plätzchen. Sie füllen den Kühlschrank. Sie hören Weihnachtslieder und singen selber mit, weil es so stimmungsvoll ist.

Mit zwei Freundinnen fährt Lenora auf den Weihnachtsmarkt nach Nürnberg. Sie will die Lebkuchen mitbringen, für die der Markt berühmt geworden ist.

Warum hat Gott das zugelassen? Warum?

Es hätte so schön werden können. Der Himmel war offen. Er hat die Hausnummer 108 gehabt.

Oh, Lenora! Warum bist du nach Nürnberg gefahren?

Es gibt keinen Gott.

Manuels Gesicht ist nass von Tränen. Es ist das erste Mal seit Lenoras Tod, dass er weint. Er wischt die Tränen nicht weg.

Die Frühschicht hat sich verabschiedet, der Mittagskaffee ist verteilt und die ersten Besucher treffen ein. Christian Fischer ist noch immer mit der Visite beschäftigt. Dagmar und Marion teilen die Arbeit unter sich und zwei Schülerinnen auf. Zahlreiche Betten sind zu beziehen, aber weil die Zeit knapp ist, beschränken sie sich auf die drei, die so extrem verschmutzt sind, dass einen graust. Dazu gehört das Bett von Sigrid Bauer, denn bei ihrem künstlichen Darmausgang hat sich der Beutel gelöst und der flüssige Stuhlgang ist ins Bett gelaufen. Im Zimmer stinkt es ganz erbärmlich. Dagmar holt frische Leintücher aus dem Schrank, öffnet das Fenster und macht sich gemeinsam mit Marion ans Werk.

»Was hat die heilige Anneliese gestern von dir gewollt?«, fragt Dagmar, während sie das Kissen abzieht und den Bezug in den Wäschesack stopft. »Du warst ganz schön lange weg. Und als du von dem Gespräch zurückgekommen bist, hast du ein Gesicht gezogen, das mindestens bis zum Boden ging.«

»War es wirklich so schlimm? Ja, ich habe wieder einmal Ärger mit der Pflegedienstleitung, das ist wahr.«

»Was ist denn passiert?«

»Ich habe Schwester Anneliese mein Tagebuch zum Lesen gegeben, nach der Lektüre hat sie mich gleich rufen lassen und mich zur Schnecke gemacht.«

»Was für ein Tagebuch?«

»Ich will unter angemessenen Bedingungen arbeiten, nicht unter diesem dauernden Stress, den wir hier haben. Du weißt doch selbst, was auf Station los ist und in den Pflegeberichten nie erfasst wird. Die Zustände werden sich nur verbessern, wenn wir darauf aufmerksam machen. Daher habe ich über drei Monate hinweg ein Tagebuch geführt, eine alternative Pflegedokumentation, wenn du es so nennen willst.«

»Und was steht da drin?« Dagmar ist neugierig geworden.

»Lauter interessante Sachen«, erwidert Marion mit einem schiefen Grinsen. »Zum Beispiel die Missgeschicke, die immer so passieren, wie das mit der Finalgonsalbe. Oder das mit dem Plastikröhrchen vom Fieberthermometer, das sich gelöst hatte und im Darm von Erwin Beutel verschwunden ist, weißt du noch? Oder die Geschichte, als die Tabletts mit den Medikamenten verwechselt wurden und die halbe Station die falschen Pillen geschluckt hat. Aber auch anderes. Welcher Patient nachts statt tagsüber gewaschen wurde und wer überhaupt nicht gewaschen wurde. Wer von uns Pflegenden wann und wie oft einspringen musste. Defekte Geräte. Materialien, die wieder einmal gefehlt haben. Mangelnde Informationen von Seiten der Ärzte. Missverständnisse oder widersprüchliche Anweisungen. Überstunden, die nie jemand aufschreibt. Unzureichende Hygiene. Dabei ist mir zum Beispiel aufgefallen, dass wir den Verbandwagen, obwohl wir ständig ohne Handschuhe hineingreifen, nie desinfizieren. Auch tauschen wir die Pflegeartikel in den Zimmern nicht aus, nicht einmal dann, wenn es wegen einer ansteckenden Krankheit gesperrt war. Stell dir nur einmal vor, ein Patient mit Tuberkulose hustet in eins der Flügelhemden oder jemand schmiert seinen Hautpilz in die Windelhosen, die wir dann einem anderen überziehen. Wie wollen wir das überprüfen? Dieses Tagebuch habe ich der heiligen Anneliese auf den Tisch gelegt. Ich setze mich für Verbesserungen ein. Ich bin deshalb sogar in die Gewerkschaft eingetreten.«

»Du traust dich aber was«, sagt Dagmar beeindruckt. »Ich hätte das nie im Leben gewagt.«

»Es ist mir auch nicht gut bekommen«, gibt Marion zurück. »Die heilige Anneliese hat mir empfohlen, darüber nachzudenken, ob ich im Marienhospital an der richtigen Stelle bin.«

»Das war aber eine deutliche Warnung«, meint Dagmar besorgt. »Ich hätte dir gleich sagen können, dass bei einem Gespräch mit der Pflegedienstleitung nichts anderes herauskommt. Es liegt doch auf der Hand, dass mehr Fehler passieren, wenn uns laufend Stellen gestrichen werden. Gleichzeitig steigt die Zahl der schweren Pflegefälle an. So dumm kann nicht einmal die heilige Anneliese sein, dass sie das nicht selber weiß.«

»Wir machen Werbung damit, wie gut die Patienten bei uns versorgt sind«, entgegnet Marion. »Lies doch nur die Prospekte, die vorne beim Eingang auf dem Infoständer liegen. Von individueller Betreuung, liebevollem Umgang auch mit schwerkranken Menschen, sorgfältiger Pflege nach modernsten Erkenntnissen der Pflegeforschung und was weiß ich nicht noch alles, ist dort die Rede. Da kannst du lesen, dass wir im Dienst von Jesus Christus stehen und aus Nächstenliebe handeln. Dabei geht es nur um den Profit. Jesus Christus ist ein armer Irrer, wenn er dafür am Kreuz gestorben ist.«

»Immer und überall geht es nur ums Geld«, meint Dagmar. »Was ich mir von der Pflege wünsche, ist schon längst in Hektik und Chaos untergegangen. Wenn ich wüsste, womit ich meinen Lebensunterhalt sonst verdienen könnte, würde ich dem Marienhospital lieber heute als morgen den Rücken kehren.«

»Ich dachte immer, dass du mit Leib und Seele an diesem Beruf hängst«, gibt Marion erstaunt zurück. »Wenn nicht du, wer dann? So, fertig! Ich mache mich jetzt an die Kurven und arbeite die restlichen Verordnungen aus.«

Dagmar bringt den vollen Sack mit der schmutzigen Wäsche in den Wirtschaftsraum und geht danach zu den Pflegefällen, um sie, damit sie nicht wund liegen, von einer auf die andere Seite zu drehen. Sie wechselt ein paar Worte mit Anna Rosenbach, zupft bei Clemens Bittlinger an der Decke, überprüft den Katheter von Duri Kortész, zieht Müller Zwo die Kissen zurecht und findet sich am Bett von Martha Reich wieder, die gerade Besuch von ihrer Schwester hat. Im selben Zimmer liegt auch Emilie Steinmann, die Dagmar darauf hinweist, dass sich die Kompressionsverbände an ihren Beinen gelockert haben.

»Ups!«, sagt Dagmar, als sie die Binden sieht, die sich um die Knöchel knäueln. »Wenn Sie damit laufen, wird Gummitwist daraus. Das muss neu gemacht werden.«

»Das glaube ich auch«, erwidert Frau Steinmann mit einem Lächeln. Sie ist eine gepflegte Dame von siebenundachtzig Jahren, mit gezupften Augenbrauen und silbergrauen Löckchen. Jede Woche einmal kommt ihre Tochter vorbei, um dieselben zu waschen und auf kleine Wickler zu drehen.

»Ich werde den Verbandwagen holen«, verspricht Dagmar.

»Wenn Sie mir die Binden geben, rolle ich sie selber auf«, bietet Frau Steinmann an. »Dann habe ich wenigstens etwas zu tun.«

»Das ist ein Angebot, zu dem ich nicht nein sage«, gibt Dagmar zurück und reicht die abgewickelten Binden knäuelweise an Frau Steinmann weiter. Unter den braunen Kompressionsbinden verbergen sich gelb-grün durchgeschlagene Mullbinden, denn Frau Steinmann hat offene Beine, was heißt, dass sie an beiden Unterschenkeln handtellergroße, schmierig belegte Wunden hat. Das kommt von den Krampfadern, unter denen Frau Steinmann schon seit vielen Jahren leidet.

Dagmar geht hinaus, um das Material für den Verband zu holen. Dabei fällt ihr der Wundabstrich ein, der noch gemacht werden muss. Sie weiß nicht, ob sie ihn gleich mit abnehmen soll. An und für sich wäre das kein Problem, sie ist darin geschickter als so mancher Arzt, aber sie darf es nicht tun, weil ein Wundabstrich Arztsache ist und die Funke jedes Mal mit einem Wutausbruch reagiert, wenn eine Pflegekraft ihre Befugnisse überschreitet. Olaf Röhm hingegen ist ganz anders und jedes Mal verärgert, wenn eine Schwester sich weigert, zum Beispiel die erste Antibiose-Infusion anzuhängen, was ebenfalls Arztsache ist. So machen sie es mal so und mal so. Dagmar ist sich nicht sicher, wie sie Christian Fischer in dieser Hinsicht einschätzen soll.

Im Flur wimmelt es von Menschen. Es sieht aus, als hätten sich die Insassen eines Fernreisebusses hierher verirrt, aber es ist nur die Familie von Sitta Haskanaye, die zu Besuch kommt. Erstaunt beobachtet Dagmar, wie dreißig Leute nacheinander in einem Raum verschwinden, der eigentlich schon proppenvoll ist, wenn nur drei Patienten darin liegen. Ein älterer Türke kommt zu ihr und bittet in gebrochenem Deutsch um ein Messer und ein paar Teller. Während Dagmar ihm den Wunsch erfüllt, kommt Christian Fischer aus dem Arztzimmer.

»Dr. Fischer, warten Sie bitte einen Augenblick«, ruft Dagmar ihm zu und berichtet von dem Verband und dem Wundabstrich. Der Medizinstudent errötet.

»Ich sehe, Sie denken mit, Schwester Dagmar. Das finde ich erfreulich«, sagt Christian Fischer und räuspert sich. »Bereiten Sie doch bitte alles Notwendige vor, ich komme in zwei Minuten zu Frau Steinmann ins Zimmer.«

Dagmar steht wie angewurzelt und sieht Christian Fischer nach. »Öch söhe, Sö dönken möt, Schwöster Dagmaaar«, macht sie ihn nach. Ob er vom Mittagessen wohl noch Kartoffeln im Mund gehabt hat?

Als der PJ-ler endlich kommt, hat Dagmar den alten Verband bereits vollständig entfernt. Sie reicht ihm das Röhrchen mit dem Spatel und erklärt ihm, was er damit tun muss. Danach reinigt sie die Wunden und verbindet sie neu. Frau Steinmann reicht ihr die elastischen Binden und Dagmar legt den Kompressionsverband im Kornährenmuster an. Eine der Binden ist mit Eiter verschmiert und wird deshalb gegen eine frische ausgetauscht.

»Das haben Sie sehr, sehr gut gemacht«, lobt Christian Fischer. Dagmar kommt der Verdacht, dass er arrogant ist, wie so viele Ärzte. »Bringen Sie die Probe doch bitte gleich ins Labor.«

»Diese bakteriologische Untersuchung wird in einem Speziallabor außer Haus gemacht«, erklärt sie ihm. »Aber ich gebe die Tüte ins Postfach, dann geht sie heute noch raus.«

Dagmar glaubt das, doch darin täuscht sie sich. Sie bringt die wattierte Tüte zwar rechtzeitig in die Versandabteilung, aber in der Vielzahl der Tüten, die sich dort angesammelt haben, verhakt sich ausgerechnet die mit Frau Steinmanns Probe im Zwischenspalt einer Klappe und bleibt liegen. Die Tüte wird am nächsten Morgen entdeckt und zur Post gebracht. Aber weil es eine Tüte ist, die für den Kurierdienst vorgesehen und deshalb nicht frankiert ist, kommt sie am übernächsten Tag wieder zurück, wird richtig eingeordnet und trifft am Freitag in dem von Dagmar erwähnten medizinischen Labor ein. Freitagnachmittags wird dort allerdings nicht mehr gearbeitet und so liegt der Befund nicht vor Montagabend vor. Erst am Mittwoch der darauf folgenden Woche wird er auf Station eintreffen, des Inhalts, dass sich in den offenen Beinen von Frau Steinmann multiresistente Keime angesiedelt haben.

Manche Bakterien sind gefürchtet, weil sie sich so verändert haben, dass Antibiotika wirkungslos geworden sind. Diese Keime nennt man multiresistent und sie tummeln sich bevorzugt in Krankenhäusern und Altenheimen, wo sie nicht nur Wundinfektionen, sondern auch Entzündungen der Harn- und der Atemwege verursachen. Allein in den Krankenhäusern in Deutschland soll es jährlich eine halbe Million solcher Fälle geben. Was diese sogenannten nosokomialen Infektionen kosten, geht in die Milliarden.

Den Bakterien sind die Kosten egal und in der einen Woche, die zwischen dem Wundabstrich und dem Befund liegt, werden sie sich fleißig verbreiten. Beim Verbandwechsel hat Dagmar Handschuhe getragen, nicht aber Christian Fischer und auch nicht Frau Steinmann, die ihre Binden selbst aufgerollt hat. Über Frau Steinmann werden die Bakterien an die Türklinke und über Christian Fischer auf diverse Patientenakten gelangen und von dort aus den Sprung nicht nur in Berthold Hausers Druckgeschwüre, sondern auch in die suprapubische Blasenfistel von Duri Kortész schaffen.

Kurz nach sechzehn Uhr am Dienstag weiß davon allerdings niemand etwas. Dagmar stellt die Tüte in der Versandabteilung ab und nimmt die Patientenpost sowie zwei Briefe für Regina Funke mit.

Im Fernerkundungszentrum Pfaffenhausen haben Lothar und seine Kollegen stundenlang fasziniert auf die Bildschirme gestarrt und den Flug der Kometensonde beobachtet. Sie haben die Bilder bewundert, die die Maria Magna über Funk zur Erde gesandt hat. Am Ende der Vorführung klatschen alle Beifall, wie man es manchmal tut, wenn ein Flugzeug in einer gefährlichen Situation sicher gelandet ist. Anschließend werden Häppchen und Käsestangen gereicht. Lothar trinkt ein Glas Sekt und bespricht den aufregenden Tag mit Kollegen, die er lange nicht gesehen hat.

Nach dem Sektempfang mit interessanten Gesprächen löst die Gesellschaft sich allmählich auf. Die Ersten haben sich bereits verabschiedet und bald darauf setzt der Ansturm auf die Garderobe ein. Mit anderen zusammen tritt Lothar ins Freie hinaus und hält verblüfft inne. Die Welt ringsum hat sich verändert. Eine stille, weiße Zauberwelt ist daraus geworden. Noch immer fällt der Schnee in dichten Flocken. Er ist pulvrig und glitzert im Licht der Außenlampen.

Weiße Atemwölkchen dampfen vor allen Gesichtern. Lothar hört begeisterte Ausrufe, dann fliegt schon der erste Schneeball. Kurz darauf ist auf dem Hof vor dem Fernerkundungszentrum eine Schneeballschlacht in vollem Gange.

Lothar kann sich der Begeisterung seiner jungen Kollegen nicht anschließen. Er hat noch eine lange Rückfahrt vor sich. Er bleibt bei der Gruppe derer stehen, die besorgt zu den Wolken hinaufschauen. Es sieht aus, als wolle von dort oben noch sehr viel mehr herunterkommen. An seinem Wagen kratzt er die Scheiben frei. Als er damit fertig ist, beschließt er, die Schneeketten auf die Reifen zu ziehen. Einen Augenblick lang fürchtet er, sie könnten zu Hause in der Garage liegen, aber dann entdeckt er sie zwischen Werkzeugkasten und Benzinkanister und seufzt erleichtert auf. Der Fahrer des Wagens neben ihm folgt seinem Beispiel und zieht ebenfalls Schneeketten auf.

Langsam fährt Lothar den Hang hinunter. Vor ihm geraten einige Wagen ins Schlingern, deshalb drosselt er das Tempo. Es ist erst kurz nach sechzehn Uhr, aber es wird bereits dunkel. Der Himmel ist schwer von all den Wolken, die dort hängen.

Lothar schaltet sein Navigationssystem ein. Es knirscht und quietscht, daraufhin folgen einige Wortfetzen, die keinen Zusammenhang ergeben. Der kleine Bildschirm, den er am Armaturenbrett installiert hat, flimmert und bleibt so weiß, als würde der Schneefall darauf abgebildet. Die Straße, auf der er fährt, kommt Lothar völlig unbekannt vor. Er schiebt es auf den Schnee. Auf dem Schirm erscheint endlich eine Meldung. *Kein Empfang* ist dort in grüner Schrift zu lesen. Lothar fummelt an den Knöpfen herum, mit dem Ergebnis, dass nun das Wort *Systemfehler* auftaucht.

»Auch das noch!«, flucht er und schlägt mit der flachen Hand kräftig gegen das Armaturenbrett und gegen den Schirm. Plötzlich hat er ein gelbes Plastikteilchen in der Hand, von dem er nicht weiß, wohin es gehört. Es ist nur noch ein dumpfes Rauschen zu hören. »Das hat mir gerade noch gefehlt!«

Während er den Wagen mit einer Hand steuert, versucht er, das Gerät wieder auf Empfang zu bringen. Dabei blockieren die Bremsen. Lothar kann gerade noch verhindern, dass er im Straßengraben landet. Brummelnd bringt er den Wagen zum Stehen, baut das Navigationssystem auseinander und sieht ein, dass es ihm heute nicht mehr weiterhelfen wird. Er will den Autoatlas aus dem Handschuhfach holen, aber dort ist er nicht. Beunruhigt wühlt er in den Seitenfächern, dann unter den Sitzen, findet aber nichts außer ein paar leeren Keksschachteln. Schließlich erinnert er sich daran, wie er im Institut damit geprotzt hat, dass er dieses Relikt nicht mehr braucht und den Atlas auf einen Stuhl in seinem Büro gelegt hat.

»Wenn ich das geahnt hätte«, seufzt er. »Und wenn ich nur wüsste, wo ich bin.«

Die Straße ist nicht geräumt und wird schmaler. Lothar kommt nur noch im Schritttempo voran. In zwei Streifen pressen seine Reifen ein zerhacktes Muster in den Schnee, dies ist weit und breit das einzige Zeichen menschlicher Existenz. Lothar wird unbehaglich zumute. Es ist, als ob die Welt plötzlich ausgestorben wäre. Endlos scheint die Straße sich hinzuziehen und die Sicht wird immer schlechter. Nirgendwo ein Licht, nirgendwo ein Schild, nur Schnee und nochmals Schnee. Wenn es so weitergeht, wird er heute nicht mehr nach Hause kommen.

Die Abenddämmerung löst sich in die Nacht hinein auf. Ein Blick auf die Armbanduhr sagt Lothar, dass es kurz nach achtzehn Uhr ist. Kaum vierzig Kilometer weit ist er gekommen. Wenn doch nur eine Stadt, ein Dorf oder wenigstens ein Hinweisschild auftauchen würde. Aber da ist nur die Schwärze der Nacht und seine beiden Autoscheinwerfer, die sich in diese Schwärze hineinfressen und vor denen die Flocken taumelnd niederfallen.

Als die Tankuhr auf Reserve umspringt, wird aus dem Unbehagen allmählich Besorgnis. Lothar wurstelt das Handy aus der Hosentasche und gibt versuchsweise Lindas Telefonnummer ein. Kein Empfang. Hat sich denn alle Welt gegen ihn verschworen? Er hätte versuchen sollen, den Wagen zu wenden, als er gemerkt hat, dass er sich verfahren hat. Warum hat er das nicht getan?

Die Straße führt weiter durch die Einsamkeit. Kurzfristig hat Lothar den Eindruck, dass hier vor einiger Zeit ein Räumfahrzeug durchgekommen ist, aber dann liegt der Schnee wieder so hoch wie zuvor. Es ist dunkel und der Schneefall so dicht, dass er keine zehn Meter weit sieht.

Aus der Besorgnis wird echte Angst. Es ist doch nicht möglich, dass im zivilisierten und dicht bevölkerten Deutschland noch Menschen verloren gehen? Warum hat ihn sein Navigationssystem im Stich gelassen? Warum funktioniert das Handy nicht? Lothar denkt daran, dass in einem Spacelab drei separate Computeranlagen installiert sind, sodass immer noch eine funktioniert, selbst wenn zwei gleichzeitig ausfallen. Vielleicht sollte er sich zusätzlich noch ein mobiles Navigationssystem anschaffen, damit er nie wieder in eine Verlegenheit wie diese kommt. Wie ist es eigentlich, wenn ein Mensch erfriert? Ob es wehtut? Oder ist es wie Einschlafen? In Lothars Bauch macht sich Panik breit.

Er kommt an eine Weggabelung, an der sich ein Schatten steil erhebt. Gott sei Dank, das muss ein verschneites Verkehrsschild sein. Lothar bremst vorsichtig ab, springt aus dem Wagen und entfernt den Schnee von dem Gebilde. Darunter kommt ein weißes Kreuz zum Vorschein. Keine Inschrift, nichts.

Lothar starrt das Kreuz an. So soll es denn also sein. Es ist ihm nicht bestimmt, heute noch nach Hause zu kommen. Vielleicht ist es ihm nicht einmal bestimmt, überhaupt noch irgendwo anzukommen. Dann wird er eben so lange weiterfahren, bis der Tank leer ist, denn einfach aufgeben kommt nicht infrage. Mit diesem Entschluss ist wider Erwarten Freude verbunden und die Anspannung fällt von ihm ab. Er steigt in den Wagen, fährt weiter, summt leise vor sich hin und wundert sich über sich selbst. Ist er denn ganz und gar verrückt geworden?

Plötzlich sieht er in der Ferne zwei runde, gelbe Bälle, die sich langsam nähertasten. Es sind die Scheinwerfer eines entgegenkommenden Fahrzeugs. Es pirscht sich an ihm vorbei und verschwindet lautlos wieder in der Nacht. Bald darauf erreicht er eine Straßenkreuzung. Noch einmal steigt er aus und wischt den Schnee von den verschneiten Gebilden. Dieses Mal sind es Wegweiser. Lothar erfährt, dass es noch drei Kilometer zu einem Ort namens Königsdorf sind.

Dem Himmel sei Dank! Die Zivilisation hat ihn wieder.

An Königsdorf wird Lothar stets gern zurückdenken. Es ist ein kleiner Ort und vielleicht hat er nicht mehr als tausend Einwohner. Es ist ein Ort, in dem es eine Dorfgemeinschaft und viele Vereine gibt, und wo dies der Fall ist, gibt es Gasthäuser und Kneipen. Eines dieser Gasthäuser bietet sogar Fremdenzimmer an. Vor diesem Haus stellt Lothar seinen Wagen ab. Drinnen werden ihm Rinderbraten, Rotkraut und Speckknödel serviert und dazu ein Bier, das ihn schnell betrunken macht. Auf einem altmodischen Telefon mit einer – fasse es, wer kann – runden Wählscheibe ruft Lothar seine Frau an und erzählt ihr, was geschehen ist. Danach sieht er sich in der Gaststube bei einem zweiten Bier einen Kriminalfilm in einem Fernsehgerät an, das an der Decke schräg zwischen Theke und Kachelofen hängt. Wer der Mörder war, erfährt er nicht, denn er schläft vorher ein, wird von der Wirtin geweckt und mit ein paar freundlichen Worten ins Bett geschickt.

Abends werden die Patienten nicht mehr gewaschen. Stattdessen wird ihnen ein feuchter Waschlappen in die Hand gedrückt, damit sie die Hände daran abreiben. Wer das nicht selber kann, für den machen es die Pflegekräfte. Die Gebisse werden aus dem Mund genommen und kommen zusammen mit einer Kukident-Tablette in die entsprechenden Dosen. Noch einmal werden nasse Windelhosen gewechselt, volle Nachtstühle geleert und die letzten Tabletts vom Abendessen aus den Zimmern getragen. Dann werden die Deckenleuchten ausgeschaltet und durch die sanft glimmenden Nachtlichter ersetzt.

Dagmar sucht nach dem Kurvenwagen, denn sie muss noch einmal in alle Zimmer gehen und die Abendmedikamente verteilen. Im Stationszimmer ist der Wagen nicht, auch nicht im Flur, weder Marion noch die beiden Schülerinnen haben eine Ahnung, wo er sein könnte. Schließlich klopft Dagmar an die Tür des Arztzimmers. Als keine Antwort kommt, blickt sie vorsichtig hinein.

»Dr. Fischer?«, ruft sie erstaunt aus. »Sie sind ja immer noch hier. Ich dachte, Sie wären schon längst nach Hause gegangen.«

Christian Fischer sitzt am Schreibtisch und arbeitet am Computer. Vielleicht gibt er Fallpauschalen ein, vielleicht ruft er gerade Laborwerte ab. Vor ihm auf dem Tisch liegen ein Stapel mit ausgedruckten Befunden sowie ein paar aufgeschlagene Bücher, von denen Dagmar nur die Rote Liste, das Verzeichnis aller lieferbaren Medikamente, erkennen kann.

»Es gibt so viel zu tun«, antwortet der Medizinstudent und blickt auf. »Ich weiß gar nicht, womit ich zuerst anfangen soll. Ihr habt hier eine ziemlich große Station.« Er lächelt, doch hinter dem Lächeln erkennt Dagmar Niedergeschlagenheit. Um die Augen herum hat er dunkle Ringe, plötzlich erscheint er ihr nicht mehr so arrogant wie noch am Nachmittag.

»Ich suche den Kurvenwagen«, erklärt sie. »Ich will den letzten Rundgang durch die Zimmer machen, dafür brauche ich die Akten.«

»Dann hätte ich den Wagen wohl früher zurückbringen müssen. Tut mir leid. Das wusste ich nicht. Auf der Onkologie bei Dr. Lauenfels-Bopp war der Ablauf ein anderer.«

Das Arztzimmer hat Ähnlichkeit mit einer etwas größeren Besenkammer. Die Möbel sind uralt und die Regale zum großen Teil leer, nur da und dort stapeln sich vergilbte Papierberge, um die sich niemand mehr kümmert. Christian schlägt die Akten zu und ordnet sie wieder in den Kurvenwagen ein.

Mit seinen Augen hält er Dagmar fest. »Ich habe versucht, einen Heimplatz für Berthold Hauser zu finden«, sagt er unvermittelt, »aber das ist viel schwerer, als ich gedacht habe.«

»Berthold Hauser soll ins Heim?«, fragt Dagmar erschrocken. »Was ist mit seiner Frau? Das können Sie nicht tun, Dr. Fischer. Die beiden haben vor Kurzem ihre Diamantene

Hochzeit gefeiert. Sie sind wie siamesische Zwillinge, die man nicht trennen kann.«

»Hauser kann aber nicht mehr zu Hause versorgt werden«, sagt der Arzt müde. »Ich habe den halben Nachmittag versucht, für beide gemeinsam einen Platz zu finden, aber es ist hoffnungslos. Der Sozialarbeiter hat von vornherein behauptet, dass es kaum Möglichkeiten gibt, aber ich wollte das nicht wahrhaben. So, bitte!«, fährt er fort. »Sie können den Wagen haben. Es wäre nett, wenn Sie die Befunde heute noch einsortieren würden.«

Der Anflug von Sympathie, den Dagmar eben noch verspürt hat, verfliegt wieder. Am liebsten hätte sie Christian Fischer gesagt, dass er die Befunde schon längst selber hätte einordnen können, zumal er sie samt den dazugehörenden Akten sowieso in der Hand gehabt hat, aber sie traut sich nicht, so frech zu sein. Daher nickt sie nur und schiebt den Wagen aus dem Zimmer.

Bei ihrem Rundgang kommt Dagmar auch in das Zimmer von Manuel Jäger, mit dem sie heute Mittag nur beim Kaffeeverteilen gesprochen hat. Er liegt mit geschlossenen Augen in seinen Kissen und scheint weit weg zu sein. Dagmar betrachtet sein Gesicht und sieht eine abgrundtiefe Einsamkeit darin. Zögernd bleibt sie an seinem Bett stehen. Während sie noch überlegt, ob sie ihn ansprechen soll, hört sie hinter sich ein leises Geräusch. Sie dreht sich um, bemerkt, dass sie vergessen hat, die Tür zu schließen, und sieht Wendelin Weihrauch, der ins Zimmer hereinschlüpft.

Er hat den Glasknochenmann gesucht!, geht es ihr blitzartig durch den Kopf. Nur deshalb ist er hier bei uns auf Station.

Wendelin Weihrauch bleibt am Fußende von Manuels Bett stehen und lässt die Arme sinken. Sein Blick ruht auf dem Schlafenden. »Manuel Jäger«, flüstert er und zwei Tränen laufen über seine Wangen. »Hier bist du also, Manuel Jäger.«

Dagmar bleibt der Mund offen stehen. Die Tränen des verrückten, alten Mannes tropfen von seinen Wangen geradewegs in ihr Herz. Erst nach einer langen Minute wird ihr klar, was eben geschehen ist. Wendelin Weihrauch hat einen Menschen bei seinem Namen genannt, noch dazu einen, den er überhaupt nicht kennen kann!

Dagmar sieht Wendelin Weihrauch an, blickt in seine Augen und hat das Gefühl, dass sie durch ihn hindurchsieht. Sie sieht ein Wesen, ungleich größer als ein Mensch, körperlos, gewaltig und von einer dunklen Transparenz, die sie ehrfürchtig erschauern lässt.

»Das ist Manuel Jäger«, sagt Wendelin Weihrauch leise. »Einer jener Menschen, die direkt aus dem Herzen Gottes kommen.« Er macht eine Pause, sieht Dagmar an, sieht Manuel an. »Lange, bevor es Menschen gab«, fährt er fort, »lange, bevor es Tiere und Pflanzen, bevor es Himmel und Erde gab, geschah es, dass Gottes Herz gebrochen ist und daraus Licht und Dunkelheit entflossen. Aus Licht und Dunkelheit entstand die Schöpfung, die sich durch die Zeit hindurch weiter und weiter entfaltet hat, bis auf den heutigen Tag, und bei Gott ist nur der Schmerz geblieben. Jener Schmerz, der aus der Zweiteilung kommt. Es sind Menschen wie Manuel Jäger, die diesen Schmerz tragen.«

Die Erinnerungen haben sich nicht länger verdrängen lassen, sie überfluten Manuel und füllen sein Bewusstsein. Noch einmal hat er erlebt, wie am Abend vor Heiligabend anstatt Lenora zwei Polizisten an seine Haustür klopften …

… Sie tragen Anoraks, sprechen mit gedämpften Stimmen und nehmen beim Sprechen die Mützen ab. Sie bitten darum, ins Haus kommen zu dürfen, und sie bitten ihn, Platz zu nehmen und ihnen einige Augenblicke seiner Zeit zu schenken. Er ringt darum, zu verstehen, was sie ihm sagen, doch ihre Worte sickern nur ganz langsam in ihn ein … schrecklicher Unfall … betrunken auf der Gegenfahrbahn …

Ihm wird kalt bis ins Mark, er glaubt es nicht und weiß doch, dass wahr ist, was die Polizisten sagen. Lenora ist tot. Sie wird nicht wiederkommen. Sie werden nicht gemeinsam Weihnachten feiern. Es wird keine Hochzeit geben. Er bewahrt die Fassung. Ist damit einverstanden, dass er Lenora am nächsten Tag identifizieren wird und geleitet die Beileidsworte murmelnden Männer zur Tür. Er sieht ihnen an, dass ihr Job ihnen im Augenblick keine Freude macht.

Danach sitzt er die ganze Nacht lang da und gibt keinen Laut von sich. Am nächsten Tag hört er jemanden heulen, wie ein Tier, das tödlich getroffen ist, und merkt, als das Heulen nicht enden will, dass es aus seiner eigenen Brust kommt. Lothar ist da, Linda ist da, Frau Müller ist da, aber sie erreichen ihn nicht. Niemand erreicht ihn. Er ist allein, eingefroren in einen Schmerz, der unerträglich ist.

Lothar begleitet ihn zur Pathologie und zur Autobahndirektion, um Lenoras Sachen abzuholen. Ein unpersönlicher Beamter überreicht gegen eine Unterschrift eine Plastikkiste, in der sich Geldbeutel, Haustürschlüssel und der Ring befinden, den Manuel ihr geschenkt hat. Manuel nimmt die Tüte mit Nürnberger Lebkuchen in seine Hände, zerkrümelt einen davon und bricht zusammen. Ein Arzt wird gerufen, der ihm eine Spritze gibt.

Dann vegetiert er dahin, in seinem Schlafzimmer bei geschlossenen Fensterläden, isst nicht, trinkt nicht, wäscht sich nicht, und es ist ihm egal, dass sein Gestank das Zimmer verpestet. Tagelang geht es so und es wäre wochenlang so weitergegangen, wenn Linda und Lothar dem nicht ein Ende gemacht hätten. Mit sanfter Gewalt hat Linda ihn zum Essen gezwungen, Lothar hat das Zimmer gelüftet. Das Leben ging weiter, irgendwie.

Als Manuel die Augen aufschlägt, sieht er Schwester Dagmar zusammen mit einem alten Mann direkt vor seinem Bett stehen. Der Alte kommt näher und setzt sich zu ihm auf die Bettkante. Er legt seine Hand sacht auf Manuels Brust.

»Wird es besser?«, fragt er leise.

In dieser Hand ist Wärme und Zärtlichkeit, sie löst das Eis, das in Manuels Brust sitzt. Warm fließt es in seinem Körper, er spürt die Wärme in jeder Zelle. Es ist, als ob jede einzelne Zelle aufatmet und sich entspannt. Mit einem Mal ist ein unglaublicher Friede in ihm, ein Glück steigt auf, so abgrundtief, so unendlich. Manuel weiß, dass sein Leben mit Lenora nur eine Vorahnung dessen war, was ihn noch erwartet, was alle Menschen erwartet. Das Leben umschließt Dimensionen, von denen er bislang überhaupt nichts geahnt hat.

»Viel besser«, sagt er erleichtert.

»Ich habe auf dich gewartet«, sagt der alte Mann. »Ich habe lange auf dich gewartet.«

Mittwoch

Am vergangenen Abend hat Christian Fischer das Krankenhaus gegen zwanzig Uhr dreißig verlassen, ohne seine Chefin noch einmal wiederzusehen. Nach dem Mittagsgespräch der Gastroenterologen hat Regina Funke einen weiteren Termin in der Stadt wahrgenommen, den zu erwähnen sie vergessen hat. In einem Sanitätsfachgeschäft hat sie angehenden Stomatherapeutinnen Unterricht erteilt. Es sind ehemalige Krankenschwestern, die fortan Patienten mit einem künstlichen Darmausgang betreuen werden. Regina Funke hat vor ihnen über die Krankheiten referiert, die einen Anus praeter notwendig machen.

Christian Fischer und Regina Funke sehen sich also erst bei der täglichen Arztbesprechung am Mittwochmorgen wieder. Christian ist stolz, dass er zu der Gruppe gehört, wenn er auch längst noch nicht alle Teilnehmer mit Namen kennt. Es gibt ungeschriebene Regeln und schwer durchschaubare Beziehungen, die es unmöglich machen, dass er als Student unbefangen drauflosreden und mit jedem ein Gespräch beginnen kann. Bis zum Eintreffen des Professors unterhält er sich daher meist mit anderen PJ-lern, die er vom Studium her kennt. Er hört einem davon zu, während er darauf wartet, dass Regina Funke den Raum betritt, denn er muss ihr sagen, dass im Anschluss an die Besprechung noch ein Pflichtseminar für Ärzte im Praktischen Jahr stattfindet. Regina Funke kommt als eine der Letzten, wie üblich in Eile, knallt ihre Aktenmappe auf den Tisch und entnimmt dieser einen Stapel loser Blätter, die sie flüchtig durchsieht.

»Na, wie ging es gestern so allein auf Station?«, ruft sie dabei Christian zu und winkt ihn zu sich heran. »Sind Sie zurechtgekommen? Gab es etwas Besonderes?«

Christian lässt seinen Gesprächspartner stehen und nimmt neben seiner Chefin Platz. »Ich habe hinsichtlich einiger Medikamente Anpassungen vorgenommen«, erklärt er, »aber das können wir während der Visite besprechen. Wie waren Ihre Mittagsgespräche?«

»Schrecklich!«, gibt Regina Funke zur Antwort. »Es war einfach schrecklich!« Sie bemerkt Christians Erstaunen und fügt deshalb eine Erklärung hinzu. »Wir mussten Luigi Carlotti hoch und heilig versprechen, in seiner Pizzeria nie wieder über berufliche Angelegenheiten zu reden. Er sagte, es mache ihn krank, wenn wir beim Verzehr seiner Pizzen über Bluterbrechen, Darmpolypen und Kolibakterien reden. Er sagte, er könne es nicht länger mit anhören. Er wollte uns Hausverbot erteilen.«

»Das bedeutet doch hoffentlich nicht das Aus für Ihre kleinen Kongresse?«

»Nein, nein!«, wird er von Regina Funke beruhigt, während sie gleichzeitig einige Papiere abzeichnet. »So dramatisch war es dann doch nicht. Die Mittagsgespräche finden weiterhin statt. Luigis Pizzen sind …«, ihre Stimme bekommt einen verträumten Klang, »… nun, ja! … wahrhaft göttlich! Und erst seine Lasagne … unvergleichlich! Wir werden einen Teufel tun und freiwillig darauf verzichten. Nein, wir werden künftig eben von anderen Dingen reden müssen«, fügt sie mit einem Seufzer an. Dann beugt sie sich verschwörerisch zu Christian herüber und zwinkert ihm verschmitzt zu. »Den Fortbildungspunkt bei der Landesärztekammer lassen wir uns aber trotzdem nicht entgehen. Den machen wir natürlich weiterhin geltend.«

Christian kann nicht antworten, denn in diesem Augenblick rauscht mit dreien seiner Oberärzte im Gefolge Professor Gössner ins Zimmer herein. Stühle werden gerückt, Papiere rascheln, die Gespräche werden leiser und verstummen ganz. Christian nutzt die letzte Gelegenheit, um seine Chefin über das anstehende Pflichtseminar zu informieren.

»Das kommt mir sehr gelegen«, antwortet sie erfreut. »Wir verschieben die Visite auf später. Ich habe nämlich anschließend ebenfalls noch eine Besprechung. Es geht um die MVZ-Gesellschaften. Der Professor wird gleich ein paar Worte dazu sagen.«

Inzwischen herrscht vollständige Stille, deshalb schweigt auch Christian und schlägt seinen Notizblock auf. Es ist ein kleines A-6-Ringbuch mit mehreren Sparten, in das er seine Mitschriebe und Notizen fein säuberlich eintragen kann.

Professor Gössner setzt sich, faltet die Hände und wirft einen vielsagenden Blick in die Runde. »In den letzten Tagen hatte ich sehr viele Besprechungen … und auch Auseinandersetzungen … nicht nur mit den Krankenkassen, sondern auch mit den Trägern unseres Krankenhauses, dem Stiftungskuratorium und Vertretern der Landesregierung«, beginnt er seinen Bericht. »In all diesen Sitzungen ging es darum, die Weichen für die Zukunft zu stellen, nicht allein für unser Hospital, sondern für die Gesundheitsversorgung der ganzen Region. Wie Sie alle wissen, sind wir dabei, mithilfe des Landes und des Bistums eines der größten Bauprojekte in diesem Land zu realisieren. Unter einem neuen Dach mit dem schlichten Namen ›Rheinklinikum Marienquell‹ werden mehrere katholische Krankenhäuser vereint sein, nämlich das Marienhospital, der Elisabethenhof, das Bethesda und das ehemalige Sanatorium Sankt Jakob …«

Christian malt vier Kreise in sein Notizbuch, die er mit einem größeren Kreis einkringelt. »Vergrößern. Wachsen. Bestehende Strukturen gezielt für eigene Zwecke einsetzen«, übersetzt er die Erläuterungen des Professors.

»Wir werden die Betriebe neu organisieren, kostenträchtige Bereiche aufteilen, die Abteilungen dichter vernetzen, die Infrastruktur anpassen und Synergieeffekte nutzen«, fährt dieser fort. »Wir werden wirtschaftlicher arbeiten und dadurch auch in Zukunft wettbewerbsfähig bleiben. Sie werden sich fragen, warum wir das tun? Ich will es Ihnen sagen. Wir tun dies, weil in den nächsten Jahren der Konkurrenzdruck im Gesundheitsbereich noch einmal erheblich wachsen wird. Wir stehen vor der Situation, dass die Gesellschaft sich die Gesundheitsfürsorge nicht mehr leisten kann, das wird auf uns zurückschlagen. Wir haben in diesem Land etwa zweitausend Kliniken und davon werden in den nächsten Jahren vierhundert ihre Pforten schließen müssen. Zu diesen vierhundert werden wir nicht gehören.«

»Alte Grenzen auflösen«, schreibt Christian. »Umdefinieren. Neu organisieren.« Wie kommt es eigentlich, dass Krankenhäuser sich gegenseitig als Konkurrenz empfinden? Wieso geht jedes Krankenhaus das Problem der Gesundheitsfürsorge eigenständig für sich an? Die Gesellschaft ist eine Solidargemeinschaft, die gemeinsam für ihre geschwächten Mitglieder sorgt. In diesem Auftrag ist der Konkurrenzgedanke nicht enthalten. Aber was passiert? Es geht nicht mehr ums Überleben kranker Menschen, es geht ums Überleben der Krankenhäuser. Eine Verschiebung findet statt.

»Gemeinnützigkeit und Wirtschaftlichkeit stehen nicht im Widerspruch zueinander, meine Damen und Herren«, macht der Professor weiter. »Wir müssen sogar noch weitaus betriebswirtschaftlicher denken als in der Vergangenheit. Nach der Kostendeckelung der Neunzigerjahre hat uns die Einführung des fallpauschalierten Entgeltsystems und der diagnosebezogenen Fallgruppen ein weiteres Mal bis ins Mark getroffen. Wir alle wissen, was es heißt, wenn Patienten in Fallgruppen eingeteilt werden, für die wir nur eine pauschale Vergütung erhalten. Es heißt, dass wir mit der uns von den Kassen erstatteten Summe auskommen müssen, ganz unabhängig davon, wie der Fall sich im Einzelnen tatsächlich entwickelt. Der Kostendeckelung auf der einen steht jedoch eine gewaltige Kostenexplosion auf der anderen Seite gegenüber: So hat die Ärzteschaft im vergangenen Jahr zum ersten Mal mit Streiks ihre Forderungen durchgesetzt und tritt den Kassen, aber auch den Krankenhausverwaltungen mit Gründung einer eigenen Gewerkschaft als starke Kraft entgegen. Allein die Bezahlung des ärztlichen Bereitschaftsdienstes kostet inzwischen Unsummen. Damit will ich natürlich nicht sagen, dass ich mich einer angemessenen Bezahlung der Ärzte entgegenstelle, ganz im Gegenteil. Ich bin ja auch einer …«, Professor Gössner hält inne und schmunzelt, und die ganze Versammlung lacht pflichtschuldig mit, »… da sind außerdem die immensen Kostensteigerungen in der Medizin selber. Der Fortschritt in Wissenschaft und Technik ist nicht billig zu haben. Neue bildgebende Verfahren, Genlabors, Nanotechnik, ans Individuum angepasste Arzneimittel, Transplantationschirurgie, moderne Prothetik, Stammzellforschung, das alles kostet seinen Preis …«

»Willst du mit dieser Rede darauf hinaus, dass wir kein Weihnachtsgeld bekommen?«, wirft ungefragt ein älterer Oberarzt dazwischen. Es ist der Leiter der Anästhesie. Christian weiß, dass er ein alter Studienfreund des Klinikchefs ist, der sich solche Einwürfe erlauben darf.

»Nein, das wollte ich euch erst bei der Weihnachtsfeier sagen«, gibt der Professor schlagfertig zurück, und wieder brechen alle in Gelächter aus.

»Gesundheit ist unbezahlbar geworden«, meldet sich nun Ingrid Lauenfels-Bopp zu Wort. »Von allen Seiten wird Druck auf uns ausgeübt, während wir gleichzeitig eine immer bessere

Patientenversorgung gewährleisten sollen. Die Grenzen des Machbaren sind doch schon längst überschritten.«

»Sie haben recht mit dem, was Sie sagen, liebe Ingrid«, stimmt der Professor zu. »Daher dürfen wir nicht länger in den altgewohnten Bahnen weitermachen. Wir werden neue Wege gehen, uns neue Quellen erschließen müssen. Kreativität und Innovationsgeist werden verlangt.«

»Stehen Kündigungen an?«, will einer wissen.

»Nein«, beruhigt Professor Gössner. »Wir werden die Personalzahlen auf dem jetzigen Stand eingefroren halten. Es wird keine Kündigungen geben, aber vakante Stellen werden vorerst nicht neu besetzt. Das trifft natürlich vor allem den Pflegebereich und die Hauswirtschaft. Wir haben es derzeit mit einem Strukturwandel zu tun, dahingehend, dass stationäre Behandlungen sich mehr und mehr in den ambulanten Bereich hinein verschieben. Das neue Klinikum wird deshalb ein sogenanntes ›Medizinisches Versorgungszentrum‹ werden. Die ambulante Nachbehandlung wird in Zukunft weiter an Bedeutung gewinnen, wohingegen die stationäre Pflege noch einmal abgebaut wird.«

Christian legt seinen Kugelschreiber weg und hört aufmerksam zu. Hat eine stationäre Behandlung ursprünglich den Zweck gehabt, Patienten in kritischen Phasen unter permanenter Beobachtung zu haben und ihnen eine Rundumversorgung zu bieten, so hat sich die Zielsetzung verändert. Die Patienten werden sich künftig selber darum kümmern müssen, dass sie nach einem ärztlichen Eingriff anständig versorgt sind. Die Fürsorge ist nicht länger im Preis mit inbegriffen.

»Es wird also vermehrt blutige Entlassungen geben, wie Kritiker des Fallpauschalensystems befürchten?«, kommt es als Zwischenruf aus den Reihen der Ärzte. »Pech für den Patienten, wenn er nach Hause geschickt wird, bevor die Operationswunde verheilt ist, was? Wollen wir das allen Ernstes mitmachen? Oder steckt etwa das Kalkül dahinter, dass derselbe Patient ein paar Tage später wieder eingeliefert wird und unter einer anderen Fallpauschale erneut abgerechnet werden kann?«

»Nein, wir sind doch keine Unmenschen«, antwortet der Professor ruhig. »Natürlich wollen wir die Patienten nicht zu früh nach Hause schicken, schließlich fühlen wir uns alle, wie wir hier sitzen, dem christlichen Menschenbild verpflichtet. Aber leider sind uns durch die Fallpauschalen die Hände gebunden. Es ist nun einmal so, dass nur die vorgesehenen Liegezeiten bezahlt werden. Jeder Tag, den ein Patient darüber hinaus in unserem Haus verbringt, bedeutet für uns eine Einbuße, die wir uns nicht mehr leisten können. Wir müssen, gesamtwirtschaftlich gesehen, kostendeckend arbeiten. Gewinn und Verlust ist das, was in einem an der Marktwirtschaft orientierten Land zählt, sonst sind wir weg vom Fenster. Daher haben wir uns für das medizinische Versorgungszentrum entschieden. Worin unterscheidet sich nun ein MVZ von einem herkömmlichen Krankenhaus?«, stellt Professor Gössner die Frage und sieht alle der Reihe nach an, als warte er darauf, dass einer den Finger hebt. Dann aber entschließt er sich, die Antwort doch selbst zu geben. »Wir werden die verschiedenen Fachbereiche aus dem Krankenhausbetrieb auslagern, virtuell zumindest, und daraus in Kooperation mit niedergelassenen Fachärzten jeweils eigene Gesellschaften gründen, ob in Form einer Gesellschaft mit beschränkter Haftung oder einer Aktiengesellschaft muss in der Rechtsabteilung noch geklärt werden …«

Christian greift wieder zum Kugelschreiber. »Durch invasives Wachstum unübersichtliche, kleinteilige Strukturen bilden«, notiert er sich. »Über Zusammenschlüsse und Rechtsformen entdifferenzieren. Niedergelassene Fachärzte als neue Absiedelungen in das sich ausbreitende Netzwerk miteinbeziehen.«

»Werden wir damit etwa an die Börse gehen?« Die Frage kommt von einem Arzt, den Christian namentlich nicht kennt, der ihm aber wegen des imposanten Bartes im Albert-Schweitzer-Stil schon häufig aufgefallen ist. »Was ist mit unserem Eid? Was tun wir als Ärzte in einer GmbH oder einer AG? Das sind Betriebsformen, die sich mit dem Verkauf von Waren befassen, und zwar in der Absicht, Gewinne zu erzielen. Sind wir der Gesundheit der Menschen verpflichtet oder treiben wir Handel damit?«

»Das eine schließt doch das andere nicht aus«, setzt Regina Funke dagegen. »Wir müssen das eine tun, ohne das andere zu lassen.«

»Sehr richtig!«, stimmt der Professor seiner Oberärztin mit einem wohlwollenden Nicken zu. »Das hätte ich selbst nicht besser formulieren können. Für alle, die es noch nicht wissen, möchte ich hinzufügen, dass unser Haus schon vor einigen Jahren in die Rechtsform einer GmbH gebracht wurde. Nun gehen wir eben noch einen Schritt weiter und wandeln die einzelnen Fachbereiche – Gastrologie, Urologie, Kardiologie, Gynäkologie und so weiter – in eigene Gesellschaften um, die sich jeweils selber finanzieren müssen. Ich bin in jedem Bereich der leitende Geschäftsführer, Teilhaber sind jeweils die Oberärzte der Fachabteilungen und die niedergelassenen Fachärzte mit ihrer Praxis. Die Gesellschaften schließen untereinander Konsiliarverträge ab, ebenso mit dem Krankenhaus als Dachorganisation, dabei stellt jeder jedem die entsprechenden Leistungen in Rechnung.«

»Als ob wir nicht schon genug Papierkram zu erledigen hätten«, flüstert Regina Funke Christian zu.

»Erhalten die Oberärzte als Teilhaber eigentlich eine Gewinnbeteiligung?«, will Ingrid Lauenfels-Bopp wissen. »Oder bleiben sie Angestellte des Krankenhauses?«

»Alle Teilhaber an einer Gesellschaft werden über einen Pool an den Einnahmen beteiligt«, erklärt der Professor. »In diesen Pool fließen Kassenleistungen ebenso wie Honorare von Privatpatienten, Gewinne aus Beratungsgesprächen, IGel-Leistungen und so weiter ein. Auf lange Sicht wird uns dieser Schritt zum Vorteil gereichen, auch wenn der Kuchen zunächst unter vielen Essern aufgeteilt wird. Zum einen sind wir über die verschiedenen Konsiliarverträge gleich mehrfach an den Einnahmen beteiligt. Zum anderen bereiten wir auf diese Weise den Weg für eine doppelte Gewinnschöpfung vor.«

»Das heißt im Klartext, dass der Patient gleich zweimal zur Kasse gebeten wird«, stellt der Albert-Schweitzer-Bart nüchtern fest. »Die Kassen schränken ihre Leistungen ein, die der Patient fortan als IGel-Leistung oder ähnliches aus seiner eigenen Tasche bezahlt, ohne dass sein Krankenkassenbeitrag dadurch auch nur im Geringsten abgesenkt wird.«

»Völlig richtig, dahin geht die Entwicklung«, nickt der Professor zustimmend. »Das wird auch heute schon so gemacht. Nehmen Sie zum Beispiel den Zahnersatz, für den der Patient weitgehend wieder selbst aufkommen muss. Dieser Trend wird sich in Zukunft noch verstärken. Ja, Gesundheit ist eben teuer.«

»Womit wir einmal mehr bei der altbekannten Unterteilung in Arm und Reich angelangt sind. Die Reichen können sich eine gute Gesundheitsfürsorge leisten und die Ärmeren gehen wie anno dazumal zu irgendwelchen Quacksalbern, die nur halb so teuer sind. Das ist der Ausverkauf des Sozialstaates.«

»Sehen Sie mich nicht so strafend an, liebe Ingrid«, meint der Professor besänftigend. »Wir sind alle Teil dieses Systems und ich habe die Gesetze nicht gemacht. Mir geht es darum, dass Sie künftig alle noch einen Arbeitsplatz haben. Dass der Sozialstaat nicht funktioniert, haben wir doch bereits vor Jahren an Schweden gesehen, deshalb müssen wir den Schritt in die Zukunft wagen. Das MVZ ist unsere Zukunft. Um wirtschaftlich zu arbeiten, müssen wir nun unbedingt von der retrospektiven zur prospektiven Finanzierung übergehen. Wir können nicht länger darauf warten, dass ein Patient zum Arzt kommt, wenn er sich krank fühlt, und Däumchen drehen, solange er sich gesund wähnt. Wir sind es, die ihm beizeiten sagen müssen, dass er krank ist. Nur so können wir die Bettenauslastung angemessen planen. In diesem Sinne werden die niedergelassenen Fachärzte uns fleißig zuarbeiten. Sie werden uns das notwendige Patientengut zur Verfügung stellen, zum Beispiel durch eine permanente Ausweitung von Vorsorgeuntersuchungen. Wer genau genug sucht, findet immer eine Krankheit oder eine Vorstufe davon. Auch altersbedingte Verfallserscheinungen sind ein weites Feld, an dem sich gut verdienen lässt, sobald diese als Krankheiten behandelt werden. Wir werden unser Patienteneinzugsgebiet mit diesem Schritt also nicht nur erheblich vergrößern, sondern sogar …«

Siegfried Gössner redet weiter und Christian starrt verblüfft seine Notizen an. Vergleichbare Diagramme erstellt er in der Onkologie, wenn er einen invasiv wachsenden Tumor beschreiben soll.

»Sie sehen ein wenig konsterniert aus, Christian«, meint Regina Funke nach der Besprechung. »Ist etwas nicht in Ordnung?«

»Ich bin wirtschaftlichen Überlegungen durchaus nicht abgeneigt«, kann Christian sich die Antwort nicht verkneifen. »Sie gelten oft als stabilisierender Faktor in dynamischen Systemen. Aber geht es nicht doch zu weit, wenn wir die Menschen auf diese Weise zur Handelsware machen?«

Regina Funke nimmt ihre Brille ab und fängt an, die Gläser zu polieren. Christian erwartet eine scharfe Antwort, doch stattdessen sieht sie ihn aus kurzsichtigen Augen geradezu wehmütig an.

»Wir alle haben einmal unsere Ideale gehabt, Christian. Sehen Sie sich unsere Oberärzte an und ich sage Ihnen, dass jedem von ihnen ein Traum unter den Fingern zerbrochen ist. Mein Traum war einmal, die Menschen zu heilen, indem ich ihnen die Bedeutung des Verdauungssystems näherbringe«, sagt sie, und plötzlich bricht es aus ihr heraus: »Haben Sie sich bei einer Darmspiegelung schon einmal die Schleimhäute genau betrachtet, die Zotten und Krypten, diese zarten Gebilde in unserem Inneren? Wunderschön, sage ich Ihnen. Wirklich wunderschön! Jeder gesunde Darm ist ein Wunderwerk, eine Meisterleistung der Natur. Eindrucksvoller als jede Kirche, die Menschen je gebaut haben. Ja, ich scheue mich nicht, unseren Verdauungstrakt eine lebendige Kathedrale zu nennen, in der täglich millionenfach komplizierte chemische Prozesse zelebriert werden, die unserem Körper die Nährstoffe in der Form zuführen, wie er sie braucht … Mit dem Herz«, ruft Regina Funke plötzlich bitter aus, »mit dem Herz ist so viel mythologischer Unsinn verknüpft! Dabei ist es nichts als eine primitive Pumpe, die rein mechanisch funktioniert. Jeden Tag vergewaltigen die Menschen ihre Verdauung beim Essen, während sie danach joggen, damit ihr Herz gesund bleibt. Jeden Tag quälen sie Magen, Darm und Verdauungsdrüsen, weil sie sich grundfalsch ernähren. Jeden Tag wieder stopfen sie sich mit Unrat voll und zerstören damit ein Wunder. Falsche Ernährung, Christian. Das ist die Ursache für alle Krankheit. Falsche Ernährung. Ich wollte dieses Übel … damals … bei der Wurzel packen. Ich wollte den Menschen einen gesunden Lebensstil beibringen, das war mein Traum und der Grund, warum ich Ärztin geworden bin. Und heute? Heute erfüllt es mich mit Befriedigung, wenn alle Betten auf meiner Station belegt sind. Heute führe ich Behandlungen durch, die ich an mir selbst oder an meiner Familie nicht vornehmen lassen würde. Ich lebe davon, dass Menschen ihre Gesundheit ruinieren, ja, ich muss es mir geradezu wünschen. Sehen Sie mich an, Christian. Das ist aus mir und meinen Träumen geworden … aber die Wirklichkeit ist eben so, das müssen wir akzeptieren.« Regina Funke mustert ihre Armbanduhr, als wäre sie ein lästiges Insekt an ihrem Handgelenk. »Ich muss mich beeilen. Ich habe um neun eine Besprechung mit Professor Gössner und einigen niedergelassenen Gastroenterologen. Wir wollen über die Gründung der Gastro GmbH diskutieren. Wir sehen uns später auf Station. Bis dann, Christian!«

Regina Funke klemmt ihre Aktentasche unter den Arm und hastet überstürzt davon.

Nach dem morgendlichen Fiebermessen ist Manuel noch einmal eingeschlafen. Er hat geträumt, doch als er sich zu erinnern versucht, ist der Traum weggeglitten, hinabgesunken in jene Räume seines Bewusstseins, die über Nachdenken nicht mehr zu erreichen sind. Nur ein mit dem Traum verbundenes Gefühl ist ihm geblieben, ein seltsam wehes Glücksgefühl. Zwischen Schlafen und Wachen lauscht er dem verklingenden Echo seiner Traumwelt nach und erkennt, dass sein Gefühl Sehnsucht heißt.

Sehnsucht ist in ihm aufgebrochen, Sehnsucht nach Lenora, nach dem, was sie war und was sie in sein Leben gebracht hat. Zum ersten Mal denkt er voller Dankbarkeit an die gemeinsamen Jahre mit ihr, denkt, dass ihm damals ein Geschenk zuteilgeworden ist, ohne dass die Verzweiflung obsiegt, dass ihm dieses Geschenk auf so grausame Weise wieder genommen worden ist. Sehnsucht ist in ihm aufgebrochen, Sehnsucht nach Zärtlichkeit und Wärme, Sehnsucht auch nach den Händen, die ihn gestern Abend berührt und seinen Schmerz gelindert haben.

Seine Blase meldet sich und sagt ihm, dass er seine Träume vergessen und aufstehen soll, aber er liegt so warm unter seinen Decken, eingemummelt in Sehnsucht und Verheißung, gehalten, geborgen, geschützt ... er bringt es nicht über sich, diesen wunderbaren Ort zu verlassen und in die Wirklichkeit zurückzukehren. Wenn der Druck zu groß und die Zeit zu knapp werden sollte, kann er immer noch auf die Urinflasche im Nachttisch zurückgreifen und dort hineinpinkeln. Nachts benutzt er sie tatsächlich, weil es ihm zu mühsam ist, die Schuhe anzuziehen und weil die Sohlen auf dem Linoleum erbärmlich quietschen.

Die Hände des alten Mannes haben nicht allein seine Brust, sie haben seine Seele berührt, jenen Teil in ihm, von dem er behauptet hat, dass es ihn nicht gibt. Manuel hat sich diesen Händen hingegeben, sich der Zärtlichkeit überlassen. Es war, als würde er in einem dunklen Ozean versinken, in dem Zeit und Raum ohne Bedeutung sind. Zum ersten Mal hat er die Erinnerung an Lenora ausgehalten, hat die Bilder ihrer gemeinsamen Jahre an sich vorüberziehen lassen, ohne Bitterkeit zu verspüren, hat erfahren, dass er einen Schatz mit nach Hause bringen wird, wenn seine Zeit auf Erden vorbei ist.

Irgendwann ist der Alte aufgestanden, in seinen Augen war ein kleines, freundliches Lächeln, mit dem er sich verabschiedet hat. Mit demselben Lächeln auf den Lippen ist Manuel schließlich eingeschlafen, lange, nachdem der Mann mit den Händen Gottes das Zimmer verlassen hatte.

Vom Bett am Fenster kommt ein verschleimtes Husten. Handgemachtes Wetterleuchten zuckt durch den Raum, als Rudolf Schröder seine Leselampe anknipst. Das Licht flackert und entschließt sich nur zögernd, den Mann zu beleuchten, der röchelnd einen Priem in seine Nierenschale spuckt. Der Husten kommt vom Rauchen und ist chronisch. Bei diesem Geräusch zerbröseln Manuels Träume an der Wirklichkeit und werden wieder zum Mittwochmorgen. Er sieht auf die Uhr und stellt fest, dass es bald Frühstück geben muss.

»Heda, Zwerg! Bist du wach?«, ruft Rudolf Schröder zu Manuel herüber. Augenblicklich erfüllt dieselbe Feindseligkeit, die schon gestern und vorgestern die Atmosphäre vergiftet hat, das ganze Zimmer. Manuel gibt keine Antwort, denn er will sich nicht mit Zwerg anreden lassen, wenn es nicht freundschaftlich gemeint ist. Er beschließt, Rudolf Schröder zu ignorieren und endlich auf die Toilette zu gehen, aber der Entschluss kommt eine Sekunde zu spät. Von Rudolf Schröders Frage ist Albert Schuster munter geworden, unter der Bettdecke hervorgekrochen und torkelt barfuß an Manuels Bett vorbei. Gleich darauf plätschert es in der Nasszelle.

»Heda, Zwerg! Soll ich dir einen Witz erzählen?«, ist wieder Rudolf Schröders Stimme zu hören. Die Frage ist eine rhetorische, denn der Mann wird seinen Witz auf jeden Fall loswerden. Manuel kennt das bereits vom gestrigen Tag. Er fährt seinen inneren Schutzschild hoch und ignoriert seinen Widersacher weiterhin. Er hofft, dass sein Schweigen wie eine Mauer wirkt, an der sämtliche Witze abprallen, die Rudolf Schröder in seinem Repertoire hat.

»Jäger, pass auf! Ich hab' einen, der ist wie für dich gemacht«, erklärt Rudolf Schröder in aufsässigem Ton. »Hör zu!

Ein Riese und ein Zwerg sitzen gemeinsam an der Bar und trinken Bier. Auf einmal spuckt der Zwerg dem Riesen ins Glas, tft-tft, worauf der Riese sagt: Lass das, oder ich reiß dir ein Ohr aus. Der Zwerg zuckt mit den Achseln und sagt: Das ist mir doch egal, bei uns Zwergen wachsen nachts die Ohren wieder nach …«

Manuel hat tief Luft geholt und gemerkt, dass seine Lungen brennen. Der Atem stößt sich am Lungengewebe, dringt nicht durch, reibt sich und verursacht ein Kratzen, das Manuel zum Husten reizt. Es ist ein Signal, das er fürchtet. Das Brennen kündigt eine Infektion ein. Aber vielleicht täuscht er sich. Er muss sich täuschen. Er will sich täuschen. Das Kratzen hat nichts mit einer Erkältung zu tun.

Die Wasserspülung rauscht, gleich darauf kommt Albert Schuster ins Zimmer zurück. Er nickt zu Rudolf Schröder hinüber, nicht aber zu Manuel, denn in der schwelenden Auseinandersetzung hat er längst Partei ergriffen und sich dem Mann mit den Witzen zugesellt.

»… der Witz ist echt gut, Jäger, hörst du? Der Zwerg spuckt dem Riesen also ein zweites Mal ins Glas, tft-tft, worauf der Riese sagt: Lass das, oder ich reiß dir ein Bein ab. Der Zwerg zuckt wieder mit den Achseln und meint: Das ist mir doch egal. Bei uns Zwergen wachsen nachts die Beine wieder nach …«

Manuel ringt das Kratzen in seiner Lunge nieder. Er hat gelernt, den Hustenreiz zu kontrollieren, denn wenn er ihm nachgibt, kann es passieren, dass seine Rippen brechen.

»… Jetzt kommt die Pointe, Jäger! Pass auf! Der Zwerg spuckt dem Riesen also ein drittes Mal ins Glas, tft-tft, und der Riese brüllt: Wenn du das noch einmal machst, reiße ich dir den Schwanz ab. Der Zwerg sieht den Riesen an und gibt zurück: Wir Zwerge haben gar keinen Schwanz. – Und wie macht ihr das mit dem Pinkeln?, will der Riese wissen. Tft-tft, macht da der Zwerg. Ha! Haha! Hahaha!« Rudolf Schröder haut sich vor Vergnügen auf den Schenkel.

»Gut, Rudi! Ha! Haha!«, lacht auch Albert Schuster und lässt sich in sein Bett zurückfallen. »Hast du noch so einen auf Lager?«

Manuel sieht die Urinflasche in seinem Nachttisch und ärgert sich, dass er sie nicht benutzt hat. Damit hätte er Rudolf Schröder den Witz, tft-tft, im Vorfeld verderben können. Das dumme Gesicht wäre sehenswert gewesen, nun aber ist die Chance vertan. Wenn er jetzt die Urinflasche nimmt, glauben die beiden, dass er ihnen etwas beweisen muss. Diesen Triumph gönnt er dem Mann am Fenster aber nicht. Wortlos setzt er sich auf die Bettkante und fischt nach seinen Schuhen.

»Heda, Jäger! Bist du taub? Wie findest du den?«, ruft Rudolf Schröder Beifall heischend durchs Zimmer. »Der ist doch echt gut, oder? Sag doch mal was!«

Von einem Alkoholiker wird Manuel sich nicht provozieren lassen. Stattdessen stellt er sich vor, dass Rudolf Schröder an seiner Nichtachtung zerschellt, dass er zerplatzt wie eine Seifenblase. Dennoch kommt ihm die Galle hoch.

Säufer!, denkt er grimmig. Hirnloser Barbar mit Fensterplatz. Was kannst du denn anderes als die Rinnsteine vollkotzen? Alkoholiker haben bei ihm keine Chance. Sie sind ihm unerträglich. Sie setzen sich mit 2,5 Promille hinters Steuerrad und fahren unschuldige Menschen über den Haufen. Sie sind eine Schande für die Menschheit. Sie sind Abschaum.

»Er will noch einen hören«, fährt Rudolf Schröder fort, sein Ton wird aggressiver. »Was meinst du, Bertel?«, wendet er sich seinem Verbündeten im mittleren Bett zu. »Glaubst du, wir können den Zwerg doch noch zum Lachen bringen? Oder kann der bloß mit Fremdwörtern um sich werfen? Soll ich es noch einmal versuchen?«

Albert Schuster hebt den Daumen nach oben.

»Also gut! Wie du meinst, Bertel! Auf deine Verantwortung. Einen hab' ich noch«, sagt Schröder. »Jäger, sperr die Ohren auf! Vielleicht ist der mehr nach deinem Geschmack. Also, in Köln wird ein toter Zwerg aus dem Fluss gezogen, gefesselt, geknebelt, mit einer Eisenkette umwickelt und mit einem schweren Stein an den Füßen ...«

»Ho! Hoho!«, entfährt es Albert Schuster.

»Warte! Das Beste kommt doch erst«, mahnt der Mann am Fenster. »Als der Zwerg aus dem Wasser gezogen wird, kommen nämlich zwei von der Stadtwache vorbei. Sagt der eine zum anderen: Siehst du das? Diese Mistzwerge klauen doch immer mehr als sie tragen können. Haha! Hahaha! Na, Jäger, wie findest du den? Komm, lach' doch auch mal! Hast du denn gar keinen Humor?«

Manuel sitzt an der Bettkante und hört Rudolf Schröders Gelächter hinter seinem Rücken. Er kann es nicht mehr mit anhören. Er muss raus aus diesem Zimmer, weg von diesen Witzen, weg von den Gemeinheiten. Er verzichtet darauf, die Verschlüsse seiner Schuhe festzumachen, und steht abrupt auf. Nur raus hier! Für ein paar Minuten allein sein. Er weiß, dass es gefährlich für ihn ist, wenn er beim Gehen keinen Halt in den Schuhen hat, und macht sich dennoch auf den Weg.

Clemens Bittlinger ist dreiundsiebzig Jahre alt, und die Zahl seiner Krankheiten füllt ein zweiseitiges Diagnoseblatt aus. Die Ärzte streiten sich darüber, welche seiner Krankheiten zuerst da war und die anderen ausgelöst hat, aber Dagmar ist das egal. Für sie ist Clemens Bittlinger ein friedlich dahindämmernder alter Mann mit eingefallenen Wangen, zahnlosem Mund, geschlossenen Augen und schweren Atemzügen, bei denen die Pausen allmählich immer länger werden. Alle wissen, dass er im Sterben liegt, auch wenn ihm immer noch Blutproben aus den mit Hämatomen übersäten Armen abgenommen werden. Clemens Bittlinger kämpft nicht mehr, sondern strahlt ein stilles Einverständnis aus, deshalb ist etwas Weihevolles um ihn herum. Dagmar spürt es, wenn sie zu ihm geht. Ihr wird dann stets ein wenig feierlich zumute.

Im Bett nebenan schläft Bruder Anselm, der seine braune Kutte gegen ein langes Nachthemd aus ungebleichter Baumwolle ausgetauscht hat. Die Knopfleiste oben am Hals steht offen und lässt ein Stück Haut sehen. Bruder Anselm schläft und formt beim Ausatmen den Mund zu einem O. Sein Gesicht ist lang, ebenso wie sein Bart, den er in der Nacht mit einem Gummiband zusammenbindet. Die Nachtwache hat berichtet, dass Bruder Anselm das Zimmer nicht mit einem Sterbenden teilen will, aber für den Augenblick scheint er sich mit seinem Platz ausgesöhnt zu haben.

Dagmar ist mit dem Waschen fertig und lagert Clemens Bittlinger auf die rechte Seite. Dabei untersucht sie noch einmal die Druckstelle an seinem Ohr. Die Haut ist rot und die Stelle, an der sie aufgeplatzt ist, sieht wie eine Aphte aus, weißlich, schiffchenförmig und entzündet. Dieses Druckgeschwür ist erst vor Kurzem entstanden, vermutlich deshalb, weil er nachlässig gelagert worden ist und auf seinem umgeknickten Ohrläppchen gelegen hat.

Wenn sie solcherlei sieht, hat Dagmar ein schlechtes Gewissen, obwohl sie keine Schuld an der Wunde trägt. In solchen Augenblicken schämt sie sich, Krankenschwester zu sein. Es sind kleine Unachtsamkeiten, die ständig passieren, weil sie viel zu wenig Zeit haben, um die Arbeit gut zu machen.

Mit der Einführung des Fallpauschalensystems und seiner Ausweitung, den diagnosebezogenen Fallgruppen, hat sich die Verweildauer eines Patienten im Krankenhaus drastisch verkürzt. Für die Pflegenden bedeutet dies, dass die kranken Menschen auf Station insgesamt sehr viel pflegebedürftiger sind als früher, werden sie doch schon wieder entlassen, kaum dass sie behandelt worden sind. Was die Arbeit betrifft, ist der Ausgleich zwischen Patienten, die fast genesen und wieder selbstständig sind, und denen, die noch sehr krank sind und viel Unterstützung brauchen, weggefallen.

Die Pflegenden sind für alles verantwortlich: für die Körperpflege ebenso wie für die Nahrungsaufnahme, die Ausscheidungen ebenso wie die Bewegung. Sie überprüfen die Vitalwerte, machen Wundverbände, bereiten Untersuchungen vor und arbeiten die ärztlichen Anweisungen aus. Dabei werden sie immer weniger, denn gerade in der Pflege werden fortlaufend Personalkosten eingespart. Was von ihnen verlangt wird, ist nicht machbar, und das ist einer der Gründe, warum Dagmar unglücklich ist. Was sie auch tut und wie sehr sie sich anstrengt, immer sind die Patienten dabei schlecht versorgt, das macht ihre Arbeit so sinnlos. Es ist, als ob sie einen löchrigen Eimer stets von Neuem mit Wasser füllen würde.

Clemens Bittlinger ist gelagert. Dagmar bringt die Waschschüsseln in den Wirtschaftsraum. Ungeduldig sieht sie durch die Glastür in den Gang hinaus. Es ist schon Viertel vor neun, aber der Wagen mit dem Frühstück ist immer noch nicht da. Wenn es in der Küche zu einer Verzögerung kommt, müssen die Stationen es ausbaden, weil dadurch der Tagesablauf durcheinanderkommt. Sie geht auf eine der quäkenden Rufglocken, nachdem sie Cornelia mit ein paar Anweisungen in ein anderes Zimmer geschickt hat.

Bei Sigrid Bauer ist wieder einmal die Basisplatte abgegangen, was beinahe jeden Tag geschieht, weil die Wunde darunter entzündet ist und die Platte deshalb nicht hält. Der Kot ist flüssig und läuft ins Bett.

Sigrid Bauer ist Mitte sechzig und hat den künstlichen Darmausgang wegen eines Tumors bekommen. Als sie auf Station eingeliefert wurde, war unter einer dünnen Schicht mühsamer Freundlichkeit nacktes Entsetzen und hilfloser Zorn zu spüren. Entsetzen über das, was ihr zugestoßen ist: verstümmelt zu sein und täglich miterleben zu müssen, wie der Stuhlgang aus einem Loch direkt neben dem Bauchnabel herausquillt. Und Zorn war da – auf Gott, der das zulässt, auf das Schicksal, das ihr dies zumutet und auf die Ärzte, die ihr das angetan haben. Aber nun ist die Wut einer tiefen Depression gewichen. Frau Bauer erkennt weder in ihrem Leben noch in ihrer Krankheit einen Sinn und brütet ständig vor sich hin. Ihre stumpfe Freudlosigkeit macht allen zu schaffen. Die meisten gehen nicht gern zu ihr ins Zimmer hinein und sind froh, wenn sie wieder draußen sind.

Frau Bauer lässt alles mit sich machen und betrachtet dabei ununterbrochen jene Zimmerecke, die von ihrem Bett aus gesehen schräg nach unten liegt.

»Das werden wir gleich haben«, sagt Dagmar zu ihr. »Das ist halb so schlimm wie's aussieht. Ich mache das Stoma jetzt sauber und klebe Ihnen eine neue Platte auf. Wenn Sie dann noch ein frisches Nachthemd überziehen, sind Sie wie neu.«

Bei einem Anus praeter wird die Haut um das aus dem Bauch herausragende Darmstück mit einer genau zugeschnittenen, selbstklebenden Plastikfolie abgedeckt. Dagmar hat die Form des Darmausgangs auf einer Schablone nachgezeichnet. Mithilfe dieser Schablone schneidet sie nun eine neue Basisplatte zu. Diese Platte hat an der Außenseite einen Ring, in den der Kotbeutel einrastet. Es gibt Patienten, die sich schnell daran gewöhnen, andere tun sich schwerer und manche können sich nie damit abfinden.

Dagmar reinigt das Darmende, das an eine rosige Qualle erinnert. Es ist eine Wunde daneben, die dunkelrot und knotig aussieht und das Verbinden problematisch macht. Seit gestern hat sich eine harte Erhebung darunter gebildet und Dagmar ahnt, dass es Tumorgewebe ist. Einen solchen Verdacht darf sie aber nicht aussprechen, weil er falsch sein könnte. Es ist Sache der Ärzte, mit den Patienten zu sprechen und sie über ihren Zustand aufzuklären. Tatsächlich ist Dagmar nur gesagt worden, dass Frau Bauer wegen Problemen mit der Nahrungsumstellung zu ihnen gekommen ist. Darüber hinaus weiß sie, dass Frau Bauer schon drei Mal operiert worden ist und vier Chemotherapien mitgemacht hat. Sie hat auch einen Blick in das histologische Gutachten geworfen, das hinten in der Akte liegt.

»Schwester Dagmar«, sagt Frau Bauer plötzlich und hält Dagmars Hand fest. »Sagen Sie mir, was mit mir los ist.«

»Ich bin kein Arzt«, weicht Dagmar aus. »Ich denke, es ist besser, wenn Sie mit Dr. Funke direkt reden. Sie kann Ihnen das besser erklären als ich.«

»Mit mir geht es zu Ende«, fährt Frau Bauer fort. Endlich kehrt ihr Blick aus dem Nichts zurück und richtet sich auf Dagmar. »Ich glaube, dass der Tumor in meinem Bauch weiterwächst.«

Dagmar weiß darauf nichts zu antworten, denn im Grunde glaubt sie dasselbe und darf es doch nicht sagen. Stattdessen fragt sie nach, was Regina Funke zu Frau Bauer gesagt hat.

»Die Frau Doktor hat doch nie Zeit«, antwortet Frau Bauer. »Sie kommt in aller Eile herein und ist schon wieder draußen, bevor ich etwas fragen kann. Wahrscheinlich will sie gar nicht mit mir reden. Wahrscheinlich hat sie mich schon abgeschrieben. Ich bin für alle nur noch eine Last.«

»Ich werde Dr. Funke sagen, dass Sie sich Sorgen machen«, meint Dagmar. Sie fühlt sich nicht sehr wohl in ihrer Haut und verwünscht die Stationsärztin, weil sie Frau Bauer bislang im Unklaren gelassen hat. »Ich hoffe, ich kann sie dazu bringen, bald mit Ihnen zu reden. Aber versprechen kann ich das leider auch nicht. Die Ärzte sind oft gar nicht auf Station, das macht es manchmal etwas schwierig.«

»Was glauben Sie denn selbst, Schwester Dagmar? Was ist mit mir los? Werde ich bald sterben?«

»Niemand weiß, wann ein anderer Mensch sterben wird«, hangelt sich Dagmar weiter durch das Gespräch. »Das kann jederzeit passieren. Vielleicht werde ich heute noch von einem Auto überfahren oder mir fällt ein Blumentopf auf den Kopf …« Dagmar überlegt und grinst, »… wenn das um diese Jahreszeit auch nicht sehr wahrscheinlich ist.« Sie hält inne, spürt dem nach, was sie gesagt hat, und schüttelt plötzlich trotzig den Kopf. »Es stimmt, dass ich Ihnen nicht sagen kann, wann Sie sterben werden. Aber was Ihren Bauch angeht, glaube ich auch, dass damit nicht alles in Ordnung ist. Wenn man es genau nimmt, glaube ich sogar dasselbe wie Sie. Ich glaube, dass diese harte Beule hier vom Tumor kommen könnte.«

»Ich fürchte mich vor dem, was auf mich zukommt«, erklärt Frau Bauer. »Ich habe Angst vor dem Sterben und wäre froh, wenn ich es bereits hinter mir hätte. Ich fürchte mich nicht vor dem Tod, denn wahrscheinlich ist da gar nichts mehr. Aber ich wäre lieber gleich tot, ohne vorher erst lange sterben zu müssen.«

Der neue Beutel ist an der Basisplatte befestigt. Dagmar hilft Frau Bauer aus dem Bett und in die Pantoffeln. Frau Bauer hakt sich bei Dagmar ein, gemeinsam gehen sie zum Waschbecken hinüber.

»Vielleicht hilft es, wenn Sie mit einer Freundin übers Sterben reden«, meint Dagmar. »Vielleicht verlieren Sie so ein wenig von Ihrer Angst. Angst ist selten ein guter Ratgeber und ganz sicher kein guter Begleiter. Aber was sage ich. Es ist leicht, alle möglichen Ratschläge zu geben. Im Grunde weiß ich gar nichts. Wer selber noch nicht gestorben ist, kann eigentlich nicht mitreden.«

»Da haben Sie recht«, gibt Frau Bauer zurück und versucht ein Lächeln. »Niemand, der noch lebt, weiß, wie es wirklich ist. Ich habe eine Bekannte, die im Hospiz als Brückenschwester arbeitet, vielleicht sollte ich die mal fragen, was sie eigentlich den ganzen Tag so macht. Wir haben nie über ihren Beruf geredet. Ich habe nichts davon hören wollen … Ach, ich weiß nicht … vielleicht lasse ich es doch lieber.«

»Warum? Verlieren können Sie nichts. Es schadet sicher nicht, wenn Sie wissen, wie es in einem Hospiz zugeht.«

»Aber dann wird alles … plötzlich so … so konkret.«

Dagmar und ihre Patientin sind am Waschbecken angekommen. Dagmar stellt einen Hocker bereit, damit Frau Bauer sich setzen kann.

»Nee, nee!«, sagt Dagmar und hält einen Waschlappen in den Wasserstrahl. »Konkret ist es auch jetzt schon. Die Dinge verschwinden ja nicht, nur weil man nicht darüber redet. Wenn Sie mit Ihrer Bekannten über Ihren Tumor und Ihre Ängste sprechen, sind Sie auf jeden Fall nicht mehr so allein mit dem, was Ihnen passiert ist. Mir tut es gut, wenn ich mit …«

Plötzlich geht laut und schrill der Notfallalarm los. Erschrocken horcht Dagmar auf. Sie lässt Frau Bauer am Waschbecken sitzen und rennt aus dem Zimmer.

Die weißen Kacheln in der Toilette sind verschmiert wie jedes Mal, wenn Albert Schuster sich dort aufgehalten hat. Manuel hat den Verdacht, dass er aus Langeweile seine Nasenpopel an die Kacheln klebt, wenn er auf der Schüssel sitzt. Hinter der Tür steht ein dreirädriger Gehwagen, den die Nachtwache dort abgestellt hat, damit er im Zimmer nicht stört. Um zur Schüssel zu gelangen, muss dieser Gehwagen ein Stück zur Seite geschoben werden, was für einen anderen kein Problem ist, wohl aber für Manuel, der sich mit beiden Händen irgendwo festhalten muss, bevor er den nächsten Schritt machen kann. Unsicher hangelt er sich weiter und wünscht, er hätte doch lieber nach der Urinflasche gegriffen.

»Heda, Zwerg!«, ruft ihm eine nun gedämpft klingende Stimme hinterher. »Heda, gehst du tft-tft machen? Haha! Hahaha! Spül dir aber den Mund aus, wenn du fertig bist. Haha!«

Manuel denkt über den Mann am Fenster nach und plötzlich ist ihm, als ob sein Blick sich weiten würde. Er sieht, dass kein Unterschied ist zwischen den Menschen, ob es sich dabei nun um Rudolf Schröder, Regina Funke oder … Lothar handelt, seinen besten Freund Lothar. Schröders Zwergenwitze, Dr. Funkes Besserwisserei, Lothars unermüdliches Interesse für neuartige Therapien – es sind alles nur Variationen desselben Themas. Sie alle sagen ihm damit, dass sie ihn so, wie er ist, nicht haben wollen, dass er anders sein muss, dass seine Gegenwart im Grunde stört. In dieser Welt gelten strenge Normen und er ist darin nicht willkommen.

Nur ein einziges Mal ist es anders gewesen.

Vielleicht will er heute einmal ungerecht sein, weil er es leid ist, immer und überall nur als ein Behinderter zu gelten. Er kann an diesem Zustand nichts ändern, weil er die Köpfe der

Menschen nicht ändern und ihre Gedankenwelten nicht umprogrammieren kann. Dort nämlich geschieht es, dass er zum Behinderten gemacht wird. Es ist eine Sache der Definition.

Er selbst findet es nicht mehr schlimm, dass er in seinem Bewegungsradius eingeschränkt ist, denn er kennt es nicht anders. Er hat unter den Glasknochen gelitten, solange er geglaubt hat, dass man wie die anderen und überall dabei sein muss, um glücklich zu sein. Doch die Dinge, die angeblich glücklich machen, haben einer Überprüfung nicht standgehalten.

Jeder ist irgendwie eingeschränkt. Die einen sind unmusikalisch, andere können ein Gänseblümchen nicht von einem Löwenzahn unterscheiden, wieder andere sind mathematische Nieten, haben einen schlechten Geschmack, Segelohren oder können sich nicht von Herzen freuen. Es liegt im Wesen des Menschen, dass er nicht perfekt ist und nicht alles kann. Braucht nicht jeder Mensch gerade deshalb die anderen? Sind wir nicht geboren, um im Miteinander das Leben zu meistern?

Ein weiterer Schritt und - ist es der Gehwagen, der im Weg steht, ist es ein Zittern in seinen Knien, sind es die offenen Schuhe? - plötzlich verliert Manuel den Halt und knickt ein. Die Füße rutschen ihm unter seinem Körper weg, aber das scheint nur so, denn in Wirklichkeit stürzt er, stürzt zwischen Toilettenschüssel und Wand zu Boden, ohne dass er den Fall abbremsen kann. Er hört einen Knall wie von einer durch die Luft gezogenen Peitsche, einen Knall, wie er ihn schon hundert Mal gehört hat - gebrochen, ein Knochen gebrochen! Wieder einmal! Mit einem Augenblick Verzögerung setzt der rasende Schmerz ein. Er ist auf die Hand gestürzt und es hat gereicht, dort etwas zu brechen.

Der Schmerz überwältigt ihn und löscht alles andere für lange Sekunden aus. Da ist nur der Schmerz, der endlose Schmerz, der verdammte Schmerz.

Es ist eine fremde Hand, die an seinem Arm baumelt. Er fragt sich, wessen Hand das wohl sein mag. Er wartet darauf, dass die Finger dieser Hand sich biegen und spöttisch auf ihn zeigen, aber die Hand hängt nur am Arm und tut nichts außer furchtbar weh. Dass eine fremde Hand derart schmerzen kann! Wenn sie ihm so wehtut, wie wird sie dann erst ihren Eigentümer schmerzen?

Manuel stellt fest, dass er in einer Pfütze liegt und alles um ihn herum nass ist. Sogar die Schlafanzughose. Wo kommt die Pfütze plötzlich her? Er sieht zu, wie die Flüssigkeit sich ausbreitet und über die Fugen der Fußbodenkacheln ihren Weg sucht. Die Flüssigkeit ist angenehm warm, kühlt aber überraschend schnell ab und verursacht ihm eine Gänsehaut. Ob die Putzfrau die Pfütze beim Wischen hinterlassen hat? Ist die Putzfrau heute Morgen überhaupt schon im Zimmer gewesen? Manuel kann sich nicht erinnern.

Endlich begreift er, was passiert ist. Tränen der Wut und der Niederlage steigen in seine Augen. Er liegt in seinem eigenen Urin, den er nicht mehr zu kontrollieren vermocht hat, und kann nichts tun außer schreien. Über seinem Kopf ist in der Wand ein Notruf eingelassen, aber der Schmerz nagelt ihn auf dem Boden fest, er kommt nicht an den Schalter heran. Es bleibt ihm nichts anderes übrig, als um Hilfe zu rufen.

Eine Ewigkeit vergeht, bis die Tür sich öffnet und Rudolf Schröder seinen Kopf hereinstreckt.

»Was'n los?«

Manuel schaut in Schröders unrasiertes Gesicht und auf die Tränensäcke unter dessen Augen und bringt keinen Ton heraus.

»Hey, Zwerg, mach' keinen Scheiß, Mann!«, sagt Rudolf Schröder und schiebt sich in die Nasszelle hinein. Er zieht einen Infusomaten hinter sich her, im Arm trägt er noch zwei

Flaschen, deren Schläuche irgendwo in seinem Körper verschwinden. Als er sich zu Manuel herunterbeugt, rutscht ihm eine der Flaschen unter den Fingern weg und zerspringt mit einem lauten Knall auf dem Boden. Es regnet Glassplitter und Flüssigkeit.

»Scheiße, Mann!«, sagt Rudolf Schröder. »Hey, Zwerg, komm, steh auf. Das ist doch kein Platz für einen Mann da unten.«

»Ich komme nicht hoch. Würdest du für mich nach der Schwester klingeln?«

»Wart', ich helf' dir«, sagt Rudolf Schröder, stellt die übrig gebliebene Infusionsflasche auf dem Boden ab und greift mit beiden Händen nach Manuel. Die Schläuche, die aus seiner Schulter kommen, färben sich langsam rot. Es ist Blut, das nun aus der Vene in die Flasche fließt, wie vorher die Flüssigkeit aus der Flasche in die Vene geflossen ist.

»So geht es nicht«, keucht Manuel. »Der Infusomat ist im Weg. Und die Hand tut so verdammt weh.«

»Scheiße, Mann!«

»Hol die Schwester, bitte!«

»Mach' ich! Mach' ich sofort!« Rudolf Schröder richtet sich wieder auf, vergisst Schläuche und Infusionsflaschen, stolpert und kracht gegen die Tür.

»Der Schalter ist dort an der Wand«, sagt Manuel und deutet mit dem Kopf in die Richtung. »Du musst zweimal hintereinander drücken, damit der Notfallalarm ausgelöst wird.«

»Hab' ich gar nicht gesehen«, brummt Rudolf Schröder und drückt den Knopf, der aufleuchtet und ein Alarmsignal auslöst. Er setzt sich auf die Toilettenschüssel, tätschelt unbeholfen Manuels Schulter und greift nach dessen gesunder Hand, die er in seine klebrigen Pranken nimmt und festhält.

»Scheiße, Mann!«

Es ist wieder passiert. Kleine Probleme, die nichts bedeuten, treffen auf kleine Gehässigkeiten, die nichts bedeuten oder auf kleine Unachtsamkeiten, die auch nichts bedeuten. Nur für ihn bedeuten sie etwas, denn diese Dinge sind es, die ihm die Knochen brechen. Es ist wieder passiert.

Vielleicht ist er bewusstlos gewesen, denn plötzlich liegt er im Bett, ein ihm unbekannter Arzt tastet ihn überall ab, gibt Anweisungen und legt ihm einen grünen Stauschlauch um den gesunden Oberarm. Manuel fühlt einen kurzen Stich wie von einer Wespe, dann ist es auch schon vorbei.

Die Schmerzen in seinem Körper lassen mit einem Mal nach, eine dumpfe Wohligkeit bemächtigt sich seiner. Manuel lässt sich in das Wohlgefühl hineinsinken, das sich ausdehnt und immer noch weiter ausdehnt. Geräusche und Gesprächsfetzen schweben wie kleine Ballone um ihn herum … heiter versucht er, den einen oder anderen davon aufzufangen.

Eine Erinnerung taucht auf und verdrängt die Ballone: Rudolf Schröder ist wieder bei ihm und greift mit den von der zerplatzten Infusionsflasche klebrig gewordenen Fingern nach seiner Hand.

Hand in Hand. Hand in Hand. Hand in Hand der Ewigkeit entgegen.

Aus der Tiefe seiner Seele steigt Frieden auf und alle Bitterkeit fällt von ihm ab.

Vorsichtig wird die Decke über seinen Körper gebreitet. Dann wird das Bett in Bewegung gesetzt und rollt aus dem Zimmer …

Wenn der Notfallalarm ertönt, lässt Dagmar alles stehen und liegen und rennt los. Es ist ein Reflex, eine Pawlow'sche Reaktion, die ihr in Fleisch und Blut übergegangen ist, genau wie allen anderen, die im Krankenhaus arbeiten. Wenn der Notfallalarm ertönt, rennen Ärzte und Ärztinnen, Schwestern und Pfleger, Krankengymnasten und Krankenpflegeschüler. Sogar die Putzfrau setzt sich in Bewegung, doch sie tut es langsam und mit Bedacht, denn sie hat in diesem Spektakel nur die Position des Zuschauers inne.

Dagmar und die Schüler kommen zeitgleich im Zimmer an, in dem das Unglück passiert ist. Es ist der Glasknochenmann, er hat sich einen Knochen gebrochen, obwohl sie sich so viel Mühe gegeben, ihn vorsichtig angefasst und sogar Albert Schusters Gehwagen für ihn aus dem Weg geräumt haben. Sie drängen sich im Zimmer, nur die Ärzte nicht, denn Regina Funke und Christian Fischer sitzen noch in ihren jeweiligen Besprechungen und wissen nichts von dem Unfall auf ihrer Station.

Marion versucht, Regina Funke über das hausinterne Funksystem zu erreichen, aber sie meldet sich nicht. Christian Fischer hat überhaupt noch keinen Funkpiepser. Daraufhin sucht Marion in der chirurgischen Ambulanz um Hilfe nach. Die dort diensttuende Schwester nimmt den Anruf zwar entgegen, aber nicht ernst und wimmelt Marion ab, indem sie mit gelangweilter Stimme verkündet, dass der Chirurg im Augenblick anderweitig beschäftigt sei. Der Krankenpflegeschüler Freddy wird losgeschickt, um irgendeinen Arzt aufzutreiben. Er kommt mit dem Herzspezialisten von der Intensivstation zurück. Dieser weiß, was zu tun ist, und nimmt die Dinge in die Hand. Er hilft mit, Manuel in sein Bett hinüberzutragen, dann untersucht er ihn und gibt ihm eine Beruhigungsspritze.

»Rufen Sie im Röntgen und in der Chirurgie an. Der Bruch muss umgehend versorgt werden.«

»In der Chirurgie habe ich es bereits versucht. Die sagen, wir sollen den Mann heute Nachmittag vorbeibringen«, erwidert Marion erbittert und denkt, dass sie diesen Vorfall in ihr Tagebuch schreiben würde, wenn Schwester Anneliese es nicht einbehalten hätte.

Der Herzspezialist ruft daraufhin selber in der Ambulanz an und erfährt, dass der zuständige Chirurg seine anderweitige Beschäftigung wunderbarerweise genau in diesem Augenblick beendet hat. Während Marion sich um neue Infusionen für Rudolf Schröder kümmert, Cornelia die Glassplitter zusammenfegt und Freddy auf den Schreck hin auf der Dachterrasse eine schnelle Zigarette raucht, bringt Dagmar das Bett mit Manuel zum Röntgen und anschließend sofort in den anderen Flügel des Hauses hinüber, in dem die Chirurgen residieren. Dort muss sie eine Weile warten, um zu erfahren, dass Manuel Jägers Handgelenk operativ eingerichtet werden muss.

»Ich hoffe, Sie kommen bald auf unsere Station zurück«, sagt sie zu Manuel, der blass in seinem Bett liegt und sein Gesicht in einem gequälten Lächeln verzieht. Sie sieht in seinen dunklen, bläulich schimmernden Augen etwas, das ihr wehtut, eine unheilbare Trauer, eine unerfüllte Sehnsucht, ein großes Heimweh. Sie weiß, dass dies nicht von einem Knochenbruch herrühren kann. Aber es ist nicht der Augenblick und nicht die Situation, um über solche Gefühle zu reden.

»Alles Gute! Halten Sie die Ohren steif!«, sagt sie deshalb nur, lächelt ihm noch einmal zu und geht auf ihre eigene Station zurück.

In der Zwischenzeit sind dort kurz hintereinander Regina Funke und Christian Fischer eingetroffen. Marion berichtet von dem Unfall und die Stationsärztin gibt wieder einmal dem Pflegepersonal die Schuld. Sie findet es unverantwortlich, dass in dieser Sache ein stationsfremder Arzt, noch dazu ein Herzspezialist, um Hilfe gebeten wurde.

»Ich werde den Glasknochenmenschen so bald wie möglich auf unsere Station zurückholen«, verspricht sie Christian. »Spätestens morgen früh, bevor der Chef kommt, muss er zurückverlegt werden. Doch lassen Sie uns endlich mit der Visite beginnen. Wir sind heute sehr spät dran.«

Obwohl es bereits halb elf Uhr ist, stehen auf allen Nachttischen noch die benutzten Frühstücktabletts herum. In einigen Zimmern sind die Schüler sogar noch dabei, Brötchen zu schmieren oder Löffel in Kompott zu tauchen. Das Frühstück von Wendelin Weihrauch ist gänzlich unberührt. Christian betrachtet den Patienten, der seinerseits gedankenverloren durch ihn hindurchsieht, als wäre er, Christian, gar nicht vorhanden. Auf irgendeine kindische Weise fühlt sich Christian deshalb gekränkt.

Mit den Änderungen, die er bei einigen Medikamenten vorgenommen hat, ist Regina Funke einverstanden. Drei Patienten werden entlassen, bei zwei weiteren kündigt die Ärztin die Entlassung für den nächsten Tag an. Mit Berthold Hauser gibt es noch einmal ein ernstes Gespräch. Regina Funke will wissen, ob er das Für und Wider einer Unterbringung im Pflegeheim gegeneinander abgewogen hat und vernünftig geworden ist. Christian denkt an seine Telefonate vom Vortag und an das, was der Sozialarbeiter ihm gesagt hat, und hätte den alten Mann am liebsten in Ruhe gelassen. Aber schließlich hat er freiwillig angeboten, nach einem Heimplatz zu suchen und damit die Verantwortung für den Fall übernommen.

»Sie brauchen Hilfe rund um die Uhr«, wendet er sich ernst an den Patienten, der so weiß wie sein Kissen ist und elend aussieht. Christian kommt unwillkürlich der Gedanke, dass der Mann vielleicht gar nicht mehr lange leben wird. Vielleicht ist es grundfalsch, nach einer langfristigen Lösung zu suchen. Vielleicht sollte man dem Mann die letzten Tage so schön wie möglich machen. »Bei fast allen Aktivitäten des täglichen Lebens sind Sie auf Unterstützung angewiesen«, fährt er trotzdem fort. »Wahrscheinlich wird es nicht mehr lange dauern, bis auch Ihre Frau nicht mehr alleine für sich sorgen kann …«

»Wir wollen nicht ins Heim«, unterbricht Berthold Hauser rasch. »Nehmen Sie uns nicht weg, was wir an Freude noch haben. Wir können nicht einer ohne den anderen sein. Wir sind das so gewohnt.«

»Niemand will Ihnen etwas wegnehmen«, sagt Regina Funke und gibt vor, geduldig zu sein. »Wir sind Ihnen doch keineswegs feindlich gesonnen, Herr Hauser. Wir sagen nur, was wir für richtig halten. Es liegt an Ihnen, was Sie daraus machen.«

»Lassen Sie mich doch einfach nach Hause gehen.«

Regina Funke schüttelt den Kopf. »Wir würden das gerne tun, aber wir können es nicht verantworten. Das Leben richtet sich leider nicht nach unseren Wünschen. Wir können doch nicht tatenlos zusehen, wie es Ihnen zu Hause von Tag zu Tag schlechter geht, nicht wahr?«

»Es handelt sich darum, dass Sie den Lebensabend gemeinsam mit Ihrer Frau verbringen möchten«, stellt Christian fest. »Das Problem ist also Ihre Frau. Habe ich recht?«

»Schon!«, erwidert der alte Mann unsicher.

»Wenn Sie nun die Möglichkeit hätten, gemeinsam mit Ihrer Frau in einem Heim zu wohnen, in einem eigenen Appartement, dann würden Sie das also tun?«

»Das gibt es doch gar nicht, dass man da gemeinsam wohnt.«

»Aber wenn es möglich wäre, könnten Sie sich dies als Lösung vorstellen?«

»Vorstellen vielleicht schon, aber …«

»Na also! Sehen Sie, Herr Hauser, jetzt sind wir doch schon einen großen Schritt weitergekommen«, meint Regina Funke erfreut. »Wenn wir Ihnen versprechen, dass wir alles tun, um Sie beide gemeinsam in einem Heim unterzubringen, dann werden Sie von nun an mit uns zusammenarbeiten, nicht wahr?«

»Ich weiß nicht. Wenn Sie meinen, dann vielleicht …«

»Reden Sie doch einmal mit Ihrer Frau darüber«, bittet Christian. »Fragen Sie sie, was sie davon hält. Vielleicht ist sie sogar froh, wenn die Sorgen von ihren Schultern genommen werden.«

»Sie machen es uns wirklich nicht leicht, Herr Hauser«, sagt Regina Funke und blickt gekränkt. »Dabei wollen wir doch nur das Beste für Sie. Bis morgen also. Essen Sie noch etwas von diesem Wurstbrötchen hier. Es sieht so lecker aus, dass ich am liebsten selbst hineinbeißen möchte.«

Als sie wieder im Flur stehen, setzt Regina Funke Christian davon in Kenntnis, dass sie nach dem Mittagessen Telefondienst bei der Gastro-Liga hat und deshalb erst am späten Nachmittag auf Station zurückkommen wird.

»Es wäre super, wenn Sie die restlichen Zimmer übernehmen. Ich will mir nur noch schnell den Fuß von der Liebich ansehen, dann muss ich los. Tja, die Liebich. Was ursprünglich nur eine kleine Wundinfektion war, geht nun bis auf den Knochen hinunter. Die Liebich hat wegen ihres Diabetes kein Gefühl mehr darin, der Fuß macht also keine Schmerzen, deshalb hält sie sich nicht an die verordnete Bettruhe. Na ja, sie nimmt zudem hochpotente Psychopharmaka. Vielleicht ist sie auch von daher ein bisschen gaga.«

»Was verbirgt sich denn hinter der Gastro-Liga?«, will Christian wissen, der von diesem Verein noch nie gehört hat.

»Die Gastro-Liga gehört zur Deutschen Gesellschaft zur Bekämpfung der Krankheiten von Magen, Darm und Leber«, erklärt Regina Funke. »Wir haben verschiedene Aufklärungskampagnen im Programm, zum Beispiel über Sodbrennen und Reizdarm. Wir setzen uns vor allem dafür ein, dass sich mehr und mehr Leute an der Früherkennung von Darmkrebs beteiligen. Mittwochs bieten wir einen Telefonservice an, bei dem jeder, der Verdauungsprobleme hat, sich kostenlos beraten lassen kann. Wir wechseln uns reihum am Telefon ab, heute bin ich wieder dran. Aber in aller Regel ruft niemand an. Höchstens, dass sich mal einer verwählt.«

»Ah, ja?«, sagt Christian.

»Ich nutze die Zeit, um Fachartikel zu lesen oder selber welche zu schreiben«, fährt Regina Funke verschämt fort, als verrate sie Christian ein süßes Geheimnis. »Einmal bin ich beinahe für den Martin-Gülzow-Preis nominiert worden, aber in letzter Sekunde haben sie sich dann doch für jemand anderen entschieden.«

»Das wäre sicher eine tolle Sache gewesen«, antwortet Christian, der auch von Martin Gülzow und seinen Preisen noch nie etwas gehört hat.

»Ja, das kann man wohl sagen«, nickt seine Chefin. »Der Martin-Gülzow-Preis ist die höchste Auszeichnung, die die Deutsche Gesellschaft für Stoffwechselkrankheiten zu vergeben hat.«

»Bei der Sie ebenfalls Mitglied sind, wie ich vermute«, sagt Christian aufs Geratewohl.

»Sie haben recht«, nickt Regina Funke. »Ich bin auch Mitglied im Bund Deutscher Internisten, in der Arbeitsgemeinschaft Zöliakie und Kohlehydratintoleranzen und nehme regelmäßig am Deutschen Lebertag teil. Unser Mitteilungsblatt ›Gallenbittere Nachrichten‹ erscheint vierteljährlich. Das müssen Sie unbedingt einmal lesen«, meint die Ärztin, während sie die Tür zum nächsten Patientenzimmer öffnet. »Es ist wirklich sehr informativ. Ich bringe Ihnen morgen ein Probeheft mit.«

Aus der Dunkelheit der Narkose kehrt Manuel zurück und sieht als Erstes eine rote Zahl: achtundachtzig. Während er sie benommen anstarrt, verwandelt sie sich schon in zweiundneunzig. Neben der Zahl blinkt ein kleines, weißes Herz. Darüber laufen auf einem schwarzen Untergrund drei weiße und grüne Linien. Es ist ein Bildschirm, von dem sein Blick magisch angezogen wird, und dieser Bildschirm sagt ihm, dass er auf der Intensivstation und nicht, wie erwartet, im Aufwachraum liegt. In allen Aufwachräumen, die er von seinen Operationen her kennt, befindet sich der Monitor mit den Vitalwerten hinter dem Kopf des Aufwachenden und nicht seitlich davon, sodass der diensthabende Pfleger Monitor und Patient gleichzeitig im Blickfeld hat.

»Willkommen auf Intensiv!«, signalisiert ihm die rote Zahl, aber tatsächlich gibt sie nur seine Pulsfrequenz an.

Der Ort, an dem er nie mehr sein wollte, hat ihn also wieder.

Manuel sieht an sich hinunter und stellt fest, dass er zwischen frischen, steifen Laken liegt. Die Falten, die vom Zusammenlegen der Wäsche herrühren, sind noch deutlich zu erkennen. Schläuche und Kabel kommen unter der Decke hervor. Als er sich bewegt, ziept es am Oberschenkel. Um seinen gesunden Arm ist eine Manschette gewickelt, die sich gerade selbsttätig aufpumpt, dann wird die Zahl achtundachtzig mit einem Mal durch einhundertzehn zu zweiundsiebzig ersetzt, während der Druck auf seinem Arm schon wieder nachlässt und die Luft mit einem sanften Zischen entweicht.

»Willkommen auf Intensiv!«, brummt und zischt die Manschette.

Wie Manuel an den verschiedenen Anzeigen ringsherum ablesen kann, werden Herzrhythmus, Puls, Blutdruck, Atemfrequenz und Blutgase kontinuierlich überwacht.

»Willkommen! Willkommen! Wir grüßen dich!«

Der Ort, an dem er nie mehr sein wollte, hat ihn wieder fest in seinem maschinellen Griff.

Er liegt in einem großen Raum mit vier Plätzen, von denen momentan aber nur zwei belegt sind. Der Platz ihm gegenüber ist leer, der Monitor dunkel, die Anschlüsse für Sauerstoff und Druckluft unbenutzt. Im Bett rechts neben ihm liegt jemand, Manuel sieht dunkle Haare, die zur Mitte hin lichter werden.

Der Raum hat keine Fenster, sondern wird mit gedämpftem künstlichem Licht gleichmäßig beleuchtet. Die Luft ist angenehm frisch. Auf der anderen Seite seines Bettes ist eine breite Glaswand, durch die er ins Stationszimmer hinüberspähen kann, das ringsum verglast und hell erleuchtet ist, als würden die Leute dort drin auf der Bühne sitzen und ein Theaterstück aufführen. Irgendetwas Absurdes wie *Warten auf Godot.*

Es sind zwei dort drinnen, blau gekleidete Gestalten, ein Pfleger und eine Schwester, die miteinander reden, während der Mann sich an einem Kühlschrank zu schaffen macht und die Frau Kaffee in zwei Becher gießt. Dabei werfen die beiden immer wieder aufmerksame Blicke in die umliegenden Räume.

Die Atmosphäre im Zimmer ist beinahe klösterlich meditativ. Bis auf das leise Summen und Brummen der Geräte ist kein Laut zu hören. Manuel liegt behaglich in seinem Bett und findet die Intensivstation auf einmal gar nicht mehr so übel. Es ist angenehm friedlich, angenehm entspannt, lange nicht so hektisch wie auf der gastroenterologischen Station. Doch, es lässt sich hier aushalten und Schmerzen hat er auch fast keine.

Sein rechter Arm liegt in einer gepolsterten Schiene und aus dem Gipsverband, der bis über den Ellbogen reicht, ragen Metallbügel heraus. Es ist ein sogenannter Fixateur externe, der Manuel sagt, dass die gebrochenen Knochen sich gegeneinander verschoben haben müssen, denn nur in diesem Fall werden sie mit solchen Bügeln ruhig gestellt.

Mit Brüchen und den entsprechenden Behandlungen kennt er sich aus. Die Erinnerung, die ihn am weitesten in seine Kindheit zurückführt, ist ein Lendenwirbelbruch, den er sich bei einem Sturz die Treppe hinunter zugezogen hat. Drei oder vier Jahre alt ist er damals gewesen, aber der Sturz ist in seinem Bewusstsein immer noch so lebendig, als hätte er sich erst vor Kurzem zugetragen. Das ist nicht mit allen Brüchen gleich. An viele erinnert er sich überhaupt nicht mehr. So ist auch der Lendenwirbelbruch nicht sein erster Bruch gewesen. Davor muss es schon mindestens ein Dutzend andere gegeben haben, versichern ihm die Ärzte und beweisen es mit ihren Röntgenbildern. Diese Brüche sind für ihn verloren und im Dunkel des Unterbewussten begraben. Doch auch die Wochen nach dem Lendenwirbelbruch haben sich seinem Gedächtnis eingeprägt. Endlose Wochen, die er in einem Gipskorsett liegend verbracht hat … er erinnert sich an die Bewegungslosigkeit, zu der er verdammt war, an das Jucken unter dem Gips und an die entsetzliche Langeweile, die ihn damals geplagt hat.

Laufen hat er erst mit sechzehn Jahren gelernt, nachdem ihm in langwierigen Operationen Metallnägel in den Markraum der langen Röhrenknochen der Oberschenkel eingeschlagen worden sind. Erst damit wurden seine Knochen stark genug, das Körpergewicht zu tragen.

Zwischen diesen beiden Ereignissen liegen gebrochene Schultern, gebrochene Arme, gebrochene Handwurzelknochen, gebrochene Rippen, ein gebrochenes Becken, gebrochene Wirbel und immer wieder gebrochene Beine. Zwischen diesen beiden Ereignissen liegen zahllose Plattenosteosynthesen, Gilchrist-Verbände, Gipsschienen und Crutchfield-Extensionen, bei denen Metallklammern über zwei Stifte im Schädelknochen verankert werden. Zwischen diesen beiden Ereignissen liegen Spickdrähte, Extensionsbügel und eine Endoprothese der Hüfte nach der x-ten Schenkelhalsfraktur. Zwischen diesen beiden Ereignissen liegen unzählige versäumte Schulstunden, Tausende von krankengymnastischen Übungen und die Entdeckung von dem, was seine eigentliche Welt geworden ist: Bücher.

Bücher haben ihn vor der tödlichen Langeweile gerettet. Bücher haben sein Leben lebenswert gemacht. Bücher haben ihm die Welt ans Bett gebracht, weil er selber nicht hinausziehen konnte, um sich die Welt zu erobern. Seine Abenteuer hat er mit Büchern erlebt. Seine besten Freunde in Form von Büchern gefunden. Bücher sind auch die Grundlage für seinen Beruf geworden, mit dem er das Geld verdient, das er für seinen Lebensunterhalt braucht. Ohne Bücher kann Manuel ebenso wenig leben wie ohne Medizin. Und Bücher haben aus ihm »den Kopf« gemacht, den Mann, der alles weiß und den man immer fragen kann.

Nach der Pubertät ist es einfacher geworden. Die Zahl der Brüche hat abgenommen. Die Infusionen mit Bisphosphonaten haben nicht nur die Knochendichte erhöht, sondern auch die ständigen Schmerzen gelindert. Er hat unglaublich viel gelesen und sich auch ohne reguläres Studium als Wissenschaftsjournalist einen guten Namen gemacht. Er hat genug Geld verdient, um das Häuschen *Im Himmel 108* renovieren zu lassen. Mit dem Internet hat er neben den Büchern einen zweiten Zugang zur Welt gefunden. Es sind Jahre, auf die er stolz ist.

Dann ist Lenora in sein Leben getreten und hat ihm gezeigt, dass es nicht genügt, nur »der Kopf« zu sein. Sie hat ihn gelehrt, dass er auch einen Körper hat, der es wert ist, geliebt zu werden. Dabei hat Manuel noch weit mehr gefunden, nämlich eine Würde und eine Seinsberechtigung, die nur ihn alleine meinte, ihn und sonst niemanden, und die nur durch seinen fragilen Körper und seine Glasknochen möglich war. Er hat erkannt, dass er einmalig und unverwechselbar ist, wie jeder Mensch einmalig und unverwechselbar ist, wenn er sich denn ganz und gar selber lebt. Mit einem Mal hat er sein Leben uneingeschränkt befürwortet und hätte mit niemandem tauschen wollen. Noch nicht einmal auf seine Brüche hätte er verzichten wollen. Er ist glücklich gewesen und hat an Gott und das Gute in der Welt geglaubt.

Dann war die Zeit mit Lenora vorbei. Er war wieder allein, doch das Bewusstsein seiner Einmaligkeit ist ihm trotz allem geblieben.

Manuel liegt im Bett und denkt, dass das Gefühl von Würde nicht das schlechteste ist.

Vera Liebich und Ute Kubatzki sitzen aufrecht in ihren Kissen und spielen Karten, als die Ärzte ins Zimmer treten. Beiden haftet etwas Verwegenes an. Christian denkt, dass sie, wie in einem Western, sehr wohl Revolver unter ihren Bettdecken versteckt haben könnten.

Ute Kubatzki ist von Natur aus schlank, hat ein schmales Gesicht mit markanter Nase und kurz geschnittene, glatte Haare, wirkt aber dennoch aufgedunsen wie ein Hefebrötchen, weil sie ein cortisonhaltiges Medikament einnehmen muss. Vera Liebich sieht in ihrem Rüschennachthemd wie eine Gestalt aus den Gemälden von Rubens aus. Keine der beiden Frauen blickt auf, als die Ärzte hereinkommen. Sie mustern sich gegenseitig mit zusammengekniffenen Augen, greifbare Spannung liegt in der Luft.

»Was ist denn hier los?«, will Regina Funke wissen. »Hallo, meine Damen! So ins Spiel vertieft? Dürfen wir stören?«

»Oh, Frau Doktor«, ruft Vera Liebich, fängt an zu strahlen und hält der Stationsärztin einen Fächer aus Karten entgegen. »Sehen Sie doch nur, was für ein tolles Blatt ich habe. Drei Asse.«

»Pokern will eben gelernt sein«, seufzt Ute Kubatzki, schiebt die ihren zusammen, mischt, zieht sie mit spitzen Fingern wieder auseinander und fächelt sich damit Luft zu. »Mahlzeit, Chefin! Seit ich duschen will, kommt überhaupt keine Schwester mehr zu mir ins Zimmer. Ist das Absicht?«

»Das müssen Sie mit den Pflegenden direkt abklären«, gibt die Stationsärztin zurück. »Seit die jetzt ihr eigenes Berufsbild haben, mischen wir Ärzte uns da nicht mehr ein. Wie geht es Ihnen heute Morgen?«

»Gut. Ich werde langsam wieder beweglicher.«

»Dann können wir mit dem Decortin etwas heruntergehen«, meint Christian und schreibt die entsprechende Anweisung auf.

»Ist mir recht«, gibt Ute Kubatzki zurück und wirft einen schlauen Blick zu Vera Liebich hinüber. »So gut wie mein Blatt ist Ihres aber nicht. Ich setze noch den Pudding, den es heute zum Mittagessen gibt.«

»Wie gemein! Frau Doktor, Sie müssen meiner Bettnachbarin verbieten, dass sie immer gewinnt.«

»Das übersteigt leider meine Möglichkeiten«, lacht Regina Funke und geht ans Bett von Vera Liebich hinüber, auf dem der vom Verband befreite Fuß auf einer grünen Moltonunterlage liegt. Die Ärztin untersucht die schwärende, dunkel verfärbte Wunde, die sich von den Zehenzwischenräumen über den halben Vorfuß zieht. Seufzend schüttelt sie den Kopf und drückt auf die Klingel, um die Schwestern zu informieren, dass sie den Verbandwagen braucht.

»Ist es wirklich so schlimm?«, will Frau Liebich wissen und betrachtet verzückt ihr ausgestrecktes Bein.

»Das müssen Sie doch selber sehen. Der Fuß kann nicht heilen, wenn Sie dauernd herumlaufen. Warum, um alles in der Welt, bleiben Sie nicht im Bett, wie man Ihnen sagt?«

»Weil sie nicht alle Tassen im Schrank hat«, kommt es aus dem Nachbarbett.

»Ach, schimpfen Sie doch nicht schon wieder mit mir«, sagt Frau Liebich weinerlich. »Ich vergesse immer, dass ich nicht aufstehen darf. Wenn ich endlich daran denke, ist es zu spät.«

»Würde ich dieselbe Dosis Lithium wie Sie schlucken, ginge mir das auch nicht anders«, brummt die Kubatzki. Sie will noch etwas hinzufügen, unterbricht sich aber, weil Dagmar in diesem Moment den Verbandwagen ins Zimmer bugsiert.

»Hallihallo, Schwester Dagmar!«, ruft Frau Liebich und streckt ihr die Hände entgegen. »Kommen Sie her! Sagen Sie der Ute, dass sie mich nicht dauernd ärgern soll.«

»Tut sie das denn?«, will Dagmar wissen.

»Jeden Tag«, stöhnt Frau Liebich und lacht dabei.

»Ich ärgere nie jemanden«, behauptet Ute Kubatzki. »Schwester Dagmar weiß das selbst am besten. Bin ich nicht ein friedlicher Mensch, Schwester Dagmar?«

»Ich habe sehr wohl alle Tassen im Schrank«, erklärt Frau Liebich.

»Jetzt ist es aber genug, meine Damen«, geht Regina Funke dazwischen und wendet sich Dagmar zu. »Tupfer, bitte! Pinzette! Und einen scharfen Löffel, mit dem ich dieses abgestorbene Gewebe hier wegkratzen kann.«

Christian stellt sich auf die andere Seite des Bettes und schreibt in sein Notizbuch, wie die Wunde behandelt wird. Er verfolgt aufmerksam Dagmars Handreichungen, denn er sieht gern zu, wenn sie Verbandmaterial anreicht. Sie ist völlig konzentriert bei der Sache. Mit dem Pferdeschwanz, zu dem sie die Haare heute zusammengebunden hat, sieht sie höchst adrett aus.

Plötzlich wird Christian bewusst, dass er Dagmar länger ansieht, als er eigentlich sollte, und ist froh, dass sie zu sehr mit dem Verband beschäftigt ist, um davon etwas zu merken.

Wenn Rita Spätdienst hat, lädt sie sich morgens häufig bei ihrer Schwester zum Frühstück ein. Danach benutzt sie den Computer ihres Schwagers, um im Internet die neuesten Kontaktanzeigen zu studieren und in einschlägigen Foren ein wenig zu chatten. Ist sie einmal besonders gut gelaunt, macht sie unter falschem Namen ein Blind Date aus, geht aber nicht hin, sondern überlässt Schwester und Schwager den Ärger mit den daraufhin eintreffenden wütenden Mails.

Rita weiß, was sie will. Sie wird die nächsten Jahre als Krankenschwester arbeiten, um ihre Karriere im Krankenhaus als Stationsleitung zu beenden. Das wird sie im Alter von zweiunddreißig Jahren tun, denn zu diesem Zeitpunkt wird sie sich verheiraten und anschließend zwei Kinder zur Welt bringen, einen Jungen und ein Mädchen, und zwar im Abstand von drei Jahren, damit die Kinder miteinander spielen können. In welcher Reihenfolge die Kinder geboren werden, ist Gott überlassen. In spätestens zehn Jahren wird sie mit ihrer Familie im eigenen Haus wohnen, das nach ihren Entwürfen gebaut wird. Die Baupläne hat sie schon in ihrem Schrank. Sie wird zu Hause bleiben und sich der Erziehung der Kinder widmen, doch ein Wochenende, vielleicht auch vier bis fünf Tage im Monat wird sie noch im Krankenhaus Dienst tun und mit ihrem Handwagen Patienten aufwecken. Wenn die Kinder größer sind, wird sie vielleicht halbtags wieder arbeiten, aber in diesem Punkt ist sie sich noch nicht ganz sicher. Es hängt davon ab, wie groß der Garten sein wird, der zum Haus gehört.

Was noch fehlt, ist der entsprechende Mann, aber Rita ist erst fünfundzwanzig Jahre alt und hat es deshalb nicht besonders eilig. Das hindert sie jedoch nicht daran, schon jetzt nach dem Richtigen zu suchen.

Zunächst hat sie sich für Ingenieure interessiert. Ingenieure sind in der Regel zuverlässig, anspruchslos und verdienen nicht schlecht. Doch haben sie auch erhebliche Nachteile. Verbrennungsmotoren, Schaltkreise, CNC-Maschinen, Datenbanken und Raketenantriebe nehmen einen breiten Raum im Denken von Ingenieuren ein, das sind lauter Dinge, die Rita nicht unbedingt vom Hocker reißen. Darüber hinaus wollen die meisten Ingenieure in ihrer Freizeit immerzu Sport machen – Joggen, Fußball spielen, Ski fahren, Wandern oder Fahrrad fahren – das sind lauter Dinge, die Rita verabscheut. Aus diesem Grund hat sie ihre Untersuchungen auf andere Bereiche ausgeweitet.

Zum Beispiel hat sie eine Zeit lang bei verschiedenen Banken Konten eröffnet und wieder aufgelöst, sich in Aktiengeschäften und Wertpapieren beraten lassen und vorgegeben, eine Villa kaufen zu wollen, wozu sie sich einen reichen Erbonkel ausgedacht hat. Sie hat Bankfachleute, Börsenmakler und Immobilienhändler kennengelernt und diese wieder verworfen, weil keiner verstanden hat, warum es Spaß macht, mit einem Handwagen gegen Türen zu poltern.

Es ist wahrhaftig nicht einfach, den richtigen Mann zu finden. Ärzte und Krankenpfleger kommen von vornherein nicht in Betracht, weil nur Verrückte diesen Beruf ergreifen und Rita es außerdem nicht leiden kann, wenn einer ihr dreinredet. Friseure verbringen zu viel Zeit im Fitnesscenter, Verkäufer sind aalglatt und obendrein scheinheilig, Gärtner haben schwielige Hände. Maler übertünchen vieles. Buchhändler verwechseln Geschichten mit der Wirklichkeit und Verwaltungsangestellte haben selten Mumm in den Knochen. Erst neulich hat Rita auch die Handwerker gestrichen, denn die kennen kein anderes Thema als die schlechte Wirtschaftslage und ihren permanenten Geldmangel.

Zurzeit prüft sie gerade Köche durch.

Gegen halb zwölf Uhr verabschiedet Rita sich von ihrer Schwester und macht sich auf den Weg zur Arbeit. Dazu setzt sie sich in ihren roten Zweisitzer, bei dem sie im Sommer das Verdeck nach hinten klappt. Es ist ein Mazda MX5-Roadster Coupé mit frisiertem Motor, aus dem sie zweihundertvierzig Sachen herausholen kann. Der Wagen stammt noch aus der Ingenieursphase, einer von denen hat ihn für Rita aufgemöbelt. Sie ärgert sich oft darüber, dass sie den Wagen auf der Autobahn wegen zu dichten Verkehrs gar nicht richtig ausfahren kann. Zur Arbeit fährt sie in gemäßigtem Tempo, denn sie muss quer durch die Stadt und mehr als siebzig bis achtzig Stundenkilometer sind auf der Strecke einfach nicht drin.

Wie immer stellt sie ihr Auto auf einem Behindertenparkplatz ab und legt ein unleserliches Formular und eine Parkscheibe auf die Konsole vors Steuerrad. Anschließend macht sie ihren Rundgang durchs Haus, den sie heute in der Poststelle beginnt. Rita kennt dort jemanden, der für sie die schönsten Weihnachtskalender aussortiert. Sie holt die Kalender ab und lässt dabei noch ein paar Orangen mitgehen, die offen in einem Korb herumliegen. Dann geht sie in die Küche hinüber, weil sie auch hier jemanden kennt, der ihr etwas beiseite gelegt hat, das sind heute Fleischküchlein. Diese wird Rita abends ihrer Mutter bringen, die verwitwet ist und im Haus einer Tante wohnt.

Rita wartet auf die Fleischküchlein, dabei fällt ihr Blick durch die verglaste Küchentür in die Kantine hinein. Dort sitzt Jutta an einem Tisch, späht immer wieder unruhig zur Tür und nippt an einem Mineralwasser. Jutta ist beim Friseur gewesen. Nach einer kritischen Prüfung findet Rita die Farbe zu jugendlich für den Kopf darunter.

»Das ist aber mal interessant«, murmelt Rita und reckt den Hals. »Was macht Jutta denn da?«

»Hier sind die Fleischküchlein. Ein Dutzend, wie bestellt«, sagt die Küchenhilfe und reicht Rita eine Tüte. »Was gibt's denn da draußen zu sehen?«

»Och, nichts Besonderes. Danke! Prima, die Küchlein. Meine Mutter macht sie auf mexikanische Art. Köstlich, sag ich dir. Das Rezept bringe ich dir bei Gelegenheit einmal vorbei«, meint Rita, nimmt die Tüte und verabschiedet sich. Als sie die Fleischküchlein im Kofferraum verstaut hat, geht sie noch schnell ins Bruderstift der Barmherzigen Brüder hinüber, in dem die alten Mönche ihren wohlverdienten Ruhestand genießen. Es ist ein zweistöckiges Haus gegenüber dem Krankenhaus, mit einer schönen Kapelle und einem großen Festsaal für die Feiern der Barmherzigen Gemeinschaft. Einem dieser Mönche bringt Rita ein Glas selbst gemachte Marmelade und eine Orange, wofür sie ein Heiligenbildchen und einen Segen erhält. Inzwischen ist es Zeit geworden, denn in wenigen Minuten beginnt die Arbeit. Trotzdem geht Rita schnell noch einmal an der Kantine vorbei und als sie Jutta dort eifrig auf Christian Fischer einreden sieht, spielt ein boshaftes Lächeln um ihre Lippen. Anschließend macht sie sich auf den Weg zur Station.

In der Stille der Intensivstation ziehen die Bilder seines Lebens an Manuel vorüber. Unglaublich, wie viele Erinnerungen wieder auftauchen, wenn der Mensch Zeit hat, sich darauf einzulassen, Raum zu geben, zu betrachten. Es gibt vieles, an das Manuel sich gern erinnert, und vieles, das er lieber vergessen hätte. Er lässt sich durch die Jahre treiben, und plötzlich ist er wieder am Anfang, ganz am Anfang.

Seine Mutter. Jahrelang hat er nicht mehr an sie gedacht.

Der Verdacht auf Kindesmisshandlung hatte sich schnell in den Köpfen festgesetzt, als seine Mutter ihn immer wieder mit Knochenbrüchen ins Krankenhaus brachte. Irgendeiner der Ärzte aus irgendeinem der Krankenhäuser hat dann auch tatsächlich Anklage gegen sie erhoben. Das Jugendamt ist eingeschaltet worden, es gab Gutachten, einstweilige Verfügungen und Verhandlungen.

Er ist in einer Zeit geboren, in der das Thema Kindesmisshandlung in der Öffentlichkeit lebhaft diskutiert wurde. Nicht, dass ein Arzt nichts über die Glasknochenkrankheit hätte wissen können wie vielleicht noch fünfzig Jahre zuvor, es gab die Informationen und sie standen auch zur Verfügung, aber die Erbkrankheit ist selten und Kindesmisshandlung weitaus häufiger.

Was damals wirklich passiert ist, weiß Manuel nicht. Er weiß nur, dass seine Mutter irgendwann die Nerven verloren hat, dass sie dem Druck nicht standgehalten hat, als sie sich nicht nur mit einem behinderten Kind, sondern auch noch mit diesen schrecklichen Verdächtigungen konfrontiert sah. Mehrmals muss sie versucht haben, sich umzubringen, und ist schließlich in eine psychiatrische Klinik eingewiesen worden. Geschlossene Abteilung. Eine Erkrankung aus dem schizophrenen Formenkreis, hat es geheißen.

Manuel ist zu seinem Onkel und seiner Tante gekommen, eben jenem Onkel, der ihm später das Häuschen *Im Himmel* vermacht hat. Fünf oder sechs Jahre alt ist er gewesen, als der Kontakt zu seiner Mutter abgerissen ist. Sie ist alleinerziehend gewesen, von seinem Vater ist nie gesprochen worden. Manuel hat ihn auch nie kennengelernt.

Die Frage, ob die Knochenbrüche seine Mutter in die Verzweiflung getrieben haben, kann Manuel nicht beantworten. Er weiß nicht, ob irgendeiner der Ankläger sich bei ihr entschuldigt und ihr zu helfen versucht hat, als feststand, dass seine Knochen auch ohne jede Gewalteinwirkung brechen.

Vierzehn war er, als er sie noch einmal wiedergesehen hat. Sie war so verändert, dass er sie nicht erkannt hat. Eine Fremde. Für ihn war es ein Schock. Ihr Leben ist ein einsames, hoffnungsloses gewesen, in dem Klinikaufenthalte und Versuche, wieder ins Leben eingegliedert zu werden, einander abgewechselt haben. Es hat nicht funktioniert. Sie war keine fünfzig Jahre alt, als sie gestorben ist, an einem Nierenversagen. Etwas von der Einsamkeit und der Verzweiflung ihres Lebens ist auf ihn gekommen. An ihrem Grab hat er gespürt, dass er der Sohn seiner Mutter ist, war er damals doch nahe daran, ebenfalls in Verzweiflung abzugleiten. Aber dann hat er die Marknägel bekommen und konnte auf einmal auf eigenen

Füßen laufen. So eng liegen Glück und Leid nebeneinander. Er hatte Glück gehabt und gelernt, die Verzweiflung als dessen Gegenpol anzunehmen. Er hat gelernt, dass beides untrennbar zusammengehört.

Seine Mutter hat ihm ein Büchlein hinterlassen, ein Schulheft mit merkwürdig kindlichen Zeichnungen und Gedichten, die sie aus Zeitungen ausgeschnitten hat.

Der Pfleger sieht, dass Manuel wach ist, sagt etwas zu seiner Kollegin und kommt ins Zimmer herein. Es ist ein Mann mit südamerikanischem Einschlag, Mitte dreißig, mit schwarzem, ölig glänzendem Haar und anmutigen Bewegungen.

»Wie geht es Ihnen? Haben Sie Schmerzen?« Die Stimme ist leise, weich und melodisch, mit einem leichten Akzent.

»Ich bin ganz zufrieden«, gibt Manuel zurück, auch er spricht leise, weil er die gediegene Stille nicht stören will.

»Sie haben einen handgelenksnahen Speichenbruch, bei dem sich ein Fragment verschoben hat«, erklärt der Pfleger.

Manuel nickt. »Das habe ich mir beinahe gedacht. Wie spät ist es?« Sein Mund fühlt sich von der Narkose immer noch pelzig an, als hätte er allzu trockenen Sandkuchen gegessen, den er nicht runterschlucken kann.

Der Pfleger wirft einen Blick auf seine Armbanduhr. »Kurz nach dreizehn Uhr«, antwortet er. »Ihre Stationsärztin hat schon bei uns angerufen, dass sie Sie wiederhaben will«, fährt er fort und grinst. »Sie scheinen ihr viel wert zu sein. Wahrscheinlich werden Sie schon morgen auf Ihre alte Station zurückverlegt.«

»Ich habe schrecklichen Durst. Darf ich etwas trinken?«

»Noch nicht. Sie müssen warten, bis die Narkose ganz abgeklungen ist. Aber ich kann Ihnen ein paar erfrischende Zitronenstäbchen bringen, die Sie sich in den Mund stecken können. Das hilft gegen das Durstgefühl.«

»Ja, sehr gern. Danke.«

Der Pfleger bringt die Zitronenstäbchen und verlässt den Raum ebenso leise, wie er hereingekommen ist.

Manuel lutscht an einem der Stäbchen, sein Blick bleibt an einer der Infusionen hängen. Er sieht, wie die Tropfen langsam durch die Plastikkammer fallen. Sie tauchen in den Flüssigkeitsspiegel darunter ein und verursachen dort ein minimales Zittern.

Tropf. Tropf. Tropf. Gleichmäßig fallen die Tropfen. Es ist der Pulsschlag der Medizin, der Rhythmus, dem er verdankt, dass er immer noch lebt. Der Pulsschlag der Medizin ist regelmäßig, unerbittlich, von Maschinen gesteuert. Auf einmal brechen andere Bilder aus seiner Erinnerung hervor.

Da ist diese Maschine, die seinen Atem vollständig kontrolliert, die mit Überdruck Luft in seine Lungen pumpt und ihm einen Atemrhythmus aufzwingt, der ihn in Panik versetzt. Er ist Opfer der Maschine. Er kann nichts tun, ist wehrlos und zu völliger Passivität verurteilt.

Ein – Aus. Ein – Aus. Ein. Aus. Seelenlos ist dieser Rhythmus, er möchte dagegen angehen, um sich schlagen und kann es nicht, liegt wie gelähmt, hilflos ausgeliefert dem, was die Maschinen mit ihm tun. Die Seele schreit und die Maschinen hören es nicht. Die Seele schreit und auch die Menschen hören es nicht.

Er kann nicht reden. Er kann sich nicht mitteilen, denn der Schlauch der Beatmungsmaschine steckt in seinem Hals und macht ihn stumm. Er ist einem maschinellen Gott überantwortet, der sich seiner bemächtigt hat, der in die geheimsten Winkel seines Körpers eindringt und das Leben darin durch bloßes Funktionieren ersetzt.

Namenloser Schrecken. Was ihm geschieht, ist obszön. Das Geheimnis des Lebens ist zur Schau gestellt, wird auf Papierröllchen aufgezeichnet, und schon ist es kein Geheimnis mehr, sondern ist nur noch vulgär, abstoßend und erschreckend.

Er will nicht mehr. Er kann nicht mehr. Und möchte doch so gern leben. Dieser Zwiespalt zerreißt ihn. Und die Maschine beatmet ihn weiter.

Wie oft hat er dieses erlebt? Oft. Zu oft schon. Aus diesem Zwiespalt ist ein Grauen aufgestiegen, ein Entsetzen, das ihn nie wieder losgelassen hat. Dieses Entsetzen sitzt in ihm. Mit einem Mal denkt er, dass die Kälte, in der seine Bronchien sich wie erfroren anfühlen, von diesem Entsetzen kommt. Dass es dieses Entsetzen ist, das seinen Atem stillstehen lässt.

Rita stellt mit Befriedigung fest, dass auf Station über das normal übliche Maß hinaus Chaos herrscht, denn dies bedeutet, dass Dagmar und Marion die Arbeit wieder einmal nicht geschafft haben. Sie sieht die Schüler über den Flur hetzen, Dagmar aus einem Zimmer kommen und im nächsten verschwinden. Überall stehen noch Tabletts mit schmutzigem Geschirr vom Frühstück herum. Sie hört das Telefon klingeln und weil niemand im Stationszimmer ist, geht sie hinein und nimmt selber den Hörer ab.

»Schwester Rita am Apparat«, meldet sie sich.

Es ist ein gewisser Lothar Haller, der seit zwei Stunden vergeblich versucht, einen Patienten namens Manuel Jäger anzurufen. Er möchte wissen, was mit Manuel los ist und lässt sich nicht so leicht abwimmeln.

»Hören Sie, das kann ich Ihnen am Telefon wirklich nicht sagen«, erklärt Rita mit Nachdruck, weil sie keine Ahnung hat, was am Morgen auf Station los gewesen ist. »Wir dürfen am Telefon keine Auskünfte geben, wegen Datenschutz und so.«

»Sie können mir doch wenigstens sagen, ob Manuel Jäger wohlauf ist. Kein Datenschützer kann etwas dagegen haben. Ich bin ein sehr guter Freund von Herrn Jäger.«

»Passen Sie auf, Herr … wie war doch Ihr Name? Haller, gut!« Rita klemmt sich den Hörer unters Kinn, scheucht mit einer tadelnden Handbewegung den hereinkommenden Freddy wieder aus dem Stationszimmer hinaus und setzt sich auf den Schreibtisch. »Wir sagen am Telefon aus guten Gründen nichts über unsere Patienten. Zum einen könnte es Herrn Jäger nicht recht sein. Zum anderen weiß ich nicht, wer Sie tatsächlich sind. Sie könnten ein Freund sein, wie Sie sagen. Sie könnten aber auch sein Arbeitgeber sein, der auf diese Weise versucht, etwas über seinen Angestellten in Erfahrung zu bringen. Sie könnten ein Vertreter sein, der Herrn Jäger eine Zusatzversicherung aufschwatzen will. Sie könnten sogar ein Einbrecher sein, der sich hier nur vergewissern will, dass das Haus von Herrn Jäger zurzeit leer steht. Das sind alles gewichtige Gründe, warum ich Ihnen nichts sagen kann. Wahrscheinlich hat Herr Jäger den Hörer nicht richtig aufgelegt. Das kommt manchmal vor. Versuchen Sie es doch einfach weiter auf seinem Apparat.« Rita beendet das Gespräch ohne Gruß, weil sie sieht, dass fremde Menschen an der Tür vorbeiflanieren. Energisch springt sie vom Tisch und stellt sich der Gruppe in den Weg.

»Die Patienten sind noch beim Mittagessen. Was wollen Sie hier?«

Marion drückt sich an ihr vorbei ins Stationszimmer und legt dort einen Stapel Pflegemappen ab. Sie sieht erschöpft und genervt aus. »Hallo, Rita!«, begrüßt sie die Kollegin. »Fein, dass du da bist. Das war wieder ein Tag! Die Funke ist noch nicht einmal mit der Visite durch.«

»Essen nix gutt hier«, erklärt im selben Augenblick der Sprecher der Gruppe. »Wir deshalb selber Essen für Sitta bringen.

Von Frau gekocht. Viel besser. Du vielleicht haben Herd in Küche zum Warmmachen?«

»Wir nix haben Herd zum Warmmachen«, gibt Rita streng zurück und lässt sich die Taschen zeigen, die voller Tupperschüsseln sind. »Wir haben bloß Mikrowelle, aber wir die nix hergeben, du verstehen? Meinetwegen du gehen mit Schüsseln zu Frau Haskanaye, mir egal. Frau kocht wohl gut, was?«

»Sehr gut!«, kommt die Antwort. »Wenn du wollen, du gern probieren.«

»Ein andermal«, meint Rita und grinst Jutta entgegen, die eben durch die Glastür auf Station kommt. »Hallo, Jutta! Du bist spät dran. Ist deine Uhr stehen geblieben?«

»Nein, Schwester Hilda hat mich aufgehalten.«

»So, so! Schwester Hilda!« Rita lehnt sich mit verschränkten Armen gegen den Wagen mit dem Geschirr. »Irgendetwas ist heute anders an dir. Ach, ich weiß. Du hast einen neuen Mantel an.«

»Nein, ich bin beim Friseur gewesen«, erwidert Jutta gekränkt. »Das sieht man doch! Wie findet ihr die Haarfarbe? Das ist der letzte Schrei, hat mein Friseur gesagt.«

»Hm«, meint Marion, die gerade mit einem leeren Tablett aus der Küche kommt. »Ein bisschen … poppig vielleicht.«

»Mit dir habe ich ein Hühnchen zu rupfen«, sagt Jutta und hat auf einmal ihr Stationsleitungsgesicht, das streng und undurchdringlich wirken soll. »Ich habe erfahren, dass du am Montag bei Schwester Anneliese gewesen bist. Darüber müssen wir gleich einmal reden.«

»Muss das heute sein?«, entgegnet Marion mit hochgezogenen Augenbrauen. »Wegen des Unfalls mit dem Glasknochenmann sind wir mit allem in Verzug.«

»Es muss. So kann das nämlich nicht weitergehen.«

»Soll ich euch etwas sagen?«, tut Rita geheimnisvoll und wartet, bis auch Dagmar herangekommen ist. Dann blinzelt sie alle verschwörerisch an. »Ich glaube, der Neue, Christian Fischer, hat ein Auge … auf … auf Dagmar geworfen. Habt ihr das auch schon bemerkt?«

»Was?«, ruft Dagmar und lässt beinahe ihr Tablett fallen. »Du spinnst doch!« Wieder einmal wird ihr bewusst, dass sie in einen anderen verliebt und wie hoffnungslos diese Liebe ist. Dieser Mann heißt Andy und ist der Sohn der Bauersleute, zu denen sie an ihren freien Wochenenden häufig hinausfährt. Dieser Mann ist Pferdewirt und bringt Kindern das Reiten bei, wie er auch Dagmar das Reiten beigebracht hat. Dieser Mann ist freundlich zu allen und zu ihr nicht freundlicher als zu den anderen. Sie weiß im Grunde genommen genau, dass sie bei ihm keine Chance hat, denn er ist glücklich verheiratet und hat zwei Kinder.

»Da bin ich mir aber gar nicht so sicher«, schmunzelt Marion und zwinkert Rita zu.

»Ausgerechnet Dagmar!«, stellt Rita lakonisch fest. »Wo sie immer so brav und bieder tut! Und wo Fischer doch buchstäblich die ganze Station haben könnte, nicht wahr, Jutta? Was meinst du denn dazu?«

»Ihr habt alle beide einen Knall«, schüttelt Dagmar den Kopf. »Fischer ist doch nie im Leben in mich verliebt.«

»Ich habe gesehen, wie der dich von der Seite angehimmelt hat, als ihr vorhin zusammen aus dem Zimmer der Liebich gekommen seid«, widerspricht Marion amüsiert. »Da muss ich sagen …«

»Kaum spricht man von Frau Liebich, kommt sie auch schon dahergewackelt«, unterbricht Jutta mürrisch die Debatte. »Und wieder auf eigenen Füßen. Was ist denn los, Frau Liebich?«

»Ich bin fertig!«, ruft Frau Liebich und hält Rita einen Stapel beschriebener Blätter entgegen. Dieses Mal schimpft Rita nicht, sondern nimmt den Stapel Papier in Empfang.

»Wie viele sind es denn?«, fragt sie nur.

»Fünfundsiebzig«, erwidert Frau Liebich stolz.

»Danke! Vielen, vielen Dank, Frau Liebich. Das ist wunderbar. Das wird für die Langzeitstudie von großem Nutzen sein. Wie ich sehe, haben Sie sogar mit den Kugelschreibern abgewechselt, genau wie ich Ihnen gesagt habe.«

»Ja, natürlich! Ich will doch alles richtig machen. Ich fühle mich ja sooo geehrt, dass ich von den Wissenschaftlern für eine Studie ausgewählt worden bin. Ausgerechnet ich! Das hätte ich nie erwartet.«

»Sie haben eben die geforderten Kriterien erfüllt«, nickt Rita. »Das tut nicht jeder.«

Cornelia bringt Frau Liebich in ihr Bett zurück. Marion will wissen, was die Szene eben zu bedeuten hatte.

Rita blättert zufrieden den Stapel durch. »Tja, bis morgen müssen wir zweihundert von Patienten ausgefüllte Fragebögen bei Schwester Anneliese abgeben«, erklärt sie. »Es ist eine Umfrage der Krankenhausleitung, ob die Patienten mit ihrer Versorgung zufrieden sind, ob sie die Erklärungen der Ärzte verstehen, ob ihnen das Essen schmeckt, ob wir Pflegekräfte nett zu ihnen sind und so weiter. Hier, seht es euch an«, fährt sie fort und reicht jeder einen Bogen. »Ganz schön aufwändig, findet ihr nicht?«

»Ja, doppelseitig und mit eigenen Kommentaren zu versehen«, stellt Dagmar fest. »Und was hat Frau Liebich damit zu tun?«

»Sie hat fünfundsiebzig dieser Bögen für uns ausgefüllt. Ich habe ihr erzählt, dass sie auserwählt ist, an einer Langzeitstudie teilzunehmen und für jeden Tag, den sie schon hier ist, zwei bis drei solcher Bögen ausfüllen muss. Sie war sehr geschmeichelt und hat gestern stundenlang daran gearbeitet.«

»Glaubst du, dass es so gedacht war?«, fragt Dagmar und betrachtet ihren Bogen von vorne und hinten.

»Nun ja, ich habe den Termin verschwitzt«, gibt Jutta zu.

»Ihr kennt doch Frau Liebich«, fügt Rita hinzu. »Sie wird uns über den grünen Klee hinaus loben, das kann für uns nur von Vorteil sein. Ich selber habe mir erlaubt, die Bögen für die Pflegefälle auszufüllen. Für diese haben wir ja schließlich die Verantwortung. Mehr als sechsundzwanzig habe ich aber nicht geschafft.«

»Das sind zusammen aber erst hundert«, stellt Marion fest.

»Die restlichen Bögen füllt Bruder Anselm für uns aus. Er hat nachgefragt, ob er uns bei der Arbeit helfen darf, da habe ich ihn gleich für diese Aufgabe eingespannt. Er hat versprochen, dass er mindestens hundertfünfzig Fragebögen bearbeitet.«

»Tja, so kann man es auch machen«, meint Marion achselzuckend.

Rita zerknittert ein paar der Bögen, um sie echter aussehen zu lassen. »Ich habe gestern noch ein bisschen herumtelefoniert«, sagt sie. »Wir werden mehr ausgefüllte Fragebögen haben als jede andere Station. Ist das nicht grandios? Wetten, dass Professor Gössner uns bei der nächsten Mitgliederversammlung lobend erwähnen wird? Wetten, dass er uns einmal mehr als Vorbild für alle hinstellt? Und wetten, dass die anderen Stationen wieder neidisch reagieren werden?«

Christian hat in der Kantine gemeinsam mit Ingrid Lauenfels-Bopp und Frieder Quaas zu Mittag gegessen. Er ist dankbar, dass seine ehemalige Vorgesetzte ihn zu sich an den Tisch gerufen hat, denn auf diese Weise konnte er dieser aufdringlichen Jutta entfliehen, ohne sie beleidigen zu müssen. Die Einladung von Dr. Lauenfels-Bopp ist allerdings nicht ganz selbstlos gewesen. Sie hat nämlich dringend jemanden gesucht, der für ihren Stationsarzt einspringt und den Nachtdienst von Samstag auf Sonntag übernimmt. Natürlich ist Christian damit einverstanden gewesen, den Notretter zu spielen.

Es wird sein erster Nachtdienst sein. Diese sind im Studium nicht zwingend vorgeschrieben, die meisten angehenden Ärzte machen aber trotzdem welche, teils, weil sie dazu verdonnert werden, teils, weil sie sich selbst erproben wollen. Seine Kommilitonen erzählen allesamt Heldengeschichten von dramatischen Rettungsaktionen, Christian will solche Erfahrungen ebenfalls machen. Er ergreift seine Chance, zumal das Marienhospital in der Nacht von Samstag auf Sonntag wieder zur Notaufnahme eingeteilt ist und schwere Fälle damit ziemlich wahrscheinlich sind. Die Sache ist also abgemacht.

Die Übergabe der Früh- an die Spätschicht ist schon beendet, als Christian auf Station zurückkommt. In der Küche, inmitten von dreckigem Geschirr, verschmierten Ablageflächen, verklebten Medikamentenbechern und zerknüllten, grünen Zellstofftüchern sitzen Dagmar und Rita am Tisch und essen einträchtig von einem Teller.

Wenn es nun Dagmar anstelle von Jutta wäre ..., geht es Christian bei diesem Anblick durch den Sinn. Wenn Ingrid Lauenfels-Bopp ihn nicht gerettet hätte, hätte er Jutta weisgemacht, dass er Beruf und Privatleben immer strikt auseinanderhält, doch jetzt merkt er, dass es ihm so ernst damit gar nicht ist. Er hat im Dienstplan gesehen, dass Dagmar ab Samstag in der Nachtwache ist – ein weiterer Grund, sich auf diesen Sonderdienst zu freuen.

»Diese Mahlzeit war heute übrig, weil Frau Haskanaye von ihrer Familie versorgt wird. Möchten Sie den Salat haben?«, ruft Rita ihm entgegen und obwohl er gerade erst einen gegessen hat, setzt er sich zu den beiden Krankenschwestern hin und lässt sich das Schälchen reichen.

»Es wird noch ein Zugang kommen«, erklärt er. »Ein Patient mit Schluckstörungen und Verdacht auf ein Speiseröhrenkarzinom. Er soll den Platz von Karl Weber haben, der heute entlassen worden ist.«

»Kein Problem«, meint Rita. »Damit werden wir auch noch fertig.«

Bald darauf stellen Dagmar und Rita das Geschirr zusammen und schwirren davon. Christian bleibt noch ein paar Minuten sitzen, dann macht er sich, mit einem Blutabnahmetablett bewaffnet, auf den Weg zu Clemens Bittlinger.

Man kann sich fragen, warum bei einem Sterbenden immer noch Blut abgenommen wird. Böswillige Zungen werden behaupten, dass es der Vergütung wegen ist, dass die Ärzte sich auch noch an Sterbenden bereichern wollen, aber das ist nicht wahr. Christian weiß genau, dass er bei Clemens Bittlinger nicht aus finanziellen Erwägungen heraus Blut abnimmt. Er würde es nicht einmal dann tun, wenn das Geld dafür in seine eigene Tasche fließen würde, was nicht der Fall ist. Was die Vergütung betrifft, gilt er im Praktischen Jahr noch als Student und wird deshalb für seine Arbeit überhaupt nicht bezahlt.

Der eigentliche Grund, warum er Clemens Bittlinger weiterhin Blut abnimmt, ist der, dass er so wenigstens das Gefühl hat, dass der Mann ihm noch wichtig ist, dass er ihn noch nicht ganz abgeschrieben hat.

Als Arzt kann er einen Menschen nicht einfach dem Tod überlassen, selbst wenn er genau weiß, dass dieser Mensch sterben wird. Der Tod ist der Feind, den es zu besiegen gilt, auch wenn es in letzter Instanz doch nicht gelingt. Der Tod ist der Feind, vor dem ein Arzt erst kapitulieren darf, wenn alle, wirklich alle Mittel – und mögen sie noch so fragwürdig sein – restlos ausgeschöpft sind. Vielleicht, so ist Christians vage Hoffnung, tragen die Blutabnahmen bei Sterbenden dazu bei, dass eines Tages das Sterben enträtselt und dem Tod sein Geheimnis entrissen wird.

Wenn ein Mensch in aller Ruhe sterben möchte, ist er in einem Krankenhaus auf jeden Fall nicht am richtigen Platz.

Christian klopft den mageren Arm von Clemens Bittlinger ab, um noch eine Ader zu finden, die er anzapfen kann. Es ist nicht einfach, denn die Venen haben sich weit zurückgezogen und sind so spröde geworden, dass sie aufreißen, wenn man hineinsticht. Zahlreiche Blutergüsse und bräunliche Flecken legen Zeugnis davon ab, dass auch seine Vorgänger Schwierigkeiten mit der Blutentnahme hatten.

»Der arme, arme Mann«, sagt auf einmal eine Stimme in Christians Rücken. »Ich bete jeden Tag für ihn. Die Frau Doktor hat mir erzählt, wie das mit Herrn Bittlinger ist. Dass er … na ja … dass er nicht mehr lange … dass er bald … na ja … Sie wissen schon. Nicht, dass es mich stört. Aber mein Blutdruck ist eben gar nicht gut. Da wäre ich froh, wenn ich jemanden bei mir im Zimmer hätte, der ein wenig auf mich achtgibt, der für mich klingelt und Hilfe holt, wenn ich einen Herzanfall haben sollte.«

»So schlecht ist Ihr Zustand doch gar nicht, Bruder Anselm«, sagt Christian besänftigend. »Sie müssen sich keine Sorgen machen. Wenn wir Ihren Blutdruck etwas herunterdrücken wollen, dann doch nur, damit Ihnen langfristig keine Probleme daraus erwachsen.«

»Ich weiß nicht, Herr Doktor. Sie sind noch so jung, da können Sie vielleicht nicht verstehen, wie es ist, wenn das Herz nicht mehr so richtig will. Wenn es da drinnen pumpert und schlägt. Wenn es in den Ohren dröhnt, sodass man sein eigen Wort nicht mehr verstehen kann.«

Christian dreht sich zu dem Sprecher um. In seinem langen, fahlen Nachthemd gleicht der Mönch einem Geist. Christian muss ein Lächeln unterdrücken. »Wirklich, Bruder Anselm, ich versichere Ihnen, dass Sie nicht in Gefahr schweben. Noch vor einigen Monaten hat die Medizin bei einem älteren Menschen einen Blutdruck von einhundertvierzig zu neunzig durchaus als normal betrachtet. Vor einem Jahr wären Sie noch als gesund durchgegangen. Und wir haben gute Chancen, Ihre Hypertonie mit einem Beta-Blocker in den Griff zu bekommen.«

»Heute Morgen hatte ich aber einhundertzweiundfünfzig zu siebenundneunzig. Ist das denn nicht gefährlich, Herr Doktor?«

»Wenn ich es Ihnen doch sage, Bruder Anselm.«

Bruder Anselm schweigt, eine Pause tritt ein. Christian zurrt erneut den Stauschlauch fest. Mit einem Stoßseufzer setzt er die Kanüle an, sticht zu und ist erleichtert, als kurz darauf zögerlich dunkles Blut in das Röhrchen tröpfelt.

»Darf ich Sie etwas fragen, Herr Doktor?«, kommt mit einem Mal wieder Bruder Anselms Stimme durch den Raum.

»Natürlich«, gibt Christian zurück, aber dieses Mal dreht er sich nicht um, weil er das Röhrchen im Auge behalten muss.

»Sagen Sie, wer ist denn der Mann, der immer im Flur herumsteht? Der alte Mann mit den weißen Haaren, die ihm in alle Richtungen vom Kopf abstehen, wissen Sie, wen ich meine? Jedes Mal, wenn ich hinausgehe, lungert er irgendwo herum und tut so, als ob er sein Zimmer nicht findet. Ist das ein Patient?«

»Ach, Sie meinen sicher Herrn Weihrauch.«

»Wissen Sie, Herr Doktor, ich sag's nicht gerne, aber der Mann ist mir unheimlich. Ich möchte von niemandem schlecht reden, aber dieser eigenartige Mensch beunruhigt mich doch sehr. Sobald ich ihn sehe, habe ich plötzlich das Gefühl, dass es mich selber gar nicht gibt, das ist unheimlich. Wirklich unheimlich.«

»Ja, das ist in der Tat seltsam«, gibt Christian geistesabwesend zurück. Noch seltsamer ist, dass es ihm ganz ähnlich wie Bruder Anselm ergeht. Auch er hat in Wendelin Weihrauchs Gegenwart das Gefühl, als wäre er nur ein Trugbild seiner selbst. Aber Christian würde sich lieber die Zunge abbeißen, als mit einem Patienten über einen anderen zu reden. Daher nickt er Bruder Anselm nur flüchtig zu und verlässt mit spärlich gefüllten Blutröhrchen den Raum.

Dagmar bringt Frau Bauer ihren Tee und Frau Bauer erzählt, dass sie ihre Bekannte im Hospiz angerufen hat.

»Denken Sie, sie kommt schon morgen. Ich bin so froh, dass ich auf Sie gehört habe, Schwester Dagmar.«

»Wir hatten einen Unfall auf Station, deshalb musste ich Hals über Kopf wegrennen und konnte nicht länger mit Ihnen reden«, erklärt Dagmar. »Aber ich freue mich, wenn es Ihnen ein wenig besser geht.«

»Das tut es, wenn ich mit dem Ding da unten auch überhaupt nicht klarkomme«, sagt Frau Bauer und Dagmar schlüpft wieder hinaus. Sie will noch nach Berthold Hauser sehen. Der alte Mann hat weder gefrühstückt noch zu Mittag gegessen, Dagmar hat sein Tablett jedes Mal unberührt wieder hinausgetragen. Sie füllt also Kaffee mit viel Milch und Zucker, so wie er es gerne mag, in einen Schnabelbecher und schneidet ein Stück Hefezopf ab, weil sie weiß, dass er trockene Kekse nicht essen kann. Den Hefezopf dürfte sie ihm eigentlich gar nicht anbieten, weil sie ihn privat mit auf Station gebracht haben und in ihren Pausen schon seit drei Tagen davon essen. Jutta würde protestieren, die Hygienefachfrau würde meckern, doch keine der beiden sieht es und Dagmar wird es nicht in den Pflegebericht schreiben. Aber Berthold Hauser will auch keinen Hefezopf essen.

»Nehmen Sie das wieder weg, Schwester«, sagt er. »Ich habe keinen Hunger.«

»Probieren Sie's doch wenigstens einmal. Der Zopf ist selbst gebacken. Den hat eine unserer Schülerinnen gemacht.«

Berthold Hauser schüttelt abweisend den Kopf. »Essen Sie ihn doch selber.«

»Was ist denn eigentlich los, Herr Hauser? Ist mit Ihrer Frau etwas nicht in Ordnung?«

Berthold Hauser schüttelt langsam den Kopf. »Nein, Gerlinde geht es gut … ich will nicht ins Heim«, sagt er plötzlich. »Ich will nicht ins Heim. Ich will nach Hause.«

»Niemand kann Sie zwingen, in ein Heim zu gehen«, erwidert Dagmar. »Wenn Sie nicht wollen, dann müssen Sie das einfach sagen.« Sie kennt das Problem, das nicht allein das von Berthold Hauser ist. Sie hat schon häufig darüber diskutiert, ob pflegebedürftige alte Leute besser zu Hause oder im Heim versorgt sind, während beruflicher Fortbildungen, mit Freundinnen, in Gesprächsrunden oder im Stationszimmer. Und sogar mit Ärzten. Im Grunde genommen ist jeder dafür, dass ein alter Mensch seinen Lebensabend dort verbringt, wo er sich am wohlsten fühlt und das ist meistens zu Hause. Niemand steckt die alten Leute böswillig ins Heim, niemand will sie loswerden, jedermann will nur das Beste und jedermann hat Verständnis. Das Merkwürdige daran ist nur, dass trotzdem so viele alte Leute letztendlich doch in irgendeinem Pflegeheim enden.

»Die Frau Doktor sagt, dass ich nicht mehr zu Hause versorgt werden kann. Sie sagt, dass die Löcher im Rücken nie mehr zugehen, wenn sich nicht dauernd jemand darum kümmert. Sie tut so, als würde ich zu Hause bei lebendigem Leib verfaulen.«

Dagmar ist froh, dass Berthold Hauser mit ihr redet, auch wenn sie keine Antwort weiß, denn tatsächlich stimmt es ja, was Regina Funke dem alten Mann gesagt hat. Er muss häufig umgelagert werden und ob die Druckgeschwüre jemals wieder heilen, ist fraglich, weil Berthold Hauser kaum noch über eigene Wundheilungskräfte verfügt und bis auf die Knochen abgemagert ist. Wenn die Druckgeschwüre nicht sorgfältig behandelt werden, dann werden die beiden Wunden nicht nur größer und tiefer werden, sondern weitere werden dazukommen. Dennoch will sie, dass Berthold Hauser das Heim erspart bleibt. Sie weiß, dass er in seine Wohnung gehört, wo er und seine Frau das Leben allmählich ausklingen lassen und Abschied voneinander nehmen können.

»Die Frau Doktor sagt auch, dass es für Gerlinde zu viel wird«, fährt der alte Mann fort und bröselt ein Stück Hefezopf ab. »Sie tut so, als wäre ich nur noch eine Last für meine Alte.«

»Der Kaffee ist noch ziemlich heiß«, warnt Dagmar. »Den müssen Sie langsam trinken.«

»Zu Hause tunke ich das immer ein«, erklärt Berthold Hauser. »Ich schmiere Butter auf einen Hefewecken, tunke das in den Kaffee und das gibt dann immer diese schönen Fettaugen obendrauf. Na ja, Gerlinde ist tatsächlich auch nicht mehr die Jüngste. Sie wird allmählich vergesslich«, fügt er hinzu und schmunzelt plötzlich verschmitzt. »Neulich hat sie mit einer Freundin telefoniert und vergessen, dass sie den Hahn am

Spülbecken in der Küche aufgedreht hatte. Da stand sie plötzlich bis zu den Knöcheln im Wasser. Da hat sie aber geguckt, meine Gerlinde. Na ja, was telefoniert sie auch so lange.«

»Tja, so etwas kommt vor«, meint Dagmar. »Ich weiß von einer alten Frau, die hatte vergessen, die Heizung aufzudrehen. Und das im letzten Winter, wo's zwanzig Grad minus gehabt hat. Sie wäre fast erfroren, aber auf die Idee, die Heizung anzumachen, ist sie nicht gekommen.«

»Tja, so etwas kommt vor«, sinniert der alte Mann. »Schon komisch, wie das so ist, wenn man alt wird.«

»Tja, was der liebe Gott sich dabei wohl gedacht hat?«, stimmt Dagmar zu.

»Frau Lerren täte ja für uns sorgen«, fährt Berthold Hauser fort. »Da käme so etwas wie mit der Heizung nicht vor. Die ist fast wie eine Tochter für uns … Kann man den Deckel von dem Becher da abmachen? … Aber die Frau Doktor lässt das nicht gelten. Die meint, dass Frau Lerren arbeiten muss, dabei hat sie das Büro doch in der Wohnung nebenan. Mit Evelyn haben wir viel mehr Kontakt als mit unserer eigenen Tochter. Evelyn, ich meine Frau Lerren, kommt jeden Tag zu uns rüber.«

»Ich wusste gar nicht, dass Sie eine Tochter haben. Sie haben noch nie von ihr erzählt.«

Mit zittrigen Fingern angelt Berthold Hauser nach einem weiteren Stückchen Zopf. »Wenn Sie den Deckel für mich abmachen, Schwester, dann könnte ich das eintunken … Je, nun! … Mit dem Kind ist das auch nicht so gegangen, wie wir uns das einmal vorgestellt haben. Wir haben Rosemarie schon lange nicht mehr gesehen.«

»Rosemarie heißt Ihre Tochter? Wohnt sie denn nicht in der Nähe?«, will Dagmar wissen, nimmt den Deckel von dem Schnabelbecher ab und sieht zu, wie Berthold Hauser ein

Stück Hefezopf hineinfallen lässt. »Hier, nehmen Sie den Löffel. Damit geht es besser.«

»Rosemarie hat Arbeit bei einer Bank, etwas mit Geldanlagen im Ausland, Investing Bankment oder wie das heißt, da ist sie meist auf Reisen«, erzählt Berthold Hauser. »Sie ist mal hier und mal da und kommt auf der ganzen Welt herum. Zu Weihnachten bekommen wir eine Karte, jedes Mal von woanders. Oft wissen wir nicht mal ihre Adresse, könnten Rosemarie gar nicht benachrichtigen, wenn mit einem von uns etwas wäre. Ich glaube, das Kind weiß nicht einmal, dass ich wieder im Krankenhaus bin. Gerlinde meint, dass wir von Glück reden können, wenn sie zu unserer Beerdigung kommt.«

»Dann sind Sie und Ihre Frau sicher manchmal traurig, nicht wahr?«

»Je, nun! Manchmal schon. Aber wir sind auch stolz auf Rosemarie. Sie hat es zu etwas gebracht. Wir wollten immer, dass sie ein gutes Leben hat. Ein besseres als wir. Ich bin von Beruf Schneider gewesen, müssen Sie wissen«, erzählt Berthold Hauser. »Ich habe eine eigene Werkstatt gehabt. Wir mussten zusehen, dass wir über die Runden kommen, da haben wir oft vierzehn oder sechzehn Stunden am Tag gearbeitet. Meine Frau auch. Die hat die einfachen Sachen gemacht, die langen Nähte zum Beispiel. Und das Büro natürlich. Als Schneider verdient man nicht viel, Geld war immer knapp bei uns. Rosemarie ist dabei wohl ein bisschen zu kurz gekommen. Sie war meist sich selbst überlassen.«

»Ist Rosemarie denn Ihr einziges Kind?«

»Ja, ich wollte keine weiteren. Es war auch so schwer genug. Gerlinde hätte vielleicht gerne noch ein zweites gehabt. So war das damals eben. Als Rosemarie mit der Schule fertig war, ist sie zum Studieren weggegangen und nicht wieder zurückgekommen. Aber unser Verhältnis war auch vorher nicht besonders gut. Wir haben sie nicht mehr verstanden, und sie hat uns nicht verstanden. Was will man machen?«

»Heute fallen die Familien häufig auseinander, weil wir eine andere Lebensweise haben als früher«, meint Dagmar. »In vielen Berufen muss man reisen und flexibel sein. Man wird von einem Platz an einen anderen versetzt oder wechselt selber die Stelle. Oder man bleibt gar nicht mehr in dem Beruf, den man einmal gelernt hat, sondern sucht sich einen neuen.«

»Wir haben dem Kind keine Wurzeln gegeben«, meint Berthold Hauser und sieht nachdenklich zum Fenster hinaus. »Das wird es wohl gewesen sein. Wir waren mit dem Geschäft so sehr gefordert, dass wir keine Zeit für Rosemarie hatten. Aber wenn ein junger Mensch keine Wurzeln bekommt, dann ist er wie ein Blatt im Wind, es treibt ihn mal hierhin und mal dorthin. So wie unsere Rosemarie. Sie hat keine Ruhe in sich. So ist das im Leben. Es wird nie so, wie man sich's einmal erträumt hat.«

Rita hält sich nicht für neugierig, will aber trotzdem wissen, was Jutta und Marion so lange im Stationszimmer zu besprechen haben. Über eine halbe Stunde sind die beiden schon dort drinnen und haben die Tür hinter sich zugemacht. Schließlich hat Rita lange genug gewartet und geht, ohne anzuklopfen, in den Raum hinein.

Jutta und Marion sitzen einander am Schreibtisch gegenüber. Das Gespräch verstummt, als Rita eintritt. Marion hat die Arme übereinandergeschlagen und hält sich mit beiden Händen an ihren eigenen Ellbogen fest. Jutta hat den Blick auf ihre Schreibtischunterlage geheftet und fährt dort mit dem stumpfen Ende ihres Kugelschreibers die Rillen nach.

»Marion und ich sind noch nicht fertig miteinander«, sagt Jutta zu ihrer Schreibtischunterlage.

»Das macht nichts«, entgegnet Rita großzügig. »Ihr könnt ruhig weitermachen. Mich stört das nicht. Ich muss die Medikamente für heute Abend herrichten.«

»Kannst du denn nicht etwas anderes erledigen?« Jutta hebt den Blick und sieht Rita vorwurfsvoll an. »Ist der Kaffee denn schon verteilt? Die Pflegefälle umgelagert? Draußen gibt es doch sicherlich genug andere Arbeit.«

»Ja, schon. Aber die Medikamente haben Vorrang«, erklärt Rita in aller Seelenruhe und öffnet den Schrank. »Ihr wisst doch, wie das mit den Pillen ist. Dabei muss man aufpassen, sonst macht man Fehler. Man erledigt das besser, bevor man allzu müde ist. Und vielleicht muss ein Medikament nachbestellt werden.«

Im Schrank sind die Tabletten alphabetisch sortiert, aber manchmal wird in der Eile eine Schachtel leer an ihren Platz zurückgestellt, deshalb ist es gut, wenn genügend Zeit ist, um ein fehlendes Arzneimittel noch schnell bei der Apotheke zu ordern oder von einer anderen Station auszuleihen. Rita stellt die Medikamentenbecher bereit und fängt mit dem ersten Patienten an.

Marion stößt einen Seufzer aus. »Wir tun uns keinen Gefallen, wenn wir dauernd vorgeben, wir könnten alles schaffen, egal, wie viel es ist«, fährt sie an der Stelle fort, an der sie unterbrochen worden ist. »Wir müssen in den Dokumentationen die tatsächliche Situation beschreiben und das tun wir eben nicht. Aus diesem Grund habe ich Tagebuch geführt. Um auf die Missstände hier aufmerksam zu machen.«

»Was du dir immer einbildest. Du nimmst dich viel zu wichtig. Es ist nicht deine Aufgabe, auf Missstände aufmerksam zu machen. Dafür sind andere da.«

Das hört sich interessant an. Rita spitzt die Ohren, wird beim Tablettensuchen eine Spur langsamer und mustert nachdenklich die Vielzahl der vor ihr stehenden Schachteln, als könne sie sich nicht entscheiden, nach welcher sie denn nun greifen soll.

»In die Pflegeberichte gehört außerdem, was du getan hast, und nicht, was du aus welchen Gründen auch immer nicht getan hast. Das geht so einfach nicht«, sagt Jutta mit erhobener Stimme.

»Ich schreibe doch nur auf, was wahr ist. Ehrlich währt am längsten. Ich habe keinen Bock, mein Kürzel hinter eine Ganzkörperpflege zu setzen, wenn ich gerade mal Gesicht und Hände mit dem Waschlappen abgerieben habe. Aber genau das ist durch das Formblatt bereits vorgegeben, deshalb muss ich das in diesem Fall berichtigen. Solche Sachen führen nämlich dazu, dass immer noch mehr Stellen eingespart werden. Wenn die Leute von der Verwaltung unsere Pflegedokumentationen lesen, müssen sie ja denken, dass wir nicht ausgelastet sind.«

Yeah!, denkt Rita vergnügt und nimmt die nächste Schachtel in die Hand. Die Schachtel ist leer und im Vorrat findet sich kein Ersatz. Rita notiert das Medikament auf dem Bestellformular für die Apotheke.

»Wenn du in die Berichte schreibst, was du alles nicht getan hast, leitest du unsere Schüler zur Faulheit an. Sie werden es dir nachmachen und ebenfalls schreiben, dass sie für diverse Aufgaben keine Zeit gehabt haben. Sie werden sich künftig nicht mehr anstrengen.«

»Ach!« Rita hört den Hohn, der aus Marions Stimme tropft. »Du glaubst, dass unsere Schüler sich mehr anstrengen, wenn du sie die Mappen alle auf einmal am Schreibtisch ausfüllen lässt, ganz unabhängig davon, was sie in den Zimmern tatsächlich gemacht haben? Auf diese Weise bringst du ihnen bei, die Dokumente zu fälschen. Das soll besser sein? Da kann ich doch nur lachen.«

»Das ist etwas ganz anderes!«, Jutta knallt ihren Kugelschreiber auf den Schreibtisch. »Immer musst du Äpfel mit Birnen vergleichen. Außerdem macht Rita es ebenso. Stimmt doch, Rita, oder? Wie machst du das mit den Pflegemappen?«

»Hmmm?!«, Rita dreht sich zu Jutta um. »Hast du mit mir gesprochen? Ich habe nicht zugehört, tut mir leid. Ich muss mich auf die Tabletten konzentrieren. Worum geht es?«

Das Telefon klingelt. Es ist noch einmal Lothar Haller, der sich nach Manuel Jäger erkundigt.

»Nein«, antwortet Jutta unfreundlich. »Das kann ich Ihnen nicht sagen. Wir sind im Augenblick alle beschäftigt. Rufen Sie in einer Stunde noch einmal an. Auf Wiederhören.«

»Wo waren wir stehen geblieben?«, will sie anschließend vom Hörer wissen, den sie langsam auf die Gabel zurücksinken lässt. »Ach, ja! Ehrlichkeit war dein Thema. Du findest es also ehrlich, wenn du hinter meinem Rücken ein Tagebuch führst und es dann Schwester Anneliese auf den Schreibtisch legst?«

»Was heißt hinter deinem Rücken? Ich habe nie ein Geheimnis daraus gemacht. Es hat dich einfach nicht interessiert.«

»Da wusste ich auch noch nicht, was du im Schilde führst«, gibt Jutta beleidigt zurück.

»Was führe ich denn im Schilde? Gar nichts. Ich will nur, dass die Rahmenbedingungen so verändert werden, dass wir unsere Arbeit wirklich gut machen können. Dafür brauchen wir wahrheitsgetreue Dokumentationen.«

»Das hättest du mit mir besprechen müssen. Nicht mit Schwester Anneliese.«

»Wir haben darüber geredet, Jutta. Hundert Mal. Tausend Mal. Nichts ist geschehen. Was ich gesagt habe, ging dir jedes Mal glatt am Arsch vorbei.«

»Und wie stehe ich nun da? Schwester Anneliese wird denken, dass ich die Station nicht im Griff habe. Schwester Anneliese wird denken …«

Es klopft an der Tür.

»Wer stört denn jetzt schon wieder?«, ruft Jutta unwillig aus und steht von ihrem Stuhl auf. »Wir sind ja schon fertig. Wir kommen schon.«

Ein Mann tritt ins Zimmer herein, groß, breitschultrig, mit einem kantigen Gesicht und ernster Miene. Es ist ein Polizist. Rita dreht sich um und steht da wie vom Blitz getroffen. Sie bringt kein Wort heraus.

Der Polizist zieht die Mütze vom Kopf, darunter werden verstrubbelte Haare sichtbar. Rita hat immer noch die Schachtel in der Hand.

»Ja, bitte? Was wollen Sie?«, fragt Jutta.

Der Polizist sagt, dass er die Formulare abholen will, die wegen des Diebstahls auf Station noch ausgefüllt werden mussten.

Wow! Ein Polizist!, denkt Rita. Ein Polizist ist doch etwas anderes als ein Koch. Dass ich darauf nicht von selbst gekommen bin!

In der Gaststube in Königsdorf bullert der Kachelofen und gibt schon am frühen Morgen bereitwillig seine behagliche Wärme ab. Auch bei unerwartetem Schneetreiben wird der Gast dort mit einem Frühstück, bestehend aus knusprigen Brötchen, goldgelber Butter, saftigem Schinken, selbst gemachter Marmelade und einem Kaffee versorgt, der in dampfenden Wirbeln sein köstliches Aroma verbreitet und aus der besten Werbung für Jacobs-Kaffee stammen könnte.

»Jo mei!«, hat die Gastwirtin ausgerufen, als sie Lothar die Zeitung gereicht hat, in der auf den ersten Seiten nur vom Schneechaos und der Klimakatastrophe die Rede gewesen ist. »Schnee hat's im Winter allweil schon gebn, und so warm, dass überhaupt kein Schnee nicht gfallen ist, ist auch schon gwesn, denn sonst tät Grönland net Grönland heißen und der Ötzi hätt's auch nicht über die Alpen gschafft.«

Sie hat Lothar zum Abschied ein Vesperpaket mit auf den Weg gegeben und als er auf der Autobahn im Stau steht, ist er froh darum. Am Abend davor hat er lange mit Linda telefoniert, er hat auch im Institut Bescheid gegeben, der Einzige, den er nicht erreicht, ist Manuel. Lothar versucht es immer wieder, denn er hat Manuel versprochen, ihm heute die Post zu bringen, was nun nicht möglich ist. Nach zahllosen Versuchen hat er endlich eine Schwester am Apparat, die ihm Auskunft gibt und von Manuels Unfall erzählt. Aber Lothar kann nichts tun, denn er quält sich in zähflüssigem Verkehr über die Straßen. Es wird noch Stunden dauern, bis er zu Hause ankommt. Er ärgert sich, dass es so langsam vorangeht, aber er ist ein Teilchen in dem Geschehen wie Zehntausende andere mit ihm. Er kann aus den Staus nicht ausscheren, denn sein Navigationssystem ist kaputt, aber wahrscheinlich könnte es ihm in diesem Fall sowieso nicht helfen, würde es doch Hunderte vor ihm und Hunderte nach ihm auf dieselben Straßen schicken, um auch diese zu verstopfen.

Am späten Nachmittag kommt er endlich zu Hause an, nimmt eine Dusche und beschließt nach dem Abendessen, es sich mit der Zeitung vor dem Kamin gemütlich zu machen. Er räumt die kalte Asche aus, schichtet neue Holzscheite auf und setzt diese mithilfe eines Zündwürfels in Brand. Die Flammen fressen sich durch das trockene Kleinholz und an dicken Buchenscheiten entlang, die allmählich glutrot zu glimmen beginnen.

Das Feuer brennt. Die Kaminsteine strahlen so viel Wärme ab, dass Lothar die Hausjoppe wieder auszieht. Er setzt sich in seinen Sessel und nimmt die Zeitung zur Hand. Aber sein Blick schweift immer wieder versonnen zu den Flammen hinüber. Er liest nicht, sondern lässt die Zeitung schließlich auf seine Oberschenkel sinken, wo sie liegen bleibt. Er hängt seinen Gedanken nach und merkt nicht, wie seine Frau ins Wohnzimmer hereinkommt und sich still in den zweiten Sessel setzt.

So sitzen sie lange, bis das Holz soweit heruntergebrannt ist, dass Lothar neues nachlegen muss. Dabei fällt die Zeitung zu Boden. Als er sie aufhebt und zusammenlegt, bemerkt er endlich Linda, die mit unter den Körper gezogenen Beinen in ihrem Sessel hockt und so niedergeschlagen wirkt, dass es sogar ihm auffällt.

»Was ist denn los?«, will er wissen. »Hast du etwas?«

Linda räuspert sich. »Die Kinder kommen an Weihnachten nun doch nicht«, sagt sie. »Keines von beiden.«

Lothar zieht die Augenbrauen hoch. »Wieso das jetzt? Ich dachte, das wäre bereits alles abgesprochen.«

»Das dachte ich auch«, meint Linda und stößt einen Seufzer aus. »Daher habe ich schon groß eingekauft, Tonnen von Plätzchen gebacken und alte Rezepte wieder hervorgekramt. Aber es soll nicht sein.« Sie seufzt noch ein zweites Mal und wickelt sich fester in ihre Jacke, als wäre ihr kalt. Aber das kann nicht sein, denn der Ofen bollert. Das Feuer strahlt so viel Wärme ab, dass sogar die Lüftungsgitter heiß geworden sind.

»Darf ich fragen, warum sie abgesagt haben? Was ist den Herrschaften jetzt wieder Wichtiges dazwischengekommen?«

Lothars Stimme hat einen gereizten Unterton, wie so häufig, wenn von Robert und Elisabeth die Rede ist.

Es ist nicht so geworden, wie Lothar und Linda sich das einmal vorgestellt haben. Manchmal unterhalten sie sich darüber. Im Grunde verstehen sie nicht, was passiert ist. Sie haben über lange Jahre viel für die Kinder getan. Lothar hat Robert mit ins Institut genommen und ihn mit Computerspielen die Welt der Wissenschaften entdecken lassen. Er hat ihm Raketenantriebe und das Hubble-Teleskop erklärt. Er hat ihm nicht nur den ersten Laptop, sondern darüber hinaus auch eine ganze Reihe von H0-Eisenbahnen geschenkt. Linda hat Elisabeth zu ihren Ballettstunden und später in den Reitstall und zum Skiclub gefahren, obwohl sie mit ihrem Halbtagsjob als Schulsekretärin und dem großen Haus mehr als genug zu tun gehabt hat.

Beide Kinder haben Abitur gemacht, um bald danach in einer anderen Stadt mit dem Studium zu beginnen. Sind sie in den ersten Monaten noch regelmäßig nach Hause gekommen, so war das vor allem der Schmutzwäsche zu verdanken, die gewaschen und gebügelt werden musste, was Linda wie selbstverständlich erledigt hat. Mit dem Kauf der ersten eigenen Waschmaschine war es dann vorbei. Von diesem Zeitpunkt an sind die Kinder immer seltener *Im Himmel* aufgetaucht. Heutzutage beschränken sich ihre Besuche auf zwei oder drei Sonntage im Jahr und eben auf Weihnachten. Nun haben sie in seltener Eintracht auch mit dieser Tradition gebrochen.

»Elisabeth feiert Weihnachten dieses Jahr mit ihrer Clique auf einer Skihütte in den Schweizer Bergen«, gibt Linda Auskunft, »und Robert will es ganz idyllisch allein mit seiner Freundin verbringen.«

»Das wird ein einsames Weihnachtsfest werden«, meint Lothar und dann, nach einem Zögern, fügt er hinzu: »Manuel wird an Weihnachten auch nicht kommen. Er hat sich im Krankenhaus den Arm gebrochen.«

»Auch das noch! Woher weißt du das? Bist du bei ihm gewesen?«

»Nein, natürlich nicht. Ich habe ja auf der Autobahn festgesessen. Ich habe telefoniert.«

»Wie geht es ihm?«

»Sie haben ihn einen Tag lang auf der Intensivstation behalten, aber morgen soll er auf seine alte Station zurückverlegt werden. Er ist auf der Toilette gestürzt. Die Operation ist gut verlaufen … er ist soweit wohlauf, hat es geheißen.«

Dann schweigen sie wieder und starren in die Flammen.

»Warum sind wir so allein?«, fragt Linda nach einer langen Pause.

»Ich weiß es nicht.«

»Ich habe mir das immer anders vorgestellt. Ich wollte eine Familie und gute Freunde haben, jetzt sitzen wir hier und nicht einmal an Weihnachten haben wir Besuch. Lo, wir sind einsam.«

»Wir sind doch nicht einsam«, widerspricht Lothar, aber es klingt, als würde er selbst nicht so recht an das glauben, was er sagt. »Wir haben freundliche Nachbarn, du hast deine Yoga Freundinnen und lernst bei der Tanztherapie interessante Leute kennen, und ich habe das Institut. Sollen wir ein paar von denen einladen? Da gibt es bestimmt einige, die an Weihnachten auch nicht wissen, was sie mit sich anfangen sollen.«

»Ach, Lo! Wir würden uns doch nur zusammenfinden, um keine Langeweile aufkommen zu lassen. Nein, da ist keiner darunter, mit dem ich Weihnachten feiern möchte. Weihnachten ist doch keine Party, zu der man spontan ein paar Bekannte zusammentrommelt.«

»Sollen wir eine Reise machen? Einfach raus aus dem ganzen Gefühlskram und so weiter?«

Wieder schweigen sie, wieder sickert die Stille ein und legt sich schwer auf den Raum. Das Knacken der zerfallenden Holzscheite ist das einzige Geräusch, das die Stille durchschneidet.

»Ich mache mir Vorwürfe«, sagt Lothar endlich.

»Warum?«, will Linda wissen.

»Nun, ich war es, der Manuel überredet hat, ins Krankenhaus zu gehen. Ich habe ihn ziemlich unter Druck gesetzt. Wenn ich mich nicht eingemischt hätte, wäre er nicht gegangen, und jetzt hat er sich dort den Arm gebrochen.«

»Aber dafür kannst du doch nichts.«

»Ich habe seine Zustimmung mit sanfter Gewalt bewirkt, weißt du.«

»Eher mit vernünftigen Argumenten, wie ich dich kenne«, lächelt Linda versonnen.

»Ich will doch nur das Beste für ihn.«

»Das wollten wir für die Kinder auch immer.«

»Was willst du damit sagen?« Lothar greift nach einer Pfeife aus seiner Sammlung. Es ist eine braune Bruyère mit schwarzem Mundstück, die er bedächtig stopft.

»Selbst wenn man das Beste will, so will man doch etwas«, meint Linda. »Doch was wir für das Beste halten, muss nicht notgedrungen für einen anderen das Beste sein. Vielleicht hätten wir mehr auf das achten müssen, was die Kinder selber wollten. Vielleicht haben wir da etwas übersehen.«

»Wir haben so viel für die beiden getan«, entgegnet Lothar mit gerunzelter Stirn. »Was hätten wir denn anders machen sollen?«

»Ist es nicht so, dass du aus Robert unbedingt einen Ingenieur machen wolltest? Also genau das, was du selber bist.

Dabei wäre wahrscheinlich eher Lissy der künftige Ingenieur gewesen.«

»Robert war immer begeistert, wenn ich ihn ins Institut mitgenommen habe.«

»Lo, da war er ein Kind. Ein Kind ist immer begeistert, wenn sein Vater sich mit ihm beschäftigt. Als er sechs war, bist du sein großer Held gewesen.«

Lothar lächelt. »Ja, stimmt! Das war eine schöne Zeit.«

»Aber wenn ich rückblickend darüber nachdenke, hat Robert sich nie aus eigenem Antrieb mit Eisenbahnen und Teleskopen beschäftigt. Er hat es immer mit Tieren gehabt. Wir haben ihm nicht einmal die Meerschweinchen erlaubt, die er unbedingt haben wollte. Vielleicht wäre er gerne Tierarzt geworden?«

»Tierarzt? Damit wäre er sicher nicht glücklich geworden. Was macht ein Tierarzt heutzutage denn anderes als Kühe zu besamen und verhätschelten Schoßhündchen Diätkuren zu verschreiben?«

»Siehst du, du weißt es schon wieder besser.«

»Und Lissy? Was haben wir mit der falsch gemacht? Warum soll es immer an mir liegen? Warum nicht an den Kindern? Wenn Robert darauf bestanden hätte, Tiermedizin zu studieren, was hätten wir denn anderes getan als auch dieses Studium zu bezahlen? Glaubst du wirklich, ich hätte ihm das verweigert? Aber er hat nichts dergleichen verlangt.«

»Nun rege dich nicht auf. Ich will doch nur herausfinden, was in unserer Familie passiert ist. Ich will verstehen, warum die Kinder so ungern zu uns kommen.«

»Ich rege mich doch gar nicht auf. Ich sehe nur nicht, was wir anders hätten machen können. Kinder brauchen Vorbilder. Sie brauchen Verlässlichkeit und ein stabiles Umfeld. Du hast doch gesehen, was bei der antiautoritären Erziehung der

Siebzigerjahre herausgekommen ist. Lauter Chaoten. Kinder brauchen Wurzeln.«

»Sie brauchen aber auch Flügel. Wie können sie ihre Flügel entfalten, wenn wir ihnen einen Käfig aus unseren eigenen Vorstellungen bauen?«

Donnerstag

In dieser Nacht ist Clemens Bittlinger verstorben. Der alte Mann ist ganz leise gegangen. Sein Tod wäre undramatisch verlaufen, wenn der diensthabende Arzt bei der abschließenden Untersuchung nicht so laut geredet hätte. Dann wäre Bruder Anselm gar nicht wach geworden.

Als der Mönch versteht, was geschehen ist, schnappt er hyperventilierend nach Luft. Sein Herz fängt an zu rasen, im Nu ist er mit kaltem Schweiß bedeckt. Der Arzt muss sich nun um ihn statt um den Toten kümmern. Er tut es mit einer Injektion Diazepam und zwei Hub Nitroglyzerin.

Die Nachtwache fährt Clemens Bittlinger schnell aus dem Zimmer hinaus, aber sie weiß nicht, wohin mit ihm. Wenn die Station voll besetzt ist, bietet sich normalerweise das Bad an, aber das Bad ist immer noch mit der aidskranken Patientin belegt, der Verstorbene kann also dort nicht abgestellt werden. Im Zimmer kann er ebenfalls nicht bleiben, wenn Bruder Anselm dabei durchdreht.

Obwohl die meisten Menschen ihr Leben im Krankenhaus beenden, darf man nicht davon ausgehen, dass es dort Todesfälle gibt. Auf einer Station gibt es deshalb kein Sterbezimmer. Viele Krankenhäuser haben inzwischen zwar für alle Stationen gemeinsam einen Abschiedsraum, aber die Leiche muss vom Arzt freigegeben sein, bevor sie dorthin gebracht werden kann. Eine Leiche freigeben heißt, den Tod definitiv bestätigen. Das ist erst einige Stunden nach dessen Eintritt möglich, weil die sicheren Todeszeichen sich erst allmählich herausbilden. Auch muss der Tote hergerichtet und Sonden, Urinbeutel und Infusionsleitungen müssen entfernt werden.

Wann immer möglich versuchen Ärzte und Pflegende, einen sterbenden Menschen in einem Einzelzimmer unterzubringen.

Manchmal lassen sie sogar ein Mehrbettzimmer für ihn sperren, vor allem, wenn er viele Angehörige hat, die ihn auf seinem letzten Weg begleiten. Aber immer geht das nicht und mit dem wachsenden Kostendruck wird es zunehmend schwieriger, eine solche Entscheidung zu rechtfertigen. Sterben richtet sich aber nicht nach in Fallpauschalen vorgesehenen Liegezeiten. Sterben dauert, so lange es dauert, und das kann mitunter lang sein.

In diesem Fall bleibt der Nachtwache nichts anderes übrig, als Clemens Bittlinger vorübergehend im Wirtschaftsraum zu deponieren, wo er den Rest der Nacht zwischen vollen Müllsäcken und Bettpfannen, verschmierten Nachtstühlen und stinkenden Wäschebeuteln verbringt.

Bruder Anselm hat einen Schock erlitten, deshalb muss die Nachtwache mehrmals nach ihm sehen. Auch andere Patienten sind unruhig und greifen nach der Klingel, so bleibt für Clemens Bittlinger kaum Zeit. Die Nachtschwester setzt ihm nur sein lange unbenutztes Gebiss wieder ein und bindet das Kinn mit einem Handtuch hoch. Das tut sie, damit der Mund geschlossen ist, wenn die Totenstarre einsetzt, denn bei einem Toten sieht ein offener Mund allzu grässlich aus. Manche Beerdigungsunternehmer nähen oder kleben die Lippen der Toten aus diesem Grund einfach zu.

Als um Viertel nach sechs die Übergabe stattfindet, ruht Clemens Bittlinger also im Wirtschaftsraum. Das Lied, das ihn auf seinem letzten Weg begleitet, wird von der rauschenden Kotra gesungen, in der die vollen Nachttöpfe und Bettpfannen geleert und mit heißem Dampf desinfiziert werden.

»Ihr könnt ihn übrigens gleich in die Prosektur hinunterbringen«, erklärt die Nachtwache zum Abschluss ihrer Übergabe. »Der Arzt hat den Totenschein schon ausgefüllt.«

An diesem Donnerstag teilen sich Rita und Dagmar die Frühschicht, während nachmittags Jutta mit Astrid zusammen

Dienst tut. Rita nimmt den Schlüssel für den Aufzug von der Hakenleiste. »Das erledigen wir am besten sofort, solange die Patienten noch schlafen«, meint sie und wendet sich an die Schüler. »Wer will mitkommen? Freddy, wie wär's mit dir?«

»Wenn's sein muss«, gibt dieser lustlos zurück. Das Wegbringen von Leichen ist für ihn nichts Neues mehr. Er wird häufig gefragt, denn er ist ein Mann und gilt als stark, was in der Prosektur von Vorteil ist.

»Oh, bitte!«, mischt sich augenblicklich Sonja ein. »Ich habe noch nie eine echte Leiche gesehen. Kann ich denn nicht mitgehen? Oh, bitte, bitte!« Ihre Stimme klingt flehentlich. Sie denkt daran, dass sie in ihrem Kurs die erste sein wird, die von sich behaupten kann, einen Toten versorgt zu haben, das findet sie wahnsinnig aufregend. Schüler erzählen untereinander liebend gern schreckliche Schauergeschichten.

»Von mir aus«, sagt Rita.

»Von mir aus«, meint auch Dagmar. »Ich werde derweil Bittlingers Habseligkeiten zusammenpacken und im Heim Bescheid geben.«

Rita nimmt Sonja mit zum Wäscheschrank, um Schutzkittel, Handtuch und ein frisches Laken zu holen. Damit gehen sie zu Clemens Bittlinger in den Wirtschaftsraum.

»Er riecht schon«, flüstert Sonja, wird weiß im Gesicht und bleibt wie gelähmt stehen.

»Es stinkt hier, das ist richtig, aber das kommt nicht von ihm«, gibt Rita zurück und tut so, als würde sie Sonjas Zögern nicht bemerken. Stattdessen nickt sie Clemens Bittlinger vielsagend zu.

»Mach die Tür zu und komm endlich her.« Rita winkt die Schülerin energisch ans Bett. »Früher haben wir die Toten von Kopf bis Fuß noch einmal gewaschen«, erklärt sie. »Heute tun wir das nicht mehr, weil die vom Bestattungsunternehmen auch eine Aufgabe haben müssen. Was wir heute noch tun, ist nachprüfen, ob Kot und Urin abgegangen sind, was manchmal vorkommt. Ich drehe den alten Clemens jetzt zu mir her und du machst gegebenenfalls sein Hinterteil sauber.« Noch während sie spricht, lässt sie den Worten Taten folgen und denkt dabei, dass die Leichen, die sie drehen muss, entweder zu schlaff oder zu starr sind, aber nie so, wie es praktisch für sie wäre.

»Mein Gott! Was sind denn das für Flecken?«, haucht Sonja mit aufgerissenen Augen. »Ist er aus dem Bett gefallen?«

»Das ist das Blut, das an der tiefsten Körperstelle versackt, wenn das Kreislaufsystem zum Stillstand gekommen ist«, erklärt Rita und betrachtet ebenfalls die blauschwarzen Stellen auf Clemens Bittlingers Rücken. »Die sogenannten Totenflecken. Jetzt mach endlich voran und beeil dich ein bisschen. Wir haben nicht den ganzen Tag Zeit. Clemens beißt nicht.«

Sonja greift zögernd nach dem Zellstoff. »Ich traue mich nicht«, gesteht sie ein.

Rita zieht die Augenbrauen hoch. »Dass ein Mensch stirbt, ist so normal wie die Tatsache, dass du zwei Augen, eine Nase und Haare auf dem Kopf hast. Nur dass sich darüber niemand aufregt. Du bist hier nicht in einem Horrorfilm. Hier liegt kein Zombie im Bett, sondern ein alter Mann. Hängt eigentlich ein Zettel am großen Zeh?«

Dort hängt kein Zettel. Nachdem Sonja den Leichnam notdürftig abgewischt hat, geht Rita ins Stationszimmer, um diesen zu holen. Dazu klebt sie einen Aufkleber mit Bittlingers Daten auf ein Stück Pappe, stanzt ein Loch hinein und zieht ein Stück Schnur durch, die sie Clemens Bittlinger an den rechten Großzeh bindet. »Das ist, damit er nicht verwechselt wird«, erklärt sie und drückt Sonja den Schlüssel für den Aufzug in die Hand. »Jetzt geht's los! Du holst den Aufzug aufs Stockwerk und blockierst ihn mit diesem Schlüssel hier. Einfach reinstecken und einmal drehen, verstanden? Sobald du den Aufzug bereit hast und die Luft rein ist, pfeifst du laut. Dann renne ich mit dem Bett los. Wir schieben es schnell in den Aufzug und verschwinden damit im Keller, dabei darf uns keiner sehen. Alles klar soweit?«

»Warum darf uns keiner sehen?«, fragt Sonja dumm.

»Weil die Patienten glauben sollen, dass wir den Tod besiegt haben. Weil die Patienten glauben sollen, dass hier keiner mehr stirbt. Deshalb.«

»Ach so!«, nickt Sonja und eilt davon.

Beim Transport von Leichen kommt es gern zu unvorhergesehenen Zwischenfällen. Trotz aller Vorsichtsmaßnahmen kommen ausgerechnet dann Patienten aus den Zimmern heraus, wenn man mit dem Bett gerade durch den Flur rast. Viele erschrecken, manche werden angefahren. Manchmal ist das Laken, mit dem man den Leichnam abdeckt, an den Seiten nicht richtig unter die Matratze geschlagen und flattert davon. Manchmal blockieren unerwartet die Räder. Manchmal prallt das Bett gegen die sich automatisch öffnende Glastür. Manchmal bleibt man im Aufzug stecken. Und manchmal, aber nur ganz selten passiert es, dass eine Leiche aus dem Bett fällt.

Sonja gibt das verabredete Zeichen, Rita bugsiert das Bett aus dem Wirtschaftsraum, stemmt sich gegen das Kopfteil und rennt los, als gäbe es eine Medaille zu gewinnen. Heute klappt alles wunderbar. Clemens Bittlinger erreicht ungesehen den Aufzug und dieser schnurrt los, hinunter ins zweite Untergeschoss.

Es liegt tief unter der Erde und sieht wie ein Bunker aus dem Zweiten Weltkrieg aus. Nirgendwo sind die Wände gekalkt oder verputzt. Die mit Zement aneinandergefügten Steinquader sind feucht. Überall an den Wänden und an den Decken verlaufen Röhren, dicke und dünne, silberne und kupferfarbene, verschweißte oder mit Flanschen aneinandergeschraubte. Von der Kammer, in welcher der Aufzug endet, gehen zahllose Gänge ab und verlieren sich im Dunkeln. Ein einziger Gang nur ist von einem grellen Neonlicht beleuchtet, das ist der, der zur Prosektur führt.

»Wenn du an Geistergeschichten glaubst, bist du hier richtig«, meint Rita und freut sich, dass Sonja trocken schluckt. »Wo diese Gänge überall hinführen, weiß niemand, aber es gibt allerlei Gerüchte. Von einem stillgelegten Gaswerk, aus dem immer noch giftige Dämpfe strömen, ist die Rede. Von einem Kanalsystem, in dem schwarze Ratten hausen. Gar nicht weit vom Aufzug hat man mal eine gefunden, die war fast einen Meter lang. Manche erzählen, dass es hier sogar ururalte Katakomben aus vorchristlicher Zeit geben soll.«

»Wie unheimlich!«, sagt Sonja und sieht sich nach allen Seiten um.

»Wir gehen immer nur zu zweit oder gar zu dritt hier herunter. Niemals allein. Und niemals in der Nacht.«

Das Ende des grell beleuchteten Gangs ist mit einer schweren Eisentür verschlossen, die Rita nun mit einiger Mühe aufstemmt.

»Kloooonk!«, protestiert die Tür mit einem metallenen Schlag. Mit einem Mal ist die Luft mit einem Geruch wie von kaltem Käse erfüllt.

Hinter der Eisentür liegt die Prosektur. Es ist der Ort, an dem die Leichen bis zur Abholung durch den Bestattungsunternehmer aufbewahrt und manchmal auch seziert werden. In eine Blechwanne verpackt, gelangen sie über einen Lastenaufzug in einen schmuddeligen Hinterhof und von dort in das Fahrzeug des Bestatters, der sie in seinem Institut in einen teuren, mit rotem Samt ausgeschlagenen Sarg umbettet, nachdem er sie sorgfältig mit Lippenrot und Puder geschminkt und, man glaubt es kaum, die Haare gewaschen hat. So sieht man die Toten, von Blumen umkränzt, bei der Beerdigung wieder. Dank der ganzen Schminke sehen sie unechter aus als eine Wachsfigur aus dem Kabinett von Madame Tussaud.

Im Marienhospital besteht die Prosektur aus drei hintereinanderliegenden Räumen. Der erste ist mit grauer Lackfarbe gestrichen und hell erleuchtet. Es gibt zwei Handwaschbecken, Desinfektionslösungen, Schutzkittel, Zellstoffrollen und Vorrichtungen für Wäsche- und Müllsäcke. Ansonsten ist der Raum so kahl und nüchtern wie eine Gefängniszelle.

Der zweite ist dunkel und hat mehrere Nischen, in denen Katafalke stehen. Ein Katafalk ist ein schwarz gestrichenes Gestell, das wie ein flachgepresster Sarg aussieht, auf dem man die in Laken gehüllten Leichen ablegen und sich damit, wenn es kalt genug ist, das Einbringen in die Kühlkammer ersparen kann.

»Pech«, sagt Rita und sieht sich bedauernd um. »Alles voll hier. Dann müssen wir also ran ans Eingemachte.«

Im dritten Raum befindet sich nicht nur die Kühlkammer, die von einer glänzenden, in dieser Umgebung merkwürdig fehl am Platz wirkenden Metalltür verschlossen ist, sondern auch der Seziertisch und Berge von Zellstoff, mit denen Leichen nach einer Organentnahme wieder aufgefüllt werden. Außerdem gibt es mehrere alt aussehende Waschbecken aus gesprenkeltem Stein, von denen eines einen Sprung hat. Ein zweites, aus seiner Verankerung herausgerissen, hängt schief an der Wand. Zwischen diesem Waschbecken und dem Seziertisch parkt ein orangefarbener Gabelstapler, den Rita, nachdem sie die glänzende Metalltür aufgezogen hat, umständlich in Betrieb nimmt.

»Tritt ein bisschen zurück«, ermahnt sie dabei Sonja, die bleich wie der Tod ist und wirkt, als würde sie gleich ohnmächtig gegen die Wand sinken.

Es scheppert blechern, als Rita mit dem Greifarm des Gabelstaplers unter eine Wanne fährt und sie aus dem Kühlfach hebt. Beim Rückwärtsfahren stößt sie, weil es so eng ist, gegen das herausgerissene Waschbecken.

»Ich lerne es nie«, meint sie resigniert. »Jedes Mal ist dieses blöde Ding wieder im Weg. Komm, fass mit an. Wir heben gemeinsam den Deckel von der Blechwanne und dann ziehen wir Clemens vom Bett herunter. Er muss direkt in die Wanne hineinfallen, sonst haben wir nachher ein Problem.«

Sonja packt tapfer mit an und rollt das Laken an der Seite auf, damit eine Art Griff entsteht.

»Auf drei heben wir an«, sagt Rita. »Eins … zwei … und …«

Die Leiche stößt einen Seufzer aus und Sonja schreit los.

»D-d-d-der lebt ja noch!«

»Ach wo!«, winkt Rita ab und ist die Ruhe selbst, weil sie das schon häufiger erlebt hat. »Du hast die Totenflecken doch mit eigenen Augen gesehen. Das ist bloß Luft, die aus den Lungen entweicht. Rein mechanisch.«

Sonja zittert am ganzen Körper, als sie erneut nach dem Laken greift. Es scheppert fürchterlich, als der Tote in die Wanne fällt. Beim Aufprall kippt die Wanne um. Das Laken klafft auseinander, darunter schaut das starre Antlitz des alten Mannes hervor. Sein Gebiss hat sich verschoben, hängt nun einseitig in einer Wangentasche und verursacht dort eine Beule, die das Gesicht ganz verzerrt aussehen lässt. Sonja kann sich nicht länger beherrschen und fängt an zu heulen.

»Weißt du, was wir jetzt tun?«, sagt Rita besänftigend und tätschelt der Jüngeren den Arm. »Wir legen Clemens Bittlinger hübsch hässlich in seine Wanne zurück und stellen uns dabei vor, dass er eine schöne Reise macht, wo er Palmen und Engel sieht. Du wirst sehen, das hilft.«

Sonja tut wie geheißen und beruhigt sich allmählich wieder. Gemeinsam setzen sie den Deckel auf die Wanne, danach betätigt Rita noch einmal den Gabelstapler. Dann schließen sie die Türen. Sie ziehen die Schutzkittel aus, waschen die Hände und fahren das leere Bett vor die Bettenzentrale, um es dort stehen zu lassen.

»Jetzt gehen wir beide erst einmal in die Cafeteria und trinken eine heiße Schokolade«, sagt Rita.

»Ich habe kein Geld dabei«, gibt Sonja zurück und zieht die Nase hoch.

»Wir können anschreiben lassen. Die Leute von der Cafeteria kennen mich.«

»Aber müssen wir nicht auf Station zurück? Wir sind heute Morgen doch nur zu viert. Und die Nachtwache ist nicht dazu gekommen, jemanden zu waschen.«

»Manchmal muss man eben Prioritäten setzen«, antwortet Rita und zieht die Schülerin hinter sich her. »Ich glaube nämlich, dass du einen Unterzucker hast. Schokolade ist auch gut für die Seele. Davon abgesehen, haben wir beide uns das redlich verdient.«

Manuel kann nicht länger verdrängen, dass er sich eine Erkältung eingefangen hat, irgendwann, irgendwo. Seine Bronchien brennen, die Nase ist verstopft und das Atmen mühsam. Die Intensivschwester lächelt auf ihn herunter und hat keine Ahnung davon, dass ein harmloser Schnupfen für ihn lebensgefährlich werden kann.

»Sie haben die Nacht gut überstanden«, erklärt sie ihm. »Sie bekommen noch Frühstück bei uns und danach werden Sie auf Ihre alte Station zurückgebracht.«

Manuel versucht eine Erklärung, aber die Schwester behält ihr lächelndes Gesicht bei und versteht nicht, wo das Problem liegt.

»Machen Sie sich keine Sorgen«, meint sie. »Wir haben alles im Griff.«

Vielleicht hat sie recht. Hoffentlich hat sie recht.

Er lässt das Frühstück unberührt stehen. Da ist der schwarze Tunnel, der so kalt ist und an dessen Ende das Nichts auf ihn wartet. Manuel will die Erinnerung abschütteln, aber so einfach geht das nicht. Die Erinnerung ist hartnäckig und kommt immer wieder. Er redet sich ein, dass er die Schlacht gewinnen wird. Er stellt sich vor, dass in seinem Blut Antibiotikateilchen zirkulieren, ein riesiges Heer tapferer, kleiner Soldaten, welche die konspirierenden Gruppen der feindlichen Keime bereits im Vorfeld zerschlagen, bevor es überhaupt zur letzten großen Schlacht in den Bronchien kommt. Er muss dem Arzt sagen, dass er unbedingt ein stark wirksames Antibiotikum braucht. Das ist die einzige Chance, das Unheil abzuwenden.

Die Intensivschwester nimmt das Tablett mit dem Frühstück wieder weg, hängt neue Infusionen an und leert noch einmal den Katheter, der ihm während der Narkose in die Harnröhre geschoben worden ist. Einen Schlauch im Penis stecken zu haben, ist eine merkwürdige Sache. An seiner empfindlichsten Stelle getroffen, ohne Kontrolle über den Schließmuskel, ist der Körper bloßgestellt. Seiner Würde beraubt. Lächerlich gemacht. Um der Peinlichkeit zu entfliehen, redet man sich ein, nicht mit dem Körper identisch zu sein. Man betrachtet sich aus der Ferne, als Objekt, das nichts mit der Person zu tun hat, die man selber ist. Nur so lässt sich die Situation aushalten.

Um Infektionen der Harnröhre zu vermeiden, wickeln die Schwestern an der Eichel eine mit Desinfektionslösung getränkte Kompresse um den Schlauch, die sie verniedlichend »Schleifchen« nennen. Das Wort erinnert Manuel an Ostern und an verpackte Geschenke, aber vielleicht verbirgt sich hinter den Schleifchen auch die subtile Rache jener Frauen, die von den Männern zu Häschen gemacht worden sind.

Wieder ist dem Körper ein Geheimnis entrissen, das Geschlecht zur Pinkelröhre degradiert, ein Gegenstand nur noch, der durch durchsichtiges Plastik ersetzt werden kann.

Manuel wird auf die Gastroenterologie zurückverlegt, ohne dass noch einmal ein Arzt nach ihm sieht. Er kommt in ein anderes Zimmer und denkt, dass der Schüler sich geirrt hat, doch sein Nachttisch ist hier, unter dem Fenster. Er entdeckt auch seine Schuhe, die neben der Heizung stehen, sowie seine Jacke, die über einen Stuhl gebreitet ist.

»Wir haben Sie in dieses Zimmer verlegt, weil Sie hier mehr Platz haben. Es ist ein Zweibettzimmer«, erklärt ihm der Schüler, der Freddy heißt.

»Ein Fensterplatz sogar! Wie schön!«, erwidert Manuel und richtet sich auf. »Wenn Sie mir das Kopfteil höher stellen, kann ich auf die Baustelle hinuntersehen und die Baufahrzeuge beobachten.«

Freddy nickt, drückt den Hebel und zieht das Kopfteil mit einem Ruck nach vorne. Manuel rutscht nach unten weg, feuerglühend fährt der Schmerz durch seinen Arm. Die gepolsterte Gummischiene fällt aus dem Bett und landet auf dem Boden.

»Tut mir leid«, entschuldigt sich Freddy und hebt die Schiene wieder auf. »Kann ja mal vorkommen.«

Hinter dem Schüler taucht ein Mann in einem altmodischen Nachthemd auf. Das Hemd hat vorne eine Knopfleiste, mehrere Knöpfe daran sind ersetzt worden, die sich in Form und Farbe von den ursprünglichen unterscheiden. Es ist aber nicht allein das Hemd, das Manuel staunen lässt. Der Mann hat einen langen Bart, der mit Gummiringen zu einer Art Schnur gebunden ist. Der Mann reckt sich, um dem Schüler über die Schulter zu sehen.

»Darf ich vorstellen?«, fragt Freddy. »Das ist Bruder Anselm, ein Mönch aus der Barmherzigen Gemeinschaft. Und das ist Manuel Jäger. Er hat Glasknochen und deshalb einen Gipsarm.«

»Ich habe es mit dem Herzen«, erklärt der Bruder im Nachthemd. »Dass ich den heutigen Morgen noch erleben darf, ist ein Wunder, denn in der Nacht hatte ich einen schweren Herzanfall. Das Leben ist ein wunderbares Geschenk, für das man seinem Herrgott danken muss, finden Sie nicht auch? Man merkt es erst, wenn man drauf und dran ist, es zu verlieren, und das wäre mir heute Nacht beinahe passiert.«

»Freut mich«, sagt Manuel. »Nein, ich meine … angenehm«, korrigiert er sich. »Nein … auch nicht«, versucht er es noch einmal, um anschließend zu verstummen.

»Alle Sünden, die ich in meinem Leben begangen habe, sind mir in diesen schrecklichen Minuten heute Nacht durch den Kopf gegangen«, erklärt Bruder Anselm, während Freddy die Infusion an einem Ständer und den Katheterbeutel an der Bettseite aufhängt. »Was bin ich froh, sagen zu dürfen, dass es nicht allzu viele waren. Sünden, meine ich. Seit die Welt gefallen ist, hat die Sünde eine solche Macht gewonnen, finden Sie nicht auch? Ich nehme mich selber da auch nicht aus … wie heißt es doch? … der Geist ist willig, doch das Fleisch ist schwach, nicht wahr? … Auf jeden Fall bin ich gerade noch einmal zurückgeholt worden, in letzter Sekunde … und zwar mit einer Spritze«, Bruder Anselm tritt näher an Manuels Bett heran, krempelt den Ärmel seines Nachthemds hinauf und hält Manuel seinen weißen Arm hin. »Sehen Sie, hier kann man noch die Einstichstelle erkennen. Dieser rote Punkt. Heute muss ich zum EKG, womöglich muss sogar eine Herzkatheteruntersuchung gemacht werden …«

Während Bruder Anselm spricht, misst Freddy Manuels Blutdruck und den Puls. Mit einem hastig gemurmelten »Bis bald!« verlässt er daraufhin das Zimmer.

Bruder Anselm redet weiter auf Manuel ein. Vielleicht hat er zu viel Zeit mit mönchischem Schweigen verbracht und muss den Lärm, den zu verbreiten er in die Welt gekommen ist, auf einmal abladen und das ausgerechnet auf Manuel, der viel lieber die Bagger unten auf der Baustelle beobachten würde. Irgendwann kann Manuel ihm nicht mehr folgen, verliert den Faden des Erzählten. Die Worte aus dem Mund des Mönchs werden zu kleinen, harten Hagelkörnern, die wie Geschosse auf ihn niederprasseln.

In Zeiten wie diesen, wenn sie mehr Pflegefälle auf Station haben, als sie versorgen können, versiffen die Patienten täglich ein wenig mehr, denn sie werden jedes Mal flüchtiger und in noch größerer Eile gewaschen. Körpergeruch wird wie bei Ludwig XIV. mit Parfum, Rasierwasser oder einem Deostift übertüncht. Die Gebisse werden nur noch in Kukidentwasser eingeweicht, aber nicht mehr gebürstet und gespült. Zwischen den Zinken der Kämme und in den Haarbürsten sammelt sich fettiger Schmutz an. Aufs Rasieren wird verzichtet, aufs Kämmen irgendwann auch, und die Haare verfilzen, bis ein Stück herausgeschnitten werden muss, weil selbst mit einem groben Kamm kein Durchkommen mehr ist.

In Zeiten wie diesen werden die Nachttische nicht mehr sauber gewischt, die Tischdecken und das Blumenwasser nicht mehr gewechselt und die Pflegematerialien bleiben auf Ablagen und Fenstersimsen griffbereit fürs nächste Mal liegen. In den Betten sammeln sich Papiertaschentücher und Krümel an, weil niemand die Kissen schüttelt, während im Papierkorb durchweichte Windelhosen und kotverschmierter Zellstoff vor sich hin stinken, weil sich wieder einmal jemand den Weg zum Mülleimer gespart hat. Die Bettwäsche wird seltener gewechselt, kot- und blutverschmierte Laken werden nur mit einer grünen Moltonunterlage abgedeckt und Deckbetten zuunterst nach oben gekehrt.

Von Tag zu Tag nimmt der Schmuddelfaktor zu, manchmal fühlt sich Dagmar an jene Holzschnitte von Siechenhäusern aus dem Mittelalter erinnert, die heutzutage den Untertitel *unvorstellbare Verhältnisse* tragen. Sie selber denkt, dass so viel gar nicht anders geworden ist, sondern nur der Pesterreger vom multiresistenten Keim abgelöst wurde – es sei denn, man betrachtet es als gewaltigen Fortschritt, dass jeder Patient in der Zwischenzeit ein eigenes Bett bekommen hat.

Auch an diesem Donnerstag kommen sie mit dem Waschen nicht durch, denn die Nachtwache war mit Bruder Anselm beschäftigt und Rita und Sonja sind wie vom Erdboden verschluckt. Dagmar rennt von einem Zimmer ins andere und schafft gerade das Notwendigste, nein, nicht einmal das.

Die Flaschennahrungen für die Pflegefälle sind fertig. Dagmar fährt mit dem Wägelchen los, um sie an die entsprechenden PEG-Sonden anzuhängen. In diesem Augenblick kommt Schwester Anneliese auf Station.

Die Pflegedienstleitung! Das hat gerade noch gefehlt!, denkt Dagmar und bleibt mitten im Flur stehen.

»Wie schön, dass ich Sie hier antreffe, Schwester Dagmar«, flötet Schwester Anneliese. »Zu Ihnen wollte ich nämlich. Wo können wir uns ungestört unterhalten?«

»Muss das denn jetzt sein?«, fragt Dagmar und zeigt hilflos auf ihre Flaschen. »Wir haben so schrecklich viel zu tun.«

»Es dauert nicht lange«, versichert Schwester Anneliese und deutet einladend auf das Stationszimmer. Sie geht vor und hält Dagmar die Tür auf. Dieser wird unbehaglich zumute. Meist hat es nichts Gutes zu bedeuten, wenn die heilige Anneliese höflich wird. Diese legt auch schon los: »Ich finde es gaaanz toll, wie freundlich Sie immer zu den Patienten sind, Schwester Dagmar. Selbst in Situationen, in denen alles drunter und drüber geht, bleiben Sie ruhig und behalten die Übersicht. Das bewundere ich so an Ihnen. Das ist gaaanz toll!«

Dagmar wird noch unbehaglicher zumute. Sie kann sich nicht erinnern, dass Schwester Anneliese jemals dabei war, als es auf Station wirklich drunter und drüber gegangen ist.

»Sie wissen natürlich, dass wir, nachdem Schwester Katrin uns im Sommer verlassen hat, ohne stellvertretende Stationsleitung sind«, hebt Schwester Anneliese an. »Und nun kommen Sie ins Spiel, Schwester Dagmar. Ahnen Sie schon, was ich Ihnen sagen will? Können Sie sich vorstellen, dass Sie ab Januar zu unserem Nachwuchs an Führungskräften gehören? Ich möchte Ihnen nämlich den Posten der Stellvertretung anbieten. Wenn Sie zustimmen, werden Sie nach Schwester Jutta die zweite Kraft auf Station sein.«

Dagmar lässt sich geplättet auf den nächsten Stuhl fallen. »Das kommt sehr plötzlich«, sagt sie verlegen. »Damit habe ich überhaupt nicht gerechnet.«

»Nicht wahr? Jetzt habe ich Sie aber überrascht!«, lächelt Schwester Anneliese. »Jetzt dürfen Sie endlich zeigen, was in Ihnen steckt. Solch eine Gelegenheit kommt so bald nicht wieder.«

»Ich weiß nicht, ob ich mich zur stellvertretenden Stationsleitung eigne«, stottert Dagmar. Sie fühlt sich überrumpelt und gleichzeitig gebauchpinselt. Wenn man ihr diesen Posten anbietet, muss man mit ihr zufrieden sein. Es ist die Bestätigung, die sie lange entbehrt hat.

»Schwester Jutta und ich halten sehr viel von Ihnen, das möchte ich Ihnen an dieser Stelle doch einmal sagen. Wie lange gehören Sie bereits zu unserem Haus? Seit acht Jahren, nicht wahr? Sie tragen das Abzeichen unserer Gemeinschaft. Sie nehmen aktiv an unseren Fortbildungsprogrammen teil. Sie kennen das Krankenhaus und beherrschen Ihre Arbeit aus dem Effeff. Das sind Qualifikationen, Schwester Dagmar, Qualifikationen.«

»Ja schon, aber ich habe doch gar keinen Stationsleitungskurs mitgemacht.«

Dagmar verstummt, denn plötzlich ist ihr, als ballten sich dunkle Wolken über ihrem Kopf zusammen. Will sie das überhaupt? Will sie tatsächlich irgendwann eine Station leiten? Hat sie nicht immer von etwas anderem geträumt? Von einem Leben in der Natur, mit Kindern, Tieren und Pflanzen? Von mehr Fröhlichkeit und Freiheit in ihrem Leben?

»Natürlich werden wir Sie für einen der nächsten Kurse vorsehen. Das bedeutet für Sie noch einmal Lernen, Lernen, Lernen, aber das schaffen Sie mit links – an Ihren freien Wochenenden haben Sie doch Zeit dafür. Wir haben volles Vertrauen zu Ihnen.«

Dagmar will die Bremse ziehen, um Aufschub bitten, den Vorschlag rundheraus ablehnen, aber sie bringt es nicht fertig. Sie ist so daran gewöhnt zu tun, was andere von ihr erwarten, dass jeder Widerstand ihr verdammt schwerfällt.

»Unser Haus braucht Sie, Schwester Dagmar«, sagt Schwester Anneliese eindringlich und beugt sich zu ihr vor. »Lassen Sie uns nicht im Stich. Wir rechnen mit Ihnen …«

»Wenn ich dem Haus damit dienen kann«, sagt Dagmar lahm, »aber …«

»Das tun Sie! Das tun Sie«, ruft die heilige Anneliese enthusiastisch aus. »Wir dürfen also auf Sie bauen, Schwester Dagmar? Wie wunderbar! Da fällt mir doch eine Last von der Seele. Dann ist es abgemacht, ich werde mich gleich um die Vertragsänderung kümmern. Sie werden nämlich in eine höhere Gehaltsstufe kommen. Es gibt mehr Geld.«

Dagmars Herz hingegen ist schwer wie Blei geworden. Sie sieht sich Tag für Tag, Woche für Woche Dienstpläne schreiben, Bestellungen aufgeben, immer noch kompliziertere Geräte bedienen und immer noch weniger Zeit für die ihr anvertrauten Menschen haben. Das wird Jahr um Jahr so gehen, bis ihr Haar grau und sie alt geworden ist. Irgendwann wird sie eine Rente bekommen, von der sie notdürftig gerade mal leben kann, und das soll es dann gewesen sein. Hat sie sich so ihr Leben vorgestellt?

Dagmar holt tief Luft. »Dann muss ich also …«, beginnt sie und wird in diesem Augenblick von Ute Kubatzki unterbrochen, die, ohne anzuklopfen, im Rollstuhl ins Zimmer hereinfährt.

»Jetzt will ich doch selber einmal sehen, warum niemand kommt, wenn ich nach der Schwester läute«, sagt Ute Kubatzki. »Da könnte man ja längst tot sein, bis sich von euch endlich jemand bequemt.«

»Frau Kubatzki!«, ruft Dagmar aus. Mit einem Mal ist der Bann gebrochen. Sie weiß genau, dass sie keine Station leiten will. Sie will keine Dienstpläne schreiben, sie will nicht an unsäglich langweiligen Besprechungen teilnehmen, sie will nicht noch länger am Computer sitzen und vor allem will sie nicht den unmöglichen Spagat zwischen den Wünschen der Krankenhausleitung und den Bedürfnissen der Kollegen vollziehen.

»Das Waschbecken ist verstopft«, berichtet Frau Kubatzki mit einem durchtriebenen Gesichtsausdruck. »Da schwimmt eine hässliche, graue Brühe darin. Sorgen Sie dafür, dass das repariert wird.«

»Wird gemacht!«, gibt Dagmar erleichtert zurück. »Ich stelle sofort eine Reparaturanforderung aus.«

»Ich darf also mit Ihnen rechnen, Schwester Dagmar?«, vergewissert sich die Pflegedienstleiterin noch einmal.

Dagmar holt tief Luft. »Ich muss mir das Angebot erst in aller Ruhe überlegen«, entgegnet sie fest. »Schließlich ist es eine wichtige Entscheidung. Ich bin mir nicht sicher, dass dies wirklich mein Weg ist. Lassen Sie mir ein wenig Zeit.«

»Selbstverständlich, wenn Sie meinen«, sagt die heilige Anneliese säuerlich, ihre Freundlichkeit ist wie weggeblasen. »Tun Sie, was Sie nicht lassen können. Geben Sie mir Bescheid, wenn Sie herausgefunden haben, was Sie wollen. Aber überlegen Sie nicht zu lange. Sie wissen ja, wo Sie mich finden.«

Schwester Anneliese wirft Frau Kubatzki einen abfälligen Blick zu, straft Dagmar mit Kälte und stöckelt von dannen.

Eine Chefarztvisite ist wie ein Ritual aus alten Zeiten, als die Könige mit ihrem Hofstaat, vom Volk bejubelt, durch die Straßen zogen. Es sind etwa fünfundzwanzig Ärzte, die sich versammelt haben, um heute Siegfried Gössners Hofstaat zu spielen. Den Kammerherrn gibt Regina Funke, die rechter Hand des Professors Aufstellung genommen hat.

»Der Patient hat sich gestern bei uns eine Radiusfraktur zugezogen«, meint sie nervös, denn sie weiß nicht, ob es den Pflegenden gelungen ist, Manuel Jäger rechtzeitig auf ihre Station zurückzuholen. Welche Blamage, wenn der Chef das Zimmer leer vorfinden würde. »Glasknochen brechen tatsächlich sehr leicht.«

Einige der Studenten fangen bei dieser Erklärung an zu lachen, aber der Professor wirft ihnen einen finsteren Blick zu, worauf sie abrupt verstummen und ernste Gesichter machen. Christian ist unsicher, ob er sich Regina Funke zugesellen soll, aber da sie ihn völlig übersieht, zieht er es vor, bei den Studenten zu bleiben.

Der Aufzug fasst maximal sechs Personen, deshalb gehen sie zu Fuß, gehen die Treppen hinunter, durch die Eingangshalle und von dort in den Flügel der Inneren Medizin hinüber. Viele Blicke folgen ihnen auf ihrem Weg. Christian fühlt sich durch die Aufmerksamkeit angenehm gekitzelt, denn vom Glanz der Gruppe gilt ein Schimmer auch ihm. Auf Station holt Regina Funke sogleich den Kurvenwagen sowie die Röntgenbilder. Als sie zurückkommt, ruft sie nach Christian. Geschmeichelt löst er sich aus der Reihe seiner Kommilitonen.

»Sie dürfen den Kurvenwagen betreuen«, erklärt sie ihm huldvoll. Das heißt, dass er den Wagen von einem Zimmer zum anderen schieben und ihr die Kurven reichen darf, die sie aufschlägt und Siegfried Gössner zum Lesen hinhält. Christian sieht in die grinsenden Gesichter seiner Studienkollegen und fühlt sich gedemütigt.

Professor Gössner nimmt die Patientenakte entgegen und ist der allwissende Heiler, als er das Zimmer betritt. Die schlaffen Gesichter verziehen sich in freudigem Erschrecken und matt gewordene Augen fangen an zu glänzen, wenn er auf der Bettkante Platz nimmt. Die Menschen in den Betten verehren diesen Mann, der immer weiß, was zu tun ist. Sie sind ihm dankbar, weil er die Verantwortung übernimmt und sie am Leben erhält. Ihm beichten sie ihre Leiden, wie sie zu anderen Zeiten dem Priester ihre Sünden gebeichtet haben, ebenso demütig nehmen sie das Urteil aus seinem Munde an. Ihm wollen sie gehorchen, weil Gott sie so enttäuscht hat. Professor Gössner ist ein Heiliger, ein Priester, der Halbgott in Weiß, nicht allein, weil ihm die Rolle des Mächtigen gefällt, sondern vielmehr, weil die Patienten es wünschen und anders gar nicht haben wollen.

Vor der Tür angekommen, hinter der Bruder Anselm und Manuel Jäger liegen, ergreift Regina Funke das Wort. Eng gedrängt stehen alle anderen um sie herum und lauschen.

»Eines der frühesten Beispiele für eine Osteogenesis imperfecta«, beginnt sie, »haben wir in Ivar Benlos, einem dänischen Wikingerprinzen, der im neunten Jahrhundert nach Christus gelebt hat. Dieser Prinz, der auf eigenen Beinen nicht stehen konnte, ließ sich auf einem Schild in die Schlacht tragen. Er eroberte weite Teile Englands und wurde später König von York und Dublin. Gegen Ende seines Lebens fromm geworden, starb er um 866. Genau wird man es nie wissen, wieder einmal verliert sich die Realgeschichte in den Legenden, denn Wilhelm der Eroberer hat die Knochen von Ivar Benlos angeblich wieder ausgraben und verbrennen lassen, sicher nur, um eine gentechnische Analyse zu verhindern und der heutigen Wissenschaft ein Schnippchen zu schlagen.«

Wohlwollendes Gelächter ist die Antwort. Immer noch vor der Tür erklärt Regina Funke ihren aufmerksamen Zuhörern nun das Krankheitsbild und die verschiedenen Klassifikationssysteme.

»… von Manuel Jäger wissen wir, dass die Krankheit wohl nicht über die Mutter weitergegeben wurde, der Vater ist unbekannt, so könnte das fehlerhafte Gen also von ihm dominant auf den Patienten gekommen sein, wenn es sich denn um keine Spontanmutation handelt.«

Mit diesen Worten öffnet sie die Tür und lässt zuerst den Professor eintreten. Die Menge folgt, drängt sich, stößt sich und zuletzt quetscht sich auch Christian in den Raum hinein. Er reckt den Hals, um einen Blick auf Manuel Jäger zu werfen.

»Dies also ist unser Patient«, erklärt Regina Funke und deutet auf den im Bett Liegenden, als wäre die Auswahl an Patienten besonders groß. »Hier haben wir Manuel Jäger, 38 Jahre alt, alleinstehend und in der Lage, sich mithilfe von Nachbarn und Freunden trotz der Glasknochenkrankheit selbst zu versorgen. Es sei denn, er hat sich gerade wieder einmal einen Knochen gebrochen oder sonst ein Problem, dann kommt er zu uns. Nicht wahr, Herr Jäger?«

Der Patient weiß darauf nichts zu antworten, sondern sieht alle nur der Reihe nach an und runzelt die Stirn.

»Was Sie hier sehen, wird als Osteogenesis imperfecta Typ III eingestuft, obwohl diese Klassifizierung dem tatsächlichen Phänotyp nur bedingt gerecht wird … typisch sind die blau verfärbten Skleren … machen Sie doch bitte einmal die Augen weit auf, Herr Jäger … und die brüchigen Zähne. Herr Jäger hat Zahnimplantate, denn bei der generellen Brüchigkeit aller Zähne kamen Teilprothesen grundsätzlich nicht in Betracht. Herr Jäger, möchten Sie uns nicht etwas über Ihre Zahnbehandlungen erzählen? Kommen Sie mit den Implantaten zurecht? War es denn nicht außerordentlich schwierig, die Metallstifte in Ihren Kieferknochen zu verankern? Ja, hat man denn nicht zuerst versucht, die Zähne durch Überkronen zu retten?«

Manuel Jäger sieht elend und viel älter aus, als Christian ihn in Erinnerung gehabt hat. Sein Gesicht ist blass und von vielen Falten zerfurcht, nicht alle rühren vom Lachen her. Mit einem Mal verfliegt Christians Hochgefühl und etwas wie Scham kommt auf. Er empfindet sich als Zuschauer in einem Spektakel, in dem die monströsen Launen der Natur mit einer gewissen Sensationslust vorgeführt werden. Am liebsten hätte er das Zimmer unauffällig verlassen.

Der Glasknochenmann schüttelt sachte den Kopf. Es ist nicht ersichtlich, ob er damit auf Regina Funkes Frage antwortet oder ob er sie alle meint, die sich an seinem Bett versammelt haben. Er lehnt sich in sein Kissen zurück, dreht den Kopf zum Fenster hin und schließt müde die Augen.

»Ich verstehe durchaus, dass Sie nach der gestrigen Operation noch ruhebedürftig sind. Darauf werden wir selbstverständlich Rücksicht nehmen, Herr Jäger.« Mit diesen Worten baut Regina Funke sich selbst eine Brücke, damit sie weitermachen kann. Sie fordert Christian auf, die Röntgenbilder herauszuholen und gegen das Licht zu halten. Sie verweist auf die Struktur der Knochen, auf die Krümmung der Wirbelsäule und auf die Verformung des Brustkorbs. Dabei wird sie von Professor Gössner unterbrochen, der nun seinerseits auf die Aufgaben der Medizin im Allgemeinen zu sprechen kommt.

»Von siebentausend bekannten Erbkrankheiten können wir heute etwa tausend mithilfe der pränatalen Diagnostik erfassen«, doziert der Professor. »Es ist ein weites Feld, in dem es noch unendlich viel zu tun gibt. Damit wende ich mich vor allem an die Jüngeren unter Ihnen, meine Damen und Herren. Unsere Generation und die Generationen vor uns haben den Weg gebahnt und die Richtung eingeschlagen. Nun ist es an Ihnen, auf diesem Weg entschlossen weiterzugehen. Längst können wir noch nicht alle Krankheiten heilen, die Osteogenesis imperfecta ist dafür nur ein Beispiel. Wie Sie alle wissen, ist es extrem schwierig, gesunde Erbmasse in einen vorhandenen Zellkern einzuschleusen …«

Christian nickt. Er weiß, dass die Forschung – darauf hoffend, hierin ein Universalheilmittel für alle möglichen Krankheiten zu finden – auf Stammzellen von geklonten Embryonen setzt. Er weiß aber auch, dass es gerade in der Stammzellforschung immer wieder unerwartete Rückschläge gegeben hat.

»… doch gibt es gerade bei der Glasknochenkrankheit einen vielversprechenden neuen Ansatz«, erklärt der Professor weiter, »bei dem das fehlerhafte Gen ganz gezielt verändert wird. Das wird Sie interessieren«, wendet er sich nun direkt dem Patienten zu. »Wissenschaftlern der Universität Washington ist es vor einiger Zeit gelungen, Erbmoleküle in die Zelle einzuschleusen. Die machen das mit einem Virus, und zwar mit abgeschwächten Erkältungsviren. Das defekte Gen wird ausgeschaltet und ein neues dort platziert. Das ist eine richtige genetische Reparatur, mit der Menschen wie Ihnen künftig geholfen werden kann.«

»Ich weiß«, sagt Manuel matt. »Man nennt das Knock-in. Da gerade von Erkältungsviren die Rede ist … es ist so, dass ich mich erkältet habe, aber Infektionen der Atemwege sind für mich sehr gefährlich, weil ich nicht richtig husten kann und der Schleim sich deshalb in der Lunge ansammelt. Ein stark wirksames Antibiotikum könnte die Infektion vielleicht noch aufhalten. Oder wenigstens einer Lungenentzündung vorbeugen.«

Siegfried Gössner studiert die Patientenkurve. »Hier ist gar nichts vermerkt«, meint er. »Dr. Funke, warum steht hier nichts? Wie behandeln Sie den Patienten?«

Regina Funkes Blick ist eisig geworden. Vielleicht hätte sie zu einer anderen Zeit und in einer anderen Situation mit sich reden lassen, aber niemals wird sie sich vor fünfundzwanzig Kollegen und Kolleginnen eines Versäumnisses bezichtigen lassen.

»Es steht nichts in der Akte«, sagt sie mühsam beherrscht, »weil die Erkältung nicht relevant ist. Und Ihnen, Herr Jäger, möchte ich gern sagen, dass die Anwendung von Antibiotika bei Viren gänzlich nutzlos ist. Ein Antibiotikum wirkt gegen Bakterien, aber doch nicht gegen Viren.«

»Es ist wenigstens eine Chance«, gibt Manuel leise zurück. »Und ich hätte ein besseres Gefühl.«

»Lassen Sie sich von mir gesagt sein, Herr Jäger, dass in Ihrem Fall der Einsatz von Antibiotika sinnlos ist. Sie schädigen damit höchstens die empfindlichen Schleimhäute in Magen und Darm und bringen Ihr Verdauungssystem durcheinander.«

»Vielleicht sollten wir in diesem Fall dennoch eine Ausnahme machen«, mischt sich Professor Gössner ein.

»Nein, nein, nein und nochmals nein! Ich habe nicht vor, der Züchtung multiresistenter Keime durch wahllosen Einsatz von Antibiotika weiterhin Vorschub zu leisten. Wenn wir jedes Kratzen im Hals sogleich mit Penicillin bekämpfen, schießen wir mit Kanonen auf Spatzen. Was können wir gegen einmal resistent gewordene Keime denn noch tun? Nichts. Im Prinzip stehen wir wieder da wie vor hundert oder zweihundert Jahren.«

»Das ist völlig richtig, Dr. Funke«, stimmt Professor Gössner zu. »Das habe ich nicht bedacht. Man spricht von fünfhunderttausend Fällen im Jahr. Fünfhunderttausend Infektionen, die in unseren Krankenhäusern durch multiresistente Keime verursacht werden. Was das kostet!«

»Ganz genau!«, erwidert Regina Funke mit Nachdruck. »Das geht in die Millionen. Genau das ist der springende Punkt.«

Rita und Sonja kommen auf Station zurück und was ihnen entgegenschlägt, ist eine keifende Stimme, die immer neue Anschuldigungen hervorstößt. Die beiden sehen sich an und hören eine Weile zu. Dann reißt Rita überraschend die Tür auf, hinter der die Stimme so schreckliche Dinge sagt. Wer immer geredet hat, verstummt abrupt. Drei Gesichter starren Rita an. Es sind die Gesichter von Emilie Steinmann, Martha Reich und einer kleinen, schwarz gekleideten Person, die auf einem Stuhl am Bett von Martha Reich sitzt und ihre Handtasche so eng gegen ihre Brust drückt, als wäre sie mit dieser verwachsen.

»Wer hat soeben geredet?«, will Rita wissen. Als niemand antwortet, fasst sie die Schwarzgekleidete ins Auge. »Sind Sie das gewesen?«

»So geht das schon seit einer Stunde«, meldet sich Frau Steinmann zu Wort und mustert die Schwarze mit vorwurfsvollem Blick. »Seit die da das Zimmer betreten hat … Das ist die Schwester von Martha Reich. So etwas habe ich ja noch nie erlebt.«

»Der Gesundheitszustand Ihrer Schwester ist für derartige Auseinandersetzungen nicht stabil genug«, sagt Rita zu der Schwarzgekleideten. »Unsere Patienten sind krank und brauchen Ruhe. Daher ist es wohl besser, wenn Sie jetzt gehen. Und zwar unverzüglich.«

Die Frau in Schwarz schießt einen giftigen Blick auf Rita ab. »So war es schon immer«, sagt sie verbissen. »Immer sind alle auf Marddels Seite. Sie hat schon immer gewusst, wie sie es machen muss.«

»Was man nicht von allen Menschen behaupten kann«, entgegnet Rita, stemmt die Fäuste in die Seiten und geht Schritt für Schritt auf die Schwarze zu. Diese steht hastig von ihrem Stuhl auf. »Meinen Verlobten hat sie mir weggenommen. Der hat daraufhin mit dem Saufen angefangen, weil er mit der da nicht glücklich geworden ist. Wie denn auch? Die hat allen Männern den Kopf verdreht, nicht nur meinem Egon. So eine ist das, die Marddel.«

»Das muss aber schon lange her sein«, gibt Rita zurück und nimmt schnell den Stuhl weg, damit die Frau sich nicht wieder setzen kann. »Das ist vorbei, vergessen und begraben.«

»Ha, begraben!«, schreit die Schwarze auf. »Zwei Jahre später ist er gestorben, der arme Kerl, den die da mit ihren Spitzenhöschen verzaubert hat. Er hat nichts vom Leben gehabt. Gar nichts. Aber die Marddel hat vierzig Jahre lang die Witwenrente kassiert. Vierzig Jahre lang!«

»Aber nun hat die Marddel einen Schlaganfall gehabt und kann nicht reden, um sich zu verteidigen, deshalb ist es besser, wenn Sie sich schnell verabschieden.« Mit diesen Worten schiebt Rita sich zwischen Martha Reich und ihre Schwester. Sie drängt die Letztere langsam, aber zielsicher zur Tür hinaus.

»Es ist nicht gerecht«, ruft diese klagend. »Es ist einfach nicht gerecht, hörst du, Marddel?« Sie weicht weiter zurück und hebt plötzlich die Handtasche. Einen Augenblick lang glaubt Rita, dass die Schwarzgekleidete damit nach ihr schlagen will, aber dann wendet diese sich ab und rennt ohne ein weiteres Wort fluchtartig davon.

Martha Reich gurgelt.

»Keine Ursache!«, meint Rita mit einem Blick auf die Patientin, während sie Sonja am Arm packt und mit einem Satz ins Zimmer zurückspringt, denn auf einmal schießen von irgendwoher hintereinander zwei Rollstühle heran. Im selben Augenblick kommt Dagmar mit Wendelin Weihrauch aus dem Wirtschaftsraum heraus. In den Rollstühlen sitzen Ute Kubatzki und Vera Liebich und liefern sich ein Kopf-an-Kopf-Rennen. Sie liegen beinahe gleichauf. Auch Dagmar erkennt die Gefahr und springt zur Seite, aber Wendelin Weihrauch ist nicht schnell genug. Ute Kubatzki fährt ihm über den Fuß.

»Juhu!«, ruft Vera Liebich mit geröteten Wangen und strahlenden Augen. »Juhu! Schwester Dagmar!«

Wendelin Weihrauch hält sich hüpfend seinen Fuß. Ute Kubatzki hat ihren Stuhl gedreht und rollt auf ihn zu.

»Ute Kubatzki!«, ruft Wendelin Weihrauch mit donnernder Stimme. »Dich kenne ich, Ute Kubatzki!«

»Das will ich doch hoffen«, gibt diese zurück und lacht den Alten, weil sie im Rollstuhl sitzt, von unten herauf an.

»Und? Hast du genug, Ute Kubatzki?«

»Nein, noch nicht«. Ute Kubatzki dreht die Räder ihres Rollstuhls mit Schwung. »Ich habe noch lange nicht genug.« Sie winkt noch einmal, dann verschwinden die beiden Rollstühle mitsamt den Frauen darin durch die Glastür, ihr Gelächter und Kreischen verhallt.

Rita hat die Szene sprachlos beobachtet. Sie geht zu Dagmar hinüber, die Wendelin Weihrauch den Socken ausgezogen hat und seinen Fuß auf Verletzungen hin untersucht. Es sieht nicht so aus, als würde sie welche finden.

»Hast du das auch gehört?«, fragt Rita fassungslos. »Hast du eben auch gehört, was ich gehört habe?«

»Ja«, erwidert Dagmar und blinzelt verwirrt. »Ich begreife es ebenso wenig wie du. Wendelin Weihrauch hat Ute Kubatzki bei ihrem Namen genannt.«

»Tatsächlich!«, staunt Rita. »Ausgerechnet die Kubatzki!«

»Jawohl, Fräulein«, antwortet Wendelin Weihrauch ausdruckslos und lässt sich von Dagmar den Strumpf wieder überstreifen.

Professor Gössner verabschiedet sich von Manuel und wendet sich Bruder Anselm zu. Dieser hat in der Zwischenzeit die Gummiringe aus dem Bart entfernt und ihn glatt gestrichen. Er sitzt nun aufrecht im Bett und sieht aus wie eine Gestalt aus dem Alten Testament.

»Das ist Bruder Anselm«, erklärt der Professor heiter. »Wir kennen uns, Bruder Anselm, nicht wahr?« Dann dreht er sich zu seinen Zuhörern um. »Bruder Anselm ist einer der letzten Barmherzigen Brüder. Auf ihn müssen wir besonders achtgeben. Dr. Funke, Sie haben eine große Verantwortung übernommen. Wenn einem der Brüder etwas passiert, bekomme ich es mit Prior Martin zu tun.«

»Bruder Anselm kann sich aber nicht beklagen«, meint Dr. Funke lächelnd. »Sie werden bei uns doch gut versorgt, nicht wahr? Sagen Sie Professor Gössner ruhig, wie es ist.«

»Auf jeden Fall«, blinzelt Bruder Anselm in die Runde. »Ich bin mehr als zufrieden, Herr Professor. Heute wird bei mir noch einmal ein EKG gemacht.«

»Was Sie nicht sagen! Sind die Schwestern auch nett zu Ihnen?«

»Das will ich meinen, Herr Professor. Das ist gelebte Nächstenliebe. Das ist Dienst am Nächsten, wie der Herr es uns mit seinem Beispiel vorgelebt hat.«

»Das freut mich, Bruder Anselm. Wenn etwas nicht so ist, wie es sein sollte, dann sagen Sie es mir. Oder Dr. Funke. Wie viele Brüder leben denn noch im Stift drüben?«

»Zwölf sind wir noch. Genau das, was zur Zeit Jesu Christi die Apostel waren, nicht wahr? Aber wir werden immer weniger. In diesem Jahr mussten wir Bruder Gregor und Bruder Bonifazius zu Grabe tragen. Das ist ein trauriges Thema, Herr Professor. Es kommt keiner mehr nach. Niemand will heutzutage noch Mönch werden. Der letzte … das war Bruder Claudius … lassen Sie mich nachdenken … es muss siebenundzwanzig Jahre her sein, seit er das Gelübde abgelegt hat.«

»So lange schon!«

»Ja, wir sind damals ganz anders gewesen als die heutige Jugend, aber die Bedingungen waren auch andere. Wir sind Kinder der Nachkriegszeit und haben die Not gekannt. Wir haben mit ganzem Herzen und ganzer Kraft unserem Herrn und Gott gedient, aber schließlich hatten wir damals auch noch kein Fernsehen, nicht wahr? Stattdessen haben wir miteinander gesungen. Singen ist etwas Wunderbares, Herr Professor. Singen verbindet die Menschen miteinander, finden Sie nicht auch?« Die Augen des Mönchs leuchten, als er sich Professor Gössner zuwendet, der sich nun zu ihm auf den Bettrand setzt. Bruder Anselms Miene verklärt sich.

»Ich war zweiter Bariton in unserem Chor. Ich hatte eine schöne Stimme.« Plötzlich hebt er mit zwar zittriger, aber immer noch wohlklingender Stimme zu singen an.

»Du kannst nicht tiefer fallen als nur in Gottes Hand, die er zum Heil uns allen barmherzig ausgespannt … Kennen Sie dieses Lied noch, Herr Professor?«

»Nein, ich muss passen«, schmunzelt dieser. »Aber das haben Sie sehr schön gemacht, Bruder Anselm. Nicht wahr, das hat doch allen hier gefallen?«, wendet er sich an die Umstehenden, die eifrig nicken und Beifall klatschen.

»Wir verdanken den Mönchen sehr viel«, fährt der Professor fort. »Ohne Mönche wie Bruder Anselm wären wir heute nicht hier. Die Brüder waren es nämlich, die vor bald hundert Jahren dieses Krankenhaus gegründet haben. Ordensleute waren die Ersten, die sich um sieche Menschen gekümmert haben. Es waren Nonnen und Mönche, die die ersten Krankenstuben unterhalten haben, damals, im Mittelalter oder sogar noch früher.«

»Ja, das ist ganz richtig«, nickt Bruder Anselm glücklich. »Wir tun das Werk, das Gott den Menschen tut. Wir sind Gottes Hände. Prior Martin sagt das auch immer. So haben wir unsere Gemeinschaft immer verstanden, so steht es auch in unserer Satzung. Wir sind Gottes Hände.«

»Heute sind wir es, die das Werk der Ordensgemeinschaften weiterführen«, wendet sich der Professor wieder an die Anwesenden. »Wir alle, die wir im medizinischen Bereich arbeiten, sind die Erben dieses Geistes. Die Flamme der Nächstenliebe, die in den Klöstern entzündet wurde, ist von Menschen wie Bruder Anselm an uns weitergereicht worden. Wir werden uns dieses Auftrags würdig erweisen. Wir werden nicht vergessen, dass nun wir anstelle der Brüder zu Gottes Hand geworden sind, dass unsere Arbeit auch einen zutiefst spirituellen Hintergrund hat. Du kannst nie tiefer fallen als nur in Gottes Hand – von wem ist dieses Lied denn eigentlich, Bruder Anselm?«

Vor dem Mittagessen bringt Dagmar Frau Bauer ihre Medikamente. Frau Bauer ist nicht allein. Eine Frau sitzt bei ihr am Bett. Dagmar vermutet, dass es sich um die Bekannte aus dem Hospiz handelt. Es ist eine Dame im mittleren Alter, die teuer gekleidet ist und sehr gebildet wirkt.

»Denken Sie nur, Schwester Dagmar«, sagt Frau Bauer und ihre Stimme klingt ganz aufgelöst. »Der Tod hat mich gewürgt. Ich habe keine Luft mehr bekommen. Es war so entsetzlich, ich weiß nicht, was ich sagen soll.«

Die Dame tätschelt Frau Bauers Arm. »Es ist ein gutes Zeichen, wenn du anfängst, dich mit dem Tod auseinanderzusetzen. Es gibt viele Märchen, in denen der Tod dreimal an die Tür klopfen muss, bevor er eingelassen wird. Da bist du also schon sehr viel weiter. Vielleicht hast du ihn sogar zu nahe an dich herangelassen, deine Seele protestiert, weil es ihr zu schnell geht.«

»Aber nein! Das ist kein Märchen«, widerspricht Frau Bauer aufgeregt. »Ich bin wirklich dem Tod begegnet. Auf dem Weg zum Röntgen hat er mich gewürgt. Schwester Rita ist dabei gewesen. Sie hat es gesehen.«

»Reg' dich nicht auf, Sigrid«, entgegnet die Dame besänftigend, während sie Dagmar einen kritischen Blick zuwirft. »Ist das die Krankenschwester, von der du mir erzählt hast?«

»Ja, das ist Schwester Dagmar.« Frau Bauer lässt sich ablenken und greift den Themenwechsel dankbar auf. Sie sieht Dagmar ebenfalls an. »Schwester Dagmar hat mich auf den Gedanken gebracht, bei dir anzurufen. Ich bin so froh, dass du gleich heute gekommen bist.«

»Sie haben Frau Bauer sehr geholfen«, sagt die Dame vom Hospiz. »Ich hoffe, Sie wissen das.«

»Ich habe doch gar nicht Besonderes getan«, wehrt Dagmar verlegen ab, aber das will Frau Bauer nicht gelten lassen. Sie wendet sich der Dame zu, um ihr zu erklären, dass Dagmar die Einzige ist, mit der sie über ihre Sorgen reden kann.

»Die anderen hören mir zwar auch zu«, sagt Frau Bauer und macht eine Pause, um nach einer Weile versonnen fortzufahren: »Doch ich habe dabei das Gefühl, dass sie mir meine Krankheit insgeheim vorwerfen, dass etwas grundsätzlich falsch an mir ist, dass ich versagt habe. All das liegt wie eine Barriere zwischen mir und den anderen. Es ist nicht so, dass die Leute unfreundlich sind, im Gegenteil, sie wollen mir Mut machen und haben Mitleid mit mir. Aber trotzdem stehe ich auf der einen Seite und sie auf der anderen. Nur Schwester Dagmar steht auf der gleichen Seite wie ich. Denken Sie nur, Schwester Dagmar, vorhin ist Dr. Funke zu mir gekommen, um ein ernstes Gespräch mit mir zu führen. Da war sie aber überrascht, eine Brückenschwester vom Hospiz an meinem Bett vorzufinden, nicht wahr, Beate? Ich glaube, sie war sogar ein wenig beleidigt.«

Die Frau, die Beate heißt, mustert Dagmar nun sehr aufmerksam. »Wenn Sie mit schwerkranken Menschen so umgehen können, dass sie sich in Ihrer Gegenwart wohlfühlen, Schwester Dagmar, dann ist Ihnen eine Fähigkeit geschenkt, die manche von uns erst mühsam erlernen müssen«, sagt sie freundlich.

Frau Bauers Bekannte ist der Typ Mensch, der sich bewusst mit dem Sterben auseinandersetzt. Sie gehört zu denen, die den Tod als Herausforderung sehen, als Aufgabe, an der sie wachsen, reifen und ihr menschliches Potenzial entfalten können. Sie pflegen Sterbende, um von Sterbenden zu lernen. Diese Menschen sind auf einer spirituellen Suche, auf der Suche nach Gott, auf der Suche nach Sinn, auf der Suche nach sich selbst.

Dagegen ist eigentlich nichts zu sagen, nur ist es so, dass Dagmar sich in Gegenwart solcher Menschen meistens unbehaglich fühlt. Warum das so ist, weiß sie nicht. Vielleicht liegt es daran, dass sie auf Bemerkungen, wie Frau Beate sie eben gemacht hat, nichts antworten kann. So steht sie auch jetzt nur verlegen und sprachlos am Bett.

»Ich werde sehen, was ich für dich tun kann, Sigrid«, sagt die Brückenschwester. »Im Augenblick haben wir keinen freien Platz im stationären Bereich, wir haben auch immer eine Warteliste, aber ich werde mit Dorothea reden. Sie ist es, die das Hospiz aufgebaut hat und es seit elf Jahren leitet. Was für eine wunderbare Frau! Ein leuchtendes Beispiel für uns alle. Und so einfühlsam. Du wirst von ihr ebenso begeistert sein wie alle unsere Klienten. Wir werden eine Lösung für dich finden.«

»Ich wünsche mir einen Platz, an dem ich bleiben kann«, meint Frau Bauer. »Wo man mir hilft, falls die Schmerzen schlimmer werden. Wo ich meinen Frieden mit der Welt machen und Ruhe finden kann. Wo ich wie ein Mensch behandelt werde.«

»Wir versuchen, unseren Klienten die letzte Zeit ihres Lebens so angenehm wie möglich zu machen. Wir pflegen die Menschen nach ihren individuellen Bedürfnissen und respektieren ihre Wünsche. Das liegt uns allen sehr am Herzen.«

Dagmar hört dem Gespräch schweigend zu. Es stimmt, was die Brückenschwester erzählt, das kann sie aus eigener Erfahrung bestätigen. In keinem Krankenhaus der Welt wird so viel für sterbende Menschen getan wie in den Hospizen. Als Schülerin hat sie einen zweimonatigen Einsatz im Hospiz gehabt. Das ist schon lange her, aber trotzdem erinnert sie sich noch gut an diese Tage. Viele Erlebnisse sind ihr unter die Haut gegangen und haben sich in ihr Herz eingeschrieben. Diese Erlebnisse sind wie ein kostbarer Schatz. Manchmal, in Augenblicken der Stille und der Besinnung, denkt Dagmar wieder daran und sieht die Menschen vor sich, deren Sterben sie begleitet hat.

»Wir haben nur zwölf Betten«, erzählt Frau Beate. »Wir haben uns ganz bewusst dagegen entschieden, das Haus zu vergrößern, denn je größer eine Einrichtung ist, desto weniger zählt der einzelne Mensch. Das gilt nicht nur für die Patienten, das gilt auch für uns, die wir in einer solchen Einrichtung arbeiten. Hast du dir schon überlegt, ob du tatsächlich in den stationären Bereich aufgenommen oder nicht doch zu Hause gepflegt werden willst?«

»Ich bin alleinstehend«, antwortet Frau Bauer. »Es muss schrecklich sein, einsam zu sterben. Immer wieder liest man in den Zeitungen, dass Menschen tage- oder wochenlang tot in ihrer Wohnung gelegen haben. Ich möchte in einer Umgebung sein, wo andere Menschen sind, wo jemand kommt, wenn es mir schlecht geht.«

»Dann bist du im stationären Bereich am richtigen Ort«, meint Beate und drückt Frau Bauer die Hand. »Du wirst dich bei uns wohlfühlen. Wir haben Einzel- und Doppelzimmer, einen Wintergarten und eine kleine Kapelle. Das Zentrum des Hauses ist jedoch die Wohnküche. Dort treffen wir uns zu den Mahlzeiten und manchmal auch zu einem kleinen Fest. Das sind oft gemütliche Stunden, die uns, die wir in der Pflege stehen, sehr viel bedeuten. Wir sind eine große Familie.«

Auch Dagmar hat oft an dem großen Tisch in der Küche gesessen. Es war jedem Patienten freigestellt, ob er lieber in seinem Zimmer oder in der Gemeinschaft mit den anderen speisen wollte. Pflegende und Kranke haben am selben Tisch gesessen und aus den gleichen Schüsseln gegessen. Manche, die überhaupt nichts mehr essen konnten, haben dennoch gerne an diesen gemeinsamen Mahlzeiten teilgenommen, einfach um mit den anderen zusammen zu sein.

Die Küche im Hospiz war eine richtige Küche mit Kühlschrank, Vorratsregalen, Herd und eigenem Geschirr. Dagmar hat dort gelernt, wie man leckere Puddings und lockeren Grießbrei macht. Auch das Badezimmer hat sie beeindruckt. Dort gab es in der Mitte des Raumes eine riesige Badewanne und dazu einen Hebekran, mit dessen Hilfe man die Leute problemlos vom Bett in die Wanne befördern konnte. In einer solchen Umgebung könnte man auch Frau Rosenbach in die Wanne stecken, denn wo das Sterben akzeptiert ist, fragt niemand mehr danach, ob ein Bad Herz und Kreislauf schadet. Schön war auch der Wintergarten, durch dessen Glasfenster man in den Garten hinaussehen konnte und der mit allerlei bequemen Sitzgelegenheiten und immergrünen Pflanzen ausgestattet war.

Vieles hat ihr im Hospiz gefallen, dennoch ist Dagmar mit gemischten Gefühlen von dort wieder weggegangen. Jeden zweiten Tag gab es irgendwelche Besprechungen, die ihr bald auf die Nerven gegangen sind. Sie musste den anderen stets erzählen, wie es ihr mit diesem und jenem Patienten ergangen war und dabei ergründen, was sie im Kontakt gefühlt und nicht gefühlt hatte. Alles, was ein Sterbender getan oder gesagt hatte, ist lang und breit erörtert worden. Andauernd kamen irgendwelche Supervisoren, vor denen man sich ausbreiten musste. Seelenstriptease ist das gewesen. Ständig musste sie sich über irgendetwas bewusst werden, über Gott nachdenken und bei allem, was sie tat, achtsam sein. Ständig musste sie auf ihr eigenes Selbst, auf ihre emotionale Intelligenz und nach innen hören. Alle anderen taten dies ebenso und nahmen sich dabei stets furchtbar wichtig. Das war nur schwer auszuhalten. So vieles, was schön war, ist einfach zerredet worden.

Vielleicht ist Dagmar deshalb nie auf den Gedanken gekommen, sich um eine Stelle im Hospiz zu bewerben.

Pränatale Diagnostik! Was Professor Gössner ihm als positive Zukunftsaussicht verkauft hat, verursacht Manuel eine Gänsehaut. Denn ganz so, wie der Professor diesen Bereich der Medizin dargestellt hat, ist es nicht. Die Schattenseiten des Fortschritts hat Siegfried Gössner nicht erwähnt.

Bei der pränatalen Diagnostik handelt es sich in erster Linie nicht um ein Heilverfahren, sondern, wie der Name sagt, zunächst einmal nur um Diagnostik. Mit verschiedenen Methoden wie Ultraschall, Genabgleich, Fruchtwasseruntersuchung oder Nackentransparenzmessung können mögliche Behinderungen frühzeitig erkannt werden. Aber mit welchem Ergebnis? Die Entwicklung hat dahin geführt, dass die meisten Kinder, bei denen auf diese Weise eine Behinderung festgestellt wurde, inzwischen abgetrieben werden: über neunzig Prozent all derer mit Trisomie 21 und hundert Prozent all derer, die die Ärzte nicht für lebensfähig halten. Sollten die Ärzte sich bei der Diagnose geirrt haben, wird es nie offenbar werden, weil es keine Gegenbeispiele gibt. Die eigentliche Tragik liegt aber nicht darin, dass auch Ärzte sich irren, sondern dass mittels der pränatalen Diagnostik eine Selektion stattfindet, die zwischen wertem und unwertem Leben unterscheidet.

Hätte es diese technischen Möglichkeiten bereits vor neununddreißig Jahren gegeben und wären er und seine Mutter damit untersucht worden, wäre Manuel wahrscheinlich nie geboren worden. Er wäre in seine Einzelteile zerlegt, abgesaugt, ausgekratzt und beseitigt worden, bevor er überhaupt nur einen einzigen Schrei ausgestoßen und der Welt seine Präsenz verkündet hätte.

Ihn hätte es nicht gegeben. Und doch hat er so gern gelebt – wollen im Grunde nicht alle leben, ob sie nun behindert sind oder nicht? Aber künftig wird es immer weniger Menschen wie Manuel geben.

Professor Gössner hat den Weg skizziert. Die pränatale Diagnostik ruft nach der pränatalen Therapie. Vielleicht sind es sogar die vielen Abtreibungen, die diesen Ruf künftig lauter und lauter werden lassen. Die Frage, ob ein Mensch mit reparierten oder ausgetauschten Genen noch derselbe ist, wird in den Hintergrund treten, wie sie bei Organtransplantationen in den Hintergrund getreten ist und sich heute niemand mehr Gedanken darüber macht, ob ein Mensch mit einer ausgetauschten Niere oder einem ausgetauschten Herzen noch derselbe ist. Das ist der Fluch der objektiven Forschung.

Solche wie Manuel wird es dann nicht mehr geben. Dieselbe Medizin, die ihm oft und oft das Leben gerettet hat, verhindert nun, dass seinesgleichen überhaupt noch geboren wird. Und doch hat er so gern gelebt.

Da ist es wieder, dieses Entsetzen, das er am Beatmungsgerät auf der Intensivstation zum ersten Mal verspürt hat. Da ist er wieder, dieser Zwiespalt, der ihn zerreißt. Wenn er über pränatale Diagnostik nachdenkt, bekommt das Grauen ein Gesicht. Um leben zu können, hat er sich Maschinen überantwortet, sich der Denkweise überlassen, die hinter all diesen technischen Entwicklungen steckt, und muss nun erkennen, dass eben diese Denkweise ihm mehr und mehr das Lebensrecht entzieht. Nein, er ist nicht willkommen in dieser Welt.

Es ist wie in diesen griechischen Tragödien. Wer seinem Schicksal entfliehen will, zieht es unerbittlich gerade deshalb auf sich herab. Ein gordischer Knoten, den er nicht lösen kann.

Die Entwicklung schreitet weiter voran. Aus gesunden werden kranke Menschen, wenn Forscher oder Pharmakonzerne die Normen ändern, wie es bei den Blutdruck-, Cholesterin- und Schilddrüsenwerten dieser Tage erst geschehen ist. Die Bereiche, innerhalb derer ein Mensch als gesund gilt, werden kleiner und kleiner. Immer mehr Menschen entsprechen deshalb nicht länger den gesetzten Normen und müssen medizinisch behandelt werden. Für Andersartigkeit ist kein Platz mehr. Außergewöhnliche Lebensphasen wie Geburt, Wechseljahre und Alter werden zu Krankheiten, die nicht mehr sein dürfen. Bei der Geburt hilft der Kaiserschnitt, gegen die Wechseljahre helfen Pillen, die Alten werden in den Heimen versteckt und dort nur noch verwaltet. Das Leben ist zu einer Industrie geworden, bei der es nur noch um Umsatzzahlen und Kosteneinschränkungen geht. Niemand zeichnet dafür verantwortlich.

So macht dieselbe Medizin, die oft und oft das Leben einzelner Menschen gerettet hat und immer noch rettet, dem, was der Mensch als Mensch ist, langsam, aber sicher ein Ende. Wer oder was wird nach dem Menschen kommen? Der Übermensch? Der Maschinenmensch? Der Designermensch? Oder etwas, das den Namen »Mensch« nicht mehr verdient?

Mit solchen Entwicklungen ist es wie mit den Wellen im Meer. Sie bauen sich über lange Zeit hinweg auf, rollen langsam heran, sammeln die Energie unendlich vieler kleiner Bewegungen ein und bündeln sie zu einer Kraft, die sie schließlich mit enormer Gewalt gegen die Felsen prallen lässt. Wer oder was wird daran zerschellen?

Manuel sieht auf die Baustelle hinunter und beobachtet, wie der Matsch aufspritzt, wenn die Bagger tiefe Spuren ins Gelände graben. Er folgt mit den Augen den Kränen, die sich langsam drehen und die an der Laufkatze hängenden Betonkübel entleeren. Er freut sich an all den Männern da unten, die gelbe Helme und Gummistiefel tragen, die dirigieren und gestikulieren, Maschinen lenken und auf diese Weise Häuser bauen.

Er hat so gern gelebt.

Er sieht dem Treiben zu und denkt an die Fallerhäuschen, die er und Lothar einst um die Wette gebastelt haben. Wie die Kinder sind sie gewesen, haben Tunnels und Brücken gebaut und Gleise gelegt, sich dabei die Farben und den Kleber gegenseitig aus den Händen gerissen. Er hat versehentlich den Glockenturm an die falsche Seite der Kirche in Lomanshausen geklebt, nämlich dorthin, wo das Portal hätte sein sollen, aber sie haben die Kirche dennoch aufgestellt und mit einer winzigen Leiter bis zum Fenster versehen, damit die Dorfbewohner sonntags den Gottesdienst besuchen können.

Manuel denkt an Lothar. Es ist eine tragfähige, lange währende Freundschaft gewesen, auch wenn Manuel immer gewusst hat, dass Lothar sich ihm desto mehr zugewandt hat, je mehr er von seinen eigenen Kindern enttäuscht war. Es ist nicht einfach, dieses Leben zu durchwandern, auch für andere nicht, auch für Lothar nicht.

Er hat so gern gelebt.

Manuel denkt an die Reisen, die er zusammen mit Lothar gemacht hat, das sind vor allem Geschäftsreisen zu Konferenzen, Fachtagungen und Besuche bei verschiedenen Institutionen gewesen. Er ist in seinem Fach gut gewesen, hat viele Einladungen und später auch viele Besuche bekommen. Wie stolz er war, seinen Namen zum ersten Mal gedruckt in einer Zeitschrift zu sehen. Das erste eigene Buch in den Händen zu halten. Beim ersten Vortrag vor Publikum mit viel Beifall belohnt zu werden.

Ja, das hat er in vollen Zügen genossen.

Auch mit Lenora zusammen ist er gereist. Ferienaufenthalte in der Schweiz oder an der Nordsee sind für ihn jedes Mal ein großes Ereignis gewesen. Am Tag vor dem Abflug nach Griechenland hat er sich in der Aufregung den Arm gebrochen und ist dennoch ins Flugzeug gestiegen, mit Gips und allem, es ist gut gegangen.

Die Nordsee. Flache Sandstrände, übermannshohe Deiche. Wind, Wellen und Salz. Der fangfrische Fisch, der mit einem kühlen Schluck Bier zusammen so unglaublich gut geschmeckt hat.

Die Provence. Roter, brauner und gelber Sandstein in flammenden Farben, in der Sonne leuchtende Steinbrüche, malerische Dörfer, filigrane Landschaften und der intensive Geruch von Pinienwäldern. Golden blühende Macchia. Millionen flatternder Schmetterlinge und ein Himmel, so unvorstellbar blau und hoch, unter dem die Luft in der Mittagshitze geflimmert hat.

Lenora. Braun gebrannt mit von der Sonne ausgebleichten Haaren, im Badeanzug, im Sommerkleid, in Bermuda-Shorts.

Mit einem Eichhörnchen auf dem Arm und unter blühenden Apfelbäumen – damals hat Gott die Welt erst erschaffen, hat sie in jedem Augenblick neu erschaffen und nur für sie beide. Tage, Wochen, Jahre, so voller Glück.

Er hat so gern gelebt.

Er hat Himmel und Hölle gesehen und das kann nicht jeder von sich sagen. Nichts davon hätte er missen mögen, keinen verdammten Bruch und noch nicht einmal das Entsetzen, das ihn die Beatmungsgeräte gelehrt haben.

All das hat zu seinem Leben gehört, all das ist sein Leben gewesen. Es ist ein wunderbares, ein weites und großes Leben gewesen, das er gegen kein anderes eintauschen wollte. Als reicher Mann wird er von dieser Welt gehen.

Mit einem Mal wird Manuel gewahr, dass er nur noch in der Vergangenheitsform von seinem Leben denkt. Er wird ganz still und fragt sich, was das zu bedeuten hat.

Am späten Nachmittag kommt der Sozialarbeiter auf Station, um sich mit Regina Funke und Christian Fischer über den Verbleib des Ehepaares Hauser auszutauschen. Ingo Kuhn ist zartgliedrig und von nervösem Temperament, der Typ des Künstlers, der in seiner eigenen Kreativität versinken möchte. Vor den Menschen hat er Angst. Was ihn bewogen hat, Sozialarbeiter zu werden, ist schwer zu verstehen. Das heißt, so schwer auch wieder nicht, wenn man seine Geschichte kennt.

Er hat das Orgelspiel studiert, um eines Tages Domkapellmeister zu werden, aber nirgendwo eine Stelle als Organist oder Chorleiter gefunden. Über die Kirche ist er mit Sozialarbeit in Berührung gekommen, hat bei der Vesperkirche für

Obdachlose mitgeholfen und sich zu guter Letzt entschieden, für die Notleidenden tätig zu werden, wenn er seinen großen Traum, den leeren Raum einer Kathedrale mit Werken von Johann Sebastian Bach zu füllen, nicht verwirklichen kann.

»Was haben Sie denn in dieser Sache inzwischen erreicht?«, will Regina Funke wissen. »Wie geht es weiter mit Berthold Hauser?«

»Sie wissen doch selbst, wie es kurz vor Weihnachten mit Heimplätzen aussieht«, erwidert Ingo Kuhn. »Wir haben fast gar keine Möglichkeiten.«

»Sagen Sie mir nicht, was nicht möglich ist. Ich will wissen, was möglich ist, Herr Kuhn.«

Der Sozialarbeiter zuckt zusammen. »Wie eilig haben Sie es, den Mann woanders unterzubringen?«

»Ich wäre ihn lieber heute als morgen los«, antwortet Regina Funke. »Ärztlicherseits können wir nichts mehr für ihn tun, im Krankenhaus ist er also fehl am Platz. Außerdem liegt er schon seit vier Wochen hier, die Krankenkasse wird nicht länger für ihn zahlen. Ich gebe mich allerdings keinen Illusionen hin. Ich weiß selbst, dass es schwierig ist, einen Platz zu finden. Wir mussten den Mann erst davon überzeugen, dass er zu Hause nicht mehr angemessen versorgt ist. Das hat seine Zeit gebraucht. Nun endlich zeigt Berthold Hauser einen Funken Einsicht und den sollten wir uns rasch zunutze machen, bevor er es sich wieder anders überlegt. Wenn Sie ihn vor Weihnachten irgendwo unterbringen können, machen Sie mir damit das schönste Geschenk zum Fest.«

Ingo Kuhn schüttelt traurig den Kopf. »Meine Hauptarbeit«, sagt er, »besteht nur noch darin, die Leute aus dem Krankenhaus baldmöglichst in weitere Versorgungseinrichtungen zu überführen. Ich mache eigentlich nichts anderes mehr, als die Patientenströme von hierhin nach dorthin zu lenken, bin nicht viel mehr als ein verlängerter Arm der Kassen. Die Patienten bleiben dabei auf der Strecke. Spaß macht mir das nicht.«

»Wem macht seine Arbeit heute denn noch Spaß?«, gibt Regina Funke zurück. »Glauben Sie, ich schicke den alten Mann aus Jux und Tollerei ins Heim? Wir Ärzte haben es viel schwerer als ihr Sozialarbeiter, weil wir es sind, die die Entscheidungen treffen müssen.«

»Was für Möglichkeiten gibt es denn nun?«, will Christian wissen.

»Wie ich Ihnen am Telefon schon gesagt habe, Dr. Fischer. Das Einzige, was ich anbieten kann, ist ein Kurzzeitpflegeplatz im Georgistift, das hat aber nicht den besten Ruf. Ich habe mit dem Heimleiter telefoniert, der allerdings hat mir in Aussicht gestellt, den Patienten nach Ablauf dieser Zeit in den stationären Bereich zu übernehmen, sofern der Patient ansprechbar und halbwegs bei Verstand ist. Aus Erfahrung wissen wir, dass die Sterbequote im ersten Quartal eines neuen Jahres immer am höchsten ist. Das ist die Zeit der Lungenentzündungen und Asthmatoten. Es wird sicher ein Platz für Berthold Hauser frei werden.«

»Ist es ein Heim, in dem Hauser gemeinsam mit seiner Frau leben kann?«

Der Sozialarbeiter schüttelt den Kopf. »Gemischte Zimmer sind dort in keinem Fall vorgesehen.«

»Wir müssen Hauser Schritt für Schritt an den Gedanken gewöhnen«, wirft die Ärztin ein. »Die erste Hürde haben wir ja genommen. Ein Zugeständnis haben wir ihm bereits abgerungen. Er wird sich mit seiner Lage abfinden müssen.«

Christian nickt. Man muss mit dem Erreichbaren zufrieden sein.

Regina Funke stößt einen Seufzer aus. »Dann wollen wir mal. Bringen wir diese unangenehme Aufgabe hinter uns.«

Berthold Hauser hat Besuch von seiner Frau, die ihm gerade eine Mandarine abschält, als die Ärzte das Zimmer betreten. Die beiden unterbrechen ihr Gespräch und sehen auf. Sie sind sich ähnlich, beinahe wie Geschwister. Die langen Jahre eines gemeinsam verbrachten Lebens haben sie einander angeglichen. Sie haben sechzig Jahre miteinander verbracht, sie sind zusammengewachsen und eins geworden. Am liebsten würden sie gemeinsam sterben. Das ist alles, was sie sich noch wünschen: dass keiner von ihnen allein zurückbleibt.

Es ist Regina Funke, die das Wort ergreift. »Wir haben uns für Sie etwas ausgedacht, Herr Hauser … Guten Tag, Frau Hauser. Wie geht es Ihnen? Alles in Ordnung soweit? … Passen Sie auf, Herr Hauser! Wir haben über Sie nachgedacht und sind zu dem Ergebnis gekommen, dass Sie vielleicht gar keine rechte Vorstellung davon haben, wie es in einem Pflegeheim zugeht. Denn dass Sie in ein Heim kommen, wissen Sie ja bereits. Haben Sie mit Ihrer Frau schon darüber gesprochen? … Sehen Sie, Frau Hauser, mit Ihrem Mann geht es so nicht weiter. Er kann nicht länger bei uns im Krankenhaus bleiben und nach Hause zurück kann er auch nicht mehr, deshalb müssen wir uns alle gemeinsam eine gute Lösung überlegen … Das ist Herr Kuhn, er ist als Sozialarbeiter im Haus. Er hat uns nun einen wunderbaren Vorschlag gemacht. Es ist seine Idee gewesen, es zunächst einmal nur mit einem Kurzzeitpflegeplatz zu versuchen. Damit sich Ihr Mann langsam an ein Leben im Heim gewöhnen kann. Wenn es gar nicht anders geht, kann er immer noch nach Hause zurückkehren, das ist nämlich der Vorteil bei dieser Kurzzeitpflege …«

Während Regina Funke spricht, hat Ingo Kuhn bereits seine Aktentasche geöffnet und eine Reihe bunter Prospekte auf dem Bett ausgebreitet. Es sind allesamt Prospekte, die das Leben im Heim in leuchtenden Farben beschreiben. Auf den

Prospekten sind wunderschöne Häuser zu sehen, die meisten davon in herrlicher Lage, mit Parkanlagen und Blumengärten, umgeben von Wiesen und grünen Wäldern. Man sieht Leute, die Arm in Arm auf den Wegen spazieren gehen, gemütlich bei Kaffee und Kuchen sitzen oder im heimeigenen Schwimmbad unter fachmännischer Anleitung Wassergymnastik machen. Es sind Prospekte, die Fünf-Sterne-Hotels alle Ehre machen würden. Und Ingo Kuhn erzählt. Er erzählt davon, dass in vielen Heimen die eigenen Möbel oder zumindest ein Teil davon mitgebracht werden kann, in manchen sogar der Hund oder der Kanarienvogel. Er erzählt von Auswahlmenüs, die von Diätassistentinnen speziell auf die Bedürfnisse alter Menschen abgestimmt werden. Er erzählt von Seniorennachmittagen, Beschäftigungstherapien und altersadaptierter Animation. Er erzählt von hauseigenen Werkstätten und Pro-Aging-Programmen. Was er sagt, klingt so verlockend, dass Christian sich unwillkürlich fragt, warum die Leute nicht alles für ihre vorzeitige Vergreisung tun, damit sie sich endlich in der Paradieswelt der Pflegeheime tummeln dürfen.

Wie einst beim Orgelspiel steigert Ingo Kuhn sich in Begeisterung hinein und glaubt bald selber, was er sagt. Darüber vergisst er, dass das Georgistift nicht mit einem Prospekt auf dem Bett vertreten ist. Tatsächlich liegt dieses Heim nicht am Waldrand, sondern an einer vielbefahrenen Autostraße in der Innenstadt. Es gibt keinen Minigolfplatz und kein Schwimmbad, keine Werkstatt und keine liebevolle Betreuung. Die Mahlzeiten werden vorzugsweise über Sonde gereicht, weil niemand die Zeit hat, darauf zu warten, bis ein alter Mensch seinen Teller endlich leer gegessen hat.

Gerlinde Hauser greift nach einem der Prospekte und blättert ratlos darin herum. Sie und ihr Mann haben sich durchs

Leben geschlagen, indem sie immer wieder nachgegeben haben, den nörgeligen Kunden, dem Chef der Ladenkette, für den sie Hosen en gros genäht haben, dem Händler, der ihnen die Preise gedrückt hat, bis an dem Geschäft nichts mehr zu verdienen war. Sie haben sich dem Finanzprüfer, dem Pfarrer und dem Vertreter des Amtes für Öffentliche Ordnung gebeugt. Sie sind es nicht gewohnt, sich gegen Menschen durchzusetzen, die ihnen als Autoritäten entgegentreten. Nun sind sie beide alt und müde, sehnen sich nach einem friedlichen Lebensabend und wissen nichts gegen Argumente vorzubringen, die so durchdacht und vernünftig klingen.

Es kommt, wie es kommen muss. Schon am darauffolgenden Montag, zwei Tage vor Heiligabend, wird Berthold Hauser in die Kurzzeitpflege vom Georgistift verlegt, um später dort in den stationären Bereich übernommen zu werden. Seine Wohnung wird er nicht mehr sehen. Seine Frau wird ihn noch eine Zeitlang besuchen, ebenso wie die Nachbarin, die nicht begreifen kann, was geschehen ist. Dann werden die Besuche seltener werden und, als Gerlinde Hauser sich den Oberschenkel bricht, ganz aufhören. Am Ende seines Lebens wird Berthold Hauser in einem winzigen und düsteren Zimmer ver einsamt sterben.

Lothar spricht nicht gern von seinen Kindern. Dass Linda ihm vorwirft, Robert aus dem Haus getrieben zu haben, ärgert ihn. Immer soll er schuld an allem sein! Als Eltern waren sie gut genug, bis Robert und Elisabeth auf eigenen Füßen gestanden haben, und das war es dann. Sie haben eine selbstsüchtige Brut aufgezogen. Aber mit Linda ist in dieser Hinsicht einfach nicht zu reden. Immer sucht sie nach Erklärungen und Entschuldigungen statt sich einzugestehen, dass die Gören einfach missraten sind. Typisch Frau! Typisch Mutter!

Im Institut geht heute alles schief. Durch einen Fehler verlieren sie eine ganze Anzahl von bereits ausgewerteten Datensätzen und müssen noch einmal von vorn anfangen. Dabei kommt es zu einer Überlastung des Systems und der Zentralrechner stürzt ab. Sie brauchen den ganzen Tag, um den Schaden zu begrenzen.

Trotzdem macht Lothar pünktlich Schluss. Zu Hause isst er eine Kleinigkeit, zieht sich um und erst in letzter Minute fällt ihm ein, dass er Manuels Mails vom Rechner auf den Organizer überspielen muss, weil elektronische Geräte im Krankenhaus nicht erlaubt sind. Auch das funktioniert nicht, das Internet verweigert ihm den Zugang, sooft er auch auf *Aktualisieren* drückt. Drei Mal muss er den Rechner neu starten und dann ist die Verbindung so langsam, dass er beschließt, die Computerei künftig zu lassen, nur noch zu telefonieren oder ganz altmodisch Briefe zu schreiben. Noch besser wäre es allerdings, sich gleich per Rauchzeichen mit der Welt zu verständigen.

Einigermaßen entnervt trifft Lothar im Krankenhaus ein. Da sich niemand im Stationszimmer befindet, geht er unangemeldet in Manuels Zimmer – und ihn trifft fast der Schlag. In Manuels Bett liegt ein anderer Mann! Lothar überlegt, ob er sich im Zimmer geirrt hat. Er studiert noch einmal die Nummer an der Tür, aber nein, es ist das richtige, er erkennt es wieder, am Fenster liegt immer noch derselbe Alkoholiker, über den sie am Montag miteinander geflüstert haben. Dieser wendet nun den Kopf und blickt zu Lothar herüber.

»Was woll'n Sie denn hier?«

»Ich suche einen Patienten, der in diesem Zimmer gelegen hat«, erwidert Lothar mühsam beherrscht. »Sein Name ist Manuel Jäger. Als ich ihn das letzte Mal besucht habe, lag er hier, in dem Bett an der Tür.«

»Manuel Jäger? Ach, Sie meinen wohl den Zwerg?«

»Nun, ja! Groß ist er nicht gerade. Wissen Sie, wo ich Herrn Jäger finde?«

»War ein prima Kerl, der Zwerg.«

»Ist er womöglich immer noch auf der Chirurgie? Man hat mir aber gesagt, dass er zurückverlegt worden ist.«

»Ob Sie's glauben oder nicht, der Zwerg fehlt mir richtig«, sagt Rudolf Schröder sichtlich gerührt.

»Hat es unerwartet Komplikationen gegeben? Nun reden Sie schon.«

»Wissen Sie, das is'n echt guter Kumpel von mir. Wir haben uns prima verstanden.«

Lothar will sich zusammennehmen, aber es gelingt ihm nicht. »Himmelherrgott noch mal! Wo ist er denn?«

Rudolf Schröder sieht Lothar erstaunt und ein wenig beleidigt an. »Jetzt regen Sie sich nur nicht auf, Mann!« Er deutet mit dem Daumen hinter sich an die Wand. »Der Zwerg liegt dort drüben, in dem anderen Zimmer.«

»Warum sagen Sie das denn nicht gleich?«, erleichtert wendet Lothar sich ab.

»Heda!«, ruft der andere ihm nach. »Man sagt hier ‚Auf Wiedersehen'!«

Lothar klopft an die nächste Tür und schiebt sie vorsichtig auf. Sein Blick fällt auf einen bärtigen Mann, der aufrecht im Bett sitzt und in einem schwarzen Büchlein liest. Dieser Mann befeuchtet gerade den Zeigefinger mit Spucke und blättert eine Seite um. Es ist der Mönch, mit dem er am Montag gemeinsam in der Besuchernische gewartet hat. Im nächsten Augenblick erkennt Lothar Manuel im anderen Bett und bleibt wie angewurzelt stehen.

Im Verhältnis zu der Schaumstoffschiene und einem überdimensionierten Gipsarm, aus dem Metallbügel herausragen, nimmt sich der restliche Körper klein aus. Viel zu schmächtig, viel zu kindlich, viel zu verletzlich zeichnet er sich unter der Decke ab. Aber nicht das ist es, was Lothar den Atem verschlägt. Es ist Manuels Gesicht, das mit einem Mal alt und eingefallen aussieht. Keine Spur von der Lebendigkeit, die seine Züge sonst auszeichnen. Kein Lächeln, kein Hochziehen der Augenbrauen, kein amüsiertes Zucken der Mundwinkel, nichts. Da liegt eine stille Gestalt im Bett, die ihm fremd ist. So unnahbar. So weit weg.

Manuel hat nicht gehört, dass jemand ins Zimmer getreten ist. Er rührt sich nicht, liegt mit geschlossenen Augen in den Kissen und sein Atem geht schwer, so schwer.

»Guten Tag, mein Herr«, sagt der Bärtige und klappt das schwarze Büchlein zu. »Ich glaube, wir kennen uns. Wir haben uns doch schon einmal gesehen, nicht wahr?«

Aber Lothar hat keinen Blick für den Mönch, er geht langsam auf Manuels Bett zu. Manuel rührt sich immer noch nicht.

»War das nicht am vergangenen Montag?«, will Bruder Anselm wissen. »Ich habe Ihnen doch von meinen Problemen erzählt, war das nicht so?«

»Ich bin's!«, ruft Lothar leise, als er vor Manuel steht und auf ihn hinunterblickt. »Manuel? Wie geht es dir? Manuel?«

»Ist das Ihr Freund, von dem Sie mir erzählt haben? Nun hat das Schicksal mich also mit Ihrem Freund zusammen ins selbe Zimmer gelegt. Das ist doch ein Zufall, finden Sie nicht auch?«

Wie blass Manuels Gesicht ist. Und immer noch keine Reaktion. Nur sein Atem ist zu hören, jeder Atemzug wird von einem Brodeln und Röcheln begleitet.

»Manuel?«, ruft Lothar noch einmal. »Schläfst du?«

In seinem Magen ballt sich eine Faust zusammen. Manuel hat sich eine Erkältung geholt. Es hat den Anschein, als ob das ganze Theater wieder von vorne losgehen wird. Die Infektion wird hochkochen und der Schleim die Atemwege verkleben. Die Krankenschwestern werden zunächst zu Inhalationen und dann zum Absauggerät greifen, doch dies alles wird nichts nützen. Sie werden Manuel auf die Intensivstation bringen, wieder einmal wird er um sein Leben kämpfen, und er, Lothar, wird tatenlos zusehen müssen. Es ist immer so schwer auszuhalten. So schwer wie die Anfälle, bei denen Robert an seinem Asthma beinahe erstickt wäre. So schwer wie die Stunden, in denen sie nicht wussten, ob Elisabeth nach ihrem Unfall wieder ganz gesund werden würde.

Manuel muss es geahnt haben. Aus diesem Grund hat er sich lebhaft gegen einen erneuten Krankenhausaufenthalt gewehrt. Und nun geht es ihm so schlecht wie schon lange nicht mehr.

Der Mönch will noch etwas sagen, aber Lothar hebt unwillig die Hand und wehrt ab. Bruder Anselm hält verdutzt inne, verharrt noch einen Augenblick und wendet sich dann wieder seiner Lektüre zu.

»Manuel?«, wiederholt Lothar eindringlich. »Hörst du mich?«

Manuel schlägt die Augen auf, sein Blick irrt durch das Zimmer, bleibt an Lothar hängen. Es sieht aus, als wäre er weit, weit weg gewesen, aber nun tritt Begreifen in seine Augen, ein Fünkchen blitzt dort auf, und er versucht ein Lächeln.

»Ich habe deine Post dabei«, sagt Lothar. »Einen ganzen Stapel aus deinem Briefkasten. Auf dem Organizer sind alle deine Mails. Ich soll dich auch ganz herzlich von Linda grüßen.«

Manuel schüttelt versonnen den Kopf. »Nicht so wichtig«, sagt er. Nun läuft es Lothar eiskalt über den Rücken. Was hat es zu bedeuten, wenn Manuel nicht einmal wissen will, wer ihm geschrieben hat? Seine Mails sind ihm doch immer heilig gewesen.

»Du bist doch mit Brinkmanns gut befreundet?«, fragt Manuel.

»Ja, aber …«

»Meinst du, du kannst einen von beiden überreden, morgen mit dir hierherzukommen?«

»Was soll das denn?«

»Es sind noch ein paar Dinge zu regeln.«

»Das verstehe ich nicht.«

»In meinem Schreibtisch«, fährt Manuel fort, »ist in der untersten Schublade eine Kassette, eine rote Kassette. Die musst du mitbringen. Den Schlüssel dazu findest du angeklebt unten am Boden von meiner Tastatur auf dem Schreibtisch.«

»Das hat doch wohl Zeit, bis es dir wieder besser geht«, meint Lothar. »Du musst erst wieder auf die Beine kommen.«

»Nein, es ist keine Zeit mehr«, Manuel blickt Lothar aus seinen dunklen Augen an. »Ich muss … ich will … mein Testament machen.«

Freitag

Niemand verlangt, dass Manuel aufstehen soll. Stattdessen kommt Dagmar mit Waschschüsseln unterm Arm ins Zimmer herein und fragt ihn, wie er das Wasser haben möchte. Schön heiß oder eher lauwarm? Manuel ist dafür dankbar. Er hat sich schon gefragt, wie er es, um alles in der Welt, bis zum Waschbecken schaffen soll.

Wider Erwarten hat er gut geschlafen. Im Schlaf muss er weit gewandert sein, denn ihm ist, als hätte er davon Muskelkater und schmerzende Beine zurückbehalten. Er erinnert sich, dass in seiner Traumreise Nebel aufgekommen sind. Die Nebel haben hinter ihm gelegen, als gälte es zu verhindern, dass er noch einen Blick zurückwirft. Einen Blick worauf? Auf seine Erinnerungen? Auf sein Leben? Was vor ihm liegt, hat er aber auch nicht sehen können. Er ist im Niemandsland zwischen den Welten gewesen.

Schwester Dagmar legt sich das Arbeitsmaterial zurecht – Waschlappen, Duschgel, Handtücher, was für die Körperpflege eben so gebraucht wird –, dann streift sie ihm das Flügelhemd von den Schultern. Sie ist geschickt darin, ihr Vorgehen verrät viel Übung. Schon bald geht eine Veränderung mit ihr vor. Sie ist ganz da, ihre Bewegungen bekommen eine andere Qualität. Dadurch entsteht Raum zwischen ihnen, in diesem Raum fangen ihre Körper an, miteinander zu kommunizieren, ohne dass auch nur ein einziges Wort gewechselt wird. Desgleichen hat Manuel nicht oft erlebt und im Krankenhaus schon gar nicht. Bei solch intimen Angelegenheiten wie Waschen pflegt er sich normalerweise zu schützen, indem er von sich als einem anderen denkt. Er rettet sich an einen Ort, der ihm allein gehört, und das tut er, indem er sich immer weiter von sich selbst distanziert. Dabei sagt er sich in Gedanken vor:

Ich habe einen Körper, aber ich bin nicht mein Körper. Was meinem Körper geschieht, geschieht nicht mir. Ich habe Gefühle, aber ich bin nicht meine Gefühle. Sie gehen durch mich hindurch, aber sie berühren mich nicht. Ich habe Gedanken, aber ich bin nicht meine Gedanken. Sie fallen nur in mein Bewusstsein und verlassen es wieder.

Seit vielen Jahren schon findet er in dieser Desidentifikation seine Fluchtburg, vor allem dann, wenn er sich fremden Kräften hilflos ausgeliefert fühlt. Aber nun reden ihre beiden Körper miteinander. Sein Körper sagt ihren Händen, wie er berührt werden möchte, und ihre Hände folgen diesen stummen Anweisungen. Sie macht es genau richtig. Sanft, aber nicht so sanft, dass es unangenehm kitzelt. Vorsichtig, aber nicht zimperlich. Manuel entspannt sich und gibt seine Abwehrhaltung auf.

Dagmars Hände verstehen, was Manuels Körper ihnen erzählt, dann sieht er in ihren Augen, dass sie ihn auch in ihrem Herzen verstanden hat. Er muss ihr nichts mit Worten erklären. Sie weiß, dass seine Zeit gekommen ist und er sich für seinen letzten Weg bereit macht. Ihre Augen spiegeln die Wehmut wider, die ihn selber erfüllt. Sie wäscht ihn, es ist weder peinlich noch verletzend. Sie sind weder Mann noch Frau, die sich in diesen Minuten begegnen, weder Manuel noch Dagmar. Sie sind zwei Menschen, namenlos, unverstellt, ursprünglich, wie die Menschen vor dem Sündenfall gewesen sind.

Die Zähne putzt Manuel sich selber, aber dann verlässt ihn die Kraft, er sinkt erschöpft in sein Kissen zurück. Das Rasieren besorgt Dagmar mit einem stationseigenen Elektrorasierer. Mit seinem Gerät kennt sie sich nicht aus, auf lange Erklärungen haben sie beide keine Lust.

Als sie das Bett macht, die Laken glatt streicht und die Kissen aufschüttelt, finden sie endlich zum gesprochenen Wort zurück. Es ist Manuel, der den Zauberkreis verlässt und den Bann bricht.

»Als ich Sie am Montag das erste Mal gesehen habe, Schwester Dagmar, war ich plötzlich in einer Zeit, die lange vorbei ist«, sagt er. »Sie haben mich nämlich an die Frau erinnert, die ich einmal geliebt habe. Sie sehen ihr ähnlich.«

Sie reißt erstaunt die Augen auf und ihre Pupillen werden groß.

»Lenora ist tot«, erklärt Manuel. »Sie ist vor vier Jahren bei einem Unfall ums Leben gekommen.«

»Wer war Lenora? Erzählen Sie mir ein wenig von ihr?« Dagmar bleibt neben seinem Bett stehen und stellt die gebrauchten Waschschüsseln sachte wieder auf die Ablage seines Nachttisches zurück. In dem Augenblick der Stille, der zwischen sie fällt, ist nur das Schnarchen von Bruder Anselm zu hören.

Manuel erzählt. Erzählt so lange, bis ihm die Luft ausgeht. Dagmar hört aufmerksam zu und unterbricht ihn kein einziges Mal.

»So war das also«, meint sie, als er verstummt. »Ich habe nichts dagegen, wenn ich mit Lenora verglichen und für klüger gehalten werde als ich bin. Ich bin direkt ein wenig neidisch. Lenora hat etwas erlebt, das ich aus eigener Erfahrung nicht kenne. Bis jetzt jedenfalls nicht. Von einer solchen Freundschaft habe ich nur in Büchern gelesen. Man wünscht sich immer die große Liebe, aber in Wirklichkeit gibt es das wohl nur selten.«

»Sind Sie denn noch nie richtig verliebt gewesen?«, fragt Manuel.

»Doch, schon. Aber Verliebtsein beruht nicht wirklich auf Gegenseitigkeit. Dafür genügt auch einer allein. So geht es mir seit vielen Jahren schon. Ich kenne einen Mann, der könnte alles für mich sein, aber, wenn ich einmal eine nüchterne Minute habe, muss ich zugeben, dass er sich eigentlich nichts aus mir macht. Oder zumindest nicht viel.«

»Ich würde mich freuen, wenn Sie mir von ihm erzählen. Ich habe das Gefühl, dass es kein Zufall ist, dass wir uns gerade jetzt begegnet sind. Da Sie Lenora so ähnlich sind, möchte ich auch gern etwas über Sie wissen … vorausgesetzt, Sie finden das nicht aufdringlich und nicht allzu indiskret.«

»Nein, gar nicht!«, meint Dagmar. »Es gibt nicht viele Patienten, die sich ernsthaft für uns Pflegekräfte interessieren. Das hat man nicht so oft. Die meisten denken nur an sich selber. Andy, so heißt der Mann, bewirtschaftet einen Bauernhof, den er von seinem Vater übernommen und in einen Biohof verwandelt hat. Demeter und solche Sachen. Es ist wunderschön dort. Sie haben jede Menge Tiere: Pferde, Schafe, Ziegen, Hühner, Kaninchen, alles, was man sich nur denken kann. Sogar einen Esel. Und einen riesigen Gemüsegarten, das Reich seiner Frau. Ja, ja! Verheiratet ist er leider auch, mit Familie und so, und damit wohl auch glücklich. Eigentlich mag ich auch Michaela, seine Frau, ganz gern. Ständig kommen Leute aus dem Dorf, Freunde sind für ein paar Tage da und meistens noch ein paar abgefahrene Spinner. Neulich zum Beispiel war ein Wünschelrutengänger dort, der hat tatsächlich eine neue Quelle gefunden. Auf einem Biohof ist vieles Handarbeit, man muss ordentlich anpacken, um über die Runden zu kommen, aber es ist eine Arbeit, die mir gut gefällt. Ich mag es, wenn ich abends körperlich müde bin. Sowie ich ein paar Tage dienstfrei habe, fahre ich hin. Am liebsten würde ich ganz dort wohnen, aber das geht natürlich nicht.«

Manuel hört zu und nickt. »Darf ich Sie etwas fragen, Schwester Dagmar?«, sagt er nach einer Weile.

»Was denn?«

»Sind Sie eigentlich in Andy verliebt oder eher in das Leben, das dieser Mann führt?«

Dagmar stutzt. »Das ist aber eine seltsame Frage. Klar ist es vor allem Andy, der mir gefällt. Warum wollen Sie das wissen?«

»Nun, ja«, meint Manuel. »Ich frage das nur, weil Sie ausschließlich vom Umfeld dieses Mannes erzählt haben. Als wäre er selber gar nicht so wichtig.«

»Sie sind aber spitzfindig«, gibt Dagmar zurück. »Macht das solch einen Unterschied?«

»Darüber müsste ich erst nachdenken«, antwortet Manuel. »Wenn es so ist, dass es einen Unterschied macht, dann müsste ich davon ausgehen, dass Sie gerne etwas anderes machen würden. Das würde aber bedeuten, dass Sie in Ihrem Beruf als Krankenschwester womöglich gar nicht glücklich sind. Ich weiß nicht, ob ich darüber nachdenken möchte. Ich bin froh, dass Sie hier sind, und wahrscheinlich bin ich nicht der Einzige. Es ist selten, dass man sich rundherum angenommen fühlt.«

»Oh je!«, sagt Dagmar. »Denken Sie lieber nicht so viel. Da weiß ich nicht, was ich darauf antworten soll. Sie haben recht. Ich fühle mich hier tatsächlich nicht am richtigen Platz. Die dauernde Hektik. Und dann die ganze Technik. Ich bin kein technisch begabter Mensch.«

Schwester Dagmar greift nach den Waschschüsseln, um sie aus dem Zimmer zu bringen, bleibt dann stehen und kommt noch einmal ans Bett zurück. »Es ist schön, mit Ihnen zu reden«, meint sie. »Wenn so etwas häufiger möglich wäre, würde mir der Beruf vielleicht doch gefallen. Aber nun meldet sich schon wieder mein Gewissen, weil ich so lange hier im Zimmer war und draußen so viel andere Arbeit auf mich wartet. Und es wird immer schlimmer. Die Patienten wechseln heute oft so schnell, dass man sich kaum noch ihre Namen merken kann. Wir funktionieren nur noch wie Maschinen.«

Manuel sieht Dagmar versonnen an. »Das kann ich nachvollziehen. Ich verstehe auch, dass Sie das nicht auf Dauer mitmachen wollen und wünsche Ihnen, dass Sie Ihren Platz bald finden. Würden Sie mir einen Gefallen tun, Schwester Dagmar?«

»Wenn ich kann, mache ich das gern.«

»Vor einigen Tagen … ich glaube, es war am Dienstag … bin ich aufgewacht und sah Sie und einen alten Mann an meinem Bett stehen. Erinnern Sie sich noch daran?«

»Oh ja! Natürlich!«

»Ich würde diesen Mann gerne wiedersehen. Würden Sie ihm sagen, dass ich auf ihn warte? Dass er zu mir kommen soll?«

Dagmar beißt sich auf die Lippen und nickt. Dann nimmt sie die Waschschüsseln und geht leise aus dem Zimmer.

Regina Funke rennt wieder einmal im Turbogang über Station, dieses Mal ist es die eigene Familie, die sie zur Eile antreibt. Sie hat ihren beiden Kindern versprochen, an diesem Freitagnachmittag mit ihnen ins Delfinarium zu gehen und dort die Weihnachtsshow zu besuchen, bei der lebende Delfine durch einen brennenden Reifen springen. Die halbe Schule hat die Show schon gesehen und die Kinder wollen mitreden können.

»Es ist für sie enorm wichtig, dass man hält, was man ihnen versprochen hat«, erklärt sie. »Früher sind sie nicht so pingelig gewesen, sondern haben es hingenommen, wenn ich einmal keine Zeit hatte. Ich habe leider oft keine Zeit. Sie müssen sich gut überlegen, ob Sie in unserem Beruf tatsächlich Kinder in die Welt setzen wollen, Christian. Es ist ein endloser Eiertanz.«

Sie betreten das erste Patientenzimmer und finden dort eine Schülerin vor, die Martha Reich mithilfe eines Schnabelbechers Kaffee einflößt. Der Kaffee ist zu heiß, deshalb spuckt Martha Reich ihn verzweifelt wieder aus. Aber die Schülerin ist von Rita angewiesen worden, nicht nachzugeben, bis der Becher leer ist, und weil sie gewissenhaft ist, setzt sie diesen ein ums andere Mal an die Lippen ihrer Patientin und redet dabei unverdrossen auf sie ein. Auch die in Schwarz gekleidete Schwester der Kranken ist wieder da, Regina Funke wechselt ein paar Worte mit ihr. Erna Reich kommt jeden Tag und Regina Funke findet es rührend, wenn eine Familie so zusammenhält.

Die Patienten im nächsten Zimmer hat die Stationsärztin an Christian abgetreten, er hat den Verdacht, dass sie sich nicht so gerne mit den drei Männern abgibt, von denen jeder auf seine Art seltsam ist.

Heute muss Christian sich mit Walter Seibold auseinandersetzen. Walter Seibold ist neunundachtzig Jahre alt und körperlich noch so weit fit, doch schlägt sein Herz nur noch mit einer Frequenz von durchschnittlich fünfundvierzig Schlägen pro Minute, das ist viel zu wenig. Er braucht einen Herzschrittmacher.

»Ihr Herz muss mindestens sechzig Mal schlagen, um den Körper mit Sauerstoff zu versorgen«, erklärt Christian dem Patienten, »deshalb ist die Operation angeraten. Ein Herzschrittmacher ist heute ja keine große Sache mehr. Das ist im Handumdrehen gemacht.«

»Ja, wenn das sein muss, Herr Doktor, dann muss das eben sein.«

»Altes Herz wird wieder jung, nicht wahr?«, mischt sich Regina Funke ungefragt ein. »Wie ausgewechselt werden Sie sich vorkommen, Herr Seibold. Wir bauen Ihnen einen neuen Motor ein, dann werden wir auf Sie aufpassen und die hübschen Krankenschwestern vor Ihnen verstecken müssen, haha!«

»Gern, Frau Doktor. Wenn Sie meinen.«

»Sie sind also damit einverstanden, dass wir Sie für eine Schrittmacher-Operation einplanen?«

»Wenn es ohne Schrittmacher nicht geht, was bleibt mir denn da anderes übrig?«

»Mit neunundachtzig Jahren, da fängt das Leben an«, lacht Regina Funke. »Mit neunundachtzig Jahren, da hat man Spaß daran, haha!«

»Mit einem Herzschrittmacher können Sie gut und gern noch zehn Jahre leben«, verspricht Christian. »Aller Wahrscheinlichkeit nach werden Sie wieder um einiges leistungsfähiger sein.«

»Dann führt kein Weg an einer Operation vorbei«, nickt Walter Seibold. »Ich habe gar keine andere Wahl.«

»Ich werde Ihnen nach der Visite die Formulare bringen, die Sie in aller Ruhe durchlesen und unterschreiben müssen«, meint Christian. »Danach werden wir einen Termin mit dem Kardiologen für Sie ausmachen.«

»Ich will nur hoffen, dass zwischenzeitlich das Herz nicht noch langsamer wird«, meint Walter Seibold. »Allzu lange sollten wir das nicht hinausschieben. Ich will das lieber heute als morgen hinter mich bringen.«

»Ich bemühe mich um einen Termin gleich nach den Feiertagen«, verspricht Christian. »In aller Regel verläuft diese doch recht einfache Operation ohne Komplikationen. Der Schrittmacher wird in den Brustmuskel eingesetzt und die Elektrode, die den Herzschlag steuert, über die Vene ins Herz geschoben. Einen Tag bleiben Sie auf der Intensivstation, aber danach können Sie nach Hause gehen. Sie erhalten von uns einen Ausweis und müssen den Schrittmacher regelmäßig kontrollieren lassen. Das ist eigentlich schon alles.«

»Warum kämpfen Sie gegen mich?«, fragt plötzlich eine Stimme.

Sowohl Christian als auch Regina Funke sehen sich erstaunt um. »Aber wir kämpfen doch gar nicht gegen Sie«, meint Regina Funke. »Wie kommen Sie denn darauf, Herr Weihrauch?«

»Doch, Sie kämpfen«, erwidert Wendelin Weihrauch und sieht die Ärzte mitleidig an. »Aber es ist ein Kampf, den Sie nicht gewinnen können.«

»Was sagen Sie denn da, Herr Weihrauch? Das ist doch blanker Unsinn!«

»Ich wünschte, Sie würden begreifen, dass Ihr Kampf sinnlos ist. Leben und Tod sind eins, wo es den Tod nicht mehr gibt, gibt es auch kein Leben. Sie wollen aus den Menschen ewig funktionierende Maschinen machen, aber wenn Ihnen das gelingt, kommt das Leben zum Stillstand. Das wäre dann der wahre Tod. Sie können diesen Kampf nicht gewinnen. Er wird nur alles kosten, was die Menschen zum Leben brauchen.«

Regina Funke und Christian weichen dem forschenden Blick des alten Mannes aus. »Was faselt der da?«, flüstert die Ärztin ihrem jungen Kollegen zu. »Ich verstehe kein Wort von dem, was er uns sagen will.«

»Sie können den Menschen Gesundheit nicht garantieren, weil Gesundheit letztendlich nicht machbar ist. Dennoch lassen Sie sich teuer dafür bezahlen. Sie müssen immer mehr Mittel für Versprechungen aufwenden, die Sie nicht halten können, deshalb fordern Sie immer mehr. Sie sind maßlos geworden. Sie nehmen den Menschen weg, was sie zum Leben brauchen. Sie glauben, dass Sie mir das Leben entreißen können, aber das ist eine Illusion. So viel wird für diese Illusion bezahlt, dass die Qualität des Lebens darunter leidet.«

»Womöglich eine beginnende Psychose?«, flüstert Christian Regina Funke zu.

»Genau was ich selber denke.«

»Heilung im Sinne von Heilwerden schließt den Tod nicht aus«, meint Wendelin Weihrauch bedächtig. »Ein heiler Mensch ist mit seinem Tod versöhnt. Es ist kein Kampf, wie Sie ihn verstehen. Aus dem Kampf, den Sie führen, entsteht letztendlich mehr Schmerz und Leid, als er verhindert.«

»Massiver Realitätsverlust, gestörte Wahrnehmung, paranoides Verhalten … offensichtlich hält er uns für seine Feinde … eine psychoaffektive Störung …«, diagnostiziert Regina Funke.

»Herr Weihrauch, wir meinen es doch nur gut mit Ihnen«, wendet sich Christian dem Alten zu. »Bitte glauben Sie doch nicht, dass wir Ihnen etwas antun wollen. Wir wollen Ihnen helfen. Und wir können Ihnen auch helfen.«

Wendelin Weihrauch hebt den Kopf und lauscht aufmerksam. »Ich höre nur die Angst, die da spricht. So viel Angst, dass ich nicht erkennen kann, wer Sie sind. Wer spricht?«

»Ich habe doch keine Angst«, gibt Christian zurück. »Wovor sollte ich mich denn fürchten? Lieber Herr Weihrauch, Sie bilden sich da etwas ein …«

»Achtung, Christian«, raunt Regina Funke ihm zu. »Wenn es sich um eine Psychose handelt, dürfen Sie sich auf keine Diskussion einlassen. Patienten in diesem Zustand sind einer vernünftigen Argumentation nicht zugänglich. Das könnte unter Umständen gefährlich werden. Sehr gefährlich sogar. Mir ist gesagt worden, dass er gestern eine Patientin bedroht haben soll. Ich habe das bislang nur nicht sonderlich ernst genommen. Distanzieren Sie sich, sonst baut Wendelin Weihrauch Sie in seinen Wahn mit ein.«

»Wahn?«, wiederholt der alte Mann. »Wer von uns lebt hier in einem Wahn?«

»Wenn Weihrauch uns tatsächlich in eine Psychose rutscht und Patienten angreift, gehört er in fachärztliche psychiatrische Behandlung, nicht auf die Innere«, gibt Christian mit gedämpfter Stimme zu bedenken.

»Wir haben unsere eigenen Methoden, um mit Wahnzuständen fertig zu werden. Das kommt immer wieder einmal vor. Geben wir ihm ein Beruhigungsmittel und warten ab«, antwortet die Ärztin.

»Wer gegen mich kämpft, bekämpft nur sich selbst«, erklärt Wendelin Weihrauch. »Wer gegen mich kämpft, zerstört sich selbst. Sie können nur verlieren. Hören Sie endlich auf damit.«

Regina Funke schüttelt unwillig den Kopf. »Der Kerl ist doch völlig durch den Wind. Verrückt eben. Na, wir können nicht noch mehr Zeit mit ihm verplempern. Wir werden ihn ruhig stellen.«

»Versuchen wir es mit einem Neuroleptikum«, schlägt Christian vor. »Vielleicht können wir den Anfall damit auffangen und Schlimmeres verhindern.«

»Sie haben recht, Christian. Klingeln Sie nach der Schwester. Sie soll eine Spritze mit Haloperidol vorbereiten. Intramuskulär am besten. Schlucken wird er nichts und intravenös kommen wir wahrscheinlich auch nicht an ihn heran.«

Christian drückt auf den Schwesternruf. Rita kommt herein, hört sich die Anweisungen an und tut wie geheißen. Gemeinsam drehen sie Wendelin Weihrauch auf die Seite und halten ihn fest, während Christian ihm die Hosen herunterzieht und die Spritze setzt. Er injiziert das Beruhigungsmittel in den Gesäßmuskel. Wendelin Weihrauch sieht alle der Reihe nach traurig an. Dann rollt er sich in seinem Bett zusammen und schläft prompt ein.

An manchen Tagen, so wie heute, erscheinen Dagmar die roten Ruflampen wie brüllende Ungeheuer, dann kostet es sie Überwindung, den Dingern zu gehorchen. Manchmal hat sie eine richtige Wut auf die Glocken. Manchmal ignoriert sie das schrille Quäken eine Weile in der Hoffnung, dass ein anderer sich erbarmt. Aber meistens holt sie tief Luft, geht ins Zimmer und fragt nach, was los ist.

»Schwester, ich habe eine wunde Stelle im Mund«, sagt Walter Seibold anstelle eines Guten-Morgen-Grußes. »Da, schauen Sie mal!« Er reißt seinen zahnlosen Mund auf und zeigt Dagmar ein finsteres Loch. »Ich habe ganz vergessen, das dem Doktor zu zeigen.«

»Sind die Ärzte mit der Visite denn schon hier gewesen?«

»Ja, vor zwei Minuten sind sie durchgekommen. Ich hätte das mit der wunden Stelle auch nicht vergessen«, meint Walter Seibold und weist mit einem Nicken des Kopfes auf das Nachbarbett hin, »wenn der da sich nicht eingemischt hätte. Der da hat alles durcheinandergebracht.«

Dagmar dreht sich zu Wendelin Weihrauch um und erschrickt. So hat sie den alten Mann noch nie gesehen. Rasch geht sie zu ihm hin und fühlt seinen Puls.

»Sehen Sie her, Schwester, hier ist eine Druckstelle«, beordert Walter Seibold Dagmar wieder an sein eigenes Bett zurück. »Das kommt von meinem Gebiss. Es sitzt einfach nicht richtig.«

»Wo haben Sie es denn heute wieder versteckt?« Dagmar wirft noch einmal einen besorgten Blick auf Wendelin Weihrauch. Sein Puls hat kräftig und gleichmäßig geschlagen. Aber er liegt da wie tot. Warum rührt er sich nicht? Dann wendet sie sich wieder Walter Seibold zu. »Sie wissen doch, dass Sie Ihre Zähne regelmäßig einsetzen müssen. Sonst passen sie Ihnen natürlich bald nicht mehr. Das letzte Mal habe ich Ihr Gebiss unter der Matratze gefunden.«

»Ech düggt mich«, gurgelt Walter Seibold mit aufgerissenem Mund und deutet mit dem Finger auf sein Gaumendach. »Da! Chehn Chie? Da much doch waff chein.«

»Mir fällt nichts Besonderes auf«, entgegnet Dagmar, während sie mit einer kleinen Stablampe, die sie aus ihrer Kitteltasche nimmt, den Mundraum gründlich ausleuchtet. »Da ist nirgends eine offene Stelle. Es sieht alles gut aus.«

»Bei dem Gebiss ist gepfuscht worden«, gibt Walter Seibold nun wieder in normalem Ton zurück. »Heutzutage muss bei den Ärzten immer alles schnell, schnell gehen, keiner hat mehr Zeit für die Patienten. Die denken doch alle nur ans große Geld. Wie es uns dabei geht, ist denen doch ganz egal.«

»Ich hole Ihnen eine Tinktur, mit der Sie den Mund ausspülen können. Eine Kamillenlösung, die auch desinfiziert«, beschließt Dagmar und wirft wieder einen Blick auf Wendelin Weihrauch. Wie kann ein Mensch nur so tief schlafen?

»Ach, Schwester! Ich brauche doch keine Tinktur. Ich brauche einen Zahnarzt. Der soll kommen und sich das einmal ansehen. Er hat es schließlich auch verbockt. Ich habe so genug von allem. Dauernd habe ich Schmerzen. Ich bin das Leben leid.«

»Übertreiben Sie nicht ein bisschen, Herr Seibold? Es gab doch sicher auch für Sie schöne Ereignisse.«

»Schöne Ereignisse? Wann denn? Meinen Sie damit etwa den Bauchschuss, den mir ein Russe 1943 vor Leningrad verpasst hat? Der hat mich für ein Jahr ins Lazarett gebracht und keinen Pfennig Schmerzensgeld habe ich dafür bekommen. Oder meinen Sie die Gallenblasenoperation, bei der ich fast gestorben bin? Und was kam danach? Die Schilddrüse, der Darmverschluss, die Krampfadern, die Prostata, der graue Star. Dann haben sie mir auch noch künstliche Hüftgelenke eingesetzt. Ich wollte das alles doch gar nicht. Wozu denn auch? Die linke Hüfte hat nicht gehalten, sie hat sich gelockert, das sind Schmerzen, kann ich Ihnen sagen. Alles Pfusch, aber Schadenersatz bekommt man ja keinen. Auf den Ämtern schicken sie einen nur von Pontius zu Pilatus. Jetzt will der junge Doktor mir auch noch einen Herzschrittmacher einpflanzen lassen, als ob alles, was ich durchgemacht habe, immer noch nicht genug wäre. Ich würde nur gerne wissen, was die damit wieder an mir verdienen. Ich habe …«

»Ich hole die Tinktur«, unterbricht Dagmar hastig. Sie hat diese Klagen schon häufig gehört und weiß, dass Walter Seibold kein Ende findet, wenn er einmal damit angefangen hat.

»Sie haben kein Verständnis, Schwester«, Walter Seibold schüttelt den Kopf. »Sie sind jung und leichtsinnig. Woher wollen Sie denn wissen, was ich für Schmerzen habe? Jetzt sparen Sie selbst den Zahnarzt an mir ein. Meine Frau hat sich aber ganz anders um mich gekümmert, das muss ich Ihnen doch einmal deutlich sagen, Schwester Dagmar …«

»Ich gebe noch eine Bepanthensalbe hinzu. Wenn es dann nicht besser wird, können wir am Montag immer noch den Zahnarzt rufen«, sagt Dagmar resigniert und macht sich davon. Im Stationszimmer trifft sie auf Rita, die mit der Vorbereitung eines Glukosetoleranztests beschäftigt ist.

»Weißt du, was mit Wendelin Weihrauch los ist? Er liegt wie tot im Bett und reagiert nicht auf Ansprache. Ich glaube, ich muss die Ärzte informieren. Das ist doch nicht normal.«

»Wendelin Weihrauch? Um den musst du dir keine Sorgen machen. Stell dir vor, der Alte hat in einem Anfall von Verfolgungswahn Christian Fischer angegriffen. Die Funke hat ihn deshalb abgeschossen. Mit einer Portion Haldol ins Hinterteil. Für heute ist er außer Gefecht.«

Dagmar fällt aus allen Wolken. »Wendelin Weihrauch soll Fischer attackiert haben? Das glaube ich nicht. Weihrauch ist ein bisschen verrückt, zugegeben, aber harmlos und friedlich. Der greift niemanden an. Das muss ein Missverständnis sein.«

Rita zuckt die Achseln. »Wenn's die Ärzte aber sagen …«

»Nie im Leben! Hast du Wendelin Weihrauch jemals aggressiv gesehen?«

»Vielleicht hast du recht«, gibt Rita zu. »Vielleicht auch nicht. Freddy hat erzählt, dass er gestern einer Patientin an den Hals gegangen sein soll. Selber war ich allerdings nicht dabei und mir kommt die Geschichte auch komisch vor. Aber das ist nicht mein Problem. Ich tue, was die Ärzte sagen, und habe meine Ruhe.«

Dagmar verlässt das Stationszimmer. Sie denkt an Manuel Jäger und seine Bitte. Sie denkt auch daran, wie sie selbst einmal durch Wendelin Weihrauch hindurchgesehen hat. Sie erinnert sich an diesen Augenblick mit Staunen und Ehrfurcht. Nein, sie hat etwas anderes gesehen als Christian Fischer und Regina Funke. Sie hat ein Wesen gesehen, so unermesslich, so tief und jenseits aller Maßstäbe. Sie hat den Frieden gespürt, der von Wendelin Weihrauch ausgegangen ist. Sie hat seine Worte über die Schöpfung gehört. Das Unermessliche kann doch nicht einfach abgeschossen und ruhig gestellt werden.

Dagmar beschließt, dem zu folgen, was ihr eigenes Herz ihr rät.

Sie geht, um Wendelin Weihrauch ins Ohr zu flüstern, was Manuel Jäger ihr aufgetragen hat.

Regina Funke und Christian Fischer überspringen das nächste Zimmer, weil dort noch Patienten gewaschen werden, gehen eins weiter zu Mado Kerbul und Berthold Hauser hinein. Mado Kerbul sitzt heute nicht im Unterhemd im Bett, sondern trägt stattdessen eine Cordhose und ein kariertes Flanellhemd. Regina Funke erzählt ihm, dass er demnächst abgeholt wird, worauf er zustimmend nickt.

»Woll, woll. Keine Ursache. Kein Problem.«

Die Stationsärztin hat am gestrigen Nachmittag mit Mado Kerbuls Sohn telefoniert und ihm mitgeteilt, dass er seinen Vater im Laufe des Freitagmorgens abholen soll. Der Sohn ist wenig erfreut gewesen und schließlich sogar ausfallend geworden. Im Augenblick würde es ganz schlecht passen. Er habe so viel zu tun und seine Frau wäre nicht vorbereitet. Sie hätten sich darauf verlassen, dass der Alte über Weihnachten gut untergebracht sei und entsprechend ihre Skiferien gebucht. Regina Funke hat darauf beharrt, dass ein Akutkrankenhaus kein Wohlfahrtsinstitut wäre, doch erst als sie damit gedroht hat, die weiteren Kosten dem Sohn persönlich in Rechnung zu stellen, hat dieser brummend eingewilligt, seinen Vater wie gewünscht nach Hause zu holen. Für Regina Funke ist das Problem damit gelöst. Sie weiß nicht, dass Mado Kerbuls Sohn noch am selben Abend erneut den Notfalldienst alarmieren und den Sanitätern eine haarsträubende Geschichte erzählen wird, worauf diese den Mann wieder in die Klinik fahren. An diesem Tag ist das Sankt-Vinzent-Krankenhaus mit der Notaufnahme dran und Mado Kerbul wird die Weihnachtsfeiertage also dort verbringen, während seine Kinder sich im Schwarzwald mit Langlauf und Eisstockschießen vergnügen.

Das Bett von Berthold Hauser steht nicht an seinem Platz. Er ist zu Untersuchungen unterwegs, denn vor seiner Entlassung werden abschließend noch einmal eine Röntgenaufnahme und ein EKG gemacht.

Sitta Haskanaye freut sich, dass sie noch vor dem Wochenende nach Hause darf. Ebenso Kurt Emmrich, der den Verlust seiner Kleidung nicht verwunden hat und froh ist, wenn er dem Durcheinander im Krankenhaus endlich entfliehen kann. In den nächsten drei Zimmern gibt es nichts Besonderes.

Rudolf Schröder geht es den Umständen entsprechend gut. Ebenso dem Patienten mit den Schluckstörungen, der im Zimmer 210 den Platz von Manuel Jäger übernommen hat. Albert Schuster packt gerade seine Sachen, denn er darf heute ebenfalls nach Hause gehen. Bruder Anselm ist wohlauf, wenn er auch findet, dass er zu viel schwitzt.

Bei Manuel Jäger ist die Infektion der Atemwege manifest geworden. Die Augen glänzen fiebrig, die Nasenflügel sind gerötet, der Patient sitzt aufrecht im Bett und ringt nach Luft. Der Brustkorb hebt und senkt sich viel zu schnell.

Christian denkt an die gestrige Visite. Er weiß, dass Regina Funke dasselbe denkt. Ohne ein weiteres Wort greift sie nach ihrem Stethoskop und hört den Brustraum vorne und hinten sorgfältig ab. Sie sieht nachdenklich aus.

»Nun, es sind in der Tat deutliche Rasselgeräusche zu hören. Und ein merkwürdiges Reiben, das ich mir im Augenblick gar nicht erklären kann. Es wird doch wohl keine Rippenfellentzündung sein? Zeigen Sie mal Ihre Zunge! Hm, der Rachen ist ebenfalls gerötet. Haben Sie Halsschmerzen, Herr Jäger?«

Als Manuel nickt, hört sie ihn ein zweites Mal ab und klopft mit spitzen Fingerknöcheln auf seinen Rippen und auf seinem Bauch herum. »Hm, hm! Ich schreibe Ihnen auf jeden Fall einen Fiebersenker und ein hustendämpfendes Präparat auf. Inhalationen mit Emser Salz könnten auch nicht schaden, nicht wahr? In Ihrem Fall sollten wir besonders vorsichtig sein. Die Röntgenbilder zeigen Verwachsungen, die von alten Rippenbrüchen stammen, und Ihre Zwischenrippenmuskulatur ist nicht sehr stark ausgeprägt. Das sagt mir, dass Sie wahrscheinlich gar nicht richtig abhusten können, habe ich nicht recht, Herr Jäger?«

Als Manuel wieder nickt, fügt sie eifrig hinzu: »Sehen Sie, das habe ich mir doch gleich gedacht. Vorsichtshalber verordne ich Ihnen noch dreimal täglich Amoxicillin, intravenös am besten. Dann wirkt es schneller. Das ist ein penicillinartiges Breitbandantibiotikum, das verhindern soll, dass sich auf virale Infektionen noch Bakterien obendrauf setzen. Wir wollen doch nicht riskieren, dass Sie uns hier ernsthaft krank werden, nicht wahr?«

Als sie das Zimmer verlassen, sagt ihr Blick, dass es ein unverzeihlicher Fehler wäre, ein Wort über Manuel Jägers Bronchitis zu verlieren, deshalb schweigt Christian. Nach der Visite setzt er sich an den Schreibtisch, um die Entlassungsbriefe zu schreiben, während Regina Funke eilig ihre Sachen zusammenpackt und ins Wochenende verschwindet.

Zwei Sanitäter schieben eine Rolltrage in den Flur herein. Dagmar bleibt überrascht stehen. »Wen bringen Sie uns denn da? Wir haben heute doch gar keine Notaufnahme.«

»Das nicht«, erwidert einer der Sanitäter. »Aber die Thyssen-Klinik hat sich wegen Überfüllung vorzeitig von der Notaufnahme verabschiedet. Wir haben Papiere bei dem Mann gefunden, die uns sagen, dass er schon einmal hier gewesen sein muss. Wir haben uns gedacht, wir bringen den Mann am besten dahin zurück, wo er bekannt ist.«

Nun wird Dagmar neugierig und betrachtet das Bündel auf der Rolltrage genauer. Viel erkennen kann sie nicht. Da ist nur ein rotblondes Haarbüschel, das unter der Decke herausquillt.

»Das ist Anton Henschler«, stellt der Sanitäter vor. »Jahrgang 1941 und ohne festen Wohnsitz …«

»Das darf doch wohl nicht wahr sein«, entfährt es Dagmar.

»Kennen Sie den Mann?«, will der Sanitäter wissen und fährt in seinem Bericht fort: »Ein Obdachloser also, der heute Morgen halb erfroren im Park beim Hauptbahnhof aufgefunden wurde. Hat die ganze Nacht unter den Büschen gelegen und das bei diesem kalten Wetter. Der Kreislauf ist inzwischen wieder stabil. Der Patient ist ansprechbar und orientiert … Das hier ist seine Tasche. Können Sie mir bitte den Transportnachweis unterschreiben?«

»Herr Henschler«, sagt Dagmar laut und missbilligend, während sie den Nachweis unterschreibt. »So treffen wir uns also wieder. Kommen Sie heraus und lassen Sie sich sehen.«

Das rote Haarbüschel bewegt sich, aber sonst rührt sich nichts. Mit einem Ruck zieht Dagmar die Decke weg und blickt in verlegen blinzelnde braune Augen. Es ist tatsächlich der Mann, von dem sie annehmen müssen, dass er den Oberlehrer bestohlen hat.

»Wo haben Sie denn die Schuhe?«, will Dagmar wissen. »Die, die Sie geklaut haben, meine ich.«

Anton Henschler wackelt mit den Füßen und grinst Dagmar schuldbewusst an.

»Was mache ich denn jetzt mit Ihnen?«, verlangt sie zu wissen. »Wo um alles in der Welt soll ich ein Zimmer hernehmen, aus dem Sie nichts stehlen können?«

»Mache ich nie wieder, Schwester«, sagt Anton Henschler. »Ehrenwort. Ich weiß nicht, wie das passieren konnte. Ich kann mir das selbst nicht erklären.«

Dagmar bemerkt Rita, die durch den Flur eilt, und winkt ihr zu. »Sieh mal, wen wir hier zurückbekommen haben. Anton Henschler. Sagt dir der Name etwas?«

»Oooh«, meint Rita und mustert den Mann auf der Rolltrage. Auf einmal wird ihr Blick verträumt und geht über Henschlers Kopf hinweg in die Ferne. »Womöglich bekommen wir es bald wieder mit der Polizei zu tun … Wenn er nun schon einmal hier ist … In welches Zimmer tun wir ihn denn?«

»Melanie Rosch ist ins vordere Einzelzimmer verlegt worden. Das Bad ist also wieder frei«, antwortet Dagmar. »Weißt du, ob es schon desinfiziert ist? Vielleicht können wir ihn dort hineinlegen. Außer ein paar Rollen Klopapier gibt es im Bad nicht viel zu holen.«

Rita schüttelt den Kopf. »Hm, das Bad? Das ist keine gute Idee. Ich habe der Kubatzki gesagt, dass sie endlich wieder einmal duschen kann. Ich finde, wir sollten Henschler eine Chance geben. Wir könnten ihn doch zu Rudolf Schröder ins Zimmer legen, meinst du nicht? Ich glaube, Albert Schuster ist inzwischen fort.«

»Echt? Willst du das wirklich riskieren?«

Auf einmal stiehlt sich ein Lächeln in Ritas Mundwinkel. »Warum nicht?«, sagt sie scheinheilig.

»Wie du willst. Dann machen wir es so. Fahren Sie den Mann doch bitte dort hinein«, wendet sie sich an den Sanitäter. »Ich werde gleich ein frisches Bett für ihn holen.«

Da keine Notaufnahme ist, ist die Notfallambulanz nicht besetzt und Dagmar muss sich selber um die Aufnahmeformalitäten kümmern. Sie sagt Christian Fischer Bescheid, legt eine Akte an, lässt Anton Henschler ein Flügelhemd anziehen und zieht wortlos Kurt Emmrichs Schuhe von seinen Füßen, um sie in den Schrank zu stellen. Sie ist gerade dabei, die Blutdruckmanschette an seinem Arm aufzupumpen, als sie das Geräusch hört.

»Grrroumpf!«

Im ersten Augenblick denkt Dagmar, dass es die Manschette ist. Es gibt manchmal seltsame Geräusche, wenn die Luft daraus entweicht. Sie prüft noch einmal den Sitz nach, kontrolliert, ob der Schlauch richtig angeschlossen ist und pumpt vorsichtig weiter. Das Gerät funktioniert einwandfrei.

»Grrroumpf!«

Dagmar sieht sich um. Der Mann mit den Schluckstörungen hebt fragend den Kopf. Anton Henschler lächelt sie unschuldig an.

»Grrroumpf!«

»Jetzt habe ich aber genug«, sagt Dagmar. »Was ist hier los?«

»Was soll denn los sein?«, fragt Anton Henschler zurück.

»Dieses Geräusch aus Ihrem Bett. Was ist das?«

»Ich habe nichts gehört«, zuckt Anton Henschler mit den Achseln und sieht sich nach allen Seiten um. »Da ist doch nichts.«

»Grrroouuumpf!«

»Eben das meine ich«, sagt Dagmar mit Nachdruck. »Was haben Sie im Bett?«

»Das ist mein Darm«, erwidert der Obdachlose. »Der tut manchmal so. Warum, weiß ich auch nicht. Vielleicht sind es Blähungen.«

»Das können Sie Ihrer Großmutter erzählen!« Dagmar schlägt die Bettdecke zurück und sieht, dass Anton Henschler seine Tasche mit ins Bett genommen hat. Die Tasche ist uralt und starrt vor Dreck. Dagmar stößt einen Seufzer aus. »Und? Was ist da drin?«

»Mein Hund«, gibt Anton Henschler klein bei.

»Ihr was?«

»Mein Hund. Fuffi. Weil er so braun ist wie der Fünfzigmarkschein, den es früher mal gegeben hat.« Henschler öffnet den Reißverschluss und ein kleines Hündchen streckt seinen Kopf heraus. Ungestüm leckt es Anton Henschlers Hände. Das Tier ist jung, wohl noch kein halbes Jahr alt.

»Ist der aber süß!«, entfährt es Dagmar.

»Nicht wahr?«, sagt Anton Henschler stolz.

»Aber hierbleiben kann er leider nicht. Das hier ist ein Krankenhaus.«

»Er ist ganz brav. Er tut niemandem etwas.«

»Hunde sind im Krankenhaus nicht erlaubt, Herr Henschler.«

»Aber draußen erfriert er. Wo soll ich ihn denn hintun? Lassen Sie ihn doch hierbleiben.«

»Sind Sie am letzten Montag etwa wegen dem Hund abgehauen?«, will Dagmar wissen.

»Ich habe niemanden, der ihn versorgt. Ich kann ihn doch nicht alleine lassen. Fuffi war der kleinste in seinem Wurf. Aber auch der lustigste. Er hat mich gleich von Anfang an gemocht.«

»Ja, das kann ich verstehen«, nickt Dagmar.

»Ich hab's im Fernsehen gesehen«, erklärt Anton Henschler trotzig. »Da hat auch einer seinen Hund mit ins Krankenhaus gebracht. Und da ging es. Die haben ihn alle gemeinsam im Schrank versteckt, wenn die Ärzte kamen.«

»Das war in *Schwester Stefanie*«, mischt sich nun Rudolf Schröder ein. »Das habe ich auch gesehen. Das ist eine prima Serie. Das können wir doch auch so machen, warum nicht? Wir führen die Ärzte an der Nase herum, hahaha.«

Der Hund leckt Dagmars Hände, legt den Kopf zur Seite und sieht sie aus schwarzen Knopfaugen treuherzig an.

»Oh je!«, sagt sie. »Wer kann dem schon widerstehen?«

»Niemand«, behauptet Anton Henschler. »Fuffi hat alle auf seiner Seite. Das ist wegen seinem Charme.«

»Waff! Waff!«

Wäre der Hund still gewesen, hätte die Geschichte wohl einen anderen Ausgang genommen. Dagmar ist schon dabei zu überlegen, ob sie ihn auf Andys Bauernhof unterbringen kann, solange Anton Henschler im Krankenhaus liegt. Aber der Hund, der sich im Mittelpunkt des allgemeinen Interesses sieht, fängt begeistert zu bellen an.

Christian sitzt an seinem Schreibtisch und studiert Patientenakten. Es ist ihm ein Rätsel, wie die anderen Ärzte so genau sagen können, was einem Menschen fehlt. Wie schaffen sie es, sich auf eine eindeutige Diagnose festzulegen? Ihm will es einfach nicht gelingen. Zwischen der Wirklichkeit, die sich ihm am Krankenbett zeigt, und den Beschreibungen in den Büchern klafft ein abgrundtiefer Spalt, den er nicht überwinden kann. Kopfschüttelnd vergleicht Christian die von Regina Funke und seinem Vorgänger erstellten Anamnesen mit den Diagnosen. Viele der Anamnesebögen sind schlampig ausgefüllt, mit kryptischen Kürzeln versehen und kein Arzt scheint einen Unterschied zu machen zwischen dem, was ihm vom Patienten mitgeteilt worden ist und dem, was er selbst bei der Untersuchung festgestellt hat. Nirgendwo findet sich eine kritische Bewertung der von Patienten gemachten Aussagen. Stattdessen tauchen sie als objektive Tatsachen auf. Dabei weiß jedes Kind, wie sehr die Antwort bereits von der Art der Fragestellung beeinflusst wird. Viele Patienten können ihre Beschwerden gar nicht klar beschreiben. Viele können Wesentliches und Unwesentliches nicht auseinanderhalten. Viele sagen willfährig das, wovon sie glauben, dass der Arzt es hören will.

»Erfahrung«, murmelt Christian mit zusammengebissenen Zähnen. »Wenn ich von Regina Funke wissen wollte, wie sie anhand dieser paar Hinweise auf die Krankheit schließt, würde sie sich todsicher auf ihre Erfahrung berufen, wie das jeder Arzt getan hat, den ich bisher gefragt habe. Doch wenn man hartnäckig nachfragt, kommt dabei nichts anderes heraus, als dass sich Erfahrung an der statistischen Häufigkeit einer Krankheit orientiert. Das ist aber falsch, denn natürlich nimmt die statistische Häufigkeit zu, wenn die Statistik selbst das entscheidende Kriterium für die Diagnose ist.«

Vor einiger Zeit hat er einen Vortrag gehört, von einem Mediziner von »Ärzte ohne Grenzen«, der mehrere Jahre lang in Pakistan tätig war. Dieser Arzt hat behauptet, dass die Zeit im Entwicklungsdienst die wertvollste in seinem Berufsleben gewesen ist, weil er gelernt habe, sich auf seine Sinne und seine Intuition zu verlassen. Schließlich habe er verschiedene Krankheiten allein mit seiner Nase identifizieren können. Christian kann außer Aceton kaum etwas riechen.

Auch er hat einmal geglaubt, dass ein Arzt sich auf seine Intuition verlassen kann, dann nämlich, wenn er die der Welt zugrunde liegende Ordnung erkennt. Aber wie soll er Entscheidungen treffen, wenn diese Ordnung sich verbirgt, ihn geradezu verhöhnt? Wie im Fall von Rudolf Schröder, dem er so viel Luft in die Adern gepumpt hat. Christian versteht bis heute nicht, warum der Mann nicht mit einer Lungenembolie zusammengebrochen ist.

Während er noch darüber nachgrübelt, hört Christian das Bellen. Er reagiert nicht sofort, denn auf den Gedanken, dass sich ein Hund auf Station befinden könnte, kommt er nicht. Tatsächlich denkt er, dass jemand den Fernseher zu laut eingeschaltet hat. Dann hört er Geschrei und ärgerliche Stimmen und steht auf, um nachzusehen, was los ist. Vor einem der Patientenzimmer steht die Hygienefachkraft und stößt spitze Schreie aus. Sie ist auf Station gekommen, um in der Geschirrspülmaschine wieder einmal nach

Schimmelpilzen zu suchen und hat etwas viel Schlimmeres entdeckt.

»Dieser dreckige Köter muss sofort verschwinden«, kreischt sie eine Schwester an, in der Christian Dagmar erkennt. »Wie kommt dieses Vieh auf Station? Wie können Sie so etwas erlauben?«

Die Hygienefachkraft hasst alles, was dreckig ist. Neben Kakerlaken und Schimmelsporen sind das vor allem Hunde. Sie wendet sich unverzüglich an Christian, als dieser den Flur entlangkommt.

»Herr Doktor«, ruft sie ihm händeringend entgegen. »Was ist auf Ihrer Station los? Ich will meine Stäbchen in den Geschirrspüler stecken und was finde ich? Einen Hund! Es ist entsetzlich.«

»Der Hund kommt natürlich weg«, sagt Christian entschlossen. »Die Geschichte wird sich aufklären. Was hat das denn alles zu bedeuten?«

In dem daraufhin losbrechenden Gewirr von Stimmen versteht er überhaupt nichts mehr. Von allen Seiten wird auf ihn eingeredet, die Stimme der Hygienefrau dringt dabei am grellsten in sein Ohr. Es dauert eine Weile, doch schließlich begreift er, was geschehen ist.

»Wenn Fuffi nicht bleiben darf, dann bleibe ich auch nicht«, sagt der Rothaarige und schießt zornige Blicke auf die Hygienefachfrau ab. »Wenn Fuffi gehen muss, gehe ich mit. Es ist mir egal, was aus mir wird.«

»Wir finden eine Lösung«, sagt Dagmar. »Ich habe eine Idee, aber ich müsste vorher mal telefonieren …«

»Der Mann wird draußen in der Kälte zugrunde gehen«, stellt Christian fest. »Gestern Nacht waren es minus fünf Grad. Wir können ihn nicht einfach entlassen, dann sind wir verantwortlich, wenn er erfriert. Für die Zeitungen wäre das ein gefundenes Fressen. Ich sehe schon die Überschriften. Aber der Hund kann nicht hierbleiben. Wir sind schließlich in einem Krankenhaus.«

»Bitte, Dr. Fischer, ich habe einen Vorschlag …«, kommt es von Dagmar. Sie sehen sich an. Christian glaubt, dass sie einander ohne Worte verstehen, und das Herz geht ihm auf. Gewiss hat sie ebenfalls Angst, dass der Patient erfrieren könnte, wenn er in einer Kurzschlussreaktion samt seinem Hund davonrennt.

»Schwester Dagmar, bringen Sie den Patienten doch bitte gleich ins Röntgen und ins EKG«, weist er an. Sie sind wie zwei Verschwörer und ihre Verschwörung dient der Gesundheit eines Menschen, der nicht weiß, was für ihn selber das Beste ist.

»Warum? Ist er dort denn schon angemeldet?«, will Dagmar irritiert wissen.

»Ich werde das gleich tun und es eilig machen.« Halblaut fügt er hinzu: »Schaffen Sie mir den Patienten für ein paar Minuten aus dem Weg, damit ich in Ruhe überlegen kann, was wir mit dem Hund tun.«

Eine kurze Sekunde zaudert Dagmar. Sie sieht Christian eindringlich an. »Bitte, Dr. Fischer …«

»Ich weiß, was ich tue«, murmelt Christian. »Vertrauen Sie mir.«

Die Hygienefachkraft redet davon, den Vorfall zu melden und die Pflegedienstleitung einzuschalten. Schließlich gehorcht Dagmar, spricht mit dem Rothaarigen, der nickt und sich wieder beruhigt. Freddy bringt dem Hund einen Zipfel Wurst und eine Schale Wasser. Dagmar löst die Bremse und fährt mit dem Bett aus dem Zimmer.

Christian eilt ins Stationszimmer, um im Röntgen und im EKG Bescheid zu geben, dass sie den Obdachlosen dort eine

Weile festhalten sollen. Dann weist er die Hygienefachfrau an, ihm schnell die Nummer eines Tierheims herauszusuchen und ein Transporttaxi zu rufen. Rita kommt hinzu und holt Geld aus der Stationskasse, um damit das Taxi zu bezahlen. Rudolf Schröder will auf einmal nichts mehr von dem Hund wissen.

Als Dagmar mit Anton Henschler von den Untersuchungen zurückkommt, ist Fuffi fort. Wohin er gebracht wurde, verschweigt Christian. Wenn Henschler nicht weiß, wo der Hund ist, hat er keinen Grund mehr, von Station zu flüchten. Christian ist stolz auf sich. Er hat rasch und zielbewusst gehandelt.

Anton Henschler sieht aus, als wäre ihm gerade ein Messer ins Herz gestoßen worden. Er verfällt in dumpfe Teilnahmslosigkeit und spricht mit niemandem mehr.

Dagmar zieht eine Grimasse und wirft Christian einen Blick zu, der so voller Verachtung ist, dass er erschrickt.

Beim Stöbern in Juttas Sachen findet Rita den Dienstplan für Januar. Er ist so gut wie fertig, dennoch hat Jutta ihn noch nicht herausgerückt. Das ist mit ein Grund, warum Rita ihre Nase in einen Schrank steckt, der sie eigentlich nichts angeht. Mit dem Dienstplan lässt Jutta sich immer endlos viel Zeit.

Rita breitet den Plan auf dem Schreibtisch aus und überträgt die eigenen Dienstzeiten in ihr Notizbuch. Als dies erledigt ist, prüft sie die Dienstzeiten ihrer Kollegen. Im folgenden Monat müssen alle bis zu zehn Überstunden machen. Plötzlich stutzt Rita und kontrolliert eine Spalte genauer. Sie pfeift leise durch die Zähne. Sie ruft nach Dagmar und hält ihr den Dienstplan hin.

»Wo hast du den denn her?«, will Dagmar wissen.

»Aus Juttas Schrank«, gibt Rita unschuldig zurück.

»Da gehst du so einfach dran?«

»Nur im äußersten Notfall«, beteuert Rita. »Sieh dir das einmal an. Fällt dir etwas auf?«

»Nö«, antwortet Dagmar. »Was soll mir denn auffallen?«

Rita fährt mit einem Finger die Spalte entlang. »Das sind Marions Dienstzeiten. Einhundertvierundachtzig Stunden im Januar. Mehr als hundert Prozent. Wie findest du das?«

»Aber Marion hat doch nur einen Teilzeitvertrag.«

»Eben!«, sagt Rita. »Das sind vierundvierzig Überstunden, die Marion wahrscheinlich nie wieder abbauen kann und die am Ende des nächsten Jahres verfallen. Weißt du, wie man so etwas nennt? Vor allem, wenn du die vergangenen Tage und Marions Tagebuch berücksichtigst?«

Dagmar schiebt die Unterlippe vor. »Mobbing!«, sagt sie nach einer Weile.

»Hast du dich denn nun entschieden, ob du den Posten der stellvertretenden Stationsleitung annehmen wirst?«, will Rita wissen.

»Ich hoffe ja immer noch, dass ich aus dieser Mühle irgendwie herauskomme«, antwortet Dagmar. »Ich habe Schwester Anneliese heute Morgen Bescheid gegeben, dass ich den Posten nicht haben will. Sie soll sich jemand anderen suchen.«

»Dann weiß ich, was ich zu tun habe. Marion war für den Posten übrigens auch im Gespräch. Das heißt, bevor sie sich die Geschichte mit dem Tagebuch geleistet hat.«

»Echt? Sie wäre eine viel bessere Wahl gewesen als ich. Sie hat Organisationstalent und am Computer ist sie einsame Spitze.«

Nacheinander tröpfeln Jutta, Marion und die Schüler auf Station ein. Sie verteilen das Mittagessen und setzen sich anschließend zur Übergabe zusammen. Während Dagmar über den Verlauf des Vormittags Auskunft gibt, schiebt Rita Marion den Dienstplan hin. Diese wirft einen fragenden Blick darauf und versäumt dabei den Bericht über Anton Henschlers Hund und Wendelin Weihrauchs psychotisches Verhalten.

»Walter Seibold bekommt einen Herzschrittmacher«, berichtet Dagmar weiter. »Stefanie Petzold wird im Laufe des Nachmittags aus der Lungenfachklinik zurückkehren und ihren alten Platz übernehmen, denn Sitta Haskanaye ist entlassen worden. Sigrid Bauer und Ruth Leutkirch haben sich in die Wolle gekriegt, weil Frau Bauer sich künftig nichts mehr gefallen lassen will. Sie sagt, wenn sie sowieso bald stirbt, kann sie darauf verzichten, es den anderen immer recht machen zu wollen. Manuel Jäger hat eine heftige Erkältung und muss gegebenenfalls abgesaugt werden. Es steht noch kein Absauggerät im Zimmer. Ihr müsst eines aus der Gerätekammer holen. Vera Liebichs Fuß sieht besser aus, seit sie mit der Kubatzki im Rollstuhl durch die Gänge düst und den Fuß nicht mehr belastet. Vielleicht kann man ihn doch noch retten. Das Schwitzen bei Frau Rosenbach kommt vom Blutzucker, der entgleist ist, als man bei ihr die teure Flaschennahrung durch die billige ersetzt hat. Melanie Rosch, die Aids-Patientin aus dem Bad, ist jetzt im vorderen Einzelzimmer, aber meistens treibt sie sich draußen im Hof herum, um zu rauchen …«

»… und zu dealen«, fügt Rita hinzu. »Das weiß doch jeder, dass hinter der Baustelle auf dem Betriebsgelände ein Umschlagplatz für Drogen ist. Es heißt, dass nicht nur mit Ecstasy, sondern sogar mit Heroin gehandelt wird.«

»Das waren alle!« Aufatmend steckt Dagmar die letzte Patientenkurve in den Wagen zurück und klappt ihr Notizbuch zu. Darauf hat Marion nur gewartet.

»Was soll das bedeuten?«, will sie mit finster zusammengezogenen Brauen wissen und deutet auf den Dienstplan.

Jutta setzt ihr Stationsleitungsgesicht auf. »Wo hast du den denn her?«

»Von mir«, sagt Rita.

»Oh!«

»Du hast mir im nächsten Monat über vierzig Überstunden aufs Auge gedrückt. Das kann doch wohl nicht dein Ernst sein. Und ich habe tatsächlich jeden Dienstag Spätschicht, obwohl du genau weißt, dass ich an diesem Tag meinen Tanzkurs habe und ihn verpasse, wenn ich bis halb neun arbeiten muss.«

Jutta strafft die Schultern und setzt sich aufrecht hin. »Wie du selber weißt, sind wir im Augenblick schlecht besetzt. Da fällt eben die eine oder andere Überstunde an. Es trifft doch jeden von uns. Die Belange der Station kommen nun einmal vor dem Privatleben, das weißt du so gut wie alle anderen. Ich habe mich wirklich bemüht, dir den Dienstagabend frei zu halten, aber es war dieses Mal leider nicht möglich. Das musst du einsehen.«

»Nein, das sehe ich nicht ein. Vierzig Überstunden. Ich glaube, ich spinne!«

»Die anderen arbeiten Vollzeit, du nur Teilzeit. Wenn ich den anderen so viele Überstunden eintragen würde, hätten sie gar keinen freien Tag mehr. Was soll ich denn also tun?«

»Wenn ich einen Teilzeitvertrag habe, will ich auch Teilzeit arbeiten! So, wie der Plan nun aber aussieht, arbeite ich Vollzeit, um für Teilzeit bezahlt zu werden. Dafür hätte ich nicht reduzieren müssen. Das ist ein schlechtes Geschäft.«

»Eben!«, gibt Jutta zurück. »Das hätte ich dir gleich sagen können.«

»Wie soll ich diese Überstunden jemals wieder abbauen? Hast du dir das auch überlegt? Verfallen lassen werde ich sie auf gar keinen Fall. Zur Not werde ich sie einklagen. Wenn's sein muss, gehe ich vors Arbeitsgericht.«

»Oh, damit kommst du nicht durch. Das haben vor dir schon andere versucht. Du kannst hin und wieder eine Stunde früher gehen, wenn auf Station nicht viel zu tun ist. Und jetzt an die Arbeit! Cornelia, du machst den Kaffee für die Patienten. Freddy bringt die schmutzigen Betten in die Bettenzentrale und ihr beide«, wendet sie sich Dagmar und Marion zu, »räumt bitte die Tabletts vom Mittagessen ab und holt ein Absauggerät für Jäger aus der Gerätekammer.«

Das Team schwirrt auseinander, nur Jutta und Rita sind allein im Stationszimmer zurückgeblieben.

»Kann ich dich mal etwas fragen, Jutta?«

»Worum geht es denn?«, fragt Jutta zurück.

»Wir müssen doch Meldung machen, wenn wir beobachtet haben, dass ein Patient gefährdet worden ist, nicht wahr? Sagt Schwester Anneliese nicht wieder und wieder, dass wir Fehler auf keinen Fall verheimlichen dürfen, dass dies ein Grund für eine fristlose Kündigung ist?«

»Ja, natürlich! Fahrlässiges Verhalten muss auf jeden Fall gemeldet werden. Hast du etwas beobachtet? Hat Marion vielleicht …«

»Nein! Nein!«, unterbricht Rita sie hastig. »Was ich melden muss, hat mit Marion rein gar nichts zu tun.«

»Was denn? Du bist doch sonst nicht so schüchtern.«

»Dagmar hat mir gesagt, dass sie den Posten der Stellvertretung nun doch nicht annehmen wird. Hat sie mit dir darüber schon geredet?«

»Nein, hat sie nicht«, gibt Jutta verwirrt zurück. »Ich verstehe nicht, worauf du hinaus willst.«

»Ich würde den Stationsleitungskurs eigentlich ganz gern

machen«, sagt Rita. »Irgendwann einmal. Wenn sich eine Gelegenheit bietet.«

»Du? Glaubst du, dass du dich zur Stationsleitung eignest? Wie kommst du nur auf einen solchen Gedanken?«

»Doch, das glaube ich schon«, erwidert Rita ernsthaft. »Ich kann durchaus Verantwortung übernehmen. Ich traue mir zum Beispiel zu, selber zu entscheiden, was ich der Pflegedienstleitung melden muss und was nicht. Wenn zum Beispiel … nur so als Beispiel … eine Kollegin die Infusionen richtet und dabei vergisst …«, Rita macht eine kunstvolle Pause und sieht Jutta scharf an, »… den Schlauch mit Flüssigkeit zu füllen, kann es passieren, dass dem Patienten, … zum Beispiel, wenn er eine Bauchspeicheldrüsenentzündung hat … Luft in die Venen gepumpt wird. So etwas kann durchaus einmal tödlich enden, nicht wahr?«

Jutta bleibt die Antwort im Hals stecken. Sie starrt Rita an und fällt schwer auf ihren Stuhl zurück.

In der vergangenen Woche ist Christian nicht dazu gekommen, über Qualität und Qualitätsmanagement nachzudenken, deshalb hat er schon zwei Termine der KTQ-Gruppen verpasst. Um Professor Gössner nicht zu enttäuschen, will er aber wenigstens bei der Info-Gruppe mitmachen, die am Freitagnachmittag tagt. Tatsächlich hat Christians Interesse für den Begriff Qualität stark nachgelassen. Die einst verspürte Ehrfurcht ist nicht mehr da. Verpufft. Verflogen. Vorbei. Mit einem Mal erscheinen ihm die Definitionen gemäß ISO 9000 durchaus vernünftig. Christian kann nicht mehr nachvollziehen, was ihn früher daran immer so gestört hat.

Es klopft an der Tür und Dagmar streckt ihren Kopf herein.

Sie fragt nach dem Entlassungsbrief für Sitta Haskanaye, aber ausgerechnet den hat er noch nicht geschrieben.

»So eilig ist der Brief doch nicht«, wehrt Christian an.

»Herr Haskanaye muss die Medikamente aus der Apotheke holen. Das kann er nur, wenn er vorher bei seinem Hausarzt gewesen ist, der das Rezept ausschreibt. Es ist Freitagnachmittag, Dr. Fischer. Die meisten Praxen machen heute früher Schluss.«

»Ich muss in fünf Minuten zu einer Besprechung«, entgegnet Christian. »Ich habe im Augenblick für so etwas keine Zeit.«

»Sollen die Haskanayes etwa warten, bis Sie von der Besprechung zurückkommen? Dann sagen Sie ihnen das selber«, sagt Dagmar brummig und verschwindet wieder. Christian starrt auf die sich schließende Tür. Er hat das Gefühl, dass sie ihm die Geschichte mit Henschlers Hund nachträgt, aber das ist Unsinn. Was hätte er denn anderes tun können?

Irgendwie hat er kein Glück. Alles, was er sagt und tut, bekommt Dagmar in den falschen Hals. Und wenn er sie im Gespräch ein paar Minuten lang festhalten will, ist sie schon wieder fort, bevor es überhaupt richtig begonnen hat. Schade!

Normalerweise muss er sich bei Frauen nicht sonderlich anstrengen, um eine ins Bett zu bekommen. Die Frauen laufen ihm nach. Manche haben sich ihm regelrecht an den Hals geworfen. Dabei liegt ihm gar nicht so viel an One-Night-Stands und flüchtigen Liebschaften. Das alles mag zwar aufregend sein, bringt aber jedes Mal auch eine gehörige Portion Unruhe in sein ohnehin anstrengendes Leben. Er träumt von einer verlässlichen Beziehung und erntet dafür den Spott seiner Studienkollegen, die ihn der vorzeitigen Vergreisung bezichtigen. Leider ist es ihm noch nie gelungen, eine Beziehung über einen längeren Zeitraum hinweg aufrechtzuerhalten. Nach spätestens drei Monaten saß er jeweils wieder alleine da, ohne eigentlich zu wissen, warum. Je verliebter eine Frau sich gebärdet hatte, desto schneller war sie danach wieder weg. Seltsam.

Ein leises Lächeln spielt plötzlich um seine Mundwinkel. Nach der Umkehrung dieser Regel müsste Dagmar genau die Richtige für ihn sein. So abweisend hat sich noch keine gegeben, also müsste diese Beziehung wohl ein Leben lang halten. Mit einem Mal freut er sich auf die Notaufnahme in der Samstagnacht, in der sie gemeinsam Dienst tun, sie auf Station und er als Arzt in Bereitschaft. Samstagnacht müssen sie eng zusammenarbeiten. Sie wird mit ihm reden müssen, ob sie nun will oder nicht.

Es ist höchste Zeit für die Tagung. Christian fährt sich mit den Fingern durch die Haare und spurtet los. Von den Leuten, die sich im Sitzungsraum versammelt haben, kennt er nur die wenigsten. Aus der Verwaltung scheinen recht viele dabei zu sein, auch der Schulleiter ist anwesend, ebenso die Pflegedienstleitung. Sogar ein paar gewöhnliche Krankenschwestern gehören zur Gruppe. Von Christian nimmt kaum jemand Notiz. Er fühlt sich ausgeschlossen und irgendwie überflüssig, daher tritt er ans Fenster und sieht hinaus. Von hier oben hat er einen beeindruckenden Rundblick über den ganzen Krankenhauskomplex mit der riesigen Baustelle, die nun, am Freitagmittag, still und verlassen unter ihm liegt. Herumliegende T-Träger und Stahlgitter erinnern an moderne Kunstwerke. Zwischen den aufgeworfenen Erdhaufen blitzen vereinzelt Eiskristalle auf, die Überreste des Raureifs, der heute Morgen das ganze Land bedeckt hat.

Christian sieht einen Mann über die Baustelle wanken. Das kommt ihm seltsam vor, denn der Mann trägt nur eines der krankenhauseigenen Flügelhemden und weiter nichts. Bevor er genauer hinschauen kann, betritt Professor Gössner den

Raum. Christian durchzuckt ein freudiger Schreck, aber nach einer Weile stellt er fest, dass der Professor sich gar nicht mehr an ihn erinnert.

Siegfried Gössner nimmt am Kopfende des Tisches Platz und bedient sich mit einem Aquavit. Christian kommt neben der Pflegedienstleiterin zu sitzen. Sie schiebt ihm eine der auf dem Tisch liegenden Infomappen aus Hartkarton zu. Darin befinden sich dieselben Prospekte, wie sie auch im Ständer am Eingang zu finden sind, dazu einige vervielfältigte Hausmitteilungen. Als Leiter der Gruppe stellt sich ein Verwaltungsmensch namens Heiner Roth vor.

»Die Patientenumfrage wurde in dieser Woche abgeschlossen«, beginnt dieser seine Darlegungen. »Wir haben an die Abteilungen im Haus über zwanzigtausend Fragebögen verteilt, der Rücklauf beträgt um die zweitausendfünfhundert Stück, das ist ein sehr gutes Ergebnis für eine derartige Aktion. Wieder einmal hat sich gezeigt, wie wichtig es ist, wenn Mitarbeiter positiv motiviert sind. Wir dürfen von uns sagen, dass wir hier im vergangenen Jahr gewaltige Fortschritte gemacht haben.«

»Ich habe ausgezählt, wie viele Bögen pro Station abgegeben wurden«, meldet sich die Pflegedienstleiterin zu Wort. »Natürlich habe ich dabei auch die Größe der einzelnen Stationen berücksichtigt. Die Gastroenterologie unter Regina Funke hat wieder einmal am besten abgeschnitten. Das ist und bleibt eben unsere Vorzeigestation. Auch die Kniechirurgie und die HNO-Abteilung haben jeweils über zweihundert Bögen abgegeben. An letzter Stelle liegt wie immer die Urologie und ich möchte noch einmal darauf hinweisen, dass dort besonders viele männliche Pfleger Dienst tun.«

»Die Urologie war schon immer ein renitenter Haufen«, schmunzelt Professor Gössner. »Ich werde die drei besten Abteilungen bei der nächsten Mitarbeiterversammlung lobend erwähnen, das wirkt für alle motivierend. Frau Vogel hat einen Teil der Fragen schon ausgewertet, und zwar all jene, bei denen ein Kreuz als Antwort genügt hat. Ich kann Ihnen eine satte Zahl vorlegen, meine Damen und Herren. Über neunzig Prozent aller Patienten sind mit unserem Haus nicht nur zufrieden, sondern sogar sehr zufrieden.«

»Können wir denn davon ausgehen, dass die Patienten wirklich sagen, was sie denken?«, wirft der Schulleiter ein. »Über neunzig Prozent zufriedener Patienten stimmt mich eher nachdenklich, zumal wir von der Schule durchaus sehen, dass nicht alles, was wir unseren Schülern und Schülerinnen beibringen, auf den Stationen auch zur Anwendung kommt.«

»Das mag ja alles sehr interessant sein«, unterbricht Heiner Roth, »wir können darüber gern ein anderes Mal diskutieren. Im Augenblick geht es allerdings nur darum, dass wir bei der Umfrage hervorragend abgeschnitten haben und darauf kommt es an. Wir werden das in dieser Form den KTQ-Visitoren im Rahmen der Selbstbewertung so weiterge …«

Er unterbricht sich und sein Gesicht wird plötzlich starr. Christian hebt den Kopf und sieht, wie immer mehr Augen zu den Fenstern hinübergehen. Nun stehen einige sogar von ihren Stühlen auf. Auch Christian erhebt sich langsam von seinem Platz und folgt den anderen zur Fensterfront hinüber.

Auf einem der Baukräne turnt eine Gestalt herum. Der Mann ist schon auf derselben Höhe wie die Fensterbank, auf die sie sich stützen, nur vier Meter entfernt und trotzdem unerreichbar. Jemand zieht am Fensterknauf, aber das Fenster lässt sich nicht öffnen. Das weite Flügelhemd und die Turnschuhe an den nackten Füßen des Kletterers wirken grotesk.

»Um Himmels willen«, stöhnt neben Christian die Pflegedienstleiterin. »Warum hält niemand den Mann zurück?«

»Weil wir es nicht können«, antwortet eine tonlose Stimme.

»Nein!«, brüllt plötzlich Heiner Roth und schlägt mit der Faust gegen das Glas. Der Mann hängt jetzt an der Außenseite des Krans, knapp unterhalb des Führerhäuschens.

Christian gefriert das Blut in den Adern. Für einen kurzen Augenblick streift ihn der Gedanke, dass er das Unheil vielleicht hätte verhindern können, wenn er vorhin sofort reagiert hätte, als er den Mann unten über die Baustelle hat laufen sehen. Aber wer hätte sich dies hier vorstellen können?

Für einen endlos langen Augenblick sehen sie das Gesicht des Mannes. Es ist bleich, unrasiert und hohlwangig. Der Mann starrt sie an, ballt die Faust und … springt.

Um dieselbe Zeit steigen Lothar und Linda in ihren Wagen und holen Rechtsanwalt Dr. Brinkmann ab, der bereits vor seinem Haus auf sie wartet. Da die florierende Anwaltskanzlei des Letzteren nur an drei Tagen in der Woche geöffnet ist, hat er spontan zugesagt, als Lothar ihn um den Besuch bei Manuel gebeten hat. Sie alle kennen sich gut. Schließlich hilft man sich *Im Himmel* noch gern.

Lothar hält die rote Kassette auf seinen Knien, während Linda den Wagen steuert. Alle drei sind angespannt, die Unterhaltung geht schleppend voran. Sie reden eigentlich nur, um keine Stille aufkommen zu lassen.

Als Lothar nach seinem Besuch bei Manuel von der roten Kassette erzählt hat, ist etwas anders geworden. Seitdem liegt eine merkwürdige Spannung in der Luft. Linda hat ausgesehen, als ob sie … ja, wie denn eigentlich? So hat Lothar seine Frau noch nie erlebt. Sie wollte unbedingt mit ins Krankenhaus kommen. Das ist ungewöhnlich. Sie hat Manuel im Krankenhaus kaum je einmal besucht, weil ihr von dem Geruch immer schlecht wird.

Lothar ist zu dem Schluss gelangt, dass Manuels Wunsch, seinen Nachlass zu regeln, einer momentanen Panik entsprungen ist. Der Gedanke an die künstliche Beatmung muss bei Manuel eine Krise ausgelöst haben. Das ist nur verständlich, wenn man seine Geschichte kennt.

»Wir haben das alles schon oft und oft mitgemacht, jetzt gehen wir eben ein weiteres Mal da durch«, sagt sich Lothar zum hundertsten Mal vor. »Es ist immer gut gegangen, so wird es auch dieses Mal wieder sein. Kein Grund zur Beunruhigung.«

Tatsächlich bedeutet eine Intensivstation für Lothar die Garantie zum Überleben an sich. Er kann sich nicht vorstellen, dass ein Mensch dort sterben könnte. Das ist unmöglich. Nicht bei all der modernen Technik, die zur Verfügung steht. Überall kann man sterben, aber nicht auf einer Intensivstation. Und dann kommt seine Frau daher und zerstört mit einem einzigen Blick seine ganze Sicherheit. Lothar will es nicht wahrhaben. Linda benimmt sich auch jetzt seltsam. Sie übersieht ein Stoppschild, dann fährt sie beinahe einen Fußgänger über den Haufen. Nicht zu fassen.

Vor dem Marienhospital hat sich eine riesige Menschenmenge angesammelt. Überall stehen Leute mit blauen Lippen und roten Nasen, viele haben nur einen Bademantel und Hausschuhe an. An allen Fenstern sieht man Menschentrauben. Die Gesichter blicken nach unten, in die Baustelle hinein, die sich hinter dem Lattenzaun und den Menschenmassen verbirgt.

»Da ist etwas passiert«, meint Erich Brinkmann und sieht sich interessiert um. »Da ist ja auch die Polizei!«

Zwei grüne Mannschaftswagen und ein paar normale Dienstfahrzeuge schirmen mit eingeschaltetem Blaulicht die

Zufahrt zur Baustelle ab. Einige der Grünen versuchen vergeblich, die Menge zu zerstreuen. Die Hallers beschleunigen ihren Schritt. Der Rechtsanwalt folgt ihnen, wenn auch zögernd und offensichtlich mit Bedauern.

Unruhe kommt auf, als ein Krankenwagen mit Blaulicht und Sirene heranjagt und holpernd in die Baustelle hineinfährt.

»Wozu ist das jetzt nötig?«, hört Lothar einen Zuschauer fragen. Und ein anderer: »Die lassen einen Krankenwagen quer durch die Stadt fahren, um jemand, der vor dem Krankenhaus liegt, ins Krankenhaus zu bringen? Das darf doch wohl nicht wahr sein!« »Und wer zahlt das alles?«, will ein dritter wissen.

Dann sind sie an der Menschentraube vorbei und betreten die Eingangshalle, die wie ausgestorben ist. Kein einziger Mensch hält sich hier drinnen auf, noch nicht einmal der Pförtner hockt an seinem Platz im Glaskasten beim Eingang. Lothar führt die beiden anderen an, denn inzwischen kennt er den Weg.

Manuel sitzt, gestützt vom Kopfteil, aufrecht in seinem Bett und dreht ihnen den Kopf zu, als sie hereinkommen. Er strahlt eine große Ruhe aus, der Gegensatz zu den Neugierigen am Bauzaun könnte kaum auffallender sein. Einige Sekunden lang hat Lothar ein ganz und gar unwirkliches Gefühl, wie es einen manchmal überkommt, wenn man abrupt aus einem Traum hochschreckt.

Manuel geht es heute sehr viel besser als gestern, das ist deutlich zu sehen. Lothar ist grenzenlos erleichtert. Er ist irgendwelchen Hirngespinsten aufgesessen, daran ist nur Linda schuld. Beim nächsten Mal wird er nicht mehr darauf hereinfallen.

Manuel ist allein im Zimmer. Das Bett des Mönchs ist gemacht, aber es ist leer, der Zipfel der Bettdecke ist in einem ordentlichen Dreieck zurückgeschlagen. Manuel erzählt, dass Bruder Anselm für die Weihnachtsfeier am Abend beurlaubt worden ist und erst anderntags zurückkommt. Lothar erzählt von der Kometensonde Maria Magna und den Bildern, die sie von der Venus zur Erde gesandt hat. Linda greift nach seiner Hand, aber er schüttelt sie ärgerlich ab. Er kann sich überhaupt nicht mehr bremsen.

»Habt ihr meine Kassette dabei?«, will Manuel wissen.

»Lothar hat sie«, antwortet Linda. »Wir können anfangen, wenn du willst.«

»Ich meinerseits bin zu allen Schandtaten bereit«, sagt Erich Brinkmann, der sich einen Stuhl ans Bett herangezogen hat und geschäftsmäßig in seinem Aktenkoffer kramt. Er holt einen Notizblock mit dem Logo seiner Kanzlei heraus und malt einen Kringel mit dem Datum an den Rand. »Lass hören, Manuel«, sagt er munter. »Wer wird zuerst enterbt?«

Vor allem geht es natürlich um das Häuschen. Es gibt einen entfernten Verwandten, einen Cousin zweiten oder dritten Grades, dem Manuel es vermachen möchte, unter der Bedingung, dass es an einen Rollstuhlfahrer vermietet wird. Die Bedingungen für einen eventuellen Verkauf werden festgelegt. Des Weiteren geht es um Manuels Ersparnisse, seine Versicherungen und die Rentenvorsorge sowie um ein paar Projekte im gemeinnützigen Bereich, an denen er finanziell beteiligt ist. Lothar und Linda werden als Treuhandverwalter eingesetzt und dürfen sich von seinen Sachen nehmen, was sie als Erinnerung gerne haben möchten. Auch Frau Müller, der Postbote und ein paar andere werden bedacht.

Während Manuel redet, rutscht Lothar unruhig auf seinem Stuhl hin und her. Er sieht nicht ein, warum dies alles jetzt festgelegt werden muss. Dafür ist in hundert Jahren noch Zeit. Gibt es denn kein anderes Thema, über das man sich unterhalten könnte? Erich Brinkmann hingegen lauscht aufmerksam und macht sich dauernd Notizen.

Einmal gibt es doch eine Störung. Manuel röchelt, ringt mit dem Schleim, der seine Bronchien verstopft. Schließlich klingelt er nach der Schwester. Er will, dass ihm der Schleim aus den Lungen gesaugt wird, damit er weiterreden kann. Schwester Marion kommt herein und bittet die Besucher, draußen zu warten, solange sie das Absauggerät bedient. Gehorsam gehen alle drei hinaus.

Erst jetzt bemerkt Lothar, dass Linda weint. Lothar ist irritiert. Es gibt doch überhaupt keinen Anlass für Tränen.

Dagmar weiß nichts von dem Unglück, das sich auf der Baustelle zugetragen hat. Kurz nach Dienstschluss hat sie die Station verlassen, um die üble Laune von Marion und Jutta nicht länger ertragen zu müssen. So mies ist die Stimmung schon lange nicht mehr gewesen.

Das Telefon klingelt in dem Augenblick, als sie sich mit nassen Haaren im Schneidersitz vor ihrem Spiegel niederlässt, um ihre Locken in Form zu föhnen. Davor hat sie in einem nach Vanille duftenden Schaumbad gelegen, sich die Fußnägel geschnitten und die Beine enthaart, während auf dem Kopf die Packung gewirkt hat, die ihrem Haar neuen Glanz verleihen soll. Sie will hübsch aussehen, wenn sie am Abend auf die Weihnachtsfeier der Barmherzigen Gemeinschaft geht.

Dagmar mustert misstrauisch das Telefon, während sie im Geist nachrechnet, an welchen Tagen Jutta sie zum Einspringen verdonnert haben könnte. Tatsächlich stehen die freien Tage an Weihnachten zur Auswahl. Aber so dreist kann selbst Jutta nicht sein. Oder doch? Was, wenn Marion in ihrer Wut den Job geschmissen hat? Ganz ausschließen kann sie das nicht, deshalb nimmt Dagmar den Hörer nicht ab. Das Telefon verstummt, aber Dagmar ist den Gedanken an Jutta damit nicht los. Der heutige Tag hat ihr wieder einmal gezeigt, unter welchen Bedingungen sie arbeiten müssen. Marion wird ganz offensichtlich für ihr Gespräch mit der Pflegedienstleitung und für ihr Tagebuch bestraft und wer weiß, wie lange Jutta und die heilige Anneliese diese Tour fahren werden. Jeder Protest ist sinnlos, das hat die Geschichte wieder einmal bewiesen.

Wogegen soll man sich denn eigentlich wehren? Gegen Jutta? Oder die Pflegedienstleitung? Wenn Schwester Anneliese die Koffer packen müsste, würde eben ein anderer diesen Posten ausfüllen, ändern würde sich nichts. Es ist, als ob das Krankenhaus ein Eigenleben entwickelt hätte und sich die Menschen, die darin arbeiten, nach und nach einverleiben würde. Es ist das System, und gegen das System kommt niemand an. Wer bleiben will, muss gehorchen.

Manchmal stellt sich Dagmar die Frage, warum sie sich überhaupt für die Ausbildung zur Krankenschwester entschieden hat. Ganz am Anfang wusste sie nur, dass ein Job am Schreibtisch für sie nicht infrage kommt. Auf keinen Fall wollte sie in irgendeinem Büro enden. Eltern und Verwandte hatten ihr zu dem Beruf als Krankenschwester geraten, weil es damals, vor zehn oder zwölf Jahren, noch so ausgesehen hatte, als könnte man in diesem Bereich nie arbeitslos werden. Ihren Eltern hat Arbeitslosigkeit stets als das schlimmstmögliche Unglück gegolten, vielleicht ist sie deshalb gar nicht auf den Gedanken gekommen, etwas anderes zu versuchen: Pferdewirtin zum Beispiel oder Landschaftsgärtnerin. Sie hat geglaubt, dass es schön sein müsste, anderen Menschen zu helfen. Jeder sagt einem doch, wie befriedigend das ist. Zur Barmherzigen Gemeinschaft ist sie gekommen, weil der Schulleiter ihr beim Vorstellungsgespräch viel von Offenheit, Toleranz und gemeinsamen Festen erzählt hat. Das hatte ihr damals so gefallen, dass sie zugesagt hat.

In der Ausbildung ist das auch noch so gewesen. Den Alltag auf Station hat sie erst danach kennengelernt. Erst ganz allmählich hat sie begriffen, dass das Krankenhaus eine Maschinerie ist, in der die Menschlichkeit auf unerbittliche Weise verloren geht. Erst allmählich ist ihr aufgegangen, dass man gezwungen wird, Dinge zu tun, die man eigentlich gar nicht tun will. Erst ganz allmählich hat sie verstanden, dass Selbstlosigkeit auch heißen kann, die eigenen Wertmaßstäbe zu verleugnen.

Die Welt im Krankenhaus ist feindselig. Alles wird dort zum Feind. Die Krankheiten, die Nacht, der Tag, der Patient, die Kollegen, alles. Überall sieht man nur noch Pilze und Viren, als hätte die Natur nichts anderes im Sinn, als die Menschen, die sie doch hervorgebracht hat, auf heimtückische Weise wieder auszurotten. Hunde sind nicht erlaubt. Topfpflanzen ebenso wenig. Und selbst Weihnachtskerzen aus Wachs werden als zu gefährlich verboten. Das ist doch keine Welt, in der ein Mensch leben kann. Geschweige denn, gesund werden.

Dagmar denkt an Frau Beate, die Brückenschwester, die Sigrid Bauer besucht hat. Bei dieser Begegnung ist ihr der Gedanke gekommen, ob ein Arbeitsplatz im Hospiz nicht vielleicht doch die bessere Alternative wäre. In den Hospizen geht es weitaus menschlicher zu als in den Krankenhäusern. Die Hospize sind meist klein und überschaubar. Sie sind gemütlich eingerichtet. Die Pflege gilt viel. Ein Mensch darf dort in Ruhe sterben. Sie hätte nicht mehr als zwei oder drei Patienten gleichzeitig zu betreuen. Sie hätte Zeit für jeden von ihnen. Sie könnte alles, was sie in der Schule gelernt hat, zur Anwendung bringen und vielleicht sogar noch mehr. Sie könnte an Weihnachten Kerzen anzünden und Adventsgeschichten vorlesen. Dafür müsste sie allerdings den ganzen Psychokram über sich ergehen lassen. Sie müsste über Dinge reden, die sie viel lieber im Schweigen bewahren würde. Und sie würde ausschließlich mit Sterbenden zu tun haben, was auf die Dauer ein wenig einseitig ist. Der Tod ist nicht alles, was das menschliche Leben ausmacht. Einen Versuch dürfte es aber auf jeden Fall wert sein. Sie würde näher dran sein an dem, was für sie Sinn macht. Hospizarbeit ist zwar auch nicht das, was sie sich vom Leben wünscht, aber Kompromisse muss wohl jeder machen.

Sie zieht einen Ringelpulli über, schlüpft in ihre Hose, nimmt die Jacke und geht los. Im Bruderstift herrscht reges Treiben, als Dagmar eintrifft. An der Garderobe drängeln sich die Menschen, während sich im Foyer schon etliche Gruppen gebildet haben. Überall werden Hände geschüttelt und Begrüßungsworte laut.

In der Halle steht, wie in jedem Jahr, ein gewaltiger Weihnachtsbaum, der prächtig geschmückt ist. Die Luft ist vom Geruch nach Vanille und Zimt erfüllt. Drinnen im Saal stimmt das Orchester die Instrumente. Prior Martin heißt jeden mit Handschlag und ein paar persönlichen Worten willkommen. Dagmar hängt ihre Jacke auf einen Bügel und tritt, gerührt und feierlich gestimmt, in den Glanz der Lichter. An einem Tisch in der Nähe des Buffets entdeckt sie zwei von ihren Freundinnen und gesellt sich zu ihnen. Vor vielen Jahren haben sie zusammen die Ausbildung gemacht. Von den über fünfundzwanzig Schülerinnen damals sind heute nur noch drei im Haus. Das schweißt sie zusammen. Wie jedes Jahr an Weihnachten beschließen sie, ein Klassentreffen zu organisieren, und auch dieses Mal wird es wieder bei den gut gemeinten Plänen bleiben. Sie wissen es alle drei, dennoch macht es Spaß, darüber nachzudenken. Es ist die Einleitung, um sich an alte Geschichten zu erinnern.

Christian hat ursprünglich gar nicht vorgehabt, an der Weihnachtsfeier teilzunehmen, aber an diesem Abend hält er es in seiner Studentenbude nicht aus. Die Bilder, wie sich der Mann vom Kran gestürzt hat, haben sich in sein Gehirn gebrannt. Immer wieder erlebt er, wie der Mann sich um sich selber dreht und das Flügelhemd sich unanständig bauscht. Wie ein Stein ist der Unbekannte in die Tiefe gerauscht. Im Bruchteil einer Sekunde war es schon vorbei. Christian muss unter Menschen, muss andere Eindrücke gewinnen, die schrecklichen Bilder verdrängen.

Als er im Stift eintrifft, ist in der Halle gedämpfte Musik zu hören. Was klassische Musik anbelangt, kennt er sich nicht besonders gut aus. Wie immer in solchen Fällen tippt er auf Johann Sebastian Bach. Schnell hängt er seinen Parka an einen freien Haken und huscht leise in den Saal hinein.

In langen Reihen ziehen sich mit Tannenzweigen, Nüssen und Mandarinen geschmückte Tische durch den Raum. Die Fensterbögen und die Bühne sind von elektrischen Kerzen beleuchtet. Dicht gedrängt sitzen die festlich gekleideten Mitglieder der Gemeinschaft beieinander, nur wenige sind in Jeans erschienen. Ganz vorne bei der Bühne sitzen die Mönche, die von der alten Bruderschaft noch übrig sind. Auch Bruder Anselm sitzt heute Abend an diesem Tisch. Auf den ausdrücklichen Wunsch von Professor Gössner hin ist Bruder Anselm für diese Nacht von seiner Krankheit beurlaubt worden. Für die alten Mönche ist die Feier ein Erlebnis, das keiner missen möchte. Christian hat den Urlaubsschein gerne unterzeichnet. Er versteht sowieso nicht, warum der Mönch stationär behandelt wird. Bei den Brüdern sitzen Professor Gössner mit seiner Familie und die Abteilungsleiter der Krankenhausverwaltung. Die blasse Frau mit den platinblonden Haaren neben dem Direktor muss die Tochter sein, die Sebastian Fenning heiraten will. Von dem Arzt mit den wuscheligen Haaren ist nichts zu sehen. Vielleicht sitzt er schon im Flugzeug und ist nach Südamerika unterwegs.

Inzwischen hat die Musik aufgehört, der Prior der Gemeinschaft ergreift das Wort. Er erzählt etwas von einem christlichen Auftrag und gelebter Nächstenliebe.

»Blabla … blabla … und so weiter«, kommentiert einer von Christians Studienkollegen, der sich ihm zugesellt hat. »Es lebe der Materialismus. Siehst du das Buffet dort drüben? Das ist es, woran ich glaube. Ich habe mir sagen lassen, dass die Küche sich wieder selbst übertroffen hat.«

Mit einem Mal merkt Christian, dass er Hunger hat. Trotz allem, was heute geschehen ist. »Diese Belohnung will sauer verdient werden«, meint er mit einem sehnsüchtigen Blick auf die Schüsseln, Platten und Töpfe. »Wir müssen vorher wohl oder übel noch ein paar Reden über uns ergehen lassen.«

»Ich habe ein Angebot von einer großen Pharmafirma bekommen. Die haben mir damit ein besonderes Weihnachtsgeschenk gemacht«, erzählt Christians Kommilitone. »Ich denke, dass ich annehmen werde. Als kleiner Assistent im Krankenhaus bist und bleibst du der Arsch, mit Diensten rund um die Uhr und einem Gehalt, das so erbärmlich ist, dass du dir nicht einmal genug Klopapier kaufen kannst, wenn du Durchfall hast. Bei Ciba-Geigy verdiene ich so viel, dass ich zweimal im Jahr Urlaub machen kann.«

»Auf der eigenen Segeljacht, was?«, feixt Christian.

»Warum nicht? Jeder mittelmäßige Manager und jeder nur halbwegs begabte Webdesigner können sich das leisten. Warum wir nicht? Schließlich absolvieren wir einen der längsten und schwierigsten Studiengänge, die es gibt. Wir schuften ein Jahr lang kostenlos in schlecht organisierten Krankenhäusern. Uns wird eine Verantwortung aufgebürdet, die zu tragen wir gar nicht ausgebildet sind. Im Praktischen Jahr leisten wir die Arbeit eines Arztes, nicht die eines Studenten. Wenn alles gut läuft, verdienen wir mit vierzig vielleicht gerade mal so viel wie die Berufsanfänger, die frisch von den Management-Schulen kommen. Die Öffentlichkeit dankt uns unseren Einsatz mit kindischen Verdächtigungen von der Art, dass wir unsere Kranken mit gesundheitsschädlichen Medikamenten vollpumpen, von Bestechungsgeldern der Pharmakonzerne leben, Organhandel betreiben und was nicht sonst noch alles. Ich glaube nicht, dass ich den Studiengang ein zweites Mal wählen würde, wenn ich noch mal von vorne anfangen könnte.«

»Ich habe Medizin gewählt, weil ich die Welt ein bisschen besser machen wollte«, meint Christian mit einem schiefen Grinsen. »Ich habe mich inzwischen eines Besseren belehren lassen und die rosarote Brille abgesetzt …«

Dann verstummt er mitten im Satz. Soeben hat er an einem der Tische Dagmar im Kreise ihrer Kolleginnen entdeckt. Von den anderen Frauen kennt er nur Rita und Marion, die nebeneinander sitzen. Dagmar sieht auf und ihre Blicke treffen sich.

Manuel ist wach, als die Tür sich öffnet und Wendelin Weihrauch hereinkommt. Obwohl er nur einen Schatten sieht, erkennt er den Eintretenden, nicht an irgendwelchen Äußerlichkeiten, sondern an dem tiefen Frieden, der von diesem Mann ausgeht.

»Du hast nach mir gerufen«, sagt Wendelin Weihrauch, »und also bin ich gekommen.«

»Ja«, antwortet Manuel. »Ich sehne mich nach deiner Berührung. Nach deinen Händen. Lass mich nicht mehr allein.«

Der Alte schließt die Tür, kommt näher heran und setzt sich auf Manuels Bettkante nieder.

»Nun, Manuel Jäger?«, sagt er. »Was kann ich für dich tun?«

»Ich will nicht mehr an die Beatmungsmaschine«, gibt Manuel zu. »Ich kann nicht mehr. Die Beatmungsmaschine frisst meine Seele auf. Davor habe ich Angst. Schreckliche Angst.« Manuel redet sich sein Entsetzen von der Seele, erzählt von seinem Zwiespalt und dem Gefühl, von einem maschinellen Gott beherrscht zu werden.

»Wenn die Beatmungsmaschine dir wirklich die Seele stehlen könnte, Manuel Jäger, dann wäre ich jetzt nicht hier. Du hast schon oft dort gelegen.«

»Dieses Mal ist es anders. Natürlich ist das Gerät selber nur ein Gerät und vermag nichts. Es ist dasselbe, das es auch in der Vergangenheit war. Aber für mich hat sich in diesen Tagen etwas verändert. Ich habe daran geglaubt, dass diese ganze Maschinerie, Medizin geheißen, dem Leben dient. Und plötzlich weiß ich nicht mehr, ob es wahr ist. Die Medizin sagt Leben, aber ich sehe nur noch den Tod darin. Wo die Medizin das Ende und den Tod sieht, erkenne ich plötzlich Heilung und Leben. Als hätte sich meine Sicht verkehrt.«

»Fürchtest du dich?«

»Ich bin dir begegnet und ich habe deine Hände auf meiner Brust gespürt«, sagt Manuel schlicht. »Ich war zeitlebens auf diesen ganzen Apparat angewiesen. Immer wieder bin ich von der Medizin und ihren Helfern gerettet und am Leben erhalten worden, dafür müsste ich dankbar sein. Aber dieselbe Medizin schafft eine Welt, in der ich keinen Platz mehr habe, und das ist so widersinnig. Wo gehöre ich hin?«

»Möchtest du, dass ich dich heile, damit du nicht mehr an die Beatmungsmaschine musst?«

Eine lange Pause tritt ein, dann schüttelt Manuel sachte den Kopf. »Nein«, sagt er. »Dadurch lässt sich das Problem nicht lösen. Wenn du mich so einfach heilen würdest, müsste ich mich fragen, warum das nicht bereits vor achtunddreißig Jahren geschehen ist. Ich müsste fragen, warum es mich in dieser Gestalt gegeben hat. Damit wäre ich wieder da, wo mein Freund Lothar immer noch steht. Ich würde den Sinn, den ich in meinem Leben gefunden habe, für nichtig erklären.« Manuel hält inne, horcht in sich hinein und sieht Wendelin Weihrauch an. »Ich will die Entscheidung über Leben und Tod nicht selber treffen. Ich habe gesehen, wie die Dinge sich verkehren, wenn die Menschen anfangen, eigenmächtig über solche Fragen zu entscheiden.«

»Hast du denn lange genug gelebt?«, fragt Wendelin Weihrauch sanft. »Willst du noch mehr? Oder ist es genug?«

Manuel denkt nach. »Lass es mich so sagen«, antwortet er schließlich. »Wenn Gott mich noch nicht haben will, bin ich bereit, weiterzumachen. Aber ich bin müde. Irgendwann kommt die Zeit des Sterbens sowieso. Ich habe Höhen und Tiefen erlebt und die Extreme am eigenen Leib erfahren. Wenn es mir bestimmt ist zu sterben, sage ich ja dazu. Wer immer wieder davonläuft, bewegt sich ohnehin nur noch im Kreis. Ich vermisse Lenora. Sie hat mich geliebt, wie ich bin. Wie soll ich leben, wenn niemand mich so nimmt, wie ich eben bin?«

»Willst du nach Hause? Dahin zurück, wo du vor deiner Geburt und immer schon gewesen bist?«

Manuel denkt wieder nach und nickt. »Ich hätte nichts dagegen. Ich kann nur noch in der Vergangenheit von mir selber denken. Irgendetwas in mir sagt, dass meine Zeit erfüllt ist. Ich habe eine Sehnsucht, die ich hier nicht stillen kann. Ich bin so einsam. Diese Einsamkeit wird immer größer. Sie hat nicht so viel mit den Menschen um mich herum zu tun. Sie ist existentiell.«

»Einsamkeit«, wiederholt Wendelin Weihrauch und nickt. »Das ist das große Drama, das Leben heißt.«

»An der Beatmungsmaschine ist diese Einsamkeit am größten«, erzählt Manuel. »Nie habe ich es stärker empfunden, allein zu sein, abgeschlossen von allem, was mich umgibt.«

»Dann hast du Sterben schon gelernt. Denn diesen Weg geht jeder allein. Da ist niemand, der dir Halt gibt und nichts, an dem du dich festhalten kannst.«

»Ich habe gehofft, dass du mit mir gemeinsam durch den Tod gehen wirst«, sagt Manuel. »Ist es nicht so?«

»Um gut zu sterben, brauchst du etwas, das aus dir selber kommen muss. Das kann dir niemand geben. Auch ich nicht.«

»Und was ist das?«

»Vertrauen«, antwortet Wendelin Weihrauch.

»Ach so!«, sagt Manuel. »Vertrauen. Ja, natürlich.«

»Wer liebt und geliebt hat, bei dem wächst dieses Vertrauen. Schließlich kann er sich dem Unbekannten überlassen, das manche Menschen Gott nennen. Das ist Sterben. Hast du geliebt, Manuel Jäger?«

»Ja«, sagt Manuel. »Habe ich. Aber ich habe trotzdem Angst. Ich weiß, dass ich durch einen schwarzen, kalten Tunnel gehen muss, an dessen Ende das Nichts steht.«

»Wir gehen nicht durch den Tunnel«, antwortet Wendelin Weihrauch. »Ich zeige dir den Weg über die Brücke.«

»Über die Brücke?«, wiederholt Manuel. Er lehnt sich in

seine Kissen zurück. Entspannt sich. Atmet auf. »Ach so!«, sagt er dann. »Über die Brücke. Dass ich darauf nicht von selbst gekommen bin.«

»Ja«, nickt der Alte und das Lächeln in seiner Stimme wird breiter. »Wann willst du denn gehen? Heute? Morgen? Übermorgen?«

Manuel horcht wieder in sich hinein. »Vielleicht morgen?«, schlägt er vor und erzählt, dass er fast alles erledigt hat, was zu erledigen war, bis auf eines. Dieses eine ist der Abschied von seinem besten Freund. Von Lothar Haller.

»Lothar Haller. Der Name hat einen guten Klang.«

»Ja«, stimmt Manuel zu, »denn dieser Name gehört einem guten Menschen.«

»Gott stellt keine Bedingungen. Seine Hand ist leer. Er hält sie jedem hin, der sie ergreifen will. Er nimmt euch alle an, so wie ihr seid, Manuel Jäger.«

»Ich möchte schrecklich gern nach Hause«, sagt Manuel. »Ich habe ein schönes Leben gehabt, das ich nicht gegen ein anderes tauschen wollte. Aber es ist vollendet. Vielleicht möchte ich deshalb zum Ursprung zurück.«

»Morgen also?«, fragt Wendelin Weihrauch noch einmal.

»Morgen«, bestätigt Manuel. Plötzlich ist er glücklich, so glücklich wie er lange nicht mehr war, so glücklich, wie er vielleicht noch niemals war.

Wendelin Weihrauchs Lächeln bekommt einen goldenen Schimmer. »Morgen also. Oder übermorgen. Oder an einem anderen Tag. Ich werde dich rufen.«

Den Reden, die auf der Bühne gehalten werden, hören weder Dagmar noch ihre Freundinnen zu. Sie unterhalten sich lieber über die Missgeschicke, die seit dem letzten Treffen auf ihren jeweiligen Stationen passiert sind. Das tun sie immer, wenn sie zusammensitzen, denn der Schauer, der ihnen dabei über den Rücken läuft, ist gar zu köstlich. Außerdem ist es tröstlich zu erfahren, dass es auf anderen Stationen auch nicht besser läuft als auf der eigenen. Dagmar gibt die Geschichte mit der Finalgonsalbe zum Besten, erntet damit aber nur einen mäßigen Lacherfolg, denn woanders ist der Anschluss für die intravenöse Infusion mit dem für den Blasen-Spülbeutel verwechselt worden und wieder woanders statt eines 20ml-Medikamentenbechers ein 200ml-Schnabelbecher mit Abführmittel verabreicht worden. Da kann sie dieses Mal nicht mithalten.

»Wie schrecklich!«, sagen alle, nicken sich zu und lachen dabei. »Da kann man doch nur hoffen, dass man nie selber zum Patienten wird.«

»Du, Dagmar!«, sagt plötzlich eine. »Ich glaube, du hast einen heimlichen Verehrer.«

»Wieso?«, will Dagmar wissen.

»Einer von den PJ-lern dort drüben schaut dauernd zu dir her. Sieht verdammt gut aus, der Junge. Wer ist das? Wenn du ihn nicht haben willst, kannst du ihm gern meine Telefonnummer geben.«

Dagmar wirft einen flüchtigen Blick in die angegebene Richtung. »Ach, das ist Christian Fischer«, sagt sie möglichst beiläufig. »Der ist momentan bei uns auf Station. Das hat nichts zu bedeuten.«

»Das glaubst aber auch nur du«, quietschen Rita und Marion einstimmig los. Die anderen kichern und werfen sich vielsagende Blicke zu.

»Die Geschichte mit der verschwundenen Liege kennt ihr sicher schon?«, meldet sich eine von Dagmars Freundinnen zu Wort.

»Eine Liege verschwindet doch nicht einfach so«, widerspricht Dagmar.

»Diese schon!«, wird ihr versichert. »Dr. Renner von der Endokrinologie wollte einen Patienten sonografieren, schließt die Tür zum Sono-Raum auf und die Liege war nicht da.«

»Einfach weg?«

»Ratet mal, wo man sie gefunden hat.«

»Keine Ahnung!«

»In dem kleinen Zimmer hinter dem Archiv. Da haben sich ganz offensichtlich zwei miteinander vergnügt. Der Raum war voll von dem Geruch, den eine bestimmte Flüssigkeit aus einem bestimmten Organ nun einmal hinterlässt. Ihr wisst schon, dieser kastanienartige Geruch, wie er im Lehrbuch beschrieben wird. Nun ratet mal, wer den Schlüssel zu dem Raum hatte.«

»Wer?«

»Das verrate ich nicht!«

»Ach, komm! Du platzt ja bereits!«

»Man sagt, es war ... Sebastian Fenning!«

»Nein!«, rufen alle durcheinander. »Das darf doch wohl nicht wahr sein!«

»Hört mal! Das ist nur ein Gerücht! Ihr dürft niemandem davon erzählen.«

»Ehrenwort!«, sagen alle. »Wir schweigen wie ein Grab.«

Inzwischen sind alle Reden gehalten worden. Als das Buffet geplündert wird, sieht Dagmar Christian Fischer auf sich zukommen und verdrückt sich schnell. Sie weiß, wie das so geht mit den Geschichten, die im Krankenhaus kursieren. Wenn sie nicht aufpasst, wird sie die Nächste sein, die sich auf der verschwundenen Liege amüsiert hat.

Während sich Schüsseln und Platten mit unglaublicher Geschwindigkeit leeren, wird die Bühne umgebaut. Wie in jedem

Jahr wird der Examensjahrgang der Krankenpflegeschule zum Abschluss des offiziellen Teils einen Sketch aufführen.

Die Bühne ist durch eine Wand in zwei Hälften geteilt worden. Auf der einen Seite wird ein Krankenzimmer mit Betten, Infusionsständern und einem Nachtstuhl dargestellt. In den Betten liegen verschiedene mit Nachthemden bekleidete Schüler, die sofort anfangen, pausenlos auf Klingeln zu drücken. Auf der anderen Seite steht nur ein Schreibtisch mit einem Computer darauf. Die restlichen Schüler und Schülerinnen betreten in Arbeitskleidung das Krankenzimmer. Sie teilen imaginäres Essen aus, helfen ihren Mitschülern aus dem Bett und wieder hinein, geben Spritzen und messen Fieber, Blutdruck und Puls. Alle im Saal brechen in Gelächter aus, als Freddy den Raum mit dem Computer betritt. Er hat sich überall ausgestopft und erscheint als Professor Gössner. Er rechnet am Computer herum und verkündet, dass, um wirtschaftlich zu arbeiten, die Kosten unbedingt gesenkt werden müssen. Um eine Krankenschwester wegrationalisieren zu können, stellt er eine Prozessorganisatorin ein. Eine der Schülerinnen aus der anderen Bühnenhälfte tritt durch die Tür, zieht den weißen Kittel aus und setzt sich an den Schreibtisch, während von unsichtbaren Händen ein zweiter in den Raum geschoben wird. Im Publikum wird gelacht. Wieder tritt der Professor an den Computer. Er rechnet aus, dass für das Jahresgehalt der Prozessorganisatorin drei weitere Stellen eingespart werden müssen. Ein neu eingestellter Medizincontroller soll diese Sparmaßnahme durchführen. Wieder wechselt ein Schüler aus dem Krankenzimmer in den Verwaltungsraum hinüber, während zwei weitere das Schild *Ich bin arbeitslos* in die Höhe halten. Eine Stationskoordinatorin, ein EDV-Fachmann und ein Unternehmensberater werden eingestellt, doch das Defizit wächst unaufhörlich weiter. Unter dem Gelächter der Zuschauer werden die Pflegekräfte weniger und weniger, bis zuletzt zwischen lauter Verwaltern, Managern und Koordinatoren die letzte Krankenschwester zusammenbricht und zur nächsten Patientin wird.

Damit geht der offizielle Teil der Weihnachtsfeier zu Ende. Dagmar aber bleibt bis weit nach Mitternacht sitzen. Als sie nach Hause geht, ist der Himmel so voller Sterne, dass sie ganz vergisst, sich im Dunkeln zu fürchten.

Samstag/Sonntag

Lothar und Linda haben Streit. Es ist ihr schlimmster Ehekrach seit Jahren. Warum sie so heftig aneinandergeraten sind, wissen sie selber nicht so genau. Sicher ist nur, dass die Auseinandersetzungen begonnen haben, kurz nachdem sie das Krankenhaus verlassen und sich von Rechtsanwalt Erich Brinkmann verabschiedet hatten.

Lothar wirft Linda vor, dass sie sich an Manuels Krankenbett wie eine überzüchtete Mimose aufgeführt hat, dafür hat er kein Verständnis. Linda hingegen ist verletzt, weil ihr Ehegefährte ohne jedes Gespür dafür ist, was in anderen Leuten vorgeht, und sich deshalb ständig wie ein Elefant im Porzellanladen benimmt. Ein Wort ergibt das andere. Sie machen sich gegenseitig Vorwürfe, der Ton wird schärfer. Schließlich fängt Lothar an zu brüllen, was er immer tut, wenn er keine vernünftigen Argumente mehr hat und sich nicht mehr anders zu helfen weiß. Dieses Mal hat das Brüllen nicht den gewünschten Erfolg. Er kann Linda nicht daran hindern, das auszusprechen, was er auf gar keinen Fall hören will.

»Manuel wird nicht zurückkommen«, sagt Linda. »Wir werden nicht nur dieses Weihnachtsfest, wir werden künftig jedes Weihnachtsfest ohne ihn feiern müssen. Im Grunde genommen weißt du das ganz genau.«

»Solch hanebüchenen Unsinn habe ich ja noch nie gehört!«, poltert Lothar heftig zurück.

»Manuel hat sein Testament gemacht. Er ist nicht der Typ Mensch, der mit solchen Dingen seinen Spaß treibt. Verstehst du denn nicht, was das heißt?«

»Das hat nichts zu heißen«, brüllt Lothar. »Gar nichts! Wenn ich dich so höre, glaube ich beinahe, dass dir nichts an Manuel liegt. Dass er dir völlig egal ist. Aber mir ist er nicht egal, verstehst du! Er ist der beste Freund, den ich je hatte.«

»Du wirst unfair, Lothar!«

»Du weißt eben nicht, was eine Männerfreundschaft bedeutet. Frauen haben davon keine Ahnung. Nicht die geringste.«

Die Auseinandersetzung geht weiter bis in den späten Abend hinein und erreicht ihren Höhepunkt, als es Zeit ist, ins Bett zu gehen. Zu dieser Stunde ist Linda so wütend, dass sie kurzerhand Lothars Bettdecke und sein Kopfkissen packt und vor die Schlafzimmertür auf den Boden wirft.

»Weißt du, an wen du mich erinnerst?«, will sie aufgebracht wissen, aber nur, um Lothar die Antwort selber an den Kopf zu schleudern. »Du erinnerst mich an Robert, als dieser drei Jahre alt und in der Trotzphase war. Du kannst schlafen, wo du willst, aber hier im Schlafzimmer will ich meine Ruhe haben.«

Im Gegenzug knallt Lothar mit der Tür des Gästezimmers, dann kehrt vorläufig Ruhe ein. Aber keiner von beiden macht in dieser Nacht ein Auge zu. Es schlägt Mitternacht und ein Uhr. Dann zwei Uhr und sie sind immer noch wach. Gegen drei Uhr morgens fährt Lothar in seinem Bett auf. Soeben ist ihm der Gedanke durch den Kopf geschossen, dass Linda vielleicht doch recht haben könnte. Dass Manuel … er kann kaum weiterdenken … dass Manuel … sterben könnte. Sein Herz klopft heftig. Der Gedanke gewinnt Raum und zieht Kreise in seinem Bewusstsein. Linda verfügt über eine gute Menschenkenntnis. Sie weiß viel eher als er, was in anderen Menschen vorgeht. Was, wenn sie sich auch dieses Mal nicht täuscht?

An Schlaf ist nun erst recht nicht mehr zu denken. Lothar wälzt sich ruhelos auf der Couch umher, sie ist schrecklich unbequem. Wie kann man seinen Gästen so etwas zum Schlafen anbieten? Kein Wunder, dass nur selten jemand bei ihnen übernachtet. Im Zimmer ist es gleichermaßen zu warm und zu kalt, er schwitzt und friert abwechselnd. Außerdem hört er hier die Heizung brummen, was ihn schier wahnsinnig macht. Schließlich steht er auf, tappt in den Keller hinunter und schaltet die Heizung aus, auch um den Preis, dass es am nächsten Morgen im ganzen Haus eiskalt sein wird und sie nicht genug warmes Wasser zum Duschen haben werden. Die Restwärme im Haus hält nicht einmal bis zum Morgen vor. Gegen fünf Uhr schlottert Lothar vor Kälte und denkt sehnsüchtig an die dicken Steppdecken, die sie an kalten Tagen über die Bettdecken breiten, aber diese liegen im Schlafzimmer und dort liegt auch Linda. Immer dreht sie es so hin, dass sie besser wegkommt als er. Wie Frauen eben so sind!

Während Lothar noch mit den Ungerechtigkeiten des Lebens hadert, kommt Linda die Treppe herunter und wirft die dicke Steppdecke vor die Tür des Gästezimmers. Lothar hört es und erwischt seine Frau, bevor sie über die Treppe wieder verschwinden kann. Sie sehen sich an und sind verlegen, plötzlich halten sie sich eng umarmt, ohne eigentlich zu wissen, wie das nun geschehen konnte. Lothar zieht mit allen Decken und Kissen wieder im Schlafzimmer ein, und, eng aneinander geschmiegt, können sie endlich vernünftig reden. Linda berichtet, dass in den kurzen Minuten, als die beiden Männer Manuels Zimmer bereits verlassen hatten, dieser sie noch einen Augenblick zurückgehalten habe.

»Manuel möchte sich gern von dir verabschieden«, sagt Linda. »Damit meint er richtig verabschieden, nicht so, wie du das gestern gemacht hast.«

Lothar kann darauf nicht antworten, sondern kuschelt sich umso enger an seine Frau, bis ihm wieder warm wird und das Zittern, das ihn inwendig ergriffen hat, nachlässt. Es fällt ihm so verdammt schwer, sich die Welt ohne Manuel vorzustellen.

»Ich muss noch einmal zu ihm hinfahren«, meint er schließlich. »Was meinst du? Soll ich das gleich morgen Nachmittag tun?«

»Lass dir nicht zu viel Zeit«, antwortet Linda. »Wer weiß, wie lange Manuel überhaupt noch ansprechbar ist. Er steht mit einem Fuß bereits in einer anderen Welt.«

Rita hat Frühdienst, ihre erste Aufgabe nach der Übergabe besteht darin, die Patienten zu wecken. So wenigstens sieht sie es selbst. Sie nimmt ihren Handwagen und geht damit zunächst zu den Patienten, die es sich aus welchen Gründen auch immer mit ihr verdorben haben. Rudolf Schröder zum Beispiel ist ein solcher Fall. Am längsten dürfen jene schlafen, die ihr besonders am Herzen liegen, und das ist heute Manuel Jäger.

Rita weiß, was los ist. Sie weiß es, weil das Spiel nicht mehr funktioniert. Sie hat ihren Zuschauer verloren, es gibt keine heimlichen Auftritte mehr. Rita weiß es besser als Regina Funke, die gegen zehn Uhr ganz unerwartet auf Station kommt und noch einmal eine Röntgenaufnahme von Manuel Jägers Lunge machen lässt. Sie weiß es auch besser als diese Röntgenaufnahme, von der Regina Funke abliest, dass die Erkältung harmlos und das Rippenfell nicht betroffen ist. Rita lässt sich von all dem nicht täuschen.

Sie ist trotzdem guter Laune. Im Kreis von Freundinnen und Kolleginnen hat sie einen schönen Abend verbracht. Auf der Weihnachtsfeier hat sie sich köstlich amüsiert und mit den anderen über all die Geschichten gelacht, die im Krankenhaus immer so passieren. Nicht einmal der Unfall auf der Baustelle hat ihnen den Spaß verderben können. Natürlich ist auch darüber viel geredet worden. Es ist durchgesickert, dass es ein Patient von einer chirurgischen Station war, der sich vor Jahren bei einer Bluttransfusion das Aids-Virus eingefangen hat und deshalb depressiv geworden ist. Mit seinem spektakulären Abgang hat er sich am Krankenhaus rächen wollen.

Rita ist noch aus einem anderen Grund sehr zufrieden. Heute Morgen, kurz nach der Übergabe, hat Jutta von zu Hause aus auf Station angerufen und ihr mitgeteilt, dass sie den Vorschlag mit der stellvertretenden Stationsleitung noch einmal überdenken würde. Wenn Jutta an ihrem freien Tag so früh am Morgen anruft, muss sie sich ernstlich Sorgen machen. Wenn Jutta sich Sorgen macht, kann das nur von Vorteil sein. Vorteile sind dazu da, dass man sie nutzt.

Rita summt zufrieden vor sich hin, während sie zum dritten Mal die Waage ins Zimmer schiebt, um das aktuelle Gewicht von Rebekka Windisch zu bestimmen, aber die magersüchtige Patientin liegt wieder nicht in ihrem Bett.

»Ich habe ihr gesagt, dass sie im Zimmer bleiben muss«, erklärt Stefanie Petzold hastig. »Wie Sie es mir aufgetragen haben, Schwester.«

Die junge Asthmapatientin ist gestern aus der Lungenfachklinik zurückgekehrt und hat ihren alten Platz im Zimmer von Claudia Fliedner und Rebekka Windisch wieder eingenommen. Sie wirkt noch ein wenig verkrampfter, als Rita sie in Erinnerung gehabt hat. Das mag daran liegen, dass sie durch die Verlegung in die Wilhelmsruhe einen Termin mit ihrem Psychologen versäumt hat. Vielleicht auch daran, dass sie eine Schreibblockade hat und mit ihren Lebenserinnerungen im Augenblick nicht weiterkommt.

»Rebekkachen lässt sich eben nicht gern wiegen«, kommentiert Claudia Fliedner aus dem mittleren Bett heraus. »Ich kann das arme Kind gut verstehen. Sie muss sich bei diesen dauernden Kontrollen doch geradezu wie im Gefängnis vorkommen.«

»Wir würden nicht so streng kontrollieren, wenn das arme Kind nicht dabei wäre, sich zu Tode zu hungern«, gibt Rita zurück. »Ich wette mit Ihnen, dass sie im Augenblick auf irgendeinem Klo sitzt und zwei Liter Wasser in sich hineinschüttet, nur damit sie kurzfristig mehr Kilos auf die Waage bringt. Damit sagt das Ergebnis nichts mehr aus und ich plage mich ganz umsonst. Wie dem auch sei, mit Gewalt kommt man auch nicht weiter. Letztendlich können wir nur den Leuten helfen, die wollen, dass ihnen geholfen wird.«

Claudia Fliedner zieht schuldbewusst den Kopf zwischen die Schultern. In ihrem Nachttisch liegt eine Dose mit Lebkuchen, es sind Nürnberger Lebkuchen, die mit Schokolade glasiert sind und die sie wegen ihrer Fettleibigkeit und ihres Diabetes eigentlich meiden müsste. Ihr Enkelkind hat sie ihr gestern gebracht. Wer kann schon seinem Enkelkind widerstehen?

»Ja, ja!«, sagt Rita und nickt dem Nachttisch zu. »Wenn man Sie und Rebekka Windisch zusammenwerfen und neu mischen würde, kämen vielleicht zwei ganz vernünftige Personen heraus. So aber weiß ich nicht, was ich mit Ihnen beiden machen soll.«

Als Rita die Waage unverrichteter Dinge wieder aus dem Zimmer schiebt, kommt Sonja angesprungen. Die Schülerin sieht verstört aus. »Du, Rita!«, sagt sie aufgeregt. »Mit Frau Reich stimmt etwas nicht. Ich habe sie gewaschen, aber sie liegt wie ein nasser Sack im Bett und rührt sich nicht.«

»Vielleicht hat sie zu viel Schlafmittel bekommen«, mutmaßt Rita. »Das passiert manchmal. Sieh doch einfach in der Kurve nach.«

Mit Wendelin Weihrauch ist Rita wieder versöhnt. Heute Morgen hat sie ihn sorgfältig gewaschen und ihm einen frischen, dieses Mal moosgrünen Schlafanzug übergestreift. Dabei hat sie gemerkt, dass er ihr nichts nachträgt. Bei ihrem Namen hat Wendelin Weihrauch sie aber trotzdem nicht genannt.

Kurz nach halb neun Uhr taucht Lothar im Krankenhaus auf. Zu Hause hat er es nicht mehr ausgehalten, denn plötzlich ist diese Angst da gewesen, dass er zu spät kommen könnte. Als er die Station betritt, leuchten an einigen Zimmertüren die grünen Lampen, aber der Flur ist leer. Auch im Stationszimmer ist niemand, deshalb geht Lothar so zu Manuel ins Zimmer hinein.

Das Bett an der Tür ist unberührt. Die Decke liegt immer noch zurückgeschlagen, wie es gestern Nachmittag der Fall gewesen ist. Aber Lothar bemerkt es gar nicht. Er hat nur Augen für Manuel. Für seinen alten Freund Manuel.

An dessen Bett ist die Klappe vom Nachttisch herausgezogen, darauf steht eine rosafarbene Plastikschüssel, in der ein Waschlappen schwimmt, und eine kleine, runde Schüssel, die ebenfalls mit Wasser gefüllt ist. Die Bettdecke ist über das Fußteil des Bettes geworfen und hängt auf der anderen Seite auf den Boden hinunter. Irgendjemand hat angefangen, Manuel zu waschen, und ist wohl von der Arbeit weggerufen worden. Lothar bleibt vor Manuels Bett stehen und betrachtet dessen Gesicht. Dann taucht er den Finger ins Wasser. Das Wasser ist kalt.

Manuel rührt sich auch nicht, als Lothar ihn anspricht. Lothar würde seinen Freund gern schütteln, aber auf einmal traut er sich nicht mehr. Sein Blick bleibt an dem dünnen, grünen Schlauch hängen, der in Manuels Nase steckt und zu einem

Anschluss an der Wand führt. Also haben die Ärzte beschlossen, Manuel das Atmen mithilfe von zusätzlichem Sauerstoff zu erleichtern. Lothar hört ihn atmen. Manuel röchelt leise, sodass es fast wie Schnarchen klingt. Die Laute wirken beruhigend. Wenigstens lebt er noch.

Lothar wendet sich dem Sauerstoffanschluss an der Wand zu und studiert ihn aufmerksam. Genau genommen sind es zwei Anschlüsse, ein blauer und ein roter, an einem davon ist mittels einer gelben Flügelmutter eine Flasche angeschraubt, in der es gurgelt. Dem Etikett der Flasche ist zu entnehmen, dass es sich bei dem Inhalt um destilliertes Wasser handelt. Im Glaskolben darüber befindet sich die Anzeige, von der Lothar abliest, dass Manuel über den grünen Schlauch kontinuierlich zwei Liter Sauerstoff pro Minute zugeführt werden. Das ist nicht viel, wenn man bedenkt, dass die Skala bis zehn geht. Eine Weile sieht Lothar zu, wie der Sauerstoff durch das Wasser brodelt und dort wie ein kleiner Geysir seine Blasen wirft.

Manuel schläft weiter, deshalb nimmt Lothar anschließend das in der Ecke neben dem Bett stehende Absauggerät in Augenschein. Die weiße Farbe ist vergilbt und lässt das Gerät museumsreif aussehen. Es hat eine Elektropumpe, mit der ein Sog aufgebaut werden kann und dieser muss mindestens minus nullkommasechs Bar betragen, wie der rote Strich am Druckmesser anzeigt. Auf zwei mit Plastikdeckeln verschlossenen Glasgefäßen befinden sich Skalen, die Milliliter anzeigen. Einer dieser Zylinder ist halb voll, es ist eine gelbliche Brühe darin, in der irgendwelche unappetitlichen Brocken schwimmen. Daneben ist ein offener Behälter, der mit einzeln verpackten Absaugkathetern und sterilen Handschuhen bestückt ist.

Als Lothar keine weitere Maschine findet, die er untersuchen kann, wendet er sich wieder Manuel zu. Unschlüssig mustert er ihn noch einmal. Schließlich nimmt er die Bettdecke, um Manuel damit vorsichtig wieder zuzudecken. Die Schaumstoffschiene ist ihm dabei im Weg. Manuel wacht immer noch nicht auf. Ob er womöglich im Koma liegt und gar nicht mehr ansprechbar ist? Ist es doch schon zu spät, um sich zu verabschieden?

Ungeschickt versucht Lothar, die Decke unter der Schaumstoffschiene durchzuziehen, und hält plötzlich inne. Er schnüffelt. Tatsächlich … Manuel stinkt. Lothar steht ratlos am Bett und hebt das Flügelhemd ein wenig an. Er sieht ein Stück des Katheterschlauchs, das über Manuels Oberschenkel bis zum Beutel am Bettrand geht. Er sieht außerdem, dass Manuel eine hellblaue Windelhose anhat, gerade so wie seine beiden Kinder, als sie noch im Babyalter waren. Lothar ist entsetzt und gerührt zugleich.

Er steht neben dem Bett, betrachtet den Körper, der vor ihm liegt und ihm geht auf, dass dieser Körper gar nicht so missgestaltet ist, wie er immer geglaubt hat, sondern dass es der Körper eines Kindes ist, das nicht erwachsen, sondern einfach nur alt geworden ist. Lothar denkt, wie viel Mut es braucht, in einem Körper, der so verletzlich ist wie dieser, durchs Leben zu gehen. Die Rührung steigt ihm in die Kehle und in die Augen, das geht ihm auf die Nerven. Er beschließt, nach einer Schwester zu klingeln.

Es ist die Schwester mit der Hornbrille, die ins Zimmer hereinkommt. Sie macht einen resoluten Eindruck.

»Oh! Guten Morgen!«, sagt sie. »Sind Sie mit Herrn Jäger verwandt? Ich bin Schwester Rita. Wir unterstützen es, wenn Verwandte ihre Familienangehörigen selber pflegen. Vor allem, weil wir so wenig Zeit haben und nicht immer dazu kommen.« Während sie spricht, taucht sie einen Finger ins Waschwasser. »Hören Sie, das ist doch viel zu kalt«, meint sie tadelnd.

»Das schütten Sie nun aus und holen neues, das richtig schön warm ist, verstanden?«

»Ich bin nur ein Freund von Herrn Jäger«, beeilt sich Lothar zu versichern. »Es ist besser, wenn Sie das machen, Schwester Rita. Ich habe so etwas noch nie gemacht. Ich weiß nicht, was ich tun muss.«

»Warum sind Sie dann um diese Uhrzeit schon hier?«, will Schwester Rita wissen. »Sie haben doch Kinder, nicht wahr? Die haben Sie doch auch manchmal gebadet und in frische Windeln gesteckt …«

»Das ist schon lange her«, sagt Lothar rasch. »Und, ehrlich gesagt, so viel habe ich da nicht gemacht.«

»Gut, wie Sie meinen. Dann machen wir das jetzt zusammen, bis Sie sich sicher genug fühlen«, entscheidet Rita. »Holen Sie dort drüben frisches Wasser und geben Sie einen Spritzer Duschgel hinein, sodass es ein wenig, aber nicht zu viel schäumt.«

Schwester Ritas Stimme duldet keinen Widerspruch und Lothar tut wie geheißen. Sie nimmt die Schaumstoffschiene aus dem Bett, winkelt den eingegipsten Arm vorsichtig ab, wäscht den Oberkörper und gibt Lothar Anweisungen, wie er Manuel auf die Seite drehen und festhalten muss, damit sie auch Rücken und Gesäß waschen kann. Lothar erinnert sich daran, wie oft er Manuel getragen und gebettet hat, und gewinnt seine Sicherheit wieder. Schließlich ist er es, der Anweisungen gibt. Schwester Rita grinst ihn ermutigend an, während sie den Katheterschlauch desinfiziert und Manuel eine saubere Windelhose überstreift.

»So, den Rest können Sie selber machen. Kamm und Rasierapparat sind dort im Schrank«, sagt sie und geht wieder hinaus. Lothar beendet die Arbeit, leert das gebrauchte Waschwasser aus, stellt die Schüsseln ordentlich zusammen und setzt sich schließlich auf die Bettkante. Wie zuvor betrachtet er das

Gesicht seines Freundes. Nein, dieses Mal betrachtet er Manuel mit anderen Augen. Er betrachtet ihn, als wollte er sich dessen Züge für alle Zeiten einprägen.

»Du wirst mir fehlen, alter Junge«, sagt er rau.

Er spürt Manuels Hand, die nach seiner greift.

»Danke!« Es ist das erste Wort, das Manuel spricht.

Lothar erwidert den Händedruck. »Ich meine es ernst. Du wirst mir schrecklich fehlen. Ich hatte schon solche Angst, dass du gar nicht mehr aufwachen willst.«

»Ich muss dir doch ... auf Wiedersehen ... sagen.«

Lothar schluckt trocken. »Auf Wiedersehen? Dann hat Linda also wieder einmal recht gehabt? Du ... du willst Weihnachten nicht mehr mit uns feiern?«

Manuel schlägt die Augen auf und sieht Lothar an. In seinen verschatteten Augen sitzt ein neues, unbekanntes Leuchten. »Unsere Weihnachtsfeste«, sagt er. »Wir haben sie immer zusammen gefeiert.«

»Ich kann statt der Bowle auch etwas anderes mixen«, meint Lothar hoffnungsvoll. »Vielleicht überlegst du es dir dann noch einmal.«

»Es gibt nichts mehr zu überlegen, Lo. Meine Zeit ist um. Ich habe mein Leben gelebt.«

»Es ist nicht okay, wenn du einfach auf und davon gehst«, protestiert Lothar. »Was soll ich denn ohne meinen Lokomotivführer machen? Kannst du mir das mal sagen?«

»Aber hallo!«, gibt Manuel zurück. »Du hast doch einen Lokomotivführer zu Hause. Er wird dir den richtigen Weg zeigen, wenn du selbst nicht mehr weiterkommst.«

»Ich weiß nicht, wovon du sprichst«, gibt Lothar zu.

»Ich spreche von Linda«, sagt Manuel. »Sie ist ein wunderbarer Lokomotivführer, auch wenn du das nicht immer wahrhaben willst, du alter Kohlenschaufler.«

Lothar denkt einen Augenblick über das Gesagte nach. Dann nickt er. »Wahrscheinlich hast du recht.«

»Ich habe immer recht, das wirst du schon noch merken. Wir hatten eine gute Zeit miteinander, Lo. Erinnerst du dich daran, wie wir gemeinsam Lomanshausen für deine Zimmereisenbahn gebaut haben?«

»Das werde ich nie vergessen. Lomanshausen ist unser schönstes Dorf geworden. Weißt du noch, wie der Tunnel eingestürzt ist, weil du unbedingt zwei Züge gleichzeitig hindurchrattern lassen wolltest?«

»Klar«, antwortet Manuel. »Aber nur so haben wir die Ölquelle entdeckt, damit ist Lomanshausen von der saudiarabischen Erdölindustrie unabhängig geworden. Ein autonomes Dorf. Und das in der heutigen Zeit.«

»Mit renitenten Dorfbewohnern, die über eine Leiter in ihre Kirche einsteigen«, grinst Lothar. Dann verzieht er das Gesicht. »Schade, dass nun alles enden soll.«

»Jedes Projekt hat einen Anfang und ein Ende. Sind das nicht deine eigenen Worte? Vergiss mich nicht ganz, alter Freund!«

»Blödmann!«, sagt Lothar.

Sie reden miteinander und jeder zweite Satz beginnt mit »weißt du noch«? Irgendwann taucht Bruder Anselm auf. Eine Schwester begleitet ihn ins Zimmer herein und nimmt die gebrauchten Waschschüsseln mit hinaus. Der Mönch ist aufgekratzt und redet auch dann noch weiter, als die Schwester längst wieder verschwunden ist.

»Tja«, sagt Manuel und hält Lothar mit seinem gesunden Arm fest. »Mach's gut, alter Junge. Lass dich nicht unterkriegen. Vergiss nicht, in Lomanshausen einen Friedhof anzulegen. Der fehlt dort noch.«

»Deine Nerven möchte ich haben«, sagt Lothar, dann schweigt er, weil ihm die Kehle eng wird. Sie tauschen einen letzten Blick, zwei alte Freunde, die einen langen Weg zusammen gegangen sind. Lothar erhebt sich, murmelt noch etwas und verlässt das Zimmer. Er geht bis zum Ende des Flurs, drückt seine Stirn gegen die kühle Glasscheibe und starrt blicklos in den heraufziehenden Morgen hinaus. Dann sucht er nach Schwester Rita und drückt ihr eine Visitenkarte mit seiner Telefonnummer in die Hand.

»Bitte rufen Sie mich an, wenn etwas ist«, sagt er. »Sie können das bei Tag und Nacht tun. Ich warte darauf.«

Dagmar ist früh aufgewacht und kann, obwohl sie sich entschlossen auf die andere Seite dreht, nicht wieder einschlafen. Eine Weile wälzt sie sich noch im Bett herum, dann gibt sie klein bei und steht auf. Das Bett gehört dringend frisch bezogen, deshalb zieht sie die Laken ab, bevor sie es sich wieder anders überlegen kann. Dies bringt sie dazu, sich endlich ihrer Wohnung zu widmen und zu putzen. Während sie das Geschirr abspült und danach mit dem Schwamm Herd und Kacheln schrubbt, denkt sie über die vergangene Woche nach.

Inzwischen ist sie überzeugt davon, dass sie Christian Fischer tatsächlich nicht ganz gleichgültig ist. Vielleicht könnte sie einige Mädels neidisch machen, wenn sie eine Affäre mit ihm anfangen würde. Diese Vorstellung hat einen gewissen Reiz, löst aber keine Freude in ihr aus. Im Gegenteil, sie hat das gleiche bedrückende Gefühl wie an dem Morgen, als die heilige Anneliese ihr die stellvertretende Stationsleitung angeboten hat.

Sie lässt das Gefühl wirken und plötzlich sieht sie Christian Fischer … auf Andys Bauernhof und … ratzfatz … verwandelt sich alles. Als Erstes werden die Feldwege, auf denen das Wasser nach dem Regen immer stehen bleibt, begradigt und asphaltiert. Klatschmohn, Gänseblümchen und Wegwarte verschwinden aus dem Innenhof, es gibt keine freilaufenden Hühner mehr, die dort kratzen. Stattdessen tauchen mit Geranien bepflanzte Blumenkübel und sauber gelegte Pflastersteine auf. Statt des Gemüsegartens gibt es eine Reihe von Gewächshäusern mit Hydrokulturen. Technische Geräte, mit denen Nitrate, Nitrite und anderes gefährliches Zeug im Wasser gemessen werden, ersetzen den Gartenschlauch und die Regentonne. Kühe und Pferde leben in gekachelten, hygienischen Ställen, die einmal pro Woche dampfgereinigt und desinfiziert werden. Der Geruch nach Heu und Stroh ist Vergangenheit, die Tiere erhalten stattdessen sorgfältig zusammengestelltes Kraftfutter. Eine Melkmaschine wird angeschafft. Dann sieht Dagmar plötzlich Ziegen auf einem englischen Rasen, die … blaue Windelhosen tragen. Darüber muss sie so lachen, dass die Bilder aus ihrem Kopf wieder verschwinden.

Nein, Christian Fischer ist einfach nicht ihr Typ, selbst wenn sie umgekehrt der seinige sein sollte. Es passt nicht zusammen. Ihr gefällt eine Welt, in der alles ein bisschen schief und krumm ist, um so vieles besser als jene perfekt durchorganisierte, die mit einem Menschen wie Christian Fischer entstehen würde.

Die Küche ist fertig, Dagmar wendet sich dem Wohnzimmer zu. Sie wischt die Regale und den Tisch ab und angelt nach dem Staubsauger aus dem Besenschrank.

Wenn sie sich Gummistiefel an die Füße zieht, möchte sie damit in Pfützen springen, dass es spritzt. Sie möchte den Geruch von frischem Heu in der Nase haben. Sie möchte mit einem Schubkarren voller Pferdeäpfel zum Misthaufen fahren, auf dem ein stolzer Hahn kräht. Sie will mit bloßen Fingern in der Erde wühlen, bis die Nägel dreckig sind. Sie möchte Kindern die mit Erdbeermarmelade verschmierten Gesichter abwischen und zusehen, wie diese in Latzhosen auf die Bäume klettern und sich dabei Triangeln in den Stoff reißen. Dagmar stößt einen Seufzer aus und lässt ihre Bügelwäsche im Schrank verschwinden.

Ist sie wirklich in Andy verliebt oder nur in das Leben, das er führt? Manuel Jäger hat ihr diese Frage gestellt und sie hat sie beantwortet. Vielleicht zu schnell?

Wenn sie sich Christian Fischer auf Andys Bauernhof vorstellen kann, warum dann nicht Andy in einem Krankenhaus? Würde er ihr auch dann noch gefallen? Eine Weile zögert sie. Eigentlich hat sie keine Lust, sich Andy im weißen Kittel vorzustellen. Aber dann tut sie es doch. Tatsächlich, mit einem Stethoskop vor der Brust findet sie Andy längst nicht mehr so attraktiv. Hat Manuel Jäger recht gehabt? Hat sie lange Jahre nur geträumt? Die Erkenntnis tut weh.

»Aber Andy ist ja gar kein Arzt«, sagt sie trotzig. »Er ist nicht wie Christian Fischer und hat eben gerade deshalb ein anderes Leben. Man kann die Leute doch nicht von dem Leben trennen, das sie führen.«

Wenn das stimmt, dann ist sie selbst nur ein Rädchen in einem Getriebe, von dem sie sich zermalmt fühlt. Sie will kein Rädchen sein. Sie will nicht, dass ihr Traum von einem Leben in der Natur ungelebt bleibt. Aber es wird ein Traum bleiben, wenn sie es dabei belässt, darauf zu hoffen, dass irgendein Andy sie aus dem Krankenhausbetrieb herausholen wird, so wie der Prinz Dornröschen aus ihrem Schlaf geholt hat. Es ist an ihr, etwas zu tun. Vielleicht gibt es über das Hospiz einen Weg. Vielleicht kann sie sich eines Tages als Brückenschwester sogar selbstständig machen. Sie will ja nicht reich werden. Es müsste nur zum Leben reichen.

Die Wohnung ist aufgeräumt, sie selber geduscht, und Dagmar findet, dass sie als Belohnung ein opulentes Frühstück verdient hat. Aber Kühlschrank und Vorratsregal sind leer, deshalb macht Dagmar sich auf den Weg, um einzukaufen. Der morgige Sonntag ist der vierte Advent, am Mittwoch darauf ist Heiligabend, deshalb kauft Dagmar sich nicht nur Brötchen, sondern auch einen Weihnachtsmann aus Hefeteig, mit einem Bart aus Spritzguss und zwei Rosinen als Augen.

In den Straßen herrscht Gedränge, Dagmar ist froh als sie wieder in ihrer Wohnung ist. Sie deckt ihren Tisch und häuft auf einem ungebügelten, aber sauberen Tischtuch ihre Schätze auf: Brötchen, Butter, Marmelade, Schinken, Paprikalyoner, Mandarinen, einen Apfel, Joghurt und Orangensaft. Den Weihnachtsmann aus Hefeteig stellt sie in die Mitte. Sie brüht sich eine Kanne Kaffee auf, kocht zwei weiche Eier und lässt sich am Tisch nieder. Dann futtert sie los. Eigentlich sollte sie sich ein solches Frühstück viel öfter gönnen. Sie bricht dem Weihnachtsmann die Zipfelmütze ab und schmiert Butter darauf. Plötzlich, mit dem Stück Hefegebäck in der einen und der Tasse in der anderen Hand, muss sie an Fettaugen auf dem Kaffee und an Berthold Hauser denken und der Appetit vergeht ihr.

Am Montag wird er ins Georgistift verlegt werden, das ist ein Pflegeheim, in dem es nach Urin riecht und die alten Menschen stumpf in ihren Rollstühlen sitzen. Berthold Hauser redet immer noch davon, nach Hause zu seiner Gerlinde zu gehen. Aber Frau Hauser weiß, was auf sie zukommt. Dagmar hat es in ihren Augen gesehen.

Sie legt das Hefegebäck auf den Teller zurück. Sie hat nie gewollt, dass der alte Mann in ein Pflegeheim kommt, und sie kann auch nichts dafür, denn sie ist kein Arzt und hat keine Entscheidungen getroffen. Dennoch fühlt sie sich auf einmal schlecht. Was läuft schief, dass die meisten Geschichten so unglücklich ausgehen?

Schlimm war der Augenblick, als Frau Hauser ins Stationszimmer gekommen ist, sich für die Mühen der Schwestern bedankt und den Umschlag mit dem Geld für die Stationskasse dagelassen hat. Fünfzig Euro hat sie dem Team geschenkt und das, obwohl die Hausers von einer schmalen Rente leben und selbst kein Geld haben. Darüber soll man sich dann freuen!

Samstags gibt es im Marienhospital immer Eintopf. Als die Teller verteilt sind, beeilt sich Rita, um mit ihren restlichen Aufgaben fertig zu werden. Sie arbeitet die Mittagspause durch, um nachher irgendwo in der Stadt eine Currywurst, ein Schaschlik oder ein halbes Grillhähnchen zu verdrücken. Sie muss nämlich heute unbedingt noch Weihnachtseinkäufe machen.

Vor wenigen Minuten sind Marion und Jutta auf Station eingetroffen, daraufhin ist die Stimmung prompt wieder in den Keller gegangen. Rita wundert sich, dass die beiden keine blaugefrorenen Nasen haben, so eisig, wie sie miteinander umgehen. Nun, das ist nicht Ritas Problem. Sollen die beiden tun, wie sie wollen.

Sie nimmt das Tablett, auf dem sie die Spritzen für die Thromboseprophylaxe aufgereiht hat. Fast jeder Patient bekommt so eine. Der gelbe Abwurfbehälter, in den die gebrauchten Spritzen gesteckt werden, ist zum Bersten voll. Rita will einen neuen aus dem Schrank nehmen, aber es ist keiner mehr da, daher nimmt sie den vollen mit auf ihren Rundgang. Tatsächlich lassen die Kanülen sich immer noch dichter zusammenpressen, wenn man gewaltsam ein wenig nachhilft.

»Schmeckt's?«, will sie von Frau Fliedner wissen, während sie mit dem Tupfer voller Desinfektionsmittel über deren Oberschenkel fährt.

»Prima!«, kommt die Antwort. »Hoppla! Das hat dieses Mal aber wehgetan, Schwester Rita.«

»Dann habe ich wohl eine Nervenzelle erwischt. So, fertig!«, gibt Rita zurück und drückt die leere Spritze in den Abwurfbehälter. Der Becher ist voll, die Spritze bleibt auf halber Höhe stecken. Rita drückt weiter. Schlagartig bohren sich mehrere Kanülenspitzen durch das Plastik. Der Behälter reißt der Länge nach auf und gebrauchte Spritzen und Kanülen fallen heraus. Rita erschrickt. Der gelbe Becher kippt vom Spritzentablett ins benachbarte Bett hinunter.

»Au! Ich bin gestochen worden«, schreit Stefanie Petzold auf und hält ihren Arm in die Höhe. Aus einem etwa zwei Zentimeter langen Riss am Unterarm tropft Blut.

»Auch das noch!«, sagt Rita. Sie weiß, sie müsste diesen Unfall melden. Sie weiß, die Kanüle könnte infiziert gewesen sein, mit Hepatitisviren oder, schlimmer noch, mit Aids-Viren. In der Notfallaufnahme sitzt ein einziger Arzt und der müsste nun alle seine Notfälle im Stich lassen, um bei Stefanie Petzold Blut abzunehmen und die fünfundzwanzig Formulare auszufüllen, die an die Berufsgenossenschaft oder wohin auch immer sonst gesandt werden müssen. Rita fällt das Unglück von gestern wieder ein. Der Mann ist vom Kran gesprungen, weil er aufgrund einer verseuchten Blutkonserve mit Aids infiziert worden ist. Soll dasselbe nun mit Stefanie Petzold geschehen?

»Das ist nicht weiter schlimm«, sagt Rita. »So etwas kommt immer wieder einmal vor. Lassen Sie es ruhig ein wenig bluten, Frau Petzold. Ich hole derweil ein Pflaster.«

Wenn eine Wunde gut ausblutet, kann eigentlich nicht viel passieren. Wahrscheinlich waren an der Kanüle sowieso keine Aids-Viren. Und wenn, dann würde die Blutabnahme durch den Arzt auch nichts mehr daran ändern. Sind die Viren erst einmal im Blut, lassen sie sich nicht mehr entfernen. Ohne

Blutabnahme wüsste Stefanie Petzold eben nicht, warum es jetzt sie erwischt hat. Sie würde keine Unfallrente bekommen. Aber sicher doch irgendwelche anderen Gelder vom Staat. Also, was soll's? Rita wird Stefanie Petzold nicht beunruhigen und ihr auch nicht das Weihnachtsfest verderben. Und sich selbst nicht den freien Nachmittag.

»Der liebe Gott wird schon aufgepasst haben«, denkt sie, desinfiziert den Riss etwas länger als üblich und geht mit ihrem Spritzentablett ins nächste Zimmer. Den kaputten Abwurfbehälter deponiert sie im Stationszimmer und sammelt die restlichen Thrombosespritzen in einer Nierenschale ein. Sonja kommt erneut heran.

»Du, Rita!«, sagt sie zögernd. »Ich wollte Frau Reich mit der Suppe helfen. Aber sie liegt immer noch so da wie heute Morgen. Da stimmt doch was nicht.«

»Ach je!«, sagt Rita. »Das habe ich ganz vergessen. Ich komme schon. Sehen wir gemeinsam nach.«

Erna Reich sitzt am Bett ihrer Schwester und stößt wie üblich Vorwürfe aus. Martha Reich liegt schlaff auf dem Rücken und blinzelt nicht einmal mit den Augen, als Rita mit ihrer kleinen Lampe hineinleuchtet. Sie ruft nun doch den diensthabenden Arzt an. Er kommt nicht sofort, denn er hat gerade einen Notfall, den er zuerst versorgen muss. Als er anderthalb Stunden später erscheint, stellt er fest, dass nicht mehr viel zu machen ist. Martha Reich hat einen zweiten Schlaganfall gehabt und wie es aussieht, einen schweren. Vielleicht hätte man ihr noch helfen können, wenn sofort gehandelt worden wäre. So aber hat sich die Blutung im Gehirn ausgebreitet und weite Teile davon zerstört.

Martha Reich wird nicht wieder zu Bewusstsein kommen. Sie wird bis Mitte Januar auf der gastroenterologischen Station im Marienhospital bleiben und dann in ein Pflegeheim verlegt werden. Dort wird sie, künstlich über eine Sonde ernährt, noch elf Monate weiterleben und schließlich an einer Lungenentzündung sterben.

Erna Reich gibt den Pflegekräften die Schuld. Sie wird sich künftig nicht mehr über Marddel beklagen. Auch von der Witwenrente wird nie mehr die Rede sein. Stattdessen lamentiert sie von nun an über Ärzte und Krankenschwestern, die seelenruhig daneben stehen, wenn Patienten ihnen unter den Fingern wegsterben.

Sonja nimmt sich die Geschichte zu Herzen, deshalb redet Rita ganz sachlich mit ihr. »Sieh mal«, sagt sie. »Da habe ich also einen Fehler gemacht, weil ich deine Worte nicht ernst genug genommen habe. So etwas passiert heute, morgen, alle Tage. In unserem Beruf darfst du dir darüber keine Gedanken machen, sonst brichst du in ganz kurzer Zeit mit einem Burn-out zusammen, damit ist erst recht niemandem gedient. Jeder Mensch macht Fehler, davon nehme ich mich selbst auch nicht aus. Du musst dich beizeiten daran gewöhnen, bei solchen Dingen gelassen zu bleiben. Sonst machst du dir ganz unnötig das Leben schwer.«

In seine Kissen zurückgelehnt, blickt Manuel zum Fenster hinaus. An einem klaren, fast weißen Himmel ist eine kalte Wintersonne aufgestiegen, ein gleißender Schein, der sich über die Erde ergießt und kein Zentrum zu haben scheint. Kein einziges Wölkchen ist zu sehen. Der Himmel ist wie rein gewaschen.

Unter ihm liegt die Baustelle. Da Samstag ist, ist dort unten heute alles friedlich und still. Die Kräne sind mit Raureif überzogen, der in tausend glitzernden Splittern aufblitzt, wenn das Sonnenlicht darauf fällt.

Wie ist die Welt doch schön!

Wie weh es tut, wenn man gehen muss.

Manuel glaubt, dass heute Weihnachten ist. Wenn es so nicht im Kalender steht, muss dort ein Fehler passiert sein. Die Geburt Christi hat sich erneut vollzogen, dieses Mal außerhalb aller Zeit, für immer, für ewig, in seiner Seele, in den Seelen aller Menschen, an diesem Tag, in diesem Augenblick. Er hat teilgehabt an dieser Geburt, und wenn es auch verrückt ist, so ist es deshalb doch nicht weniger wahr.

Friede auf Erde und in allen Menschen, die diese Erde bebauen.

Eigentlich kann er gar nicht glauben, dass er immer noch lebt. Sein Gefühl sagt ihm, dass er gestorben sein muss. Mit seiner gesunden Hand fährt er die Konturen seines Körpers entlang und spürt die Wärme seiner Haut. In seinem Arm brennt die Nadel, über die ihm die Infusionen in die Blutbahn gepumpt werden. Nur den Sauerstoff spürt er nicht mehr, den Sauerstoff, der eigentlich an seiner Nasenwand entlangstreichen müsste. Er spürt auch den grünen Schlauch nicht mehr. Ist da überhaupt noch ein Schlauch?

Er hat alles erledigt, was es zu erledigen gab, und nun wartet er.

Wartet darauf, dass er gerufen wird.

Wartet darauf, dass er gehen kann. Über die Brücke, wie Wendelin Weihrauch ihm gesagt hat.

Wenn es irgendwo in seinem Körper noch eine Schlacht zwischen Bakterien und Antibiotika gibt, so ist er daran nicht mehr beteiligt. Die Zeit aller Kämpfe liegt hinter ihm, ist für immer vorbei.

In seiner Brust spürt er die Lunge wie kalten Stein. Unglaublich, dass er damit noch atmen kann. Dennoch strömt sein Atem beständig aus und ein. Manuel schließt für einen

Moment die Augen und folgt im Geist den Atemzügen. Aus und ein. Aus und wieder ein. In einem immerwährenden Rhythmus wird er vom Leben geatmet. Das ist so viel besser als von einer Maschine beatmet zu werden. Er ist wie ein Baum, dessen Blätter im Wind bewegt werden. Er ist wie ein Fels, gegen den die Brandung schlägt.

Atem der Erde. Atem Gottes.

Wie lange noch?

Es gibt nur dieses eine Leben, das Leben Gottes, zeitlos, raumlos, unendlich, das in Myriaden von Formen immer wieder Gestalt annimmt, im Baum als Baum, im Tier als Tier, im Mensch als Mensch. Die Schöpfung vollzieht sich, sie vollzieht sich immer wieder, in jeder Minute, in jedem Augenblick. Ein unaufhörliches Werden und Vergehen. Und was ist jenseits aller Wahrnehmungen?

»Komm, Manuel Jäger!«, sagt eine Stimme. Es ist die Stimme des alten Mannes, der an seinem Bett gesessen hat, und sie ist es doch wieder nicht, denn diese Stimme ist körperlos und Manuel hört sie in seiner Seele. Aber er kommt noch nicht. Er zögert. Er kostet noch einmal die Welt.

Er sieht ein paar Vögel, die vor seinem Fenster flattern. Sie sind aufgeregt und piepsen, als gelte es ihr Leben. Einer von ihnen hat irgendwo ein Stückchen Brot ergattert, das die anderen ihm streitig machen. Jetzt sieht Manuel am benachbarten Fenster eine Hand, und diese Hand streut Brotkrumen auf den Fenstersims.

Er hat sich von allen verabschiedet. Dass Lothar noch einmal gekommen ist, macht ihn glücklich. Lothar Haller. Der Name hat einen guten Klang. Hörst du? Hört ihr?

Zwei der Vögel lassen sich auf seinem Sims nieder. Sie balgen um ein Stückchen Brotrinde, das keiner dem anderen gönnen will. Mit ihren dünnen Füßchen krallen sie sich an den Ritzen fest und flattern mit den Flügeln. Die Frau am anderen Fenster lacht und bläst dabei weißen Dampf in die kalte Luft hinaus. Dann dreht sie sich um und verschwindet. Das Fenster wird wieder geschlossen.

Manuel liegt in seinem Bett und ist immer noch am Leben. Seine schwere, kalte Brust füllt sich mit Freude und einer Zuversicht, die ihm die Tränen in die Augen treibt. Er ist so glücklich. Bald wird er zu Hause sein.

»Komm, Manuel Jäger!«, sagt die Stimme wieder.

Manuel macht zaghaft den ersten, vorsichtigen Schritt.

Der Himmel ist so klar und es könnte ein herrlicher Tag sein, wenn sie abends ins Kino gehen dürfte statt auf Station Wache schieben zu müssen. Der bevorstehende Nachtdienst mindert die Freude jedoch erheblich und degradiert die Stunden des Tages zur bloßen Wartezeit herab.

Wenn Dagmar Nachtwache hat, packt sie sich immer etwas zum Essen, ihr Strickzeug und sogar ein Buch zum Lesen mit ein. Es ist ein tröstliches Ritual, eine Selbstbeschwörung, die ihr hilft, daran zu glauben, dass sie die kommende Nacht gut überstehen wird. Das Ritual hilft nur bedingt. Je näher der Abend kommt, desto unruhiger wird sie und kann sich auf nichts mehr konzentrieren. Dass ausgerechnet in ihrer ersten Nacht schon wieder Notaufnahme sein muss.

Dann wird es Zeit.

Beim Blick durch die Glastür ihrer Station atmet Dagmar auf. Der Flur sieht einigermaßen aufgeräumt aus, das ist ein gutes Zeichen. Vielleicht hat sie doch Glück. Vielleicht wird die Nacht so schlimm nicht werden. Vielleicht kommen keine

Zugänge mehr. In diesen kurzen Minuten vor Dienstbeginn scheint immer alles möglich zu sein.

Im Stationszimmer findet sie Marion vor, die ihr rasch mitteilt, was tagsüber geschehen ist. Von den sieben freien Betten sind vier bereits wieder belegt und Jutta ist gerade dabei, den letzten Zugang zu versorgen.

»Also habe ich noch drei freie Betten für die Nacht«, sagt Dagmar und bläst die Wangen auf.

»Dazu noch das Bad und die Nische«, meint Marion mit einem schiefen Grinsen. »Lass dich nicht unterkriegen. Ich habe übrigens eine Neuigkeit für dich. Ich habe heute Morgen der heiligen Anneliese meine Kündigung ins Postfach gelegt. Sie wird sich freuen, wenn sie mich so billig loswird. Auf den ersten Januar reicht es natürlich nicht mehr und ich werde die Überstunden dem Marienhospital schenken müssen, aber ab ersten April müsst ihr ohne mich auskommen. Diese Spielchen von Jutta mache ich nicht mit. So lasse ich mich nicht behandeln. Wenn man damit erst einmal anfängt, verliert man nach und nach alle Selbstachtung.«

»Das habe ich mir beinahe schon gedacht«, nickt Dagmar. »Weißt du schon, was du danach machen wirst?«

»Es gibt einen einjährigen Fortbildungskurs, mit dem man sich zum Medizincontroller weiterbilden und den man im Anschluss an ein Medizin- oder Pflegestudium machen kann. Ich habe mir schon vor einiger Zeit die Unterlagen schicken lassen. Das interessiert mich.«

»Mit den Fallgruppen kennst du dich aus wie kein zweiter auf Station. Das muss der Neid dir lassen. Aber du hast doch gar kein Pflegestudium absolviert.«

»Was nicht ist, kann ja noch werden«, antwortet Marion. »Auf jeden Fall will ich nicht in dieser untergeordneten Position als Stationsschwester bleiben. In diesem Job bist du doch nur der Fußabtreter für andere. Das habe ich ja nun selber erfahren.«

Dagmar gibt sich einen Ruck. »Es ist vorerst noch vertraulich, deshalb erzähle bitte niemandem davon. Aber ich werde auch etwas anderes machen.«

Marion sieht Dagmar überrascht an. »Was, du auch?«

»Wahrscheinlich versuche ich es in einem Hospiz«, erklärt Dagmar. »In den freien Tagen an Weihnachten will ich mich kundig machen. Ich kann mir auch vorstellen, in einer anderen Stadt ganz neu anzufangen. Wenn das neue Klinikum erst einmal steht und ich von meinen Fenstern aus nur noch auf Beton und Glasfassaden sehe, hält mich in meiner Wohnung sowieso nichts mehr. So habe ich viel mehr Möglichkeiten. Am liebsten würde ich aufs Land ziehen.«

»Wenn du bei den Bewerbungen Hilfe am Computer brauchst, sage es ruhig«, bietet Marion an. »Ich bin da ziemlich fit.«

»Das ist nett. Ja, vielleicht komme ich darauf zurück.«

Jutta taucht auf und gibt ihrerseits einen Bericht ab, während Marion den Schreibtisch aufräumt und Dagmar den Handwagen herrichtet, mit dem sie nachher durch die Zimmer gehen muss. Sie legt Spritzen, Infusionen und das Fieberthermometer zurecht, nimmt die Schlafmittel aus dem Schrank und holt ein paar Flaschen Sprudel, falls einer der Patienten Durst hat. Die Schüler sind noch in den Zimmern bei der Arbeit, legen die Gebisse in Kukidentwasser und leeren die vollen Nachtstühle.

Dann ist Dagmar allein mit ihrer Verantwortung und macht ihren ersten Rundgang, der erfahrungsgemäß immer am längsten dauert, weil die meisten Patienten noch wach und unruhig sind. In der Regel braucht sie anderthalb bis zwei Stunden, bis sie durch alle Zimmer gegangen ist, die Einfuhrzettel eingesammelt, die letzten Infusionen angehängt und mit allen Patienten ein paar Worte gesprochen hat. Wenn in einer Nacht alles normal läuft, macht sie ihren zweiten Rundgang um zwölf Uhr, bei dem sie die Pflegefälle zum ersten Mal umlagern muss, einen weiteren gegen drei Uhr und den letzten um fünf Uhr, bei dem sie außerdem die Urinproben einsammeln und die Katheterbeutel leeren muss.

Christian kommt kurz nach halb acht Uhr im Krankenhaus an. In der vergangenen Nacht hat er schlecht geschlafen und heute ist er den ganzen Tag über nervös gewesen. Als er durch die Eingangshalle eilt, hört er von irgendwoher plötzlich Klaviermusik und bleibt überrascht stehen. In den Tönen schwingt etwas Verzweifeltes mit, das Christian eigentümlich berührt. Ihm fällt ein, dass in der Krankenhauskapelle ein altes Klavier steht und er geht durch den Seitengang dort hinüber. Vorsichtig öffnet er die Tür und späht hinein. Mit dem Rücken zu ihm sitzt Ingo Kuhn, der Sozialarbeiter, und schlägt mit einer Vehemenz in die Tasten, die Christian einen Schauer über den Rücken jagt. Was ist mit dem Mann los, dass er solch trostlose Musik macht? Leise zieht er sich wieder zurück. Er will von Ingo Kuhn nicht gesehen werden.

Sein erster Nachtdienst! Er muss die Verantwortung für vier Stationen so gut wie alleine tragen. Sollte es unlösbare Probleme geben, kann er sich an den Arzt von der Intensiv oder auch an die Notfallaufnahme wenden, aber Christian kann sich denken, dass die beiden Ärzte, mit denen er zusammen eingeteilt ist, in ihren eigenen Bereichen jeweils genug zu tun haben. Die werden sich bedanken, wenn er mit seinen Fragen zu ihnen kommt. Wenn alle Stricke reißen, kann er außerdem den

Oberarzt alarmieren, der im Hintergrund Dienst tut. Es ist ein Arzt, den Christian nur dem Namen nach kennt. Der Oberarzt im Hintergrund verbringt nicht die ganze Nacht im Krankenhaus. Er bleibt bis etwa elf Uhr, verschafft sich einen groben Überblick, fährt dann nach Hause und lässt nur sein Funkgerät über Nacht eingeschaltet.

Es gibt so etwas wie einen Ehrenkodex unter den Ärzten. Sie verstehen sich als Helfer und nicht als Hilfesuchende. Christian ist fest entschlossen, mit allen Problemen allein fertig zu werden.

Er ist viel zu früh im Krankenhaus eingetroffen. Auf allen Stationen findet gerade die Übergabe der Nachmittagsschicht an die Nachtwache statt. Man hat ihm gesagt, dass er die einzelnen Stationen aufsuchen soll, sobald die Schwestern mit ihrem ersten Rundgang fertig sind. Das wird nicht vor zehn Uhr sein. Er sieht auf seine Uhr. Noch mehr als zwei Stunden bis dahin. Wie langsam doch manchmal die Zeit verstreicht.

Zum fünften Mal überprüft er das Funkgerät, das ihm übergeben worden ist. Es gibt drei verschiedene Signale, mit dem die Nachtschwestern ihn rufen können. Ein lang gezogener, einmaliger Ton sagt ihm, dass das Problem nicht besonders eilig ist. Es reicht, wenn er zurückruft und fragt, was los ist. Das Piepsen, das nach einer kurzen Pause noch zwei Mal wiederholt wird, ist schon dringender. Wenn ein Stakkato kurzer Töne erfolgt, heißt das, dass er alles stehen und liegen lassen und losrennen muss, weil ein Patient sich in Lebensgefahr befindet.

Mit dem Funkgerät ist alles in Ordnung.

Christian brüht eine Kanne Kaffee auf und beschließt, sich in der Bibliothek bei der Lektüre einiger Fachzeitschriften die Zeit zu vertreiben.

Frau Steinmann liest in einer Illustrierten, als Dagmar ins Zimmer kommt und blättert dabei fahrig die Seiten um. So nervös, wie die alte Dame ist, wird sie heute Nacht sicher häufig klingeln.

»Ist es nicht schrecklich, was mit meiner Bettnachbarin passiert ist?«, fragt Frau Steinmann. »Ich kann es gar nicht fassen. Wie schnell so etwas gehen kann! Richtig unheimlich finde ich das.«

»Möchten Sie gern ein paar Baldriantabletten haben?«, fragt Dagmar und drückt diese aus der Schachtel, als Frau Steinmann zustimmend nickt. Martha Reich liegt sauber gelagert in ihrem Bett. Dagmar schließt eine Flasche mit Tee an die noch am Nachmittag gelegte Magensonde an. Im Zimmer nebenan liegt ein neuer Patient, ein Herr Ulsamer, der Besuch von seinem Sohn hat. Dagmar bittet den jungen Mann, nicht mehr allzu lange zu bleiben, damit die anderen Patienten im Zimmer schlafen können. Wendelin Weihrauch trägt heute einen moosgrünen Schlafanzug und scheint mit offenen Augen zu träumen. Walter Seibold liest Zeitung, legt sie aber beiseite und löscht das Licht, als Dagmar seinen Einfuhrzettel einsammelt. Als sie mit den ersten drei Zimmern fertig ist, leuchtet ganz hinten die rote Lampe auf. Es ist Ute Kubatzki und sie fragt, wann sie endlich ihr Schlafmittel bekommt.

»Ich bin schon auf meinem Rundgang«, erklärt Dagmar und holt den Becher mit der Pille von ihrem Wagen. »Ich wäre sowieso bald zu Ihnen ins Zimmer gekommen.«

»Ich will mein Tranxilium nicht erst nehmen, wenn die halbe Nacht vorüber ist«, widerspricht Ute Kubatzki. »Es ist neun Uhr durch und ich will es jetzt. Sie kommen ja doch nicht vor halb elf in unser Zimmer, das ist mir zu spät. Ich bin dann am anderen Morgen immer so rammdösig.«

»Ich bin nur so spät dran, weil die Patienten während des

Rundgangs häufig klingeln. Dann muss ich nachsehen, was los ist, dadurch dauert die Tour um so viel länger. Ich muss weitermachen. Bis nachher.«

»Wenn ich dann überhaupt noch wach bin«, ruft Ute Kubatzki ihr hinterher.

In den vorderen Patientenzimmern ist alles in Ordnung. Claudia Fliedner löst ein Kreuzworträtsel, während Rebekka Windisch so tut so, als würde sie schon schlafen. Wieder einmal wundert sich Dagmar, wie akkurat ihr Platz aussieht. Die Bücher auf dem Nachttisch sind der Größe nach sortiert und selbst die Stofftiere, die Rebekka Windisch am Fußende des Bettes drapiert hat, sehen aus, als hätte ein General ihnen gerade »Augen rechts und stillgestanden!« zugerufen. Hinter dem Vorhang findet Dagmar zwei Bananen und vertrocknete Kuchenstücke, die sie mit hinausnimmt.

Anton Henschler liegt wie ein Häufchen Unglück in seinem Bett und Dagmar beißt das Gewissen. Hunde haben in einem Krankenhaus nun einmal nichts verloren. Warum eigentlich nicht? Dagmar bleibt nicht lange in dem Zimmer. Im nächsten wechselt sie ein paar Worte mit Bruder Anselm und verspricht, ihm noch einen Schlaftee zu bringen, wenn die Baldriantablette nicht hilft. Manuel Jäger schläft und röchelt leise vor sich hin. Im Halbdunkel des Zimmers sieht sein bleiches Gesicht gespenstisch aus. Zu Ute Kubatzki und Vera Liebich geht Dagmar nicht noch einmal hinein. Stattdessen zieht sie den Schutzkittel an, um Melanie Rosch ihre abendliche Dosis Methadon zu bringen. Melanie Rosch kippt den Becher aus dem Handgelenk, als ob es sich um ein Schnapsglas handeln würde. Dann hält sie den leeren Becher Dagmar entgegen.

»Noch einen von der Sorte«, sagt sie und lacht heiser auf.

»Das geht nicht«, bedauert Dagmar. »Bei Methadon zählen wir jeden Tropfen einzeln.«

Melanie Rosch sieht traurig aus. Sie ist Mitte vierzig, hat seit sechs Jahren Aids und ist mit zahllosen Wunden am ganzen Körper eingeliefert worden. Alle auf Station vermuten, dass die Wunden ihr von einem Typ namens Charlie beigebracht worden sind, wissen aber nichts Genaues, denn die Patientin schweigt beharrlich, wenn Regina Funke sie ausfragen will.

»Heroin programmiert jeden um«, sagt Melanie Rosch plötzlich tonlos. »Aber wenn man einmal drauf ist, kann man es einfach nicht mehr lassen.«

Dagmar hört über die Anlage das Rufzeichen. »Ich muss wieder gehen«, sagt sie. »Gute Nacht. Träumen Sie etwas Schönes.«

»Wollen Sie wissen, wie es ist, wenn man auf Drogen ist, Schwester? Es ist der Himmel. Heroin gibt dir das Gefühl, dass das ganze Universum dir gehört. Dass du ALLES bist. Dass du Gott bist …«

»Ich höre die Glocke«, sagt Dagmar ungeduldig. »Ich bin allein auf Station. Ich muss nachsehen, was draußen los ist.«

»… und deshalb nimmt man das Zeug immer wieder. Weil es so unglaublich ist, was geschieht.« Der Blick von Melanie Rosch wird starr. Sie hat Dagmar vergessen. Sie ist nicht hier, sie ist irgendwo in der Welt vergangener Erlebnisse unterwegs. »Dann gewöhnt man sich daran«, fährt sie fort, »aber die Wirkung lässt nach. Was glauben Sie, warum wir auf Entzug gehen? Etwa, um vom Heroin wegzukommen? Nein, um die Wirkung wiederherzustellen, die es am Anfang gehabt hat. Viel zu spät merken wir, dass wir dabei vor die Hunde gehen. Charlie war ein prima Kerl. Irgendwann fing er an, von neuen und immer noch größeren Dimensionen zu reden. Zuerst wollte ich mit Drogen nichts zu tun haben. Aber Charlie hat gemeint …«

»Hat Charlie Ihnen diese Wunden beigebracht?«, fragt Dagmar auf Geratewohl. »Hat er Sie geschlagen?«

Melanie Rosch lacht kläglich auf. »Nein, Schwester, das war ich selbst. Das können Sie sich nicht vorstellen, was? Aber ich sage Ihnen, wie es ist. Manchmal muss ich einen solchen Schmerz spüren, damit ich weiß, dass ich noch lebe.« Sie tippt sich auf die Brust. »Hier drinnen zerreißt es mich. Es zerreißt mich, wenn ich daran denke, dass ich mein Leben versaut habe. Da tut es gut, wenn man sich ab und zu einmal eine Zigarette auf der Haut ausdrückt …«

Dagmar kann nicht länger bleiben und zuhören. Sie hat vierunddreißig Patienten, sie muss sich um alle kümmern. Als sie aus dem Zimmer geht, wirft sie einen Blick auf Melanie Rosch. Diese hat die Beine angewinkelt, den Kopf auf die Knie gelegt und sieht aus wie ein Kind, das sich im Wald verirrt hat.

Bei Christian meldet sich der Piepser mit dem Eilruf. »Bitte kommen Sie schnell!«, ertönt eine aufgeregte Frauenstimme. »Ich habe einen Patienten mit Bluterbrechen. Das ganze Bett ist voller Blut. Ich weiß nicht mehr weiter.«

Christian lässt seinen Kaffee stehen und rennt los. Als er auf die betreffende Station kommt, sieht er eine Tür weit offen stehen. Grelles Licht fällt von dort auf den abgedimmten Flur heraus. Er hastet zu dem Zimmer und bleibt erschrocken stehen. Ein solches Blutbad hat er noch nie gesehen. Das Bett ist dunkelrot, der Boden darum herum ebenfalls, sogar an der Wand sind Flecken. Neben dem Bett versucht eine blutbesudelte Schwester vergeblich, das aus Mund und Nase quellende Blut mit einer Nierenschale aufzufangen. Der Mann im Bett zeigt bereits deutliche Schocksymptome.

Eine Ösophagusvarizenblutung, fährt es Christian durch den Kopf. Plötzlich handelt er schneller, als er denken kann.

Während er nach dem Puls greift, sieht er sich die Augen des Mannes genauer an. Tatsächlich, wie im Lehrbuch. Ein grünlich-brauner Ring.

»Ein Kayser-Fleischer-Kornealring«, sagt er zu der Schwester, die ihm einen verständnislosen Blick zuwirft. »Der Mann muss sofort in die Endo und danach auf Intensiv. Rufen Sie dort an und lassen Sie alles für eine Tamponade vorbereiten. Ich bringe den Mann selber hin. Geben Sie ihm noch schnell eine Ringer für den Kreislauf, damit er nicht kollabiert. Los, machen Sie schon!«

Christian zieht mit einem Ruck das Kabel der Glocke aus der Steckdose, löst die Bremse und rennt mit dem Bett los. Dann geht es Schlag auf Schlag. Mit einer Senkstaten-Blakemore-Sonde gelingt es ihnen in der Endoskopie, die Blutung in der Speiseröhre zu stoppen. Kreuzblut für eine Transfusion wird abgenommen. Der Kreislauf stabilisiert. Der Mann wird auf die Intensivstation gebracht, an Monitore angeschlossen und verkabelt. Christian weiß noch nicht einmal seinen Namen. Er steht am Bett und starrt auf den Bewusstlosen hinunter.

»Gut gemacht, Kollege!«, der Intensivarzt grinst und klopft ihm anerkennend auf den Rücken. »Wie ich gehört habe, ist es Ihr erster Nachtdienst? Kein schlechter Einstand. Alle Achtung!«

»Man tut, was man kann!« Christian gibt sich gelassen, aber in Wahrheit zittern ihm die Knie. Er hat den Eindruck, dass er gar nicht er selbst gewesen ist, sondern dass etwas Größeres durch ihn hindurch gehandelt hat. Sein Kittel sieht furchtbar aus. Sogar die Hose hat einiges abbekommen. Mit einem Mal fühlt Christian sich schrecklich schmutzig. Im Umkleideraum im Keller zieht er sich schnell um. Am liebsten wäre er unter die Dusche gegangen. Aber daran ist natürlich nicht zu denken.

Bei einer Leberzirrhose steigt der Druck im Bauchraum an. Das belastet die Gefäße wie zum Beispiel die der Speiseröhre. Sie leiern aus und bilden Krampfadern. Wie die Krampfadern an den Beinen können sie aufreißen und bluten. Dieses Krankheitsbild nennt man Ösophagusvarizenblutung. Um eine solche Blutung zu stoppen, bleibt nicht viel Zeit. Niemand hätte ihm einen Vorwurf machen können, wenn der Patient verblutet wäre.

Nachdem Christian sich umgezogen hat, geht er noch einmal auf die betreffende Station zurück, um mitzuteilen, dass der Patient auf der Intensivstation bleibt. Die Nachtschwester ist sichtlich erleichtert. Der überstandene Schreck steht ihr noch deutlich ins Gesicht geschrieben. Christian erkundigt sich nach den anderen Patienten und verlässt die Station.

Auf einmal hätte er am liebsten laut gesungen und gejubelt. Er hat es geschafft. Er hat die Feuerprobe bestanden und einem Menschen das Leben gerettet. Er hat gar nicht lange nachdenken müssen. Er hat sofort gesehen, was mit dem Mann los war, und entsprechend gehandelt. In dieser Stunde ist er vom Medizinstudenten zum Arzt gereift. Das Leben der Menschen darf von nun an vertrauensvoll in seine Hände gelegt werden. Es ist ein tolles, ein irrsinnig tolles Gefühl. Es ist wie ein Rausch … wie die Eroberung einer neuen Dimension.

Dagmar ist den Tränen nahe. Es ist nach Mitternacht und sie hat kurz hintereinander zwei Zugänge bekommen. Einer davon ist, was seinen Kreislauf angeht, instabil und sie muss jede halbe Stunde Puls und Blutdruck bei ihm messen. Der Mann hat gerade einen schweren Angina-Pectoris-Anfall überstanden und tödliche Angst, aber nachdem er Nitro-Spray und

Schmerzmittel bekommen hat, kann Dagmar nicht mehr viel für ihn tun. Schon längst hätte sie sich auf den zweiten Rundgang machen und die Pflegefälle umlagern müssen, aber ununterbrochen ruft jemand nach ihr. Durch die Unruhe mit den Neuzugängen sind Patienten wieder aufgewacht, die Welle der Unruhe pflanzt sich von Zimmer zu Zimmer fort, springt auf geheimnisvolle Weise von einem Patienten zum anderen über, schneller als eine ansteckende Krankheit. Sie rennt von einem Zimmer ins andere, aber sie ist allein, die anderen sind in der Überzahl. In ihrer Verzweiflung sucht sie um Hilfe auf der benachbarten Station nach und erntet nur eine unverschämte Antwort. Sie hätte es sich denken können. Auf allen Stationen herrscht das gleiche Chaos.

Berthold Hauser hat einen Anfall von Atemnot. Walter Seibold und Ruth Leutkirch klagen über Kopfschmerzen. Arthur Müller verirrt sich im Wirtschaftsraum und wirft dabei einen Container mit Glasflaschen um. Der neue Patient hat einen Wadenkrampf. Frau Stegmaier hat Durchfall. Dagmar kann die Windelhose nicht wechseln. Das muss warten bis später. Wenigstens schläft die Kubatzki.

Sie hält inne, weil sie glaubt, etwas gehört zu haben. Ist es in Bruder Anselms Zimmer gewesen? Sie will nachsehen, aber in diesem Augenblick ruft wieder ein Patient nach ihr.

»Schwester, kommen Sie schnell!«

Dagmar vergisst das Geräusch und rennt los. Der letzte Neuzugang liegt zitternd im Bett, sein Puls rast. Einhundertdreißig mindestens. Während sie das Telefon aus der Tasche zieht und Christian Fischer anruft, wird der Patient starr. Gleich darauf verrenkt sich sein Körper in wilden Zuckungen und Dagmar weiß, dass es sich um einen Grand-Mal-Anfall handelt. Auf den Lippen des Mannes bildet sich blutiger Schaum, weil er sich im Krampf auf die Zunge gebissen hat.

Die beiden anderen Patienten im Zimmer sehen mit schreckgeweiteten Augen zu.

Himmel, ist sie froh, als sie die Glastür aufgehen hört! Christian Fischer kommt eilig ins Zimmer herein.

»Ein epileptischer Anfall«, erklärt sie ihm, als er sie fragend ansieht.

»Wie lange dauert das schon?«

»Hat gerade erst angefangen. Eine Minute vielleicht«, gibt Dagmar Antwort.

»Wir müssen zusehen, dass der Patient sich nicht verletzt. Ziehen Sie mir doch bitte eine Spritze mit Diazepam auf. Ich bleibe solange hier.«

Der Patient bekommt die Spritze und schläft erschöpft ein, als der Anfall verklingt. Dagmar wischt ihm das Blut von den Lippen und misst Puls und Blutdruck. Es ist Sonntag, kurz nach halb zwei Uhr in der Frühe.

»Kann ich eine Tasse Kaffee bei Ihnen bekommen?«, fragt Christian. »Seit halb neun jage ich von einem Problemfall zum nächsten. Mein Gott, was für eine Nacht! Ist das jedes Mal so, wenn Notaufnahme ist?«

»In der Küche steht der Kaffee auf der Wärmeplatte«, meint Dagmar. Sie selbst ist noch nicht dazu gekommen, einen Becher davon zu trinken. »Nehmen Sie sich davon, so viel Sie wollen, wenn er Ihnen nicht zu bitter ist. Ich muss jetzt aber unbedingt den zweiten Rundgang machen. Es wäre super, wenn Sie derweil noch einmal nach dem Zugang mit der Angina Pectoris sehen würden. Er liegt vorne an der Tür in Zimmer 204.«

Dagmar dimmt das Flurlicht herunter, damit der grelle Schein die Patienten nicht stört, wenn sie die Tür zum Zimmer öffnet. In ihrer Hand hält sie eine kleine Taschenlampe, die es ihr ermöglicht, Infusionen und Katheterbeutel zu überprüfen und einen Blick auf die Patienten zu werfen. Die meisten sind wach und blinzeln ihr zu. Mit einigen wechselt sie ein paar Worte, um dann lautlos ins nächste Zimmer zu huschen. Bei diesem Rundgang muss sie auch umlagern und nasse Windelhosen wechseln.

Bruder Anselm schläft. Der Schein der Lampe geht zum zweiten Bett hinüber. Dagmar entfährt ein Aufschrei. Manuel Jäger hängt mit dem Oberkörper über die Bettkante herunter. Die Schaumstoffschiene liegt auf dem Boden. Seine Augen sind weit offen und blinzeln nicht, als der Strahl der Taschenlampe sie trifft. Das Gesicht ist von einer wächsernen Blässe, aber es liegt ein Lächeln darauf, so glücklich, wie Dagmar es noch nie in einem menschlichen Antlitz gesehen hat.

»Oh, mein Gott!«, flüstert sie.

Mit schnellen Schritten ist Christian ins Zimmer gekommen. Dagmar bemerkt ihn nicht. Sie sieht nur Manuel Jägers glückliches Lächeln. Christian drängt sich an Dagmar vorbei und tastet in fliegender Eile nach dessen Puls. In diesem Augenblick wacht Bruder Anselm auf.

»Verdammte Scheiße!«, schreit Christian Dagmar an. »Lös den REA-Alarm aus. Und hol den Notfallwagen. Er ist noch warm. Das Herzversagen kann nicht lange zurückliegen. Schnell!«

Dagmar sieht Christian entgeistert an, dann rast sie davon, wählt mit zitternden Fingern die Nummer, die auf allen Stationen, die Intensiv mit eingeschlossen, den Alarm auslöst, reißt den Notfallwagen von seinem Platz und rennt damit zu Manuel Jäger und Christian Fischer zurück. In aller Eile schieben sie das Herzbrett unter den schlaffen Körper. Christian greift nach dem Ambu-Beutel. Der Arzt von der Intensivstation kommt mit einem tragbaren EKG-Gerät hereingestürmt. Hinter ihm schleppt eine Schwester den Defibrillator.

»Ich mache die Herzdruckmassage«, sagt der Intensivarzt knapp. »Sie beatmen weiter.«

»Er hat Glasknochen!«, schreit Dagmar entsetzt auf.

»Los!«, befiehlt der Arzt. »Eins und zwei …«

»Er hat doch Glasknochen!«, schreit Dagmar erneut.

»Darauf können wir jetzt keine Rücksicht nehmen. Los, den Defi!«

Der Arzt setzt die Elektroplatte auf die schmächtige, wie eingedrückt wirkende Brust. »Zurücktreten – und Strom! Prima, er kommt. Noch einmal! Jawohl, wunderbar! Das Herz schlägt wieder. Und beatmen! Eins und zwei … und beatmen …«

Christian setzt den Ambu-Beutel auf Manuels Gesicht und fasst mit dem Zeigefinger unter das Kinn, um den Kopf nach hinten zu überstrecken.

Oh, wie köstlich das Gefühl, körperlos über diese Erde zu wandern. Gleichzeitig an all den geliebten Orten zu sein. Da ist sein Häuschen mit den vier Zimmern. Es blitzt vor Sauberkeit. Das Bett ist gemacht, da steht sogar eine Schale mit Mandarinen und Nüssen, die Frau Müller für ihn hingestellt hat. Kleinigkeiten, die ihm sagen, dass sie ihn gern hat.

Er ist in Griechenland, an der Nordsee und im selben Augenblick in der Provence.

Welch wunderbares Land. Wild und zärtlich zugleich. Aufgelöste Gegensätze, die sich zu neuen Harmonien verbinden. Der satte Geruch immerwährender Liebe. Leuchtende Farben. Hat die Welt jemals solche Farben gesehen? Da ist die Welt, sie sprüht in nie gesehenen Farben. Farben, die zu Klangspielen werden. Als blau funkelnder Diamant liegt die Erde direkt unter ihm. Symphonie in Blau. Symphonie in Weiß.

Manuel wandert weiter, über den Himmel, durch die Nacht, wird Teil dieses Himmels und der Sternennacht. Er sieht die Brücke aus Licht, und da ist nur noch ein großes, gewaltiges Staunen.

»Komm!«, sagt eine Stimme.

Mit einem Mal hält ihn etwas fest, zieht und zerrt an ihm. Nebel kommen auf. Das Universum wird grau und die Brücke zerfällt. Panik ergreift ihn. Er will nicht in den Tunnel zurück. Die Materie holt ihn wieder ein. Er will nicht zurück. Er hat wieder Knochen.

Manuel reißt sich los und spürt ein Knacken, sanft, leicht, wie den Stich einer Wespe, in seinem Körper, in seinem Hals, wie damals, als er noch Mensch gewesen ist. Der Knochen gibt nach, löst sich auf und lässt ihn wieder frei.

Vor ihm liegt erneut die Brücke aus Licht.

Und Manuel fliegt durch das Licht, über die Brücke, in die Ewigkeit hinein.

Christian spürt das Knacken des Knochens in seinen Fingern. Entsetzen lähmt ihn. Der Kopf, den er mit seinen Händen umfasst, hat plötzlich keinen Halt mehr, außer dem, den seine eigenen Hände ihm geben. Dieser Kopf in seinen Händen macht Bewegungen mit, die er eigentlich nicht machen dürfte.

Christian steht am Kopfende des Bettes, blickt auf Manuel Jägers dunkle, lockige Haare und den Ambu-Beutel und weiß, dass in diesem Augenblick geschehen ist, wovor er sich gefürchtet hat, wovor er sich die ganze Zeit gefürchtet hat, seit dem Tag, als er in diesem Krankenhaus sein Praktisches Jahr begonnen hat. All die verdrängten Ängste und Beklemmungen sind in ihm präsent. Er erinnert sich deutlich an jede einzelne Situation, in der die Angst ihn hinterrücks überfallen hat. Jede dieser Ängste wird plötzlich zu einem Wegweiser, der unerbittlich auf dieses Ereignis hindeutet, das sich eben vollzogen hat. Beim Versuch, Manuel Jäger wiederzubeleben, hat er ihm das Genick gebrochen.

Christian starrt auf seine Hände und spürt, dass Hass in ihm aufsteigt. Hass auf diese Hände, die töten statt heilen.

Währenddessen drückt der Intensivarzt unverdrossen weiter auf den Brustkorb. »Und eins und zwei. Und eins und zwei.« Plötzlich hält er inne und stößt Christian an. »Was ist mit dir los? Mach weiter, Mann! Wir schaffen es!«

»Exitus!«, flüstert Christian heiser zurück. »Manuel Jäger ist tot.«

»Ach, was! Das Herz hat doch wieder geschlagen.«

»Nulllinie«, erklärt die Intensivschwester und zeigt auf das EKG. »Ich habe keine Anzeige mehr.«

»Wir versuchen es noch einmal!«, zischt der Arzt. »So schnell geben wir nicht auf. Suprarenin!«, fährt er Dagmar an, die fassungslos neben dem Bett steht und am ganzen Körper zittert.

»Zwecklos«, sagt Christian und legt den Ambu-Beutel weg. Nun sieht auch der Intensivarzt, was geschehen ist.

»Oh, mein Gott!«, sagt er und weist die Schwester an, den Defibrillator wieder einzupacken. »Wie konnte das denn passieren?«

»Der Mann hatte Glasknochen«, sagt Christian rau. »Ich … ich habe ihn umgebracht … mit diesen … meinen Händen.«

Der Intensivarzt stößt Luft aus. »Quatsch! Der Mann war klinisch bereits tot. Sie haben ihn nicht getötet.«

»Wir hatten es doch schon geschafft«, flüstert Christian. »Der Herzschlag war wieder da. Wir hatten es schon geschafft.«

»Sie haben sich nichts vorzuwerfen«, meint der Arzt. »Wir haben alles versucht. Was hätten Sie oder ich denn anders machen können? Wir haben unser Bestes gegeben. Aber es hat nicht sollen sein.« Er wirft einen Blick auf seine Armbanduhr. »Todeszeit 2.05 Uhr. Todesursache: Herzstillstand. Versuch einer Wiederbelebung gescheitert. Schreiben Sie das auf den Totenschein und vergessen Sie alles andere. Hat dieser Mann Angehörige, die benachrichtigt werden müssen?«

Dagmar sieht auf die Knochen, die bei dem Wiederbelebungsversuch gebrochen sind. Es ist nicht allein der Halswirbel. Der Glasknochenmann hat keinen Brustkorb mehr. Reihenweise müssen die Rippen gesplittert sein. Das Gesicht sieht aus, als wären auch das Jochbein und der Kiefer zertrümmert worden. Doch all dies hat seinem glückstrahlenden Lächeln nichts anhaben können. Manuel Jäger wirkt unglaublich jung. Wie ein Kind. Nein, das ist es nicht. Er wirkt auf einmal … irgendwie zeitlos. Dagmar geht ans Fenster und öffnet es.

»Was machen Sie denn da?«, fährt Christian Fischer sie an.

»Das ist wegen … seine Seele … sie muss doch nach Hause fliegen«, stottert Dagmar.

Der Intensivarzt schlägt sich mit der Hand vor die Stirn. »Ist dieser alte Aberglaube denn überhaupt nicht auszurotten? Immer wieder treffe ich auf eine Schwester, die mir denselben Unsinn erzählt. Na, wir müssen wieder. Wir haben viel zu tun heute Nacht. Haben Sie die Geräte, Schwester? Kommen Sie!« Er wendet sich Christian zu. »Halten Sie sich wacker, junger Freund. Nur Mut. Davon geht die Welt nicht unter. Solche Erfahrungen haben wir alle einmal gemacht.« Er nickt Christian Fischer noch einmal aufmunternd zu. Für Dagmar hat er keinen Blick übrig. Dann gehen Arzt und Schwester auf ihre eigene Station zurück.

Dagmar hat das Gefühl, in einem Traum gefangen zu sein. Die Wirklichkeit, die sie kennt, gibt es gar nicht. Ihr Blick kreuzt sich mit dem von Christian Fischer. Niemals sind sie weiter voneinander entfernt gewesen als in diesem Augenblick.

»Ist Herr Jäger denn tot?«, hört sie plötzlich eine zitternde Stimme. Es ist Bruder Anselm, der redet. Erst jetzt erinnert sie sich wieder, dass es ihn auch noch gibt. Der Mönch sieht aus, als wäre er selber gerade dem Tod begegnet.

»Ja, Bruder Anselm«, antwortet an Dagmars Stelle der junge Arzt. »Manuel Jäger hat uns verlassen. Er ist an einem Herzversagen gestorben.«

Der Mönch greift sich Hilfe suchend in seinen Bart. »Nein! Nein!«, sagt er und rollt dabei wild die Augen. »Das war kein Herzversagen. Das war der Alte.«

»Wie meinen Sie das?«

»Der Alte hat ihn umgebracht«, flüstert Bruder Anselm mit blassen Lippen. »Ich habe mich immer vor ihm gefürchtet. Oh, wie habe ich mich vor ihm gefürchtet.«

»Welcher Alte?«, will Dagmar wissen, aber sie kennt die Antwort bereits.

»Sprechen Sie etwa von Wendelin Weihrauch?«, forscht Christian nach. In seiner Stimme ist etwas, das Dagmar nicht gefällt.

»Ich habe es Ihnen doch gesagt, Herr Doktor«, fährt der Mönch fort. »Dieser weißhaarige, alte Mann aus dem Flur. Der kam hier herein. Und danach war Manuel Jäger nicht mehr am Leben.«

»Als ich durch alle Zimmer gegangen bin, hat Wendelin Weihrauch in seinem Bett gelegen und geschlafen«, widerspricht Dagmar. »Wie kann er dann hier drinnen gewesen sein?

Ich habe ihn heute Nacht nicht ein einziges Mal auf dem Flur gesehen.«

»Wenn ich es Ihnen aber sage, Schwester Dagmar«, insistiert Bruder Anselm. »Ich habe ihn doch genau erkannt in seinem himmelblauen Schlafanzug. Er ist heute Nacht hier drinnen gewesen. Er hat an dem Bett drüben gesessen. Er hat Manuel Jäger den Tod gebracht.«

Die Beschuldigung, die Bruder Anselm hervorbringt, ist ungeheuerlich, dennoch glaubt Christian ihm sofort. Er fühlt sich merkwürdigerweise erleichtert. Es ist, als könnte er die Schuld, die er verspürt hat, weiterreichen. Alles in ihm drängt danach, Bruder Anselm zu glauben. Er will ihm glauben. Er muss ihm glauben. Es ist irrational, es ist in gewisser Weise verrückt, dennoch hält sich Christian an dem Gedanken aufrecht, dass nicht er, sondern ein anderer Manuel Jäger getötet hat. Wendelin Weihrauch ist ein Mörder. Gestern hat Weihrauch ihn angegriffen, vorgestern eine Patientin und heute hat er Manuel Jäger umgebracht. Sie haben einen gefährlichen Psychopathen auf Station.

»Nie und nimmer!«, sagt Dagmar heftig. »Er ist anders als die Menschen, die ich kenne. Aber er ist nie und nimmer ein Mörder. Das Gegenteil ist der Fall. Er hat Manuel Jäger geholfen. Er hat ihm das Glück gebracht. Sehen Sie sich doch Herrn Jägers Gesicht nur einmal an.«

Christian mustert Dagmar, als würde er ihr zum ersten Mal gegenüberstehen. In diesem Augenblick ist sie ihm zutiefst zuwider. Wie hat er jemals daran denken können, sie ins Kino einzuladen? Sie hat einen beschränkten Geist und ist voller Aberglauben. Warum hat er sich nur so täuschen lassen?

Der Mönch im Bett atmet schwer und reibt sich mit einer Hand ständig über die Brust, als habe er dort heftige Schmerzen.

»Sie müssen mir das alles ganz genau erzählen, Bruder Anselm«, bittet Christian. »Was Sie zu sagen haben, ist sehr, sehr wichtig.«

Nachdem Bruder Anselm seinen Bericht beendet und Christian auch die geringste Kleinigkeit aus dem Mund des Mönchs erfahren hat, erhebt er sich von dessen Bett. »Damit ist alles klar. Wir werden die Polizei holen. Weihrauch ist eine Gefahr für alle. Er kann nicht länger auf dieser Station bleiben. Er muss unverzüglich in eine geschlossene Abteilung überstellt werden.«

»Das kannst du doch nicht tun, Christian! Das darfst du nicht. Du machst ihn unglücklich und nicht nur ihn allein. Und außerdem schläft er friedlich in seinem Bett.«

Jetzt auf einmal wird sie persönlich. Sieh mal einer an! Es interessiert ihn nicht mehr. Christian weiß, was er zu tun hat.

»Ich rufe die Polizei an. Ich werde nicht zulassen, dass ein Psychopath hier im Haus sein Unwesen treibt, solange ich Dienst habe. Jeder Patient ist in höchster Gefahr, auch Sie sind davon nicht ausgenommen, Schwester Dagmar. Haben Sie denn nicht zugehört, als Bruder Anselm uns die Wahrheit über diese Nacht erzählt hat?«

Dagmar ringt die Hände. »Es ist falsch! Falsch! Falsch!«

»Hören Sie mir zu, Schwester Dagmar. Möglicherweise haben Sie einen anderen Eindruck von Wendelin Weihrauch, aber ich sage Ihnen, dass dieser Eindruck trügt. Der Patient ist uns gestern in eine Psychose gerutscht. Er hat mich und Dr. Funke angegriffen. Ich weiß, was ich sage. Vielleicht hätten wir schon gestern erkennen müssen, welche Gefahr dieser Mann für uns alle bedeutet. Er muss weg. Er hat einen Patienten umgebracht. Manuel Jäger hätte nicht sterben müssen. Er hatte nur eine kleine Bronchitis, Dr. Funke wollte ihm deshalb nicht einmal ein Antibiotikum verschreiben. Aber nun ist Manuel Jäger tot … tot! Begreifen Sie das doch endlich!«

Christian wirft einen verächtlichen Blick auf Dagmar und verschwindet im Stationszimmer.

Das darf doch nicht wahr sein! Sechs Polizisten in Helmen, nur um einen alten Mann festzunehmen, der keiner Fliege etwas zuleide tut. Niemand schläft mehr. Die gehfähigen Patienten stehen unter den Türen oder drücken sich im Flur herum. Sie glotzen schweigend, niemand redet. Die Polizisten nehmen Aufstellung vor dem Zimmer, in dem Wendelin Weihrauch immer noch friedlich schläft. Rote Lampen leuchten, der Schwesternruf quäkt erbärmlich.

Dagmar steht wie angewurzelt. Sie kann nicht fassen, was geschieht und muss auch noch Fragen beantworten, die einer der Polizisten an sie richtet.

»Ja, Wendelin Weihrauch hat Manuel Jäger gekannt«, gibt sie zu. »Ich selbst habe ihn am Bett des Glasknochenmannes gesehen. Aber das heißt doch nicht, dass er ihn ermordet hat. In seiner Gegenwart hat Manuel Jäger wieder zu sich selbst gefunden. Wendelin Weihrauch hat ihm Frieden geschenkt.«

»Das kann man so und so auslegen, Schwester«, meint der Polizist, während er eifrig mitschreibt.

»Sie verstehen mich nicht. Sie verstehen nicht, worum es in Wirklichkeit geht. Sie verstehen überhaupt nichts«, sagt Dagmar heftig. Sie sieht Christian Fischer, der den Polizisten die Tür öffnet und mit dem Finger ins Zimmer hineinzeigt. Dann geht alles ganz schnell.

Ein Schrei ist zu hören, aber der Schrei kommt nicht von Wendelin Weihrauch, sondern von Walter Seibold. Schon eine Minute später wird Wendelin Weihrauch aus dem Zimmer geführt. Er sieht vollkommen verwirrt drein und trägt eine Zwangsjacke.

Dagmar schießen die Tränen in die Augen. Sie haben den alten Mann in eine Zwangsjacke gesteckt. In eine weiße Jacke aus hartem Leder mit überlangen Ärmeln, die auf dem Rücken zusammengebunden sind, sodass Wendelin Weihrauch seine Hände nicht bewegen kann. Er ist wehrlos, taumelt, wird gestoßen, taumelt wieder. Christian Fischer kommt aus dem Zimmer wieder heraus und wirkt erleichtert. Dagmar hätte ihm am liebsten eine runtergehauen. Dieses Arschloch!

Aber sie steht nur hilflos da und presst die Faust auf den Mund, während ihr die Tränen übers Gesicht laufen. Was geschieht, darf nicht geschehen, und dennoch wird sie Zeuge davon.

Zwei der Polizisten nehmen Wendelin Weihrauch in die Mitte, um ihn fortzuführen.

Was geschieht, darf nicht geschehen. Wendelin Weihrauch darf so nicht von Station gehen. Er darf nicht in einer geschlossenen Abteilung verschwinden. Die Welt braucht ihn doch.

Als hätte er sie gehört, bleibt Wendelin Weihrauch plötzlich stehen. Er schüttelt seine beiden Begleiter ab und dreht sich zu Dagmar um. »Dich kenne ich, Dagmar Sternbühl«, ruft er laut.

Dagmar heult los, als wäre ein Damm in ihr gebrochen.

»Dich kenne ich, Dagmar Sternbühl«, ruft Wendelin Weihrauch noch einmal. »Wenn du genug hast, lasse es mich wissen. Ich werde dich finden, wo du auch bist.«

Die Glastür summt, dann ist Wendelin Weihrauch fort.

Christian blickt Dagmar an und sie erwidert seinen Blick, während sie ihre Tränen abwischt. Eine Weile starren sie einander wortlos an.

Nach all der Aufregung hat Christian einen schlechten Geschmack im Mund. Mit einem Mal überkommt ihn eine große Müdigkeit. Am liebsten hätte er sich in irgendeine Ecke gelegt und geschlafen. Aber die Nacht ist lang und unbarmherzig. Er erinnert sich, dass eine Kanne mit Kaffee auf der Wärmeplatte steht und holt sich einen Becher. Der Kaffee ist gallenbitter, ihm wird übel davon.

Dagmar kommt ihm in die Küche nach.

»Der Schlafanzug«, sagt sie und lehnt sich mit überkreuzten Armen gegen die Küchentür. »Welche Farbe hatte der Schlafanzug, den Wendelin Weihrauch anhatte?«

»Er war grün«, erwidert Christian verwirrt. »Warum fragen Sie mich das?«

»Eben. Er war grün. Und was hat Bruder Anselm gesagt?«

In Christian reißt ein Abgrund auf. »Himmelblau«, antwortet er leise. »Bruder Anselm hat behauptet, dass Weihrauch in einem himmelblauen Schlafanzug ins Zimmer gekommen ist.«

Er schüttet den Kaffee in den Ausguss und geht an Dagmar vorbei. Immer noch stehen ein paar Patienten im Flur und reden aufgeregt aufeinander ein. Immer noch quäkt der Schwesternruf. Irgendwo rauscht eine Wasserspülung. In der Nische sitzt Bruder Anselm mit seinem Gebetbuch.

»Ich kann nicht in das Zimmer zurück«, stößt er hervor. »Ich kann mich nicht zu einem Toten ins Zimmer legen. Mein Blutdruck macht das nicht mehr mit. Das ist nun schon das zweite Mal. Was zu viel ist, ist zu viel. Ich möchte ins Stift zurück.

Bringen Sie mich ins Stift. Noch heute Nacht. Hier bleibe ich nicht. Nein, hier bleibe ich keine Stunde länger.«

»Bruder Anselm, eine Frage. Erinnern Sie sich, welche Farbe der Schlafanzug hatte, den Wendelin Weihrauch heute Nacht getragen hat?«

»Natürlich. Das war ein himmelblauer. Das habe ich Ihnen doch schon gesagt, Herr Doktor.«

»Wissen Sie das sicher?«

»Aber ja! In solchen Dingen bin ich immer sehr genau.«

»Es war doch dunkel. Im Halbdunkel kann man Farben doch gar nicht deutlich sehen.«

»Nein, Herr Doktor. Ich habe es wirklich ganz genau gesehen. Der Herr ist mein Zeuge. Der Schlafanzug war himmelblau. Darauf kann ich einen Eid schwören.«

»Tun Sie es lieber nicht, Bruder Anselm«, sagt Christian, setzt sich und vergräbt sein Gesicht in beiden Händen. Was hat das zu bedeuten? Er hört in sich hinein. Aber dort ist nur Dunkelheit. Und ein Schmerz, der ihn lähmt. Was, um alles in der Welt, ist heute Nacht nur mit ihm geschehen?

Dagmar ist wieder allein mit ihren Patienten, denn Christian Fischer ist über den Piepser abgerufen worden. Er hat die Station eilig verlassen, ist beinahe sogar gerannt, als wollte er flüchten. Zu ihr hat er kein weiteres Wort mehr gesagt. Sie sieht sich im Flur um. So mag ein Mensch sich fühlen, wenn er einen Flugzeugabsturz überlebt hat. Oder einen Tsunami. Oder sonst eine gewaltige Katastrophe. Dagmar ist, als müsste sie mit ihrem Leben noch einmal ganz von vorn anfangen.

Sie ist entsetzt, geschockt, fassungslos, und dennoch ist in ihr Freude aufgebrochen, eine wilde, ungestüme Freude. Wendelin Weihrauch kennt ihren Namen. Er hat sie bei ihrem Namen genannt. Ein schöneres Geschenk hätte ihr niemand machen können.

Immer noch stehen Patienten im Flur herum. Fragende Blicke sind auf sie gerichtet. Sie geht von einem zum anderen und schickt die Leute mit ein paar energischen Worten wieder in ihre Betten zurück. Es ist kurz vor vier Uhr, an einen normalen Ablauf der Nacht ist nicht mehr zu denken. Was soll sie tun? Was der Frühschicht überlassen? Sie nimmt ihre Taschenlampe und kümmert sich zuerst um die Notfälle. Danach geht sie in die Zimmer, über denen die Lampen blinken, löscht sie mit der Bitte, heute nur noch im äußersten Notfall zu klingeln und sich stattdessen in den Zimmern untereinander zu helfen.

Im Flur sitzt immer noch Bruder Anselm und traut sich nicht in sein Zimmer zurück. Aber darauf will Dagmar jetzt keine Rücksicht nehmen. Sie misst noch einmal den Blutdruck bei dem Patienten mit der Angina Pectoris und wechselt Frau Stegmaiers Windelhose.

Anschließend tut sie etwas Unerhörtes. Sie geht in die Küche, setzt sich dort an den Tisch, trinkt ein Glas Cola und isst in aller Ruhe ein Schinkenbrot. Und das, obwohl die ganze Arbeit liegen geblieben ist und alles drunter und drüber geht. Dabei kommt ihr ein großartiger Gedanke. Sie kaut langsamer.

Nachdem sie den leeren Teller in die Spülmaschine gestellt hat, geht Dagmar ins Stationszimmer und nimmt das Sparschwein aus dem Schrank. Darin sammeln sie das Geld, das die Patienten den Schwestern zustecken. Es ist kurz vor Weihnachten und das Porzellanschwein ist prall gefüllt. Sie haben davon gesprochen, mit dem Geld einen Stationsausflug zu machen. Sie reden immer davon, einen Ausflug zu machen, und sie tun es nie, weil immer jemand auf Station sein muss und sie demzufolge nie alle gemeinsam etwas miteinander unternehmen können. Sie reden nur immer davon, weil sie glauben wollen, dass sie ein Team sind und zusammenhalten.

Dagmar leert das Schwein bis auf den letzten Cent und stopft das Geld in einen Umschlag. Wie viel es ist, kümmert sie nicht. Dann denkt sie nach. Christian Fischer ist ein Ordnungsfanatiker, also wird er irgendwo vermerkt haben, wohin er Anton Henschlers Hund hat bringen lassen. Sie holt die Akte, blättert sie durch und findet nichts. Aber die Adresse muss da sein, sie weiß es. Noch einmal studiert sie das Kurvenblatt und geht die abgehefteten Zettel durch. Wieder nichts. Sie untersucht das Gekritzel auf der Schreibtischunterlage und blättert im Tageskalender nach. Da ist die Nummer eines Tierheims eingetragen. In einer Schrift, die sie nicht kennt. Sie malt die Adresse mit großen, deutlich lesbaren Buchstaben auf ein Papier und prüft sie sicherheitshalber noch einmal im Telefonbuch nach. Dann geht sie zu Anton Henschler, greift an seine Schulter und rüttelt ihn wach.

»Hier«, sagt sie und hält ihm den Zettel unter die Nase. »Das ist das Tierheim, wohin Fuffi gebracht worden ist. Und hier ist Geld. Damit können Sie bezahlen, falls die Ihnen das Hundefutter in Rechnung stellen. Der Rest ist für Sie. Nehmen Sie es als Weihnachtsgeschenk von unserer Station. Oder als Schmerzensgeld.«

Anton Henschler nimmt den Zettel, liest ihn immer wieder und sieht Dagmar an. »Ich bekomme meinen Fuffi wieder?«

»Ich hoffe es doch«, sagt Dagmar. »Aber bringen Sie ihn lieber nicht wieder ins Krankenhaus mit. Tiere werden hier nicht geduldet. Im Osten der Stadt gibt es eine Kirche mit einem Pfarrer, der ganz in Ordnung ist. Dort findet jeden Freitag ein Vespergottesdienst für die Obdachlosen statt. Vielleicht kann der Pfarrer Ihnen helfen, wenn Sie mal wieder nicht wissen, wohin mit Ihrem Hund.«

»Ich bekomme meinen Hund zurück«, sagt Anton Henschler. Mit einem Mal ist der kleine Funke in seinen Augenwinkeln wieder da.

Dagmar staunt. So kennt sie sich selber nicht. Fehlt nur noch, dass sie Anton Henschler ermuntert, sich von Rudolf Schröder die Klamotten zu nehmen, die er brauchen kann. Aber das tut sie dann doch nicht.

Anton Henschler drückt Dagmar die Hand. »Vergelt's Gott, Schwester!«

Sie hat etwas getan, wofür man sie fristlos feuern kann. Sie hat rebelliert. Sie hat Sand ins Getriebe dieser Maschine gestreut, die Krankenhaus heißt. Dagmar spürt eine tiefe Freude in sich aufwallen. Das hätte sie schon längst einmal tun sollen. Die anderen werden Augen machen, wenn sie ihnen davon erzählt.

Sie geht zu Manuel Jäger ins Zimmer und schließt ihm die Augen. Dann entfernt sie alle Schläuche, macht ihn sauber und kämmt seine Haare. Das Kinn muss sie ihm nicht hochbinden. Sein Gesicht wirkt durch das gebrochene Jochbein so oder so eigentümlich verzogen. Trotzdem betrachtet sie ihn gerne. Sein Leichnam ist wie ein Abdruck, den das Glück in dieser Welt zurückgelassen hat. Wie schön er aussieht. Als sie mit allem fertig ist, ruft sie die Nummer an, die sie in seiner Akte entdeckt hat. Es klingelt dreimal, dann meldet sich eine Männerstimme.

Wenn sie wollte, könnte sie die Leiche ins Bad hinüberfahren, denn das Bad ist noch frei. Aber Dagmar will nicht. Sie will, dass Manuel Jäger einen Platz hat, der ihm angemessen ist. Sie wird die Toten nicht mehr vor den Lebenden verstecken. Sie wird diese komischen Gepflogenheiten im Krankenhaus nicht mehr mitmachen. Heute nicht und nie mehr.

Ihr Dienst neigt sich dem Ende zu. Marion taucht als Erste auf und kümmert sich um die Laborproben, die Dagmar nicht abgenommen hat. Nacheinander tröpfeln Cornelia und Freddy ein, beide wie immer ein wenig lustlos, wenn sie an einem Sonntagmorgen arbeiten müssen. Zuletzt kommt auch Jutta.

Dagmar macht die Übergabe. »Wenn ich es bislang nicht kapiert hatte«, beendet sie ihren Bericht, »dann doch in dieser Nacht. Ich will nicht mehr. Ich mache das nicht mehr länger mit. Daher werde ich hier nicht bleiben. Ich gehe.«

»Beruhige dich, Dagmar«, sagt Jutta. »Es war wieder einmal eine schreckliche Nacht, aber solche Nächte erleben wir alle. So ist das eben, wenn Notaufnahme ist. Du schläfst dich einfach aus und heute Abend sieht alles schon wieder ganz anders aus.«

»Ich glaube, du hast mich nicht richtig verstanden, Jutta. Das war nämlich meine Kündigung. Die schriftliche reiche ich dir sobald wie möglich nach.«

Die Schüler bleiben verdattert auf ihren Hockern sitzen und sperren Mund und Ohren auf.

»Was willst du danach tun?«, fragt Jutta verwirrt. »Heutzutage musst du froh sein, wenn du einen Arbeitsplatz hast. Es ist nicht mehr so einfach wie früher, eine Stelle zu finden, das sage ich dir gleich. Überlege dir gut, was du tust.«

»Was ich tun werde?«, wiederholt Dagmar. »Das kann ich dir sagen. Ich werde Frau Rosenbach die Haare waschen – und zwar am besten gleich.«

»Ich helfe dir dabei«, bietet Marion an und erhebt sich.

»Aber das könnt ihr doch nicht machen«, meint Jutta hilflos.

»Und ob wir das können«, grinst Marion zurück.

»Aber es ist so viel anderes zu tun. Die ganze Arbeit, die in der Nacht hätte getan werden müssen, ist liegen geblieben. Wie es hier aussieht! Als hätte eine Bombe eingeschlagen. Wir müssen doch zusammenhalten. Wir ziehen doch alle am gleichen Strang.«

»Das soll meine Sorge nicht sein«, gibt Dagmar zurück, nun lächelt auch sie. »Komm, Marion. Machen wir uns an die Arbeit.«

Unter den Augen der sprachlosen Schüler gehen die beiden los. Aus einem Schrank im Wirtschaftsraum kramen sie das Haarwaschbecken hervor, es ist ganz verstaubt, weil es so lange nicht benutzt worden ist. Sie suchen Handtücher, Shampoo, Kamm und den Ablaufbecher für das Waschwasser. Dann gehen sie ins Zimmer von Frau Rosenbach und erklären ihr, dass sie heute etwas ganz Besonderes mit ihr vorhaben. Vergnügt machen sie sich an die Arbeit.

Christian müsste sich Manuel Jäger noch einmal ansehen, um den endgültigen Tod zu bescheinigen, aber er bringt es nicht über sich, auf Station zurückzukehren. Stattdessen schaut er auf der Intensivstation vorbei. Er braucht Verbündete, einen Rückhalt, Unterstützung. Hat er richtig gehandelt?

»Aber ja, doch!«, sagt der Arzt von Intensiv und bietet ihm einen Kaffee an, den weißnichtwievielten in dieser Nacht. »Ich sehe nicht, was Sie hätten anders machen sollen. Gut, vielleicht ist es ein wenig überstürzt gewesen, den Alten gleich von der Polizei abholen zu lassen. Sie hätten ihn auch im Bett fixieren und medikamentös ruhig stellen können. Vielleicht hätten Sie das Problem zunächst mit Ihrer Oberärztin besprechen müssen. Im Eifer des Gefechts werden Entscheidungen manchmal überstürzt getroffen. Das passiert. Aber letztendlich wird das nichts daran ändern, dass dieser Alte in die Psychiatrie gehört.«

Die beruhigende Wirkung des Zuspruchs bleibt aus. Christian denkt darüber nach, was er Regina Funke sagen soll. Welche Worte soll er wählen? Wie muss er den Fall darstellen, um selber möglichst gut dabei wegzukommen? Wenn er nur wüsste, was es mit Wendelin Weihrauchs Schlafanzug auf sich hatte! Christian kann sich nicht erklären, warum Bruder Anselm auf einem himmelblauen beharrt. Ganz eindeutig hat der Alte einen grünen angehabt. Ein sattes Grün wie von feuchtem Moos. Die einzige Erklärung, die Christian einfällt, ist die, dass der Mönch die Tage verwechselt haben könnte und Wendelin Weihrauch an einem anderen Abend bei Manuel Jäger war. Aber das kann auch nicht sein. Das ergibt keinen Sinn.

Christian ist erschöpft und seine Nerven überreizt. Die Geräusche ringsum dringen überlaut in seine Ohren. Bewegungen wie die von einem Vorhang lassen ihn zusammenfahren. Der Funkpiepser wird zum Feind, der ihn ins Verderben lockt. Vielleicht wird er in Ruhe über all das nachdenken, wenn er wieder einen klaren Kopf hat.

Tatsächlich aber vergisst er das meiste von dem, was sich in dieser Nacht zugetragen hat.

Nach der Approbation wird Christian zunächst als Assistenzarzt im neuen Rheinklinikum arbeiten. Er wird seinen Facharzt in Pulmonologie machen, heiraten, zum Oberarzt ernannt werden, Fachartikel schreiben und schließlich sogar einen Lehrauftrag an der Universität erhalten. In all diesen Jahren wird er davon erzählen, wie er in seinem allerersten Nachtdienst eine Ösophagusvarizenblutung gestoppt und damit einem Menschen das Leben gerettet hat.

Nur manchmal werden seine Hände sich daran erinnern, was sonst noch geschehen ist. In solchen Momenten fangen sie an zu zittern. Im Laufe langer Jahre wird dieses Zittern allmählich schlimmer werden.

Zwei Menschen warten auf Dagmar, als sie aus Frau Rosenbachs Zimmer tritt. Es sind Lothar und Linda Haller, die gekommen sind, um von Manuel Jäger Abschied zu nehmen. Lange stehen sie am Bett und betrachten den Toten. Dagmar erzählt ihnen, was in der Nacht geschehen ist: von ihrem Rundgang, der gescheiterten Wiederbelebung und von Wendelin Weihrauch.

»Manuel wusste, dass seine Zeit gekommen ist«, erklärt Lothar. »Er hat sein Testament gemacht, gestern früh haben wir noch einmal miteinander gesprochen. Er wollte dahin zurück, woher er einst gekommen ist. Niemand ist schuld an seinem Tod. Ich werde das diesem Arzt sagen und sehen, ob ich etwas für den alten Mann tun kann, der jetzt in der Irrenanstalt sitzt.«

»Manuel Jäger und Wendelin Weihrauch haben sich gekannt. Ihr Freund wollte Herrn Weihrauch sehen«, erklärt Dagmar. »Er hat mich darum gebeten und ich habe Herrn Weihrauch diesen Wunsch ausgerichtet, aber nicht bemerkt, dass sonst etwas geschehen ist. Ich war ständig im Flur unterwegs, Herr Weihrauch hat die ganze Zeit in seinem Bett gelegen.«

»Manuel sieht so glücklich aus«, sagt Linda nachdenklich. »Als hätte er im Tod gefunden, was er im Leben immer gesucht hat. Warum will dieser Arzt das nicht einfach akzeptieren?«

»Wir haben noch etwas für Sie, Schwester Dagmar«, sagt Lothar.

»Ja, Manuel hat von Ihnen gesprochen«, nickt Linda.

»Von mir?«, fragt Dagmar überrascht.

»Sie haben ihn an Lenora erinnert. An seine große Liebe, die viel zu früh aus dem Leben gerissen wurde.«

»Ja, er hat mir davon erzählt«, erinnert sich Dagmar.

»Manuel hat einen guten Freund«, erzählt Lothar. »Es ist ein Mann, der wie Manuel von Geburt an behin … ich will sagen … eben anders in die Welt gestellt ist. Dieser Mann – er heißt

Peter Weißhaupt – ist ein bekannter Schriftsteller geworden. Manuel hat ihm oft bei den Recherchen geholfen. Weißhaupt ist hochintelligent, aber taubstumm, vielleicht hat er gerade deshalb so viel Erfolg, weil er die Welt aus einem außergewöhnlichen Blickwinkel heraus wahrnimmt. Dieser Peter Weißhaupt hat beschlossen, mit seinem Vermögen etwas Sinnvolles zu tun …«

Dagmar hört aufmerksam zu. Sie hat keine Ahnung, worauf Lothar Haller hinauswill.

»Peter Weißhaupt hat sich ein Stück Land mit einem alten Bauernhof gekauft und das Ganze so umbauen lassen, dass behinderte und nichtbehinderte Menschen dort gemeinsam leben und arbeiten können. Dabei orientieren sie sich an dem Wissen, das einige der alten Leute in der Gegend noch haben, an alten Bräuchen und Techniken, an dem nur noch bruchstückhaft vorhandenen Wissen über die Natur in ihren verschiedenen Zyklen. Sie versuchen, eine Lebensweise zu finden, bei der es allen möglichst gut geht: dem Land, den Pflanzen, Tieren und natürlich auch ihnen selbst …«

»Ein Bauernhof? Sie meinen … einen richtigen, alten Bauernhof?«

»Ja, so kann man sagen. Peter Weißhaupt hat nun eine ganze Reihe von Kindern adoptiert, für die er mit diesem Hof ein Umfeld schaffen will, wo sie nach ihren Bedürfnissen und Begabungen alle miteinander leben können. Manuel war ganz begeistert von dem, was er dort gesehen hat …«

»Vor Kurzem hat Peter noch ein Mädchen mit Downsyndrom in seine Familie aufgenommen«, berichtet Linda weiter. »Nun wird ihm und seiner Frau die Arbeit zu viel. Sie suchen jemanden, der ihnen bei der Betreuung der Kinder hilft. Eine zuverlässige Person, die für ihre Lebensweise aufgeschlossen ist und Erfahrung in der Pflege von Menschen hat.«

»Wollen Sie mir damit sagen …?«, fängt Dagmar an und verstummt, während ihre Augen anfangen zu glänzen. Plötzlich weiß sie, was die Hallers ihr sagen wollen.

»Ja, Manuel hat dabei an Sie gedacht«, nickt Linda.

»Ich habe gestern noch einen langen Mailwechsel mit Peter gehabt«, fügt Lothar hinzu. »Er und seine Familie möchten Sie sehr gern kennenlernen.«

»Wir haben ein paar Fotos mitgebracht«, erklärt Linda und öffnet einen Briefumschlag. »Wenn Sie sich die einmal ansehen möchten … Sie müssen sich auch nicht sofort entscheiden. Peter hat Sie eingeladen, eine Weile als Gast dort zu wohnen und sich das Ganze anzusehen …«

»Der Hof liegt im Voralpenland, im Bayrischen«, ergänzt Lothar. »Er ist ziemlich hoch gelegen, Sie können von dort auf die Berge sehen. Wenn Sie gerne wandern, sind Sie genau am richtigen Ort.«

Dagmar nimmt die Fotos entgegen und sieht sie sich der Reihe nach an. Es ist nicht das Foto des Bauernhauses mit dem Walmdach und den üppig blühenden Blumenkästen, an dem ihr Blick hängen bleibt. Auch nicht das von den Gärten, die aussehen, als würden sich dort Vögel, Eichhörnchen und Schmetterlinge wohlfühlen. Es ist auch nicht das Foto von der Almhütte, hinter der sich unvorstellbar hohe, schneebedeckte Berggipfel erheben. Nicht einmal das von der Weide mit den neugierig dreinblickenden Pferden. Es sind die Fotos der Kinder, die sie gefangen nehmen.

Anna, sieben Jahre, Downsyndrom.
Claudia, zehn Jahre, Mukoviszidose.
Manuel, drei Jahre, Glasknochen.
Frieder, drei Jahre, Speiseröhrenatresie.
Silke, neun Jahre, gehörlos.

Kerstin, acht Jahre, Vollwaise.
Hans, dreizehn Jahre, Downsyndrom.

Dagmar sieht sich die Gesichter der Kinder an. Es sind fröhliche Gesichter, die sie anlachen. Jedes dieser Gesichter ist ein Versprechen. Jedes dieser Kinder ein Geschenk Gottes, in die Hände der Menschen gegeben.

ENDE

EIN HAUS FÜR DIE ARCHE

Eine lebenswerte Welt hat Platz für alle Menschen

Im Jahr 1964 kaufte Jean Vanier in der Nähe von Paris ein Haus, um es gemeinsam mit drei behinderten Menschen zu bewohnen. Trosly-Breuil war die erste „Arche". Daraus ist heute eine internationale Bewegung mit weltweit 134 Gemeinschaften geworden.

Mit dem Projekt „Ein Haus für die Arche" unterstütze ich diese Bewegung. Die Einkünfte aus dem Buch, das Sie in Händen halten, dienen der Finanzierung von Lebensumfeldern, in denen Behinderte und Nichtbehinderte vor allem eines sind: Menschen!

Wenn Sie sich informieren wollen:

www.ein-haus-fuer-die-arche.org
www.arche-deutschland.de

ARCHE

Wenn Sie an einem Haus für die Arche mitbauen wollen, ist Ihre Spende willkommen:

Arche Deutschland e.V.
„Ein Haus für die Arche"
Kreissparkasse Steinfurt
BLZ 403 510 60
Konto 726 867 85

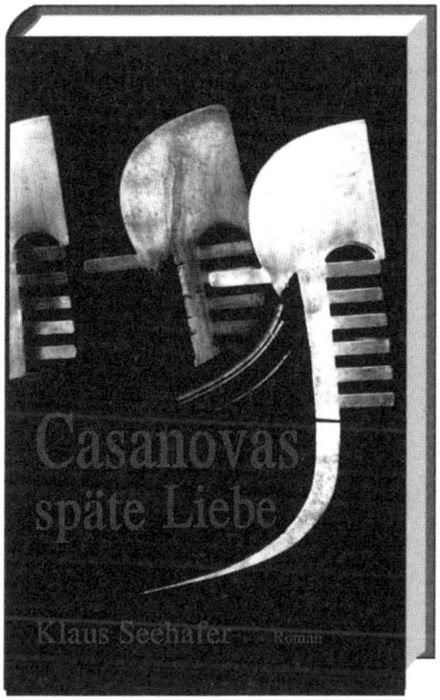

Klaus Seehafer

Casanovas späte Liebe

208 Seiten
Bookspot Verlag
ISBN 978-3-937357-36-2
14,80 €

Nach seiner Flucht aus dem schrecklichsten Gefängnis des Kontinents ist Casanova jahrelang durch ganz Europa gereist, heute reich und morgen arm. Nun ist er wieder in Venedig und scheinbar ganz der Alte: nachts liebt er die junge Elvira, nachmittags ihre Schwester Mona. Die Reichen und Noblen der Stadt laden ihn ein, um von seinen Abenteuer zu hören.

Und doch ist etwas anders als früher. Casanova will nicht mehr als die schillernde Gestalt gelten, die alle Welt in ihm sieht. Er ist schließlich auch Erfinder, Entdecker und Mathematiker, Übersetzer, Dramatiker, Romanautor und Philosoph. Aber seine Ideen interessieren niemanden. Gleichzeitig lässt Casanova die ständige Frage nach seinem Verräter, dem Mann, der ihn in die furchtbaren Bleikammern der Lagunenstadt gebracht hat, nicht los. Doch dann macht er eine Entdeckung, die ihn alles in anderem Licht sehen lässt.

Seehafers Roman zeigt einen Casanova, der weit mehr ist als der berühmte Liebhaber – einen facettenreichen und überraschenden Menschen, der sich an einem kritischen Punkt seines Lebens neu definiert.

EBENFALLS BEI BOOKSPOT ERSCHIENEN:

Der Ruf der Eule
Frank Bresching, ISBN 978-3-937357-17-1

150.000 in bar – Privatdetektivin R. Volk
Carin Chilvers, ISBN 978-3-937357-18-8

Bockwurst, ade!
Fritz-Dieter Doenitz, ISBN 978-937357-39-3

Genau sein Kaliber
Ilse Goergen, ISBN 978-3-937357-04-1

Blut im Schuh
Ilse Goergen, ISBN 978-3-937357-11-9

Die Schöne von Carnac
Gisèle Guillo, ISBN 978-3-937357-27-0

Brennen sollst Du
Peter Hardcastle, ISBN 978-3-937357-32-4

Fitzmorton und der lächelnde Tote
Peter Hardcastle, ISBN 978-3-9808109-0-6

Fitzmorton und der sprechende Tote
Peter Hardcastle, ISBN 978-3-937357-08-9

Fitzmorton und der reisende Tote
Peter Hardcastle, ISBN 978-3-937357-14-0

Sarkophag
Walter Laufenberg, ISBN 978-3-937357-29-4

Maßlos – 50 Kilo leichter und glücklicher
Angelika Schaller, ISBN 978-3-937357-30-0

Casanovas späte Liebe
Klaus Seehafer, ISBN 978-3-937357-36-2

Gute Motive
Angelika Stucke, ISBN 978-3-937357-10-2

Gute Gründe
Angelika Stucke, ISBN 978-3-937357-16-4

Gute Argumente
Angelika Stucke, ISBN 978-3-937357-20-1

Gute Absicht
Angelika Stucke, ISBN 978-3-937357-28-7

Gute Besserung
Angelika Stucke, ISBN 978-3-937357-34-8

Beste Motive
Angelika Stucke, ISBN 978-3-937357-38-6

Rattentanz
Michael Tietz, ISBN 978-3-937357-37-9

Stille Nacht, tödliche Nacht – Kurzkrimis zum Fest
Angela Eßer (Hg.), ISBN 978-3-937357-19-5

Mörderischer Westen
Angela Eßer (Hg.), ISBN 978-3-937357-23-2

Mönche, Meuchler, Minnesänger
Günter Krieger (Hg.), ISBN 978-3-937357-22-5

Das steinerne Auge
Ruben Wickenhäuser (Hg.), ISBN 978-3-937357-35-5